骆驼草丛书

阮海彪作品精选

阮海彪○著

华夏出版社
HUAXIA PUBLISHING HOUSE

图书在版编目（CIP）数据

阮海彪作品精选 / 阮海彪著. —北京：华夏出版社，2016.1
（骆驼草丛书）
ISBN 978-7-5080-8469-5

Ⅰ. ①阮… Ⅱ. ①阮… Ⅲ. ①散文集－中国－当代②中篇小说－小说集－中国－当代③短篇小说－小说集－中国－当代 Ⅳ. ①I217.2

中国版本图书馆 CIP 数据核字（2015）第 083096 号

阮海彪作品精选

作　　者	阮海彪
本书策划	刘　晨
责任编辑	刘　晨　罗　云

出版发行	华夏出版社
经　　销	新华书店
印　　刷	三河市万龙印装有限公司
装　　订	三河市万龙印装有限公司
版　　次	2016 年 1 月北京第 1 版 2016 年 1 月北京第 1 次印刷
开　　本	720×1030　1/16 开
印　　张	20.25
字　　数	252 千字
定　　价	36.00 元

华夏出版社 地址：北京市东直门外香河园北里 4 号　邮编：100028
网址：www.hxph.com.cn　电话：(010) 64663331（转）
若发现本版图书有印装质量问题，请与我社营销中心联系调换。

目录

散文

笛子与笛声 / 1

雨纷纷 / 9

我的过继生涯 / 24

我的奶哥哥们 / 34

外婆的王家渡 / 47

大大,我的外祖父 / 60

阿奶,我的外祖母 / 69

爷爷,我的祖父 / 82

娘娘,我的祖母 / 96

故人三章 / 104

二条石 / 130

南货店 / 150

红皮花生 / 169

大娘舅 / 178

与文庙结缘 / 193

短篇小说

鸽子 / 225

中篇小说

沉香阁 / 241

散文

笛子与笛声

疾病限制了我的活动。孩提时代,在邻居眼里,我是个碰不得的"豆腐人"。同龄人几乎都被他们的父母警告过了,不准跟我玩。我成了瘟神,会传播瘟疫似的。然而童心未泯的我难免蠢蠢欲动。由于物质匮乏,当时很少家庭置有玩具。孩童们玩的是跳房子、踏地雷、官兵捉强盗——需要付出体力的智力游戏。因为疾病,我不能奔、不能跳,打打闹闹的玩儿自然没我的份。没法"与民同乐",我只能寻找自己的乐子。我的乐子是外出游逛:城隍庙、十六铺、南京路、外滩。总之,大上海凡值得一游的地方都想去游游晃晃。

孤家寡人的外出转悠实在无趣。只是胆敢陪我出游的同龄人实在不多。终于有一位年长我几岁的邻人愿意陪我出游。无奈我这频繁发作的疾病使他怯于公开接受我的邀请。于是想出了一个巧妙的办法：兜乔家栅。譬如我问："乔家栅兜一圈去不去哦？""好,去吧！"他欣然接受,有点心领神会的意思。

我们便相伴,装出溜达的样子,款款向"乔家栅"走去。但当我们一旦走出了人们的视线,就天高任鸟飞了。显而易见,去"乔家栅"兜一圈是幌子,我们玩的是障眼法。

现在大多数上海居民都知道"乔家栅"是店名,以经营糕团、点心等餐饮业闻名沪上。近年来"乔家栅"组建了集团公司,规模庞大。店家分布据我所知,南市老西门有"乔家栅",市中心的淮海路、襄阳路上有"乔家栅",稍边远的北新泾有"乔家栅",浦东也有"乔家栅"。也许上海其他地方也有冠以"乔家栅"的点心、糕团等饮食店。只是真正的"乔家栅"当年就在我家后面,是一条与我家门前那条马路并行的小马路。这条短短的小路至今仍被叫做"乔家栅"。换言之,当今上海所有冠以"乔家栅"的饮食店,都源于这条小路。相传"乔家栅"始祖就是在这条小路上发迹的。

而这条被少年时代的我用作外出游玩幌子的小路实在太平常了。就像老城区所有最古老的马路一样：三四米宽、几十米长,两边都是砖木结构的平房或两层高的楼房。唯一不同寻常的是一座道观。那时,这座道观已被改为一家传染病医院。就这条被称为乔家栅的小路,却给现在的我留下几多美好而苦涩的回忆。

因每次兜完"乔家栅"我总会发病,不久"西洋镜"就被戳穿了。那位年长我几岁的邻人再也不敢贸然接受我"同兜乔家栅"的邀请了。家里加强了对我的防范,我成了不折不扣的"管制分子"。

幸亏卖蛋阿奶为我送来了一支闷笛。

卖蛋阿奶就住对面那座古楼上,是一个孤老。

这管笛子为何被叫做"闷笛"呢？因为它比寻常之辈少了一个孔。这个被省略的笛孔,是用来装笛膜的。不需装笛膜的笛子倒适合我这样一个一分不名的孩童的。尽管它发出的声响尖尖的细细的,犹如好咋唬的太监,我还是整天捏着它呜呜地吹。

通过勤学苦练,我学会了一首曲子:《我是一个兵》。因不怕吹破笛膜,我舍得用力气。每天周而复始,反反复复就是这么几句:"我是一个兵,来自老百姓……"吹久了我便发现,我在屋里吹"我是一个兵",门外就会聚起不少同龄人跟着唱:我是一个兵,从小卖大饼,卖了两只葱油饼打败了日本兵。把歌曲歪曲得不成样子。有时还把卖大饼引申到我的病。譬如:我是一个兵,从小生毛病,等等。我放下笛子冲出门外,他们就哈哈大笑,一哄而散。我进屋拿起笛子,他们又故态复萌,很令人奈何不得。后来我终于想明白了,我从小生病是事实,人家唱的也不能算不实之词。因此,不管他们唱什么,我仍然吹我的"我是一个兵"。

现在想来,这支细细的黄蜡蜡的、少一个孔的"闷笛"曾给过我无限乐趣。它至少使我暂时忘却了眼前的现实。有一度我吹得很用心,整天乐此不疲。见我吹得忘情,卖蛋阿奶就夸奖我,鼓励我用心吹,还认为说不定将来我可以以吹笛谋生,当个吹鼓手什么的。

"也是一门手艺啊,荒年饿不死手艺人!"卖蛋阿奶说。

我母亲却不太赞成我吹笛。她认为笛子伤神。她担心我会吹出小肠疝。

卖蛋阿奶说,她还有一管好笛,等我吹刨囵了,她再给我送来。

渐渐地,我的笛声圆润了。但不料,我的笛声居然也招来了许多共鸣者。那时候附近同龄者几乎人手一管笛。我举起笛子轻轻地吹,周围就立即笛声四起,响应者无数。我即刻被淹没在长长短短粗粗细细的笛声中。当时我有点褊狭。我想,我吹笛是出于疾病的不得已,有点"穷则思变"的意思。你们呢,放着轰轰烈烈的游戏不玩,凑什么热闹呢?尤其让我自卑的是"小点儿"。

"小点儿"年长我几岁,是一家人家的次子。"小点儿"长得雪白滚壮,一身漂亮的栗子肉。据说,"小点儿"是喝牛奶长大的。看着他光泽的肤色,我信。"小点儿"是无数仿效者中的一个。后来,许多人都扔了笛子,他还吹。而且一气吹了十几年。也就是说,以后他果然成了卖蛋阿奶说的那种把吹笛子当做工作的专业文艺工作者。可以这么说吧,我是促成他成为专业文艺工作者的第一个人(一笑)?

就在我整天闷头闷脑在家里吹闷笛的时候,"小点儿"家里给他买了支乌光锃亮的紫竹笛。这笛子音质清脆,十分悦耳。他在他家的夹弄里徐徐地吹奏,声响即能盖过街空中所有的笛声。在那笛声的笼罩下,不用说我,许多人都感到了自惭形秽。我的那支闷笛就更为逊色了。因此,有段时间,"小点儿"笛声乍起,我就偃旗息鼓。"小点儿"吹累了,等那笛声沉寂了,我才敢惴惴上场吹一气,聊以自慰。后来,"小点儿"的吹奏技术大有长进,我的技艺却日趋荒疏。因为他吹的时候永远比我的多。道理就这么简单。

我经常看着那支闷笛生闷气。我想,为了打败"小点儿"的"嚣张气焰",我多么需要钞票啊,需要一支响亮的紫竹笛。幸亏不久卖蛋阿奶为我送来了一支竹节笛。

那天,从卖蛋阿奶手里接过笛子,我暗暗大吃一惊。这竹笛粗壮,有三支闷笛那么粗。握在手里沉甸甸的,陈年积下的尘垢搞得它蓬首垢面的。乍看,哪里是笛子?分明是一截短短的杠棒嘛!拿来往水龙头下哗哗一冲,用抹布上上下下揩拭几遍,笛身立即通体红亮。好笛!迫不及待"架"上胳膊使劲一吹,才发现少了笛膜。向别人讨来笛膜小心粘上笛孔,凑在嘴边再吹:轰轰然,其声嘹亮!我把它怜爱地捧在怀里,立志击败吹紫竹笛的"小点儿"。呼呼地吹将起来，"小点儿"的笛声顷刻湮没在我的"隆隆炮声"之中。

一连几天，我都站在家门口，架起这支笛子轰轰地吹，专门对准"小点儿"家那条夹弄。是的，我简直把它当成了迫击炮，轰得"小点儿"了无声息。然而这笛子也有不尽如人意之处。几天扛下来，胳膊就吃不消了；吹了几天，腮帮子也鼓胀起来了。我母亲摸过我的脖颈对我说：不要吹了，淋巴结都吹出来了！我用手扪了一下颔下，那里果然鼓突起几颗硕大的圆粒。母亲不许我吹笛了。而我担心那根"杠棒"太重，造成肩关节出血，被迫歇了几天。但几天后，对面"小点儿"的笛声又起，我便忘了吹笛子可能酿成的祸灾，又架起那座"迫击炮"，对准马路对面猛轰一阵。在我的凌厉攻势下，"小点儿"只能俯首称臣。

现在想来，我这种为好胜心所驱的争强好斗实在有点霸道。你吹你的，他吹他的，何必非要把人家轰得鸦雀无声呢。可笑的争斗。

就在我为自己的大获全胜暗暗得意之际，一天清晨，忽闻马路对面传来了一阵异常嘹亮、异常清脆悦耳的笛声。偷偷开门张望，我彻底泄了气："小点儿"换上了新式武器！一支镶有熠亮黄铜皮的新笛横在他的手里！他垂着头，一丝不苟聚精会神地吹着笛，有点旁若无人的样子。我架起"迫击炮"就轰。然而，在"小点儿"那支可以拆卸的铜皮笛的比照下，我的迫击炮显然太老态龙钟了。它不仅陈旧，还粗拙。它早该被淘汰了，淘汰在时代的潮流里。我决定，在没有拥有新式武器之前，我不再吹笛。

从此一支镶有黄铜皮、可以拆卸的、音色润滑脆亮的笛子就横在了我的胸中。

我再次感到了悲哀，为一项娱乐活动被我变异的自尊心所断送。不久，我放弃了积钱买笛子的打算。因为就在我积下每一分小钱的时候，"小点儿"的父母为他请来了一位专业老师。据说，此人是一个专业乐团的笛子演奏员。请这样一位老师,花费是不消说的。在那个老师的悉心指导下,"小点儿"的技艺突飞猛进,没多久就学会了颤音、吐音。他正儿八经学的第一支曲子就是《我是一个兵》。听他使用着无限的技巧、变化无穷地吹奏着《我是一个兵》,许多人都说,这才像一个兵,一个机智勇敢充满朝气和阳刚之气的兵,一个真正的兵。这样一个兵,是无论如何不会从小卖大饼或从小生毛病的。听"小点儿"这么吹着,有些人还说,以前这一带所有的吹笛者都是"白天白吹,晚上瞎吹"。人们这么一说,许多人都扔下了手中的笛子。

我很清楚我的现状。我家既没钱为我买笛子,更不用说为我请专业老师。按照他们的说法:你吹吧,赤脚也赶不上人家的。这句话一针见血,我觉得很有道理。我又热衷于去"乔家栅兜一圈"的把戏了。不过,因有笛子和笛声作掩护,这次操作起来较以前就方便了。

对这种以笛子和笛声作掩护实施外出游玩的方法,我还给它一个特殊的称呼:金蝉脱壳。只是我不知道这个"蝉"应读成"chán",而读成了简单的"单"。譬如我对某人说:今天下午准备"金单脱壳"。对方就明白了:必须要用笛子为我或我们外出作掩护。当时经常跟我玩这种把戏的是我少年时代的朋友小S。小S是敢跟我玩"金单脱壳"的少数友人中的一个。

在这里有必要说说它的实施过程。譬如我又想"乔家栅兜一圈"了,我就对小S说:等一会我们就"金单脱壳"吧。小S点头表示明白。于是我回家装模作样架起了"迫击炮"。小S装出被我的笛声所引诱的样子,回家也吹起了笛子。我俩的笛声自然招来了一大片笛声(在我们面前,从来就没有望而却步者,多的是欲与天公试比高的跃跃欲试者)。然后在此起彼伏的笛声"掩护"下,我便悄然撤退了。我放下笛子后,探头向马路对面的小S家张望。此时的小S正使劲吹着笛子,一副乐而忘返的痴迷状。于是我偷偷溜出了门,避开小S家人的耳目,向右拐,悄悄来到了乔家栅的那座道观前。十几分钟后,小S也终于吹厌吹累了笛子,悄然走出家门向左拐,匆匆赶到了乔家栅。这样,我们就在道观前胜利会师,然后兴高采烈地去履行名不符实的真正意义上的"乔家栅兜一圈":兴之所至,兜遍上海滩所有值得一游的地方。此时,小S的家人以为我早已外出。因为小S还在吹笛时,我的笛声早已沉寂多时了。我们利用的就是这种时间差。说白了,就是利用了人们感觉上的时间差。

这计谋果然高妙。那年月,我就屡屡使用这一被我称之为"金单脱壳"的把戏,游遍了上海的大街小巷,游遍了许多闻名中外的景点胜地。现在,我的下肢关节日趋畸变僵固,我不得不困守在自己的斗室里,终日与书笔纸张为伴。烦闷之余,我总会忆及那个"金单脱壳"计,忆及孩提时代的一次次远足,忆及那时游遍的却永远留存在我记忆深处的一幕幕市景,庆幸当时有过那次吹笛子的经历。凭借着少年时代留存的记忆,我那日益苍老的心灵才得到了些微的慰藉。同时当然还会忆及那件令人懊丧的往事。

我的自以为聪明,自以为得计,屡屡使用的"金蝉脱壳"妙计,最终还是为我惹下了大祸:由于行走过度,造成小腿出血,瘀血日久不化,我的小腿差点被留在手术台上。这事我已在一部书里说了,在此不赘。

顺便道及的有:当年那位吹得一手好笛的同龄伙伴,几年后果然被一个专业艺术团招为笛子演员。他确实以笛子谋生了很长一段时光。只是不知怎样,后来他改行当起了歌唱演员。

几年前夏天一个炎热的午后,我早早扔下手中的笔,打算看一会电视松散一下脑神经。荧屏上正在演播歌咏大奖赛。忽然一个似曾相识的面容映入眼帘。当主持人以饱满的热情向观众介绍道,请著名青年歌唱家×××先生为我们演唱时,我终于幡然醒悟。所谓×××先生就是我孩提时代的邻友"小点儿",那个把《我是一个兵》吹奏得像一个真正的兵的"小点儿"！只是我不明白他怎么改行唱起歌来了。

那天,他唱了一首当时十分流行的《冬天里的一把火》。平心而论,这歌他唱得好极了:音色明亮,层次分明,还边歌边舞的,十二分地英姿勃发。只是让我稍微感到有点不切实际的是:他什么不可以唱,为何选了这首歌?！现在天气已经够热了,你还要放它一把火,这还让不让人活命啊(一笑)？我很想找他商榷的,顺便叙叙旧情,然而人海茫茫,哪里去找他呢?

散文

雨纷纷

——追悼一个亡友

都说这时节多雨。

这时节给人太多的思念、太多的缅怀。

窗外雨声淅沥。连绵细雨让骨骼都生了锈。雨天,每年这时节都是疾病发作期。周身,凡称做关节的地方都缠上了绷带。酸楚、乏力,剧烈的疼痛过后是难忍的乏力酸楚。不能动弹,最好不要动弹,静静躺着、静静躺在床上。然而,我不能。这时节给人太多太浓郁的思念。太沉重了,每年这个时候,总会袭上心头;沉重地压在心上,缠绵;让你无法化开,让你无法消解。

这时节使人想起已去的亲人、朋友。

也是这个时节,这种雨纷纷的时节,窗外雨丝纷扬的时节。

每年这时节,我总会想起他,想起这位难以忘怀的病友、难友。每年这时节,我总会忍不住冲动,忍不住久久缠绵于胸臆的悲情,想写、写他。怎么写呢?他的故事有人听吗?已经有过两次失败。你还想尝试,还想冒险?用你无力酸楚的手、用酸楚的心灵去尝试这个酸楚的故事?但我忍不住。这浓郁得化不开的思绪快把我淹没了。我不能窒息;在没有说完这个故事之前,我不能让它窒息了我。

四年前,也是这个时节,也是这种多雨时节,我的朋友文清故去了。四十而殁,算不算英年早逝?殁于纠缠了他四十年的疾病算不算悲剧?

四年前的这个时节,确切地说,1994年4月5日傍晚或深夜,他走了。4月5日,按照传统说法就是清明节。这个节气的含义是不消说的。为什么在这个日子他匆匆走了?我说不清楚,但我试图说一说,按照人们通常可以接受的思维习惯说一说。

1994年秋天,一个艳阳高照的日子,一家电视台要为我拍摄专题片。其时我大病初愈。但想到此举可能对一大批处境窘迫的病友有所帮助,我答应了。帮助文清也是我多年未了的心愿。我带着摄制组去他家。那天,一踏进他家,他母亲看见我就哽咽了。她告诉我,文清走了,是清明那天晚上或深夜走的。大家都惊呆了。我问怎么回事,他母亲说:先是胃出血、消化道大出血;后来不知怎样颅内也出了血;从进医院到去世才一个星期。我静默。颅内凉飕飕的一片空白。因为这种病对于我们每一个都是免不了的。谁也无法避免这种意外。这就是这种病的本质属性。那个老母亲在轻声抽泣,苍白的脸庞分外憔悴。

他去看过你了,你知道吗?那老母亲掏出手绢敛住了悲绪对我说。我点头。我告诉她,他还给我留过纸条,让我病愈后去看他。她沉默了,不再说什么。这不,我来看他了,他却走了,走得如此匆促。那天,我没有对她说,他去看我时我正住院。他遇见了我半身不遂的老父亲。我对她说,真难为他,对不起他,这么远的路,行进得又这么艰难。她依然沉默。那天他可能对我父亲说了什么,总之,我父亲嘱咐我病愈后即去看他,哪怕给一点微不足道的慰藉。因为你们同病相怜。当时我父亲还拿出他留给我的纸条给我看。具体内容大概是:我将要(或已经)下岗,心情郁闷想找你聊聊,很不凑巧你正住医院。你出院后勿忘告诉我一声,我来看你等等。那次出院后我没有通知他。因为我本来就不是病愈回家的。我是无法忍受那里的无边的孤寂和恐惧逃回家的。出院后病情多次出现反复。只能再次入院。以后,在短短几个月里,我轮番住了三四家医院。一场场惊心动魄的搏杀,心灵和病体接受了一次次严峻甚至凶险的挑战。我无暇他顾。写一张短笺都力不从心。这时的我正需要援助;我必须面对我必须面对的自我,我没有余力顾及他人包括需要我帮助的文清。现在病愈的我来了,他却走了,不等我送上可能一钱不值的慰藉,就悄然走了,毫不顾惜我迟到的歉意。

那天摄制组拍摄了文清的遗像,以及文清母亲在儿子遗像旁啜泣的镜头。这时我听清了这位痛失爱子的老母亲的喃喃。她说:一分钟、一天也没有自在过。我理解她的意思,她是说,文清每时每刻都在经受病痛的折磨,一分钟也没有止息过,每天都在经受煎熬。太确切了,不愧为母亲。知子莫如母。病在儿身上却痛在娘心上啊。可以这么说,文清母亲这几句话道出了这种病的症候、道出了一个重症血友病病人艰辛的生存状态。煎熬,每分每秒都在经受病痛的煎熬。

我不知道那天,也即1994年末这部电视片放映那天观众听清了这位老母亲的这些嘀咕没有。我不知道观众听到这位老母亲对儿子这四十年生存状况的概述会作何种感想。反正,电视放映时我没太在意这部有关我的专题片。或许那画面上根本没有文清母亲啜泣的镜头。这镜头可能在剪辑时就被删去了。但我的记忆中是有过这样一个镜头:在那天,在当时的拍摄现场,文清母亲是这样喃喃咕哝的:一分钟、一天也没有自在过。

  与文清相识在何年,我已记不确切了。反正在那几年。我那部有自传体色彩的小说问世后的最初那几年。那时我陆续收到各地不少同病者来信。文清也是其中一位。现在我想,面对众多病友,我为何能与他保持长久的联系?可能还是因为他的来信感动了我。换一种说法,我读着那一封封情真意切、信封通常用手工自作的来信,我对他自然而然产生了好感。正楷:从信套到信芯,每字每笔都一丝不苟。端端正正,从不马虎潦草,点滴花哨都没有。它告诉我,写字的人本真。这样一种人容不得搪塞、草率。我觉得,我愿意跟这种人交往。记得通过两三封信以后,当他知道我比他小两三岁后,他就在信中我的名字后面加上了"弟"。××弟,很亲切,很实在。而此时,几乎每封来信都把我称做"兄"。甚至一位年长我几岁的异性也在来信称我为"兄"。我不想论述称兄道弟对于我意味着什么。我只是直觉地感到,这个每封信都称我"弟"的人,似乎很实在。这样的人不虚浮,不矫情。一个厌恶虚浮厌恶矫情的人难道会拒绝实在?交往就这样开始的。

  从信中得知他的病比我重,重得多。他说,他梳头、写字、举碗、提筷,一不小心肩肘腕等关节都会出血;甚至连坐姿也必须小心翼翼,稍微马虎就会血尿或胯部哪里出血。他说,他的四肢关节全坏了,尤以两踝两膝两髋关节为重。因为下肢关节支撑着全身,稍稍受力就会出血。反复出血,周而复始地出血只能造成畸变僵固。他说,他的双膝已不能弯曲,两髋关节也牵强;宽衣脱带都需要人帮助。总之,他的病况远比我对这种疾病想象的严重得多。当时,他的病情是我结识的病友中最严重的一个。我是指这种疾病对肢体的侵害程度。但从他信中看,他的心情宁和;不艾不怨,字里行间透露出对命运的坦然和镇定。只有一次,他在信中表示了他的激愤或不满。那是在道及一篇小说时。那小说说的是一个患小儿麻痹症后遗症的青年如何从肢体残疾、心灵缺损到最后精神得到升华的故事。那次,在一封寻常来信最后几行他写道:你看过×××的小说《×××》吗,它登在《×××》上,如果你没看过,就不要去看了,免得受窝囊气。他也许还写了几句颇为过激的话。这篇小说我读过。它不属于这位作家比较好的作品。当时我读它时并没有感到它会如此严重,如此让人生气。读过也没留下特别印象。他读了却生了气,甚至流露出少有的过激情绪。文清那几句话,对我触动很大。我惶悚。我反思以往是否也有类似文字。虽然我从为文之初就对自己作出规定:我不希望我的文字给人带来不快,不管什么人,最好不要因为我的文字感到他的不快。然而,要做到这点,也即照顾好每一位读者,恐怕不易。不过,文清的不快对我振聋发聩。我从此告诫自己,以后最好不要写某类人,譬如有生理缺陷的。生活已经给了他们太多的苦难;苦难给了他们太多的敏感,不能再去伤害他们了,哪怕你是无意的。以前我不太注意这些问题,尽管我的肢体也日趋僵变。为此我要感激文清的。

　　通了一两年信,甚至更长时间。我不免猜测,这个有着清爽名字的人是个什么样的人呢? 这位年长我两三岁、病情严重而心情宁和的人,一定是个清秀的小伙子:瘦瘦白白的、眉清目秀、高个子,当然步履蹒跚;一定有着好脾气,当然喜好读点什么。总之,是个沉静的知识型的具有兄长风范的同命人。每次接到他的来信,我眼前总会浮现出这么一个形象,一个从未谋面却十分熟识的形象。有过几次冲动,我想去看看他,但最终还是不能,因为我们都是行动不便者。这样通了几年信,我们始终没能见上一面,尽管我们同处一个城市。

　　有一年除夕,是 1988 年初吧,农历大年三十黄昏,下班回家,我又看见了那种熟悉的用牛皮纸自制的写着端正楷体的信件。用剪刀开了信封后一口气读完,我的心口堵得厉害。我不知道我当时是否失态,酸泪在眼窝里涌动是肯定的。我为文清难受,为他的这样一种生存状态难受,为我的同类有着这样一种无奈而凄楚境况而难受。

像往常一样,仍然是那种端正的一丝不苟的字体,仍然是那种平缓的不温不火的行文。文清说:要过年了,他们厂已提前放了假,偌大工厂全没有往常的喧嚣嘈杂声,静悄悄的,他正可以给我写信。信中大体内容还是有关这种病的:这几个月他又犯了几次病,勉强坚持到年底,真庆幸;这次过年,他不想回家,家里太小了,他回家七十岁的老父就要睡阁楼;这一年来他太累了,走每一步路都要付出代价;过年不回家,正可以趁这难得的新春佳节,好好休息几天,静静躺几天,就睡在平时干活的工作台上。最后他在信中问我,他说:你爱小生灵吗?他说,他这个人不善交际,几乎没有朋友,但酷爱小生灵。他说,他养上了一种叫金蛉子的小虫子。饲养这种虫子不费钱,更不用费力,它们不会给你带来任何不便的。他说,此刻他内衣口袋里、最贴身的地方就揣着几只金蛉子,它们铮铮鸣唱着,听着它们鸣唱,你不会感到寂寞,它们给予你无限安慰。每晚他就伴着它们睡觉,这时即使身上有什么不舒服也能安睡到天明的。最后,他劝我也去饲养几只,并断定它们会给我带来无限慰藉。

读完信,我愣了半响。窗外的暮色正在渐渐变浓,街空飘荡着淡淡的酒香肉鲜,以及隐约的乐声。哪家的音箱正在聒噪?是我多愁善感吧,面对此景此情,想到这位年长我两三岁、写得一手好字、在想象中眉清目秀的病友正在孤寂的工厂与几只小虫子安度这举家团圆、轻易不愿随便处置的夜晚,我感到酸楚。热泪在眼窝里打转。羞于被家人窥破,我走到门外伫立了片刻。

吃过传统意义上的团圆饭,几乎家家户户都打开电视机等候着每年不拉的皆大欢喜的春节联欢晚会,我去了我的斗室。行进在不见星光的漆黑的除夕的夜空下,我心情沉重。我想,不是经历过非常经历或正在经历非常经历的人,谁会拒绝团圆、谁愿意拒绝欢乐、谁又会拒绝他们的同类?谁又会甘愿与小虫子为伴并把它们视为莫大甚至唯一的慰藉和满足?这个年我没有过踏实,我总是在想他,在放下书本的间隙和送走客人的疲惫中。文清,你就这样度过这个佳节、这个被叫做春节的节日?文清,你满足,真的满足?

我已记不得何时与文清相见的。哪一年,为何事?但我清楚记得与文清相见之前的那件事。这件于今想起仍感到羞愧不安的难堪事。也许在他人眼里,这根本算不了什么,在我看来却感到难堪、甚至羞辱。

1988年4月间,也就是接到文清的信几个月后,有人通知我,我那本书得了奖。通知要求我准时出席颁奖会,并准备发言。接到通知那阵子,正值我发病,我无法行走,甚至不能安寝。我本来用不着亲自出席颁奖大会的。然而在那些终日疼痛不安的日子里,我总是难忘文清节前的那封来信;怎样也难忘这位从未谋面的病友以及许多至今未曾见面的病友。在某种心绪中,我在床上草拟了一份发言稿。我本可以不必如此费心的。但我怕说不好、怕到时候说不好我的故事,我还是忍痛拟就了一份发言稿:说的是一个小伙子和几只小虫子的故事。本来,我不该对它有所期望的。其实,我也没有对它指望什么。我只是想说,说说这样一个故事。

那天我去了,揣着那份发言稿,忍着膝部疼痛,慌慌又欣欣的。轮到我了,面对着辉煌场面,面对着众多年轻有为的同龄人我惴惴上了台。我本来就是一个容易怯场的人,我怯场时还会口吃。然而这时我想到了文清,想到了文清与他的那些小虫子,于是我仿佛肩负起什么使命。我掏出我的发言认认真真读起来(决不是演讲)。但读了几行我就感到不对劲:麦克风不会有问题吧?这可是星级宾馆啊。那么谁在听呢?台下乱哄哄的:诉说、招呼、调笑、喧闹、走动。是的,谁在听呢?谁对此感兴趣?我感到在这些人面前、在这些同龄的精英面前出了洋相。我感到了羞辱!太一本正经了。煞有其事。我匆匆结束了发言。我脸红耳赤慌慌不知所措仿佛第一次行窃就被人抓获的贼。事后我感到有点后悔,我太不见世面。这种场合我应该像他们中的大多数,讲一两句有关或无关的闲话,然后道谢。简洁而潇洒。皆大欢喜。何必呢,煞风景,又何必在这种场合!还特意准备了发言稿。真的,有点傻。

文清,抱歉了。

出了那次洋相不久,我与文清相见了。

在一个事先约好的日子,我去了他家。他家在这座城市北部。从我居住的城南去那里要过苏州河,经过一座陡直的桥。那时我的四肢关节损坏的程度还没有像现在这么严重,我还能骑自行车。但从我家到他家,在我看来仍然路途遥远而且艰辛。很费了一点劲,总算找到了他家。而当文清出现在我面前时,我简直有点出乎意料。怎么说呢,他没有我想象的那么可亲可近。他个子不高,不清瘦,甚至硕壮,有种威武的样子。他不善交谈,是木讷,还是固有的内向?我甚至有一种感觉,他对我怀有戒意,一种本能的警惕。是的,这个人,出现在我面前的他与信中的他相去甚远!我简直有点措手不及。也许,他就是这种性格,也许他遭遇过什么严重挫折。好在我们有共同的话题:病。我们交流防病治病的经验——其实这种病让人防不胜防,毫无经验可总结。渐渐地,气氛热烈起来。当然我说得多,他说得少。他就是那种寡言者。

从这次访谈中我得知,他的病确比我重。他几乎不能行走。他买了一辆电瓶车。这辆车给予他便利,也给他添了不少麻烦:电瓶费资不菲;他家空间逼仄,几乎无法安置这辆车。为此他只能睡在厂里,自带被褥,睡在白天干活的工作台上。每星期回家一次。星期六让家人接,星期一让家人送。对此我感到不解:这么接送多费事……不等我问,他就解释:从他家去工厂要过两座桥,那种车爬坡有困难。于是我赶快点头,表示理解。他敏感,如同我。大约病人都敏感。睡在厂里也不便:不说洗刷都得自己来,还须照顾自己。由于双膝双胯已僵固,脱衣什么的十分艰难。星期一上班要是裤管淋雨受湿,只能自行焐干,或者留待下星期更换……有时突然发病,举目无亲,那种剧烈的疼痛只能独自默默忍受了。当然周围不乏好心人,不过一切还得靠自己。这些还是其次的,让人不安的是,有人对他不理解:冷言、讥嘲。做领导的甚至对他轮番展开攻势,"劝"他回家:保卫科长谈话、车间主任处罚、所在小组甚至为此扣掉了奖金。大暑天不能点蚊香能忍受,唯独无法容忍他们搞"株连"——平时与他接近、给予他帮助的同事仅仅因为他睡在厂里这一"错罪"受到了牵连。为此他感到委屈。他无意伤害任何人,哪怕小小的生灵。难道因为他们给予他生活上必不可少的帮助,就可以迁怒于他们?那天,见他如此艰难,我就婉转劝他休病假回家。我说,在家有父母照料,比什么都慰贴。他向我投来莫解的一瞥。我似乎明白了他的意思:他想未雨绸缪,趁现在父母健在。这次晤面历时一个多小时。我说得多,他说得少。我还得到大致印象,这是一个本分人家,一个被疾病压垮的家庭:两位老人也寡言,谨慎,当然还有节俭。生活给了他们太多的苦难。面对苦难,一个本分的生活在最底层的家庭只能以这种方式处世待人了。我很理解。

我很快把这次晤面忘了。不久,我收到他的来信。他在信中赞扬了我。不过,他说这些溢美词是他母亲赠予我的。尽管我对他的褒奖不太介意,但这些话出自他的笔、出自文清两位老实巴交的父母之口,我没有理由不郑重对待。

可能有过那次晤谈,文清给我的信较以前多了起来。渐渐地,他在信中向我敞开了心扉——我终于明白了他苦苦支撑的用意:父母已六七十岁,他不能依赖父母一辈子,将来或许可以请人帮忖苦度余生。其实我从他自制的信封上、从他的穿戴上就领略了他的节俭。他节俭下每一分每一厘就是为了未雨绸缪……

1988年5月间,我家突遭横祸——有位亲属因工亡故。以前,在生活中,我所见的亡故者大多为老病者。这次,我的亲属,我的一位正值壮年的平时关系颇为融洽的亲属突然离世,留下一大堆唯有他才能担当的要务匆匆而去,在感情和理智上我都难以承受。足有半年时间,我为一股深重的悲绪所笼罩。我中断了手头正在进行的所有的工作,当然包括与友人的通信。那期间,文清多次来信我都没有及时作答,不过心里经常记惦着他。从他信中得知,他的生存处境更艰难了。大约过了一段时间,也即我从那件突发性灾祸中重获平静以后,我给文清去了信。我向他解释没有回信的原因,随信也带出了我的悲伤。不久,文清来了信。他在信中劝慰我,并要我节哀。他在信中好像是这样说的:我们来到人世走一遭就好比坐公共汽车,迟早要下车的,有人下车早一点,有人下车迟一点,但总都得下车;因此我们不必计较下车时间的迟早等等。当时我不太明白用这些话劝慰人到底能起到多少作用。但现在我可以肯定,这些话多少表达了文清的人生观、生死观,即他对死的达观以及对死的另一层面的理解。这些话事隔多年仍让我铭记不忘。随着时间慢慢推移,紧裹住我的悲雾愁绪渐渐消解了。文清仍然不时来信。从信中知道,他的境况艰难。

几年以后,一次偶然的机会再次萌发了我的冲动。一张报纸邀请我为他们写报告文学,选题自定。虽然我不热衷这种文字形式,然而想到众多挣扎在生死线上、正在忍受常人难以想象的疾病折磨的同病者,我义无反顾。因为这种文字需要的真实性,我骑上了我破旧的自行车。我在这座城市里四处奔波,我期望通过我的笔唤醒人们的良知、唤起健全者对这个世界上还存有的这样一群稀少然而不该忽略的群体的必要关注。

我当然去了文清那里。

那天,我选了个星期六下午去文清家。我想找他父母亲聊聊,然后等待文清回家,和他作一番长谈。而他父母告诉我,这星期他不回家。回家太费劲,他不愿意回家。向他母亲询问了他的近况,要了他的单位地址,我骑着车悠悠晃晃向那遥远的地方进发。我体验了文清的艰辛——没记错的话,从他家去那工厂要过两座高高的桥——桥对于用一条腿骑车的我和他的电瓶轮椅车意味着什么不言而喻。那天很费了些周折,我终于摸到了那家在一条弄堂口的工厂。向门卫通报了要访者,门卫要我等着。我等了很久,在那个冷风穿梭的弄堂口。文清来了,拄着手杖慢慢向我走来,坚挺着自己的身子和腰板。我原先估计出现在我面前的文清一定拄着双拐。使用双拐至少可以减轻下肢受压力度从而减轻关节出血程度。而他没有,至少在厂里他没有,只用一根短短的手杖,一根平平常常的木质手杖。那天他穿着整齐,甚至扣上了风纪扣。我还注意到了:他本来不能踩地的两足跟(这为踝关节反复发作导致的僵固畸变所致,也就是说,那足跟只能踩在鞋帮上)被他用长长的裤管遮盖了。也就是说,裤管比他身高长了三四公分。或许别人无法察觉,我察觉到了。还有,他整洁,穿戴一丝不苟……事后我想,文清你为何要强忍着常人难以想象的苦痛,以这种姿态出现在同事、领导面前呢?自尊?仅仅是自尊,强烈的自尊吗?文清,我太理解你了。

面对我的突然出现,文清流露出显而易见的慌张。我说明来意,文清更显得紧张。他说:你不能写这种东西,你最好不要写我,我目前处境很微妙,他们硬要我回家,长病假回家;保卫科长和车间主任已多次找我谈过了。我问,为什么?你没完成定额?他说,怎么会呢,每天都超额完成工作,比谁都不差,比谁都不少。沉默片刻,我说,你就回家吧,你的病也需要长期休息。他摇头。良久,他说,为什么?我能工作,为什么要我第一个……难道就因为我形象丑陋、就因为我睡在厂里碍他们手脚……

那天,我们的谈话是在他不断的回望中进行的。他不断回望那家工厂大门、回望在我们面前匆匆走过的他的同事或领导。我很理解他的处境。这次我们相处了十多分钟,由于他的不安回望,几乎没有谈什么。我有恻隐之心;再说那里的穿堂风我吃不消,我怕自己冻病了,也怕给文清带来麻烦。我知道他,他不是那种随便说"不"的人。我向他告辞。我答应他不写他,即使写也会用一种不会使他难堪的方法加以处置。我理解他,深深地理解。要工作、渴望工作、努力工作,无论说什么都没有错。劳动无罪。渴望自力的病残人错不到哪里去!

都说不要期望过高。因为抑或本来就没有这么回事。

那几天,仿佛为某种使命所驱,我走访了十来个散居在这个城市的同病者。然而,不说这类文字必需的典型性、真实性耗尽了我本来就无多的精力和体力;光说这篇曾经寄托我美好希冀的文章最后的结局更让我痛苦不安。认真书写,完稿后郑重寄去。结果呢?石沉大海。距今已经几年过去了,它仍然杳无音讯,连退稿都没有!难道因为仅仅写了这样一群病人?那么,难道就可以无视这个群体?我可是特意留出你们需要的"亮色"的。我没去询问,至今不想去询问。但我心里明白:为了聚成这几千字,我却大病了一场——骑车造成严重血尿被迫卧床了十几天。而我想不说,什么都不说。你感到后悔了?正如一位活得很自在的朋友事后对我说的:什么意思,写这种东西!是的,没有意思。毫无意义,得不偿失。我太傻,太认真,太不识时务。白白耗费了我本来就无多的时间和生命。这次让我的家人花费了无数耐心和钱财的血尿完全是我自找的。

不过,文清,在那篇文章里我还是写到了你,写到了你的艰难,很用去了我一番心思。只是抱歉了,文清,再次抱歉了,真的抱歉。

可有什么用呢,毫无用处。你还是被他们撤下了。在你们工厂,你是第一个被他们撤下来的。你苦苦支撑了几年。从我们相识以来就知道你坚守着你的最后一道防线,你还是被他们撤了下来。这些人,这些健全者,他们撤下你多么容易,甚至不屑动用一根手指头。轻而易举。你爱惜你的那些小虫子。他们却把你当作他们的小虫子,随随便便,轻轻松松,不费吹灰之力。文清,你本是重病之人、你只有一个重残之躯。他们轻易击溃了你的最后防线、轻易夺走了你最后一块阵地。你毫无招架之力。我知道你不是自愿撤退的,你边流着泪边撤退,直至彻底交出你自己,点滴都不留。

　　文清,你自爱,他们却不爱你。文清,你自重,他们却不尊重你,连点滴尊严都不给你。

　　文清,我知道回家后的你曾做过非凡努力:你想拾回你被他们随便抛弃的尊严,重新寻找一种生活方式。但严酷的生活很快打消了你的试图。他尝试驾驶着那辆耗电厉害的电瓶车去小商品市场批些小玩意准备在附近集市摆个小摊,但不等你把美好的构想付诸实际,严峻的现实彻底打碎了你的梦想:第一次出摊,你就出了血……不仅分文无进,还赔上了昂贵的医药费和剧烈的疼痛。只休息了几天,不等病愈你就再次匆匆出击。而这次你临时安置的摊位被楼上不知哪个家伙扔下一只墨水瓶泼得你满脸满身都是,你只能无奈折返。听你母亲说,你把这事看成一个恶兆,一个对你整个生命构成威胁的不良征兆。从此你很少开口。也可能就是在这时,被恶劣心绪缠绕的你来找我排解的。你不会料到此时的我也被一种前所未有的困境所困搅。我的生命也受到了最严峻的考验。文清,我没能及时来探望你,对此请你原谅。因为我实在自顾不暇。那时刻我也正需要关爱。

　　文清,我不知道最终是什么夺走了你的生命。你母亲说是酒夺走了你的生命。你七旬的老姑母来探望你、劝慰你,你高兴,兴奋,为此你喝上了酒。但仅仅喝了半杯啤酒。我不认为这半杯酒有多大能耐。你说过以前在极其苦闷时你也会喝上两盅,而且是绍酒。半杯啤酒不至于要了你的命罢。你母亲说你喝酒喝到脑子里去了。这话多少透出了一点信息:你借酒浇愁。你无以排遣。你在用心用脑喝那苦酒。悲哉。一个壮年人,一个生命正值壮年的大男人,谁会为自己年老体衰的长辈的几句宽慰话而感到慰藉感到兴奋?不过,文清,我理解你。我们都需要安慰,在某种场合某一时刻某一状态下。我理解那半杯酒。但是,文清,你知道吗?这种病在情志抑郁时最容易发作,大出血,大劫难往往出现在这时候。

文清,你下车了,你终于下车了。听你母亲说,你住进医院后就不再开口。你什么都没说,什么都不说。你对曾经同坐一辆车的同伴、曾经与你有过那么一点龃龉的弟弟也不说。你什么都不说,什么都不愿意说,甚至向你至亲至爱、辛苦养育你、为你操劳了四十年的双亲也没有说。照理,这时候你神智还清醒;照理,你知晓这次发病的凶吉预兆。然而,你不说,什么都不说。不与同乘一辆车的他们招呼、道别、建议、叮嘱。你一声不吭。照理,你是应该说一声道几句的。因为这毕竟是永远的离别。此次相遇就再难相见。然而你就是不说,什么都不说,一声不吭。这种别离,这种无言的别离让人多么苦痛多么沉重,它沉重得让我久久思索,久久无法释怀。

四年来,每到这时节,每当这雨纷纷的时节,我都在思索。

文清,这四十年里,你有过爱吗?文清,你下车了,你提前下车了。你终于坚持不住,下了车,带着让人沉思和沉痛的无奈,怀着难以磨灭的苦痛、疲惫的失望和怨恨(你会怨恨吗)提前下车了,早早地匆匆下了车。文清,你知道吗?在为你举行最后那个仪式时,你的许多同事都赶来参加了,带着他们的肃穆和沉重以及迟到的关爱,来与你道别。这些人,这些平平常常默默无闻的普通工人,他们为你流了多少泪水。从他们的朦胧泪光中,他们看见了你的忍让、谦和、节俭,以及无比坚毅的自制力、无穷无尽一刻也没有止息的病痛。他们为你失声痛哭,痛哭一个平时不为他们所知的生命的消失;或许也有对自己的莫测前景的担忧。文清你一定知道,那天来参加追悼会的人太多了,最终只能临时租借了一个大厅。文清,你在意吗,为你这些善心同事的哀思？文清,这情景你能想象吗？为你这个为疾病纠缠了四十年的手无缚鸡之力的从不会轻易拒绝别人的久病之人。

文清,你以前似乎跟我说过:早知来到人间是这番景象,就不该投生为人;果真像他们所说的,下一个轮回你就决不会投生人间了。当时我很能理解你这番话,因为我也曾有过类似想法。现在我却要劝你了:要是能来,你还是来吧,但来无妨,人间毕竟还有它的美好……到那时你再来吧。到那时,如果我能来我就来,我们都来,而且一如既往。到那时我们再相聚吧。因此,为了那时我们的相聚,我须加紧工作。然而,以我微弱的手笔能行吗？

老人们说,在那些雨蒙蒙的时候,正可以上路。文清,那时是这样吗？

窗外,霏霏细雨还在下。这时节的雨已被写进了诗歌里了。这时节的哀思太浓郁了,就如这细密的雨。这时节的思念太浓郁了,浓郁得解不开消不了。这时节的雨把身心浸泡得酸楚,一管笔似有千钧重,但我仍然必须写。为了文清,为了许多文清,为了我与文清的那个遥遥无期的相会。

散文

我的过继生涯

在我的故乡,绍兴那一带,恐怕是世界上最讲究"胎教"的地方。譬如,那里骂人没有教养、野蛮,总之种种的不好,会冲口而出:贱胎。厉害些的,还会来个"哪孅格贱胎"——你的妈妈就没有接受过良好胎教,可见"你的不好"真谓源远流长了。

我大概也属于那种"贱胎"吧——在娘胎里没有夯实基础,出生就患上了一种遗传病,且是严重的出血性疾病!

我在一篇文章里说过,我的父母曾为此遭受的惊吓:为了拯救我这条小命,他们让我吃过了三位妈妈的奶。然而,我没有说过另外几样的补救措施。虽然它们对不幸成为"贱胎"的我于事无补,我还是想如实招来,也许可使现在的人们了解当时的社会情态。

三位妈妈的乳房没能改变我的尴尬景况,我的惊慌失措的父母根据老人指点,便为我寻找起更切实有效的办法。第一项,动用了金银器——往我项颈上套金的或银的项圈,两只手分别套上金的或银的手镯。后来,他们大概觉得这样还不够保险,就在我的耳垂上动起了脑筋——试图在那里生两个襻,以拴住我、牵制我。但对一个动不动就出血的人来说,在耳垂上打洞、生襻,恐怕并非易事吧。再说,那时又无"激光穿耳"、"无痛无创伤穿耳"之类。据说是用了一根烧红的钢针——扎鞋底的那种,先将滚烫的毛巾焐红、焐烫了耳垂,总之使之失了知觉,然后烧红钢针,咬咬牙、狠狠心,活生生地扎进去!当时我出血了没有、发烧了没有、哭喊了没有?他们又是如何解决的,我就不得而知了。从此我的右耳垂留下了一个小孔。不过,从我的左耳垂依然完好可见,当时他们一定遇到了什么艰难险阻——也许他们只是抱着尝试的态度,先穿一只试试;或象征性地来一下子。我更多的猜测是,试了一只他们就闯"穷祸"了,于是坚决改变主意,停止了试验。

他们的意图其实很明白:为我装上、套上什么圈啊、环啊、襻啊,无非想拴住我、拉牢我,免得我这个小子,一不留神在眼皮底下溜之大吉,按照现行的说法:在人间蒸发了。如是这样,他们会多么伤心啊。后来,他们觉得这样还不够保险,于是在我乳毛褪尽、长出足够梳小辫的毛发后,就在我的后脑勺为我留了个"把柄",准备在我滑脚开溜时,以便一把揪住!有时我想,以后社会上流行"揪小辫子",出典一定在我们家。哼哼,你这个坏蛋,辫子抓在我们革命派的手里,休想开溜了!这些当然属题外话,在此打住。还回到我的可怜的父母亲。

现在,我当然知道了他们的良苦用心:为我扎小辫,意无非一个"留"字。

在那些年,我的父母为我留了很长时间小辫子,附近却从未有人以此为我起绰号。这倒不是我的厉害,而是因为,我的同龄人,每天出门前必给家长反复敲过"木鱼"了:不要无事生非,无端地招惹我。如是这样,赶出家门、遭打挨骂是小事,赔起医药费来可就坏事了!那时的孩子经受着贫穷,大都能体恤家长的艰辛,有点"家贫出孝子"的味道,乖巧得很。老远看见我,他们唯恐躲避不及,怎么还会主动送上门来挨我一刀呢?如是这样,岂非宰得他们倾家荡产?因此,这种雅号绝对没人敢起的,更不会广为流传。

后来,我的父母觉得光使用金银还不太保险——在有些性命攸关的紧要关头,这些"法宝"好像不太管用,根本压不住"邪"嘛。不知谁出的主意:把我全副武装起来!于是为我搞来一套海军军服——就是那种白衣蓝边、披肩垂背、领结系颈,胸前标有"中国海军"字样的很正规的水兵服。夏秋两季,整天让我紧巴巴地披挂上阵。我这个样子一定很威武、很健康吧,他们便把我拖到或小南门或文庙路上哪家照相馆,为我摄影留念。但等相片冲洗出来,嗬嗬,还是形象不佳嘛!你完全可以想象我的"光辉形象"——一身水兵服、脑后梳小辫、颈上套项圈、右耳悬下个大耳环;神情怠倦、两眼困顿、脸颜蜡黄地注视着这个灾难深重的世界,活脱脱一个烟瘾十足、不可救药、最终难逃全军覆没的北洋水师官兵!!

然而,它也没能让我风光了多久,在一次急性大发作中,由于来不及解脱,在一家医院的急诊室,一位医生用剪刀刹那就肢解了它。只是它带给我的家人荣耀和哀伤参半的记忆,一直被他们珍藏在那个上了锁的抽屉里。不久前,我的母亲还跟我说起过它。不过,她说的是,它与一起装备过我的、同样被小心收藏在那个抽屉里的金银器,不知怎样全了无踪影——必定被哪个馋唠坏与街上的货郎担换梨膏糖吃了。

又扯远了。

套项圈、挂耳环、戴手镯,留小辫,穿军装,煞费苦心的举措收效甚微。

我的可敬的父母亲又为我想到了一着好棋：找户好人家把我"过继"出去。听说，当时家有问题儿的，在黔驴技穷之后，大体取的此法，据说效验还差强人意。有一度，他们还差点把我"过继"给泥塑木雕——什么庙里的哪位菩萨呢，后来不知怎么打消了主意。现在我想，这种把"问题孩子"过继给他人的方法，至少含有两层意思。一，嫁祸于人——这么"过"过去、"继"过去，不是把自家的晦气往别人家里转移吗？因此说，此法实在有点"险恶用心"；二，把别人家的"祥和之气"嫁接到自家来，也就是"借光"的意思；这样说来真是"用心良苦"。总之，这种当年在小市民中惯用的做法，在我们家也兴了起来。出发点是为了拯救我，帮助我摆脱生存危机！

一天，我与妻子说起此事，她就问：做这种事总要搞落两钿吧？我答：详情不知。但根据常理推断，办成这种事，总难免要"人情往来"一番、"人头世债"几回的。譬如总要在逢年过节：端午、中秋、阳历新年、农历新年……热络热络的。这下可苦了我的父母大人：本来就开着家人手不够的杂货店，又摊上我这么个多毛病、三天两头就要冒出来搅得人仰马翻、六亲不认的捣蛋鬼！原本往来的亲友就够多了，现在又出于这样那样的动机，又要为这个小子认一门"干亲"。于是那个忙乎劲呀，只能用孔老夫子的话来说了：唯女子和小人难养也！然而，我的父母始终还是应付自如、忙而不乱，居然把彼此间的关系理得那么顺溜，气氛也营造得那么融洽、热乐，不仅让人家心安理得认了这门亲，还认了我这个不定真是什么讨债鬼投胎的不祥之物为干儿子。

尤其难能可贵的是，我的双亲为我选定的那户人家。当时，我家附近可谓铺面林立、五方杂处。光店家掐指算来就有南货店、洗染店、裁缝铺、理发店、中药堂以及煤球店，等等。还有几家属于"社会贤达"，甚至专营"剪径"勾当的显赫强人。我的父母所以撇开那些或强或贵的人家，单取煤球店,在我看来,主要基于以下原因:一、这户人家跟我母亲算是同乡,均为浦东本地人;二、这一家子都是厚道之人,本分之家,挂靠他们,放心;三、弗洛伊德的潜意识理论在起作用:煤球、煤炭不是均为不可再生性资源?为世界列强企图霸占或控制的战略物资;在民间话语里,煤球、煤炭作为价廉物美、经久耐用的燃料,又有兴旺发达、薪火相传的意思。因此,我的双亲所以没有取"富豪"、"贤达"、"强人"为我的过继对象,单单取了煤球店的老板、老板娘做我的干爹、干娘,不仅足见他们颇具眼光,也很花费了一番工夫和心力的!

不过,按上海人的口语习惯,我不叫他们"干爹"、"干妈",而是叫做"寄爹"、"寄娘"——这个"寄"字寄托着多少希望和奥妙啊!你细细玩味吧,可谓意味无穷,十二分地情真意切。

如上所述,我的寄爹寄娘开了家煤球店,两开间门面,朝西。我的上面,已有三个寄姐姐、一个寄哥哥。这位哥哥是他们家的奶末头儿子,北方人称"老儿子"的那种角色。由此可见,他们家的男丁不太兴旺。现在,他们家过继了我这么一个男孩儿,自然喜出望外。因而两家相宜,皆大欢喜。依我看,我的这位寄哥哥、他们家的小儿子,年岁比我大了好几岁。至于尊姓大名嘛,跟《三国演义》里那个大吼一声震塌"长坂坡"、只身救孤的赵姓大将相仿,只省略了一个无关紧要的虚词。对了,我这位哥哥的大名叫赵龙!可能因为我的那位勤劳、本分的寄爹听大书听多了,有点崇拜包龙图包青天,恨不能跟随他老人家鞍前马后地奔波,因此顺手牵羊给我取名"赵虎"——赵龙赵虎,生龙活虎,龙假虎威,虎借龙风,不是很威风、很兴旺发达吗?再看我的龙哥哥,确也够生猛的:一副敦厚的好身板,两条短粗有力的腿,分明是一员龙将么。再看看我的寄爹、寄娘、寄姐姐们,一式厚实的形貌:上身宽厚,下身呈方柱形,与那些头重脚轻之辈比,显然稳重多了,也正派多了。美中不足的是,他们的上肢相对于他们的下肢,略微长了些,这多少有损于他们的形象美。但不要紧,他们那总是微红的脸透出的不都是健康吗?健康不好吗,健康正是我所缺少的。我的寄姐姐们跟我的寄娘都一个样:一张多肉的团圆脸;一式的装扮:一头齐耳短发,一身深绛色的衣衫,呈现出一派红扑扑的落落大方的健康美。我想,我的父母亲所以相中他们,可能就缘于他们的体魄吧。有这种强健体魄的人,人品肯定错不到哪里去的。

事实证明,我的父母选对了。这确实是一户殷实的好人家!

以后,我的寄姐姐、寄哥哥可能觉得凭空里多出这么个多灾多难、终日让人抱着晒太阳的病病歪歪的小弟弟好生奇怪吧,于是结伴着一趟趟地赶来看。当然得装出偶尔路过的样子。在记忆里,我依然能感觉到他们当时的神情:脸上预先挂着笑容,若无其事慢慢向我走来,也不紧挨着我们家门口走,而是故作远离的样子,譬如走路中央或走路的另一边。要是我们的目光恰好相遇了,他们就迅速避开我,或探头朝我们家一望,就一呼拉地跨过去、蹿过去了。如果恰好被我的家人撞见,他们那些不自然的笑脸上就平添了几分怏怏,涨得通红,步子也迈得更快了,转眼之间就脱兔似的消失得无影无踪。原本都是老实人嘛。有时我的母亲看见他们,就会叫住他们,请他们进来"坐一歇";或者抓一把糖果冲出去。但她这么一热情一咋呼,反而赶得他们噼里啪啦一阵狂奔,仿佛背后果真杀来了追兵。返回时也坚决不走原路了,而是专抄什么小弄堂回家。其实,他们大可不必躲我的,我有的是人抱,更不会缠住他们喊"抱抱"的。再说,我母亲也从不放心那些毛手毛脚的毛丫头毛小伙子。万一有什么闪失,你叫她如何是好呢?因此说,他们的避嫌多少有点小家子气,不足为训。

倒是我的寄爹要大方多了,也厚道多了。无奈他实在太忙——名为"老板",家里放着能干又肯出力气的伙计不用,偏要自己忙进忙出的:运货、送货。我至今记得他的形貌:大眼睛,隆鼻,大嘴巴,薄薄的嘴唇,属于阳刚的那类人；身材不是很高，寡言。他终日骑一辆"黄鱼车"——就是那种车斗放在车龙头前、有三个高高的车轮、一条长长车链的人力车，在我家门前来来去去的。车斗不是堆着墨黑的煤球，就是装着木炭。他呢，头戴那种披风至肩、电影里日本兵戴的布帽，一张脸墨仑擦黑，唯留下两只大眼睛，露出一口白齐的好牙！两条不太长却十分有力的腿轮番踩踏着，车轮飞转，以至于那辆装着弹簧因而弹性十足、声音很响的"黄鱼车"，在我家门前那条高低不平的路上忽儿鼓咚咚地一路而来，忽儿铮铮铮地一路而去。每当这个时候，在门口抱着我晒太阳的母亲或者娘姨，就会拍拍我的胸或背，遥指前方那辆车、那个人，要我叫"寄爹"。寄爹不听见、不看见也罢，听见看见了，必定在我前面"吱"的一声刹住车，脸绽笑容，嘴里诺诺作声，连连呼道"小弟好，小弟乖"；要不就和蔼地对我说："寄爹忙啊！"请求原谅似的，说后忽闪着黑白分明的眸子，露出一口整齐的白牙，驾车复又匆匆离去。寄爹本是寡言之人，又怕难为情，你要他热情奔放、情意绵绵，难啊！当年的我实在有点为难了他，每每见我招呼，他总要停车回应，透出对我的深情厚谊。因而，在我的印象里，他永远是一双有神的大眼睛和一口洁白整齐的好牙齿！有人说，眼睛是心灵的窗户。我倒认为，一口好牙是一个人人品的写照。有这样一口白牙的人，至少说明了他不沾烟酒、诚恳为人、勤恳做事的人生态度。这样说来，我有这样一位寄爹实在是令人高兴的，至于他抱不抱我，就无关紧要了。

而我的寄娘，她留给我的记忆只有温情了。但不知何故，她那口好端端、齐崭崭的牙上不知怎的镶嵌着两颗或金或银的假牙。每天黄昏之际，忙停了家里的生意或家务，洗涤一清之后，短发上滴沥着清水，浑身洋溢着或"面友"或"百雀羚"幽香的她，"妈几妈几"短胖的身子，就来我们家与我母亲"拔话"。我母亲见她来了，就赶忙从店堂里拖出长凳。然后，两人就坐在我家门前那块朝南的街沿上，面对着繁荣的街市和过往的车和人，不咸不淡地说起话来。说话间，她会趁机从我母亲手里接过我，以一口浓重的本地口音，不断地招呼我："小弟乖，伲小弟乖来。"一边不断伸出红而多肉的手掌轻轻拍打我的胸、背、肩，其情其意十二分地慈祥。这个时候，按照我母亲的一贯做法，家里倘有好吃的，她照理会关照弄几样带去吃吃的。但在我的记忆里，其他街坊有这种事，她老人家好像从来没有这样过。我倒记得，每到吃饭的辰光，她总会坚决放下我，拍拍屁股走人。

至上世纪五六十年代，我家杂货店终因"公私合营"关了门。寄爹、寄娘家煤球店好像勉强维持了一段时间。我寄爹、寄娘家开着煤球店，照理我家是不会短缺燃料的。但奇怪的是，在我懂事以后，也就是说，在我能怀揣一本"购煤卡"，手端一只小畚箕去买煤球时，却偏偏不是他们这一家，而是与我们家同在一条路上的西边的那一家！现在想来，其时不是我寄爹、寄娘那家店也已打烊了，就是一切都在移风易俗，不兴这一套了。最好的解释就是他们——我的父母亲和我的寄爹、寄娘都是那种自爱自重的清廉人，讲究"亲兄弟明算账"。

后来，随着我渐渐长大，繁华的街市也只剩下很有限的几家：一家南货店，一家烟纸店，一家米店，一家糟坊，绝大多数商铺都关门大吉了。随着各商家纷纷关门打烊，这种为众多小业主热衷的"认干亲"的民间活动也逐渐式微了。再后来，我的父亲远离了我们。再后来爆发了"文化大革命"。这时候，不说我们家，就是那些稍微有点铜钿或背景的人家都无不夹紧尾巴做起了人。这种多少有点张扬的民间活动终于落幕告终了。这期间，我的那些厚实的寄姐姐已长大成人。只是，她们在我的眼里没有长高反而矮了许多。以后她们陆续参加了工作，再后就嫁人生子。几乎每一天她们都要在我家门前经过，这时她们的神情就不必快快了。有时候我们目光相遇，她们最多对我微笑、淡笑，然后以一贯的步态，大踏步地向前、向前。再后来,即使这种笑容也很少了,大都是视而不见、视若无睹。只是我知道,在心里,她们仍记惦着我——她们的寄弟弟,用句书面话,心照不宣罢了。再后来,我的那位寄哥哥也有了工作。一身斜肩胛、藏青色劳动布工装的他心气高昂地在我家门前走来走去,这时的他完全视我为陌路人了。是啊,这个世界发生了这么大的变化,要是他还一成不变、一如既往、一往情深,倒有点不正常了。由此可见,变是正常的,是符合事物发展规律的,不变才是不正常的。不正常就要吃药了。

当然,不变的也大有人在。虽然这种墨守成规者会被人视为"老古板"、"老古董",但我更喜欢这样的"老字号"。这样的"老货"似乎更有人情味,更货真价实。再以后,我们家搬离了那里。几年前,在我的母亲还没有长期卧床之前,也就是说,在她还能走走时,有一天,拄着拐杖想去老房子看看的她,在路上巧遇了我的寄娘。我听说,那时候我的寄娘也老得不成样子了,也吃上了药,只是她比我母亲硬朗些。那天,我母亲回家跟我说起了此事,她告诉我,寄娘记惦着我,还对我作了种种叮嘱,总之很是古道热肠。听母亲如此这般诉说,我顿时感动得不知如何是好,于是在心里对她说:寄娘啊,托你老人家的福,我暂无大碍,成年后我就脱离了我母亲的羽翼单独过了,面对着防不胜防的发作,虽仍然不免惊慌失措,但不再病急乱投医了;我感激你给过我的福祉,谢谢你了,我的尊敬的寄娘,祝你老人家健康长寿!

我不记得我的寄爹是何时去世的,我的母亲从未跟我说过。

我倒记得,以后,我的母亲又为我找了一房"干亲"。那是在"文革"中期。这可能因为我的疾病依然此起彼伏、来势凶猛,也可能因为"习惯思维"使然,我的母亲一直没有放弃为我寻找生命的依托——过房亲。不过,此次她寻的不是开煤球店的,而是过去开米店的。因那时不兴这一套了,终究始乱终弃,难成气候,应了那句老古话:巧妇难为无米之炊。现在时过境迁,我想,当年,我的母亲在为我选择过继人家时,为何始终在关乎国计民生的"黑白"两道里兜圈子呢?看来这不是命运对我的宿命的安排,就是她的出手不凡、境界不俗了。

炊乎,食乎,不是人类赖以生存的最基本的要素乎?

2003 年 6 月 21 日

散文

我的奶哥哥们

我说过涉世之初,我曾给了我父母的惊吓:脑袋上长了个肿块——实际是血肿。孰料它见风就长,几天工夫就成个巨大的肿包。看样子不对劲,我那位对医道无师自通、信奉"偏方一味气煞名医"的"三脚猫"祖母,自作主张央人为我缝了顶"压发帽"。这顶用玫瑰红碎织锦缎、嵌有金银丝做成的小滴子压发帽,我以前见过。它确实用料讲究,制作精良,但却丝毫引不起我的美感,倒勾起了我对往事不安乃至苦涩的回忆。当然,在当时的认知能力上,我不一定能把握它,但在潜意识里,它给予我的感受,肯定点滴不漏地在我身上烙下了什么,以至形成现在世界上独一无二的"这一个"——我。

压发帽做好后,我祖母特意选了块干净平整的银洋钿——当然是"袁大头",因为"袁大头"纯色好、分量足;又找了块薄薄的花洋布,把银元缝进了帽里。我现在分析,新生儿的头围一般不会超过100毫米的,一块银元的直径35毫米,也就是说,把银元平摊,覆盖在我的脑门上,大约占三分之一面积吧。试想,把一块坚硬的金属整天压在一个新生儿的细皮嫩肉上,不管它叫"血肿"也罢,头皮、脑袋、头顶心也罢,其滋味肯定不会好受的。因此,昼夜啼哭是免不了的,寝食俱废是免不了的,手舞足蹈努力挣扎大概也是免不了的。

  而这些可敬的老人却充耳不闻,视若无睹。她们满以为"辛苦"几天,就如当今那些日本人惯于高喊的口号:"加油干!"——再努力一把,就可以把这个日夜长大、似乎不祥的"肿块"镇压下去的。因为它毕竟为精血所聚、血肉所造,即使再任性,在坚挺的"硬通货"下面,很快会疲软的。除非它不食烟火,也练就了一身刀枪不入的硬气功!殊不知,几天下来,这个家伙偏偏不买账,不仅不见好就收,还摆出蓬勃的姿态。于是乎没几天,我便成了城隍庙工艺品商店里那个万寿无疆的老寿星!写到这里,必须说明,以上种种,都是我从长辈的闲聊中得来的;"老寿星"云云,则是我的修辞手段。我母亲就反对我自比"老寿星"——出生没几天、几星期工夫,且明摆着多毛病、讨债鬼的架势,怎可以自比"老寿星"呢?尽管我再三言明,我只是把自己比作那种泥塑或瓷做的工艺品,她还是觉得不妥。她认为,这种比喻不仅蹩脚,还有亵渎老神仙的危险——"老寿星"不是一方神仙吗?罪过罪过。怎么才能把当时的惨状告诉读者,以便产生直观的印象呢?就把我那颗头颅比作梨吧,一个"倒生梨",就是那种已经溃疡,需削去四分之三方可落肚的"莱(烂)阳(疡)梨"。但即便把一颗粉嘟嘟、有模有样的头颅比作一颗不慎使用了伪劣农药后的"烂疡梨",血肿仍不见消退的迹象,人也发起烧来。在费了一番口舌后,只能废了那味没有气死名医、反差点被小医生骂死的偏方:压发帽。

赶快送医院吧。

当时,人类的认识水准很有限的。在这座东方大都市,即使所谓的专家权威对此种遗传性出血疾病也知之甚少。辗转了好几家医院,直至被勉强接纳。医生稍作诊断,即找来了大号针筒,套上钢针,捋起衣袖,一把压倒我就动作起来。听说,当天抽了一管血(几十CC),次日或隔天又抽了一次。一个小小的新生命有多少血可供你们抽啊?于是老寿星消失,幻化成了一只桂圆(我母亲语),当然指我的容颜。在我的成长过程中,我就听我母亲屡屡使用过这个词:桂圆。考虑到它的真实性和原创性,在此我也只能照单全收了。再说,这个词也确实形象生动:蜡黄的皮色,还瘦、还小,不是"桂圆"又是什么呢?活脱脱出自福建的上等"龙眼"。可以想象吗,一颗抱在怀里或躺在摇篮里的桂圆是什么样的?可惜它没有被包裹在锦盒里,否则倒可以去抢夺什么市场份额的,或进贡给有权有势的领导人,以滋补他们日理万机因而脆弱的心脏。只是,在那些天里,我们家快开不成了杂货店,倒要开水果店了——从生梨到桂圆,不是水果店又是什么呢?

连续抽了好几次血,头顶上的血肿不见了,人也快要不行了。面对着一颗"桂圆",当务之急,还是救人要紧吧!而要救活一条小生命,唯一可行的办法就是找奶妈。我听说,我妈妈的奶水原先很丰盈的,但经过这么折腾、惊骇,顿被吓退了大半。没办法,只得另找生路,而且一找就找了两位!

一个小小的"仁儿"同时吃了三个人的奶,是否有些奢侈,有点寄生虫?幸好不在"文革"中,否则被揭发出来可要倒霉的。不过,在我们这个家庭,每当我"忘恩负义"、"犯上作乱"时,我这段欠光彩的历史就会被人拎出来,以儆效尤。它是我终生不愈的心病,是被看作讨债鬼的又一例证。

那么，我的奶妈是谁呢？我一直在想、在找。

我认识我的奶妈是从认识我的奶哥哥开始的。

记得懵懂初识起，我就常在街上看见一个体格健壮、形貌端庄、肤色白净的小男孩。光着大脑袋的他鼻下拖着两根大鼻涕。大热天里，干脆打赤膊，只系小裤衩，赤脚大仙一个，满世界撒开脚丫子噼里啪啦地上蹿下跳，活像我家鱼缸里的蹿条鱼。稍长，勉强识得几个字，我迫不及待读起了《水浒传》，认识了英雄好汉里那员好水性的猛将——浪里白条，于是我想，大概这位张好汉当时也像他一样折腾的吧。与好汉不同的，他只是在家门前那条弹格路上瞎折腾。后来，同龄人中有了哪吒的追星族，也玩起了滚铁圈的把戏——找一个废旧的钢圈，用一根小铁棍，嵌托在钢圈的凹槽里，推起钢圈满世界地走。于是乎，这条用卵石砌成的马路上整日价电光火石、战车隆隆，到处流窜着一支支金戈铁马——分明也是一种飙车嘛！当然，这种很让人过瘾的把戏没有我的份，我只配当一个规矩的看客。说句题外话，即使今天，我依然也是任何喜剧、悲剧、闹剧的忠实的看客；从不瞎起劲，从中轧一脚，这样倒也免去了不少悲欢离合。在"风火轮"一族中，有位身姿矫健的少年引起了我的注意。他的年龄大不了我几岁，但其身高、体格，那种龙腾虎跃的样子，又分明长了我好几岁！用一句时令话说：他一出现在路上，就会夺了我的眼球！再后来，他可能觉得这种滚铁圈的把戏不太有出息、小儿科，于是玩起了更高级的"滚圈"活动来：哪家门前停有自行车，他就上前，自作主张地为人家支起"撑脚架"，然后手脚并用，又是摇又是踏的，努力把那镀"克罗蜜"的条辐、锈迹斑斑的车轮弄得呼呼作响，即使对面的景物也清晰可辨、伸手可触——对了，问题就出在"伸手可触"这一假象上！一天，他似乎觉得飞转的钢圈里什么都没有了，只剩下一道道弧光，呼呼地在眼前撩拨，于是伸出了一个小指头，就像有些馋唠坯那样——用指头蘸点口水，伏于桌面，沾上被人遗漏的芝麻或白糖，借机往嘴里送。那天，他伸手刚往银光闪烁的车轮里送，只听"噗笃"的一声，一截小指头就应声落地了。顿时傻了眼的他，居然也不觉得怎么疼！那时候，"断指再植"这门绝活好像还只掌握在少数几家医疗机构的实验室里。幸好那截无缘成为科研项目的小指头不是要害部门——很小的一段。虽然很是无奈、很痛惜，一顿"生活"还是没能逃脱。不过，被打过骂过之后，手上裹着白纱布，他还是很快出来了，依然是一员骁勇的战将。

后来经人指点，我方知这位"断指将军"就是我的"奶哥哥"！而那位对儿子严加管教、大声训斥，喉咙乓乓响的女人就是我的奶妈！事后我想，难怪见我在门口晒太阳或乘风凉，这位相貌平实、腰板宽厚，梳一头齐耳短发、说话带点苏北口音的中年妇女总会向我投来会意的笑！

再后来，他们家搬离了这条路。不过，仍在附近，我们仍然不时照面。我不知当时他是否知道我们之间的那层关系，我想，要是他知道我们间的关系——在他最需要进食的时候，我夺了他的"口粮"，他就不会这样对待我了，说不定会在深更半夜里来我们家门前装神弄鬼，要不干脆向我家洞开的窗里门内扔进什么东西。

我记得，民间有句老话：吃谁的奶就像谁。我认为，这里所谓的"像"似含几个层面：形貌、身材、性格脾气上的酷肖。我像不像我的这位奶哥哥？就是说，我们在哪些方面相似或者相像，我本人说不上的，须旁人加以评定。在这里，我说我们的"像"，可能在命运上吧——中学毕业后我们都被分进了那种需要早起早睡的单位。

因天生是个残疾人，我被分配进了一家副食品公司，说白了，是一家菜场。他呢，大约也因相同的原因，被分进了饮食公司，说白了，是一家点心店。在一段时间里，我们常在那家店堂不大、生意却很兴隆的点心店里相遇。时间大都在早上七八点钟,进食的高峰时段。从严格意义上说,这家点心店算不上真正的点心店,只供应各式面点和馄饨,连汤团、生煎都没有。我们在这里相遇时,他已出息成了大师傅——灶台师傅。

现在想来,这家点心店除却一个卖筹码的,还有两三个跑堂兼打杂的。他的地位显然举足轻重。一件短袖白布衫绷紧在他肌肉发达、腰板挺直的身躯上,一顶油腻腻的小白帽紧扣在他长而圆的脑袋上,嘴上还横叼着点燃的烟——当然是那些想吃得"落胃"些,对饮食有特别要求(如软、硬)的食客敬献的。他们通常的做法是:点燃香烟,像插香葱那样,朝他那个老是裂唇嬉笑、即使再忙也不忘忙里偷闲说上几句并不高级的笑话的嘴里一插了之,也不管他想不想抽。因此,在我的记忆里,他给我的印象总是这种横叼香烟的模样。

想想也真亏他的,当年无端被我夺了口粮,居然还出落得这么个好身段,还有那种活泼、乐观、甚至幽默的好性情!我曾经仔细揣摩过他:在这家座无虚席、热火朝天的店铺里,他简直如鱼得水。一边跟人(相干不相干、熟悉不熟悉的顾客)打趣逗乐、说说笑笑,一边把一大摞海碗,在那个足以铺排三四十只大汤碗的灶台上利利落落一路撒下去。安排定当了碗,他掀开灶台角落里那只永远在沸腾的铁锅,拔出一柄拳头大小的汤勺,从铁锅里接连挖出一勺勺汤料——准是什么肉骨头汤。与此同时,从另一只面盆里抓出一大把细香葱,撒胡椒粉那样一一抖落在汤碗里,然后握起大爪篱,侧转过脑袋,以避开白雾腾蒸、如浑堂里那样一阵阵涌冒上来的水蒸气,用爪篱和那细竹竿样的筷子交合在一起,一撩一撩地按需打捞起一拨拨长面条或翻滚的馄饨。完了,他直起喉咙面对店堂吆喝一声:好来!两位跑堂应声跑来,各自从食钵里划出种种"浇头",一碗碗辣酱面或什锦面或排骨面就被他们装在托盘里端了出去。我还注意到了,他又是个勤快的洗碗工——稍有空暇,他便弯腰迅速从身后那只永远在哗哗作响的水斗里捞出一只只脏碗,在手里转了转,也不知洗净了没有,把它们一一搁在灶台上。生意反正好得"热昏",人们不太会在意这些的。有时即使忙得手脚并用,他也不忘窜下灶台冲到店堂里跟人开上几句玩笑……高峰时段,甚至整整一天,生意全靠他一人支撑,称得上努力而能干的员工!只是他不太理会我,也未必知晓我与他的那层微妙关系。也许在他眼里,我充其量不过是一个街坊,一个昔日的街坊。有时看着精力旺盛的他,我总不免会想,同样吃一位妈妈的奶水,我们之间的差异多么不同啊!并由此断定,吃什么人的奶就像什么人这句话很没道理的。

十多年前,我调离了那家单位。一天,我跟随新单位的同事去浦东参观。在一家富丽堂皇的大饭店门口,我老远看见一个头戴高白厨师帽的男人在跟人说笑。哦,是他!我正想好好端详多年不见的他,忽见他右手一挥,做了个很夸张、很张狂的动作,令人不可思议,有点吃不消。于是我大惊失色——浦东已是新区了,又是开发开放的前沿阵地,国际友人云集,你高高站在这么个醒目的公众场合,不仅大声喧哗,还手舞足蹈,朝自己那个不太上档次的地方指指戳戳,这不是有损新区形象嘛?你是否快活得过了头,幽默得出了格?于是我希望,这总不是因为同吃了一位妈妈奶水的缘故吧。我的奶哥哥哟,看在我们同饮一挂奶的份上,我想给你提个醒:以后请千万注意了。

我的另一位奶哥哥,他又是谁呢?

很可惜,我一直对他一无所知。尽管我知道,以前他们家也住在附近,但从我懂事后,他家就丢失了,在我的视野里。

然而,若干年后,我们又相会了,而且做了邻居!似应了那句老话:世界很大世界也很小——弄来弄去又聚到一块了,真有点"不是冤家不碰头"的味道。

八十年代初,我们家搬离了老城区那条某位著名人士住过的马路,迁至紧贴老城圈边缘的一个大杂院。安顿下来以后,我发现,有位健康、和气,比我母亲稍年轻的妇女好像对我格外地和颜悦色,还不时热络地喊我的小名,令人称奇。奇怪,这位妈妈是谁呢?过后我也不太以为然,归结为我母亲"广结善缘"的缘故。然而,我母亲并不是那种长舌妇,更不像有些苏州人,动辄就来段"弹词开篇",把来龙去脉都跟你交代清楚。

有一天,家人们说到了什么,我母亲无意间插了一句。这句看似平常平淡的闲话,却激发了我的灵感:这位不时来我家串串门的健康而善良的邻家妇女,就是当年喂我以醍醐的奶妈。我终于找到了失散多年的奶哥哥了!

与前一位奶哥哥比,这位奶哥哥就沉稳多了。虎背熊腰、浓眉大眼、方脸隆鼻、不苟言笑的他,据说在一家国营大企业里"坐办公室",自然是一副清正廉洁相。年纪轻轻的他早已成家,平时我看他抱着小孩的那种样子更显得认真负责。而我却仍然一场接着一场地生病,一次接着一次地被家人送往医院。在他的映照下,我不仅寒碜,还有几分委琐、自卑啊!要不然,我很想借助于某种联系,譬如抄水表、电表、煤气表之际,与他续上那种一定很浪漫的关系的。然而,不等我实现那个美好的愿望,院里人们的关系却忽然复杂了起来。问题恰恰出在水、电、煤的使用上。不久有闲话传来,其中就有数十年前本可以成为佳话的那段因缘。可能受"封建文学"余毒之影响,我看问题有点书生气,好一厢情愿。而人家隔着历史看问题,就透彻多了:看出了"雇用与被雇用"和"剥削与被剥削"之间的关系。其实,我很想学学马克思主义政治经济学的,看看那里是否有关于这种关系的论述,但转而想,算了吧,"文化大革命"搅乱了人的思想,有些根深蒂固的观念,靠我一个人改变得了吗?于是抱着随意的态度。

不过,我从我的两位奶哥哥的形貌上得出了一个结论:当年我父母的目光实在可圈可点,值得称道。再说,我的这两位奶哥哥,不是他们家的老三,就是他们家的老二。当年我的双亲所以选择了他们的妈妈,看来是很有讲究的!而当时,在我家附近,与我差不多同龄的男女为家里第五子、第七子,甚至第八子者,也大有人在。这些人的妈妈,我的父母大概是不会请来饲养我的。为此,我感谢我的父母亲;同时深深地感谢我的这两位风华正茂的奶妈妈!因为她们的慷慨解怀,我才得以存活了下来!

我听说,在她们精心喂养我的一两年间,我从一颗"桂圆"渐渐变成了一段出自淤泥、却被洗刷得白肥的嫩藕,引得路人争相观睹。纵然这样,我们家还是难逃"水果店"的命运:从生梨至龙眼再到嫩藕,不是水果店又是什么呢?而我的这一"光辉形象"仅仅维持了一两年光景,随着牙床爆出米粒大的白点点,我这个"水果"——嫩藕,便迅速溶化了,差点化成了一摊水!似应了我妻子的一句话:人家女人是水做的,你这个男人是水果做的!事由是这样的:一天午后,我母亲把我放进摇篮,操持家务去了。半晌,待她返身掀开我脸上的被子,吓得差点仰面跌倒:啊,一枕头的血!(我母亲语)。数十年来,我母亲每每说到这件事,用的都是这个断语:一枕头的血!家人们由此发现,这种很令人讨厌的毛病并非出在营养上!再说放眼远眺,满街的同龄男女,在他们费力地咂吧着妈妈们的干瘪的形同虚设的乳房时,就被他们的爸爸赶下来,靠放点白砂糖或菜汤混就的米粥打发日子了,哪像我这个小子,居然霸占着三位妈妈的奶子不肯下来!非但很不讲理,而且影响也极其恶劣!

我父亲当然有意见了。在经济上,我的父亲向来精打细算、精明强干。一声令下,我被坚决撤了下来——还是改用牛妈妈吧。

在当时,即使新鲜牛奶也不易觅到,除非亲去牛奶场。要不就用奶粉吧——该是调成糊状的炼乳吧。也不知如何为我搞到的。只是喝多了牛奶,我也像起了我的牛妈妈,偶尔犯犯犟,这倒应了那句"吃什么像什么"的老话。

这样断断续续喝到了上世纪六十年代。"文化大革命"前夕,我母亲不知怎样为我争取了一份长期的订奶卡。这实在是个壮举——当时,这是只有少数够级别的干部和癌症病人方可享受的待遇。而我这样一个人,这样一种病,前不挨村后不靠店的,又算哪般呢。

但好景不长,"文革"开始后,新鲜牛奶被无缘无故中断了。后来又被告知,一切都在移风易俗,不再派人送上门喂养"寄生虫"了,除非去牛奶公司自取!谁又愿意每天帮我老大远地去那里取一瓶牛奶呢,不方便啊。

我母亲为难,也很焦急。现在人家喝牛奶都成了瘾了,可谓一日不可无此君,你们倒一下子断了顿,还让人活不活啊。何况又是大热天,我又在重病中——连续几个月的疼痛耗尽了我的体能,按我母亲的说法:再不补点进去,就要"闯穷祸"了!于是只好去求。

我记得,那是个奇热的大暑天。我终日昏睡在我家那个低矮的小阁楼上,疼得大汗直淌。

一天午后,烈日当头,我家的门被敲得嘭嘭响。我探头向气窗外看,一辆装满白色玻璃瓶的三轮卡车停在门前,几个穿白色帆布工作服的小伙子在门外大声嚷嚷。嗬,牛奶公司送牛奶来了!一位热心的邻居马上去寻找不知在哪里玩耍的我的家人。这些快乐的小伙子在我家屋檐下那个台阶上席地而坐。他们耐心等候着我的家人,彼此便逗起了乐子。说笑声从楼下敞开的窗户直抵我的床头,让我听着既真切又新鲜。从他们的欢声笑语里,我知道了不少新近发生的时事,我的因久病而起的阴郁心情为此一扫而空。于是我感到,一个人即使遇到再大的困难、处于再严峻的困境都该好好活下去的。就在他们按响喇叭、等得不耐烦之际,我的家人被邻居们找回了。于是他们一边埋怨着,一边把十几瓶牛奶一股脑地撂在水门汀上,飞身上车,风风火火扬长而去了。当时我们家没有冰箱,也不知冰箱为何物,这些被灌在玻璃瓶中的牛奶,大暑天也不怎样变质。不知他们用的是什么工艺?写出来请教方家。

从此,我开始盼望着这些人来,还巴不得他们来时,我们家都铁将军把门。那时我的兄弟姐妹的玩心也实在不小。神出鬼没的他们难免吃闭门羹。于是他们一边大发牢骚等人骂人,一边开些荤素搭配的笑话……他们的来到无疑为我吹来了清新之风,使无奈被锁在床上的我感到了生的乐趣……这样的情况延续了一段时间。基于此,我把这些小伙子视为我的"奶哥哥"是不为过的吧。

在这里,我还想隆重推出一位"奶哥哥",请大家看一看,看他合格不合格。只是这位"奶哥哥"年龄偏大了些,该称为"奶爸爸"或"奶爷爷"的。

我有了工资后,家里就不再为我订牛奶了。订牛奶喝牛奶成了我自己的事。那时我又是一根筋:时而觉得健康重要,时而感到知识重要,时而又认为金钱重要(在我的如意算盘里,省下喝牛奶的钱正可以买书读夜校),因而牛奶喝得很不正常。通常是:刚下决心转让或回绝了订奶卡,又因大虚脱到处找牛奶喝,在寻觅不得的情况下,再出高价去黑市买。也不知挨过多少的骂!走过那个岁月的人都知道,千金易得,订奶卡难得;长期订奶卡更是求之不得。它不仅要有医院证明,还需去牛奶公司排队等候,总之,繁难多多。

又是那种"断奶期"。我希望得到一份订奶卡,长期以来却无法如愿。然而我没想到,得来却全不费工夫!

一天,我去斗室附近的老虎灶泡开水,在一家食品店前看到有位长着扁圆脸、脸上皱纹密布的男人正悄然向路人兜售订奶卡。我立马凑了上去。是那种临时订奶卡,但还是吸引了不少人。一叠硬纸片很快被抢购一空。曲尽人散,我腆着脸向他表示:我也想要一份,最好是那种长期户头的。那人上上下下打量我一遍,慨然应允了。他要我留下住址,并付定金。我赶紧掏出钞票。他的要价不低,黑市价。那时我已在老城区那间街面房里独立了门户。那里是个热闹的街市,推门就是熙攘的市景。那天,他如期为我送来了订奶卡,果然是一条诚信的汉子。我又喝上了久违的牛奶。几天后的上午,我又去那里打开水,在那家食品店门口,我又看到了他,他又在悄悄地向人兜售订奶卡。我迎了上去,很幸运,他还认识我。我向他点头致意,在他身边看起了热闹。

他的"生意"很好,居然排起了长队。言明只有三张、最后只有两张的他,转身这里摸摸那里掏掏,又变出了一沓子。一沓沓硬纸片换回一沓沓钞票,他自然美不胜收。小心把钞票揣进怀里,他推起路边的自行车;我拎着热水瓶,与他一路并肩而行,不知不觉来到了我家门前。这时的我热衷于"社交",还美其名曰"增加社会阅历",以至于开门揖盗,差点引狼入室,几酿大祸——这是另一篇的内容,在此搁笔。

因为感恩于他的惠顾,那天,我邀他进屋"坐一歇",有点巴结的意思。他爽快答应了。进门后,他大大方方在我的床沿边坐下,面对着形形色色的路人,他一下打开了话匣。他开口说的第一句话,就差点震出我的眼珠子。那天,他掏出香烟,敬了我一支,我笑笑婉拒了。点燃烟,他突然问我:你知道陈璧君吗?我想:哪个陈璧君啊,不会是汪精卫的老婆吧?只是我不明白,这个大汉奸的老婆怎么跟这位偷偷摸摸兜售"订奶卡"的男人也有什么瓜葛啊?

我们是一条船上一同回来的……这位操本地口音的男人挺起胸膛不无自豪地对我说:他是和陈璧君同坐一条船从日本回上海的,言语间透出神秘。时为八十年代中期,社会上极"左"思潮仍有市场。这样的话他说了一遍又一遍,倒使我佩服起他的胆量来。他的闲聊不仅使我对他,也对他经历的那个时代产生了直观的认识。由此可见,他的言谈不失为一种营养,另一种高营养。以后我们就交上了朋友,即使他不卖订奶卡了——牛奶已不再成为紧俏商品了,只要我开着门,他就会朝我门里张望,见我在,他就会撂下自行车,进门稍坐,随意闲谈。当时,在这条长长的老路上,像我"斗室"这样的门面实在不算少。你如不记住门牌号,或想着心事,即使一路找来,也很容易在眼皮底下错过的——我的不少朋友都有过这样的故事。后来,不知是他对我失去了兴趣,还是他一次错过了我的家门就趟趟地错过了,我们遂失去了联系。但不管怎样说,我还是把他归为"奶哥哥"的一类。因为他不仅保障我有牛奶喝,还丰富了我的精神生活,称得上物质和精神的双重营养。我不知道这位"奶哥哥"是否还健在,我在此衷心祝福他健康长寿。

  需要说明的是,本文的初衷是为了感念我父母的养育之恩。孰料拙笔顺着漫溢的思路这里一扭那里一曲,曲里拐弯竟变成了这样,随它去吧!只要你读着有趣,就是这个样子了。

2003 年 6 月 26 日

散文

外婆的王家渡

外婆家,从来是个令人向往的去处。

在我咿呀学语时,所学的第一首童谣就是"摇啊摇,摇到外婆桥"。上世纪八十年代初,一首台湾校园歌曲《外婆的澎湖湾》,曾风靡神州大地。由此可见,外婆的桥、外婆的河、外婆的家……在人们心中的位置确实非同一般,难怪有人会把它们编入歌里长唱不衰。

我的外婆家在哪里呢?

在上海浦东三林塘,一个靠近黄浦江的小村落。顺着年月往下数,它曾有过好几个"名头":王家渡、王家宅、三林公社临江大队、临江小队……而在我心里,我始终把它叫做王家渡。因为在我的记忆中,我母亲每每被人问及"啥旺荡人"(什么地方人氏)时,她总会以浓郁的上海本地乡音,不无骄傲地答以:伲浦东三林塘王家渡!

当时的浦东三林塘确实是个叫得响的"吭荡"(地方)。那里不仅盛产一种很著名的果瓜——浜瓜,还曾流传过这样一句民谣"三林塘三林塘,塘塘有鱼,家家做花(绣花)",称得上富庶的鱼米之乡。

然而从我记事起,它给予我的印象却是贫穷。

何以见得？我最初是从那地方人们的土语里感觉到的。

一般来说,当地人(泛指浦东本土居民)使用方位名词的频率是很高的。许多地名,他们好用"东、南、西、北"来表明。譬如,何处在什么地方的"东班班";哪里在何处的"西海里"。在这里,所谓的"东班班"的"班班"、"西海里"的"海里",当作方位名词解,意谓"在……东面"、"在……西面"。浦东本地人这种浓郁的口语色彩,曾为上海滩上有些滑稽演员创作出不少令人发噱的精彩段子。当然,我不是说他们在奚落,在嘲讽,而只是想说明,浦东人的口语是很具地方特色、乡土气息的。由此推断出,在很长一段时间里,这片广阔的区域曾经是个荒蛮之地:不仅人迹稀少,且无标志性建筑。

我的外婆家——上海浦东三林塘王家渡,过去很有名的。当年,黄浦江里还在行驶小火轮时,就有一班"平湖班"(大约从上海经江苏的平望至浙江的湖州)可达那里。"平湖班"的第一站就是王家渡。

在我的童年、少年时代,从市区去我外婆家尚可"水陆兼程"。

从水路走:从我家居住的上海老城厢,坐上环城(那座早已被拆除的上海城墙)而行的11路电车,向北至新开河下车,穿过一条小弄堂,可通达大名鼎鼎的十六铺码头。十六铺码头旁边,有个小码头,名曰"大达码头"(当年为前清状元张謇所造)。在大达码头,花上块把钱,买张船票,就可乘坐小火轮了。登上小火轮,往那低矮、狭小、黝黯的船舱里一钻,选个临窗的位置坐下(坐具通常是那种长条木制成的镂空条凳),汽笛声响过后,看看窗外黄浦江里翻滚的混浊的浪花,闻闻黄浦江上飘过的腥涩的江风,感受着屁股底下轮机舱里传出的机关枪点射那样的"哒哒哒"的震颤感,十几分钟过后,等轮船放慢速度,最后抛锚靠岸,就到王家渡了。

出现在你眼前的是一大片砂石凌乱、杂草丛生的滩涂——黄浦滩。滩涂后方,耸立着一大幢紫酱色的洋气十足的钢筋混凝土建筑物,它就是当年被日本人炸毁的电气公司(发电厂——南市文史资料有记载)。

踏上那座用木头架成的长长的栈桥,就算到达王家渡的地界了。

绕过那个"空壳电气公司",顺着那条弯弯曲曲、高低不平,或泥泞不堪,或尘土飞扬的乡村小道,一直向前走,拐过一个弯,一座破旧、参差、杂乱的传统建筑出现在你的面前。它就是曾在我长辈嘴里创造出许多惊天故事和美好传说的"庙里"。因而,纵然它其貌不扬、甚至委琐丑陋,在我的眼里,仍是个神秘、神圣的场所。至于它究竟属于什么庙,关帝庙抑或岳王庙,我至今都没有搞懂过。有人说它是关帝庙——我有位舅父的名里有一个"关"字;也有人说它是岳王庙——我有个远亲的名里就有个"岳"字。但在我看来,对这些事推根究底是毫无意义的,因为我们的传统文化不是历来都讲究"兼容并蓄"嘛。在咱们中国,一座庙里多神并存,并非仅此一家,别无分号,因此很难对它命名的。姑且根据乡俗,把它称之为"庙里"吧。只是你千万别小看了它——这个"庙里"虽然几乎成了徒有其表的空壳,但据说在一个相当长的历史时期,这里的香火是很旺的,菩萨也是很灵的,以至于"庙里"作为一个地理概念,曾经方圆闻名!

经过"庙里"那个还算开阔的庙场,继续朝前走。乡村小道带着你时而沿河蜿蜒,时而与寒碜的老宅擦肩而过。小道两边那些门前宅后、篱内墙外泛出青苔的黑瓦青砖平房就是民居了。其中有一家还是我妹妹自幼寄托于此的关婆婆家。小路继续牵着你向前走,再拐过几个弯,即可看到一个小小的池塘,池塘四周错落着不少老旧低矮的平房。这个小村落就是我母亲的出生地、我的外婆家王家宅。

我的外婆家坐落在池塘北面，由几幢呈凹字形排列的矮平房组成。南临池塘的那间是我的外婆家，被她称为"南间"的居室。南间处于那个"凹"字的镂空处，也就是说，它的门前是块空地。在童年的我看来，这块空地是很阔绰的，既可作晒场，又可排场婚丧嫁娶之类。但在我成年后看来，就远非那么回事了。

现在想来，那里的建筑也像当地人的口语，颇具特色的。那些苍黑、矮小、简陋的平房与所有的江南民居一样，都由砖木建成：黑瓦灰墙，石灰涂抹。只是不知怎的，它们或在半腰上，或全部都被穿上了竹爿外衣！在房屋四周系上、罩上这么件严密编织的竹爿外套，我最大胆的设想是，其功用恐怕是为了遮风挡雨、延长房屋使用寿命吧。江南多竹，当地人因地制宜，就地取材，不失为一种好办法。此法透出了当地人勤俭持家、节约物用的聪明才智，但也泄露出了那里的生活水准：捉襟见肘。

在那些"凹"字形排列的平房中，左边，朝西有间属于王姓氏族的"祠堂"。在我们的传统文化里，家族无论大小，都须辟出一间"祠堂"为祭祀所用，这样方可保证人丁兴旺、香火延续。不过，在我记忆里，那"祠堂"里从不见香烛、牌位、塑像、供桌之类，倒是层层叠叠堆放着一垛垛柴火——有麦秸秆、棉花梗，更多的是捆扎成堆的枯枝条。还搁置着大小不一、各具形状的脚桶、马桶、木桶。这些木制盛器被当地人统称为"脚夜马桶"。

以上说的是走水路——坐小火轮，乘"平湖班"。

走水路去我外婆家最为便捷。只因船资不菲，我们一般很少走水路——除非天冻地寒，刮风下雨；要不就是逢年过节，那些既忙乱又兴奋的喜庆日子里。

记得"文革"时期，在"上山下乡、插队落户"高潮中，有趋上海至浙江某地的"平湖班",不知何故倾覆于黄浦江里,满满一船人落入水中,有人还不幸遇了难——我姐姐单位有位同事的女儿是个"自找插队"的知青,就是在这次故事中罹难的,很令人痛惜。从此乘客锐减。再后来,终因经营不善,有关部门关停了这条航线。

去我外婆家,还可以走陆路。

从我们家居住的老城厢,坐上横贯市区的66路公交车,至江边码头,再乘渡轮过江——从前过黄浦江都是用那种以手作桨的小木船(俗称小划子,也叫弇江婆子)摆渡的。只是从我记事起,过江工具已用上了有机械装置的摆渡船。等摆渡船把你送到黄浦江彼岸,就是周家渡了(现在世博会会址选在这里)。

在周家渡乘上公交车,听到售票员大叫"三林三林",你就该下车了。从汽车站抵黄浦江边的外婆家——王家渡王家宅,约有九华里。这段路无车可乘,都是田埂道、烂泥路。幸好我有位舅父在三林镇边那家刀片厂里工作。先前叫光荣刀片厂,后来改名上海刀片厂。这家由市区迁入浦东的国营企业,在当地很有名的。在该厂做事、拥有城镇户籍的舅父,在当地也算得上"知名人士"。说句题外话,我舅父当年所以舍弃便利而繁华的浦西,甘愿返乡做"乡下人",就是为了照料我的日益老迈的外婆!事实证明,我的舅父确系言行一致的大孝子,在当地有目共睹,老少咸知。

从陆路去我外婆家,倘若你觉得脚上老茧作怪,或者被新皮鞋磨破了脚皮,总之,有点"行路难",你只消去刀片厂门房间通报一声:谁谁谁的什么人在厂门口,麦克风立即会裹着一团刺毛虫泼辣辣地喧响起来:

啪啪,王某某,啪啪,王某某,有人找,有人找!

不久即可见到我那位永远瘦长条、永远笑哈哈的舅父,迈着细长而轻盈的脚步,匆匆向门口跑来。可能因为这样的事件太司空见惯了,往往不等你表达完毕意思,舅父就会以他不改的乡音,爽快地对你说:好啊,侬等我一歇,我去关照一声!说后撇下你,轻松地返身进厂。要不了多久,他就会推出那辆车轮、车辐上永远沾有泥巴,后轮两侧、书包架下端永远衬着两只大尺码橡胶跑鞋底或套(雨)鞋底、用自来水管铸成的坚固结实的自行车。他请你坐上书包架,嘱咐你拉牢、攀紧了。等你抓紧、坐稳了,他捏住车龙头,一只脚踩住踏脚板,另一只脚不停地跐地作划水状,慢慢地起了车。他一边趟着车,一边不断地回头问你:坐稳了?坐稳了。捏紧了?捏紧了。问答之间,他飞起一条长腿,往车架里这么一挖、那么一绞,扭了个很标准的"8"字,总算完成了那种颇有点高难度动作的"前上车"。这时候自行车必定忽左忽右、颠倒起伏,作出垂死挣扎状。可你千万不必慌张,更不要突然跳下车子。它不过如此这般挣扎了几下,自然会有惊无险、转危为安的。等你还没有喘过气来,舅父早已载着你在尺余宽的田埂上前后乱颠、车轮滚滚了。你在书包架上紧张得虚汗直淌,他倒有心思单只手把龙头,一路上笑呵呵地跟人寒暄打招呼!无论在工厂还是在乡村,舅父都很有人缘的。因而,花上十几分钟,向人请个假,送个把亲友回家,在他从来不成问题的。

　　到了外婆家,他把你连人带包一并从车上卸下,问候或关照几句自己的母亲,乐呵呵地要你多住几天再走,然后把那辆人高马大的自行车掉个头,最后长腿往后一挥,身轻如燕飞腿上了车。这时你一定注意到了,卸下"包袱"赶回厂应差的他,这次用的是那种轻松自如的"后上车"。

　　听说,我这位舅父的身世很悲苦的,而他却始终身心康乐。"文革"期间,他曾被附近学校、工厂、公社邀去"忆苦思甜"。据说他的报告常使听众泪满襟。我舅父的故事将是另一篇什的内容,在此略去不提了。

　　不过,我们不轻易麻烦舅父的。这样,九里路只能走得人"走油"了。

　　由于诸多不便,在童年时代,我不像我的兄姐,把外婆家当成了真正的"外婆家"。不用说年节、"寒暑"两假,就是平时,他们动不动也去那里住上几天。因为那里确实有不少好玩之处、好玩之物。夏天,在河浜里游游水,在树上捉捉"皮虫",或捕金乌虫,或粘知了;秋天,做做蟋蟀须草,抓抓蟋蟀,斗斗蟋蟀。至于捕鱼捉蟹、偷摘偷食哪家的瓜蔬,则是寻常事了。还能获得意外的收获:麻将牌、玻璃球、鼻烟壶、甚至军刀、土枪。说句题外话,他们当年陆续从外婆家捎回的零星麻将牌,曾被我拼凑成一副陆军棋——剔除其色差、形状、大小不同的另类,用红蓝铅笔在白纸上一一封上"军衔",贴在那麻将牌上,就被我轻而易举缔造出了两支出色的军队,让那些在路边玩泥巴的同龄人羡慕得要死。由此可见,每次去外婆家,都能带回"精神文明"和"物质文明",真可谓"两手抓,两手都要硬,两手都要稳、准、狠"。我的意思是说,我的哥哥姐妹们,每次去乡下外婆家,除却带回丰硕的物质成果,他们还会为我捎来有声有色的故事。比如,不知是我的哥哥还是我的表弟,大冷天的居然别出心裁要去河里捉鱼,结果"一失足"遂成"十日谈"——不慎跌入河浜,成为乡邻们长谈不衰的笑柄……

这些故事,每每使我产生丰富的联想,即使那些亲自投身"实践"、出了真知的"实践者",也未必比我的活色生香。

综上所说,由于病的缘故,我很少出门远行。即使去外婆家,对我而言也算得上一件"出门远行"的大事情。稍长,见兄弟姐妹们不断从外婆的王家渡带回丰硕成果,禁不住诱惑,我也会跃跃欲试。要求多了,有时也会被勉强同意。但每次"出征",无不惨败:不是这里不舒服了,就是那里出了血。一次从乡下回来,急性大出血,还差点要了我的小命。这样的结局不说我无趣透顶,长辈们也后悔莫及,要我以后彻底灭了此念。而我每每好了伤疤忘了痛,隔段时日又会"蠢蠢欲动"。然而往往不等我表达完毕意思,他们总会赶快摊开手掌,在胸前这么一摆,那么一叉,做个很标准的关门动作,同时嘴里发出:哦哦……

关门主义使得我无趣透顶。我不敢指望有人带我去外婆家,也从不奢望去外婆家玩个够、吃个够、带个够,只能眼睁睁地看着他们来去自由,不亦乐乎。

幸好我还是去过外婆家的,否则"外婆家"只能成为别人嘴里的"外婆家"了。

在我看来,我的外婆家不同于别人的外婆家,除却那条闻名于世的黄浦江,那幢高大宏伟的"空壳大楼",就是那座绵延数里长的"高大山脉"了。

听说,那幢高耸坚固、紫酱色的钢筋水泥建筑(原为当地士绅筹资所造,用以创办"浦东电灯公司"的)。然而,这座原本可为一方带来光明、温暖和希望的建筑物,不等它发出光和热来,却毁于日本人的战火!可能日本人觉得,这么一幢气派的钢筋混凝土大厦,耸立在黄浦江边,委实有点触目惊心吧。于是就对它乱掼了一通炸弹,冲天火光之后,它就成了当今证券市场里最吃香的"空壳公司",却让那些集资者伤透了心。以后,万念俱灰的他们索性对它听之任了,由它日晒雨淋在黄浦滩头,成为江中过往船只辨认方向的标志性建筑。只是这个"灯塔"的成本也过于昂贵了,它不仅消耗了几代人的梦想、智慧和钱财,还在上面烙下了耻辱的印记。要不是上世纪八十年代初,一家造船厂相中了它旁边那片平坦开阔的滩涂,把它圈进去改造成了办公大楼,只要稍加修饰,现在它完全可以成为当今方兴未艾、到处都在斥巨资兴建的爱国主义教育基地的。

但在那时,我却不这样看待它。也就是说,当时我还不能如此理性地对待它,仅仅把它当作外婆家一个好玩的去处。在一段相当长的时间里,这偌大一座"空楼"成了水鸟、候鸟们的栖息地。鸟类在屋檐下、砖缝里、水泥板下筑巢产仔。在看遍了水波壮阔的黄浦江,看厌了江中星星点点的船影,看尽了栈桥上手提肩挑的商旅后,我有时会返身进入那个破败潮湿、露出广大"天庭"的楼宇。我们在齐腰高的草丛里寻找飞禽或野鸭蛋,寻觅用来做"蟋蟀须草"的植物;要不设法捉几只小鸟,捣毁几个不知为何物所有的巢穴,乐而忘返。

在外婆的王家渡,还有个值得一提的好玩之处——那个远近闻名的"一系山脉"。在当年的我看来,这座巍巍"大山"丝毫不比喜马拉雅山逊色。每次去外婆家,我总要设法登上它御风远眺,分享它的高大和威严。虽然知道,它只是一座"垃圾山"。

听说,这座山站在这里已有好几十年了。也就是说,在很久以前,这里的黄浦江边就矗立着这么座"大山",称得上历史悠久。最初成因无非是从市区源源不断送来的生活垃圾,经过日晒月蒸、风洗雨淘,天长日久造就了这么一座颇具规模的"大山"。及至我登临,那些"垃圾"早已板结成了"土",青青的杂草点缀其上,知名或不知名的绿树临风摇曳。当时我无缘识得名山大川,连公园里人工堆砌的假山都很少光顾。因此,在我看来,它就是那地道的山、名副其实的山、峰雄峦奇的山!只是山上从不设"台阶"、"阶梯"供人攀登,上山对我而言委实不易。尤其上巅峰,更是难于上青天——需两旁有人搀扶,后面要人推托。然而,一旦登了"顶",其身心之舒旷简直妙不可言!举目远望,烟波浩渺的大江尽展眼前——江中有舟楫在缓缓地往返,汽笛声长拖的是机械船,被风吹得摇摇摆摆的小不点是木头船。要是你朝船上幢幢的人影挥手致意,他们必定会回你以注目礼。有时见他们于波涛汹涌中那种无助状,你不禁会为他们捏把汗。其实是在瞎操心——他们那种随波逐流的样子,不是分明在作逍遥游!如果你极目远眺,把视线放飞得再远一点,这样你就可以看到江对面那些隐约的铁杆……有人告诉你,那里正是浦西的"划船俱乐部"!尽管对军体活动一无所知,我还是对它心怀崇敬,久久地注视。

因此,每次去外婆家,登临"垃圾山"是一档必不可少的节目。在这方面,他们就比我方便多了,往往放下手上的东西,不等喘口气,或在板凳上稍坐片刻,转身就噼里啪啦,撒开脚丫子,捷足先登去了。

当然我知道,他们所以热衷于登山,不单单是为了"登高望远"、"心旷神怡",还有个秘密,说穿了,就是去"招财进宝"的。因为不知从哪年哪月起,有人在那些板结了的泥土下,在那些杂草丛中发现了不少"宝贝"——玻璃弹子、麻将牌、铜板、银币、各式工艺品,还有耳环、发钗、戒指等金银首饰。它不仅是一座"垃圾山",分明还是一座"宝山"么!于是"登山"不光成为一项体育、游戏活动,还成了发家致富的"发掘"活动。

"文革"时期,可能因为闲得无聊,不知从何处刮来一阵风,说在"垃圾山"里被浦西的富人们埋进了不少金银财宝。消息传开,周围农人手提肩扛锄头铁搭蜂拥而来,一时间人满为患,掘土三尺。事后听说,有些人确实挖到了一星半点碎金片银,更多人掘到的是形形色色各式垃圾:几杆鸦片枪、半把锈宝剑、一把匕首,甚至一支乌铳……却把一座好端端的大山开膛剖肚,糟蹋得不成样子。这样的场面自然没有我的份,却被远在数十里外的我反刍许多精彩的故事来:其中有豪门大宅里大喜大悲、大起大落的悲欢史;有红男绿女勾心斗角、争风吃醋的艳情史;有十里洋场骄奢淫逸、纸醉金迷的糜烂史;更有近代上海舞台上群雄争霸、刀光剑影的斗争史……总之,它们大大开启了我的想象力。

在这一生中,我记得清去过几次外婆家。纵然它只在近郊,往返不过两三个小时,不能不算是件憾事吧。

不过,在外婆家,也有我的赏心乐事。

不知为什么,在那些老宅里,好好的大门(正门)外还设有一道"摇门"(也叫腰门)。其实,这种上下留出一大截"天头"、"地边"、悬在半腰中的木门,既不防君子,也不防小人:只要你弯下腰伸手拨开门栓,照样可以登堂入室的;它更不能为你遮挡什么:你在自家屋里搔首弄姿,路人老远照样可以一览无余。完全形同虚设!然而,就这样一扇木门,却成了我那时常玩常新的玩伴。它不仅为我解了闷,还使我从中获得了无限的乐趣。

被他们抛下而孤独无聊的我,最喜欢作践的就是这扇门。幸好它不是很高——拔去门栓,站上最底一个门档,门高只在我的胸前、腋下或腰脐部(视年龄、身高渐增而言)。我的玩法是:伸手攀住它,或用上半身压向它,一只脚着地,踮一下,向后退;再踮一下,向前进。听它发出吱吱嘎嘎痛苦的呻吟声,全然把它当成了健身器、千秋架,甚至旋转木马。现在想,这扇不用螺丝、铰链,完全用木榫制成的"摇门",大概也是"特殊材料"做成的吧。它颇具共产党人的风骨:贫贱不可移,威武不能屈,纵然你如何"压迫"、"摧残",它毫不畏惧,连眉头也不皱一下!有时被你挤压得太厉害了,它最多多哼几声而已,虽然不忍卒听,倒从不见木匠师傅前来安抚。

有时见我玩得出神入化,那些"跋山涉水"、"满载而归"的远征战士难免会禁不住诱惑或深受启发,于是一把推开我,全身心地扑向它,起劲地摇啊摇,分明已经到了"外婆的家",还要摇到什么"外婆的桥"!无奈有些人的体重过于沉了些,用力也过于猛了些,它发出的一阵阵"惨叫"声,会很快招来我阿奶(外婆)的詈骂。阿奶那种声色俱厉的责骂委实很怕人的。要是你还不知错就改,她就会颠起一双"解放脚"——缠了一半又被释放的小脚,朝你一路跑来,然后"舍得一身剐",揪住你的"后四颈",毫不客气地把你这个外孙皇帝拉下马!

这些都是发生在我童年、少年时代的趣事,随着年岁增,骨硬朗,我倒不常去外婆家了。

不过,我还是以无比的兴趣,时刻关注着那里传来的点点滴滴。譬如,生产队里种起了经济作物——中草药;再譬如,"庙里"办起了服装厂,几个表妹先后进厂挣起了工分(资)。再后来,黄浦江边那片滩涂,不知为哪家造船厂相中,人家大笔一挥,连同"电灯公司"被他们圈进了好大一块风水宝地。那个"空壳公司"则被他们妙笔生花,耗资不多却居然改建成了一座豪华的办公大楼!我的表弟、表妹婿相继当作征地工被他们招进了厂里；即使进不了厂的乡亲们，也都想方设法，利用各种关系在那里谋得一份临时工。期间不断有消息传来，说日本人（又是让人心惊肉跳的日本人！）动起了"垃圾山"的脑筋，说那个大土堆里蕴藏着什么宝贵资源，准备斥巨资买下它……东洋赤佬的威逼利诱自然激起了人们的爱国热情，于是有人越发觉得它的宝贵，越发就要奇货可居。据说谈判一直在艰难地进行着，日本人一刻也没有放弃其"侵略"和"掠夺"企图……总之，每次从外婆的王家渡传来任何信息，无不激起我情感上的波澜。

直至1988年，我的活到八十八岁的外婆撒手人寰，我随同我的母亲赶去奔丧，才得以重新回到王家渡。

在外婆的丧事后期，在结束了大悲恸之后，我有机会坐上表弟的自行车后座四处走走。原先那个"庙里"早已荡然无存。长长一堵高墙挺立在黄浦江边，把滔滔江水从视野里全部收了进去。那个昔日的小村宅，七零八落搭建了不少"违章建筑"。乡村的宁静不见了，倒与上海有些待改建的棚户区毫无二致。

有一次，我与表弟去邻村的表妹家，无意间撞见一个肮脏的大土堆。看着那些杂土乱石，我恍然想起了童年时一次次遥不可及的梦。大为惊讶的我问：这就是垃圾山？是呀。原来就这样的？原来就是这样的。明白了我的诧异后，表弟告诉我，这座被称为"山"的大土堆，原来还要高大得多，只是近年来，无论浦西浦东，凡填河筑路需要土方的，什么人都可以来这里搬运，经年累月愚公移山的，把巍巍一座大山削砍成了这么一坨！用毛主席的话来说：安得倚天抽宝剑，把汝裁为三截；一截给了房产公司，一截赠了市政公司，留下一截好供你我来凭吊！

表弟的话不一定准确，我还是闻之悚然：呜呼，我的童年、少年的梦。

以后，我再也没有去过外婆家——既然外婆已不在了，外婆的王家渡也大变了其样，"外婆的×××"，这个曾被人填入许多优美文字，几可用以表达思念、怀恋和神往等感情的"修辞格式",对我已没什么意义了。我想,随着这些文字问世,这种本可以制造出感伤情调的文本样式必将在我的心里被彻底抹去。当然还有个原因:躯体上的日益不便。

　　两三年前,也就是人们常说的新世纪初,我受母亲嘱托,与我的妻子去那里探望我的老迈而康健的舅父。车到三林镇,我们已不辨方向:原先那条土路已被拓宽成一条沥青路。路边成片散置着不少新村小区。问了好几次路,我们才勉强摸到王家渡王家宅。"近乡情更怯"的我发现,那里拆除了不少房子,新栽了许多绿色植物……后来问及舅父,方知这片新绿属市政府实施的"四百米环城林带"的一部分。真是大手笔!只是外婆家——舅父家的那个小村落,虽然造了不少新楼,其格局依然难脱数十年前的胚胎,不免使人失望。

　　近期,我从媒体得知,著名的美国时代环球集团与上海市政府签了什么约,要在上海建造世界上第五座"时代环球主题公园"(另外四家:两家在美国,一家在日本,一家在西班牙),公园选址正好在浦东新区三林地区黄浦江边!无须多言,这个被圈定了的地方,不就是我的外婆家吗,当年的王家渡王家宅,后来的临江大队、临江小队?!最近又据报载:这主题公园建成后将带动周边相关产业……看到这里,我倒有点忧虑:那时候我的外婆家还是我的外婆家吗?若干年后,要是我们家的后人大发雅兴,想玩玩什么寻根的把戏,一旦按图索骥找到那里,他们不会发现自己搞错了地方:怎么找到了克林顿或小布什的外婆家来了?出于这种不必要的担忧,我在此记下我的"外婆家",不仅以正视听,还为后人留下一幅草图,当然是文字上的图,免得他们找错方向吃错了药。

2005 年 4 月 2 日改抄

散文

大大，我的外祖父

我至今都搞不懂，上海本地人（浦东人）为何要把祖父或外祖父叫做"大大"（音"达达"）。但我知道，这个"大"字不是"一股独大"的大，也非"普天之下唯老子为大"的大。这个"大"字就是老男人的意思，可泛称一切男性老人。

现在想来，当年出入我们家的"大大"似有不少。凭记忆粗略算来，他们中有"长脚大大"、"某家桥大大"、"川沙跷脚大大"等人。当年出现在我们家的这些老男人，大都上穿藏青色的土布对襟衫，下系深藏青或黑色齐鞋面的围裙，或头戴驼色吕宋帽，或包一方包头巾。都操一口拖泥带水、拖儿带女有如不慎感冒鼻塞引起的瓮声瓮气的充斥鼻腔共鸣的口音。肩挎一只小小的沾有烂泥的深浅不一的蓝布花袋（所谓花袋，平时为女人摘棉花所用,出客被他们当作挎包来用的布袋),包里装有一星半点出自自留田里的时鲜果蔬(多了就装不下了,满了就提不动了)。进入门来,他们从肩上卸下花袋,朝墙角一放,身子在八仙桌前一靠,捧过你们小辈沏好端来的热腾腾的茶,接过你们小辈点燃的烟,吞云吐雾地有一搭没一搭地慢悠悠地跟你们"拔话"。当然还有点倚老卖老。这样云山雾罩了一通,怕是午饭或晚饭时刻了。听得你们在厨房里烹炸溜煎爆,不停地往外驱赶着鲜香;或见你们拉开八仙桌,排起了方凳;要不拎起老酒瓶或捧着盐钵头,匆匆赶往东面的槽坊沽酒打油买盐去了,他们这才抬抬眼皮,拍拍并无灰尘的衣裤,摆出要"回转去"的姿态,说要回去了。

于是你们赶忙伸出急切而又多情的胳膊去阻去拦,一迭声地挽留:"吃了饭去吧。""再坐一歇,吃了饭去!"

你们大惊小怪咋呼了半天,人家只是挪了挪屁股——从方凳上移到了椅子上。却害得你们慌成一片、乱成一团,瞎起劲什么呀。由你们往茶杯里续上开水,重新接上香烟,留下一个人陪他们继续聊,直至端上一桌丰盛厚实、色香味形俱全的酒菜饭来。他们就抖索索地举起筷子,有滋有味地呷起酒来。但往往不等他们小心攥起点什么,从对面或旁边伸出的筷子,就噼里啪啦如雨点一般朝他们面前的碟子或小碗里泄去。瞬息之间,那里便堆积如山,高达鼻尖,以至于稍有风吹草动,就会訇然倒塌,而且大抵是市面上紧俏的"促三高"食品。他们呢,一边谦虚地不好意思地感恩戴德地连道"勿要客气",一边一口酒一筷菜地"夹花"享用。捱至酒足饭饱,他们慢慢撑起身子,试着踏几步因微醉而蹒跚的脚步,转身要走了。这时候天色也确实不早了。但还是拦着不让走。转身钻进隔壁的南货店,慌忙挑选了几样"油枣果"、"小王糕"之类的零食,使劲往他们那只空出的花袋里塞。接过你们递上的热毛巾,撸一把容光焕发的脸,看看西斜的日头,说声"勿早勒",这才真的转过身子,不慌不忙地向门外踱去。

这时候,那只早已换了货色的花袋大抵不是挎在他们的肩上,由我母亲或父亲肩上挎着他们的花袋,把他们送了一程又一程,有时则要送到汽车站,干脆向售票员隔窗递上足够的车资。等他们平安踏上了归程,回家后的你也累倒在门口的坐具上不想起来了。

以前,我父母开着家小小的杂货店。按我父亲的说法,这小店是我母亲执意要开的,有光宗耀祖的意思在里面。实际是一种虚荣心。因为当年,有人能够在浦西(上海)开店,对长年活在浦东的乡亲而言,是件了不起的大事。难怪那些父老乡亲如过江之鲫,隔三差五地就往我们家串。在记忆中,这些"大大"以这种姿态光临我们家的景象,好像延续了很长一段时间。直至我家的铺面关门打烊、我们的父亲离我们远行,他们仍像黄梅天气黄昏时分的黄梅雨,还滴沥了好长时间;止于他们衰老得实在走不动了,心有余而力不足,才彻底打消了这种"远征"。对于我们家而言,这才雨过天晴,彻底成了解放区的天。

这些使儿时的我无比尊敬、好奇,让我始终倚在桌角眨巴着眼睛,一动不动观赏的长辈们,他们到底都是些什么人呢?很长段时间里,我总是在想。有一天,我忍不住问了。于是被告之:"寿小囡,某某'大大'不是侬咯自家大大啊。"那么,某某"大大"呢?他也不是你的自家"大大"!那么我们自己的"大大"又是谁,他在哪里呢?

"侬咯自家'大大'在乡下!"

我这才朦胧得知,这些神貌不一、高矮不一、胖瘦不一、强弱不一、大小不一的男性老年长辈,他们都是我阿奶(外婆)家的兄弟,而且都是叔伯兄弟或表兄弟之类。尤其当我得知,我的外祖母从小就是个苦难深重、无依无靠的孤儿,我就更觉得我的母亲是否真有些过于客气了。难怪他们会一次次地选我母亲的休息日来充当不速之客!

在记忆中,我的那位乡下的自家"大大"好像从未惠顾过我们家,不管在我父亲出事之前,还是在他出事以后。在我的印象里,我们这位自家"大大"(外祖父)要比那些"大大"敞亮得多了,甚至还端庄得多了。这不仅因为,他拥有一个叫得响的名头——大海(大大,恕小辈在此对你不敬了,要是我一味地讳下去,以后的文章,我就没法做了),还因为他在我记忆里留下了诸多美好的记忆,更因为他以他的身世丰育了我想象的翅膀。这些都是我对他至今心存感激的。

我曾说过,我很少去乡下外婆家。纵然如此,我的眼前仍不时晃动着一个人影:在那座黑苍苍的老宅里,在那具灰蒙蒙的灶台前后,始终摇晃着一个高大、厚实,虽有些迟钝但绝对沉稳的身影——他就是我的自家"大大"。这位"大大"的嗓音显然要比来我家的那些"大大"厚道多了、圆润得多了,也畅亮得多了,更要干脆利落得多了。至于他的容貌,因事隔多年,我已记不确切了。但我仍能感觉到他的某些特征:方正、圆硕——当然是指他的头颅、面容乃至五官。现在想来,我这位"大大"确实是一个温润、和蔼的健康老人——当然是指他的全身心。你为他想想,面对着我们这些每年都要像候鸟那样从浦西定时呼隆飞来的大大小小的二三十个人,冬鸟闹春似的叽叽喳喳一片喧嚣,他居然心如止水,岿然不动,毫无怨言地鞍前马后、灶前灶后地忙碌。还不时忙里偷闲不忘向你递根烟、传个火、端杯茶、送个凳,以一种饱满的、深厚而低沉的男中音,与你们攀上几句。总之,让远道而来的你们感到无比的实在、温馨和亲切。尤其在我初步了解了他的身世后,他在我幼小的心田里就开出了绚丽的神秘之花。经验告诉我们,童年、少年时代产生的这种神圣的感情,一般是给予他们心目中的英雄或传说中的好汉的。

现在想,我所以对这位"大大"产生这种感情,皆因阿奶乡下老宅墙上那顶古怪的帽子,还有那些褪了色的老照片。

记得当年在阿奶那间老宅的卧室里,那张终年罩有蚊帐的老式白木床的右边墙上,那只老式梳妆台的上方,一个老高的地方,老是合扑着一个高隆的锅盖或镔子。这个白乎乎的风尘仆仆的锅盖或镔子,后来我知道了,这是一顶宽檐、硬质的帽子。只是我至今都无从知道应该如何称呼它,大概叫做"巴拿马帽"吧?后来我知道,我这位自家"大大"年轻时果真在浦东杨思镇上当过消防兵!在照片里,年轻时的"大大"就戴着这种帽子——按现在的正规称呼,应叫做军帽或警帽吧?值得一提的还有,在众多黑白照片里,除却少数几张为我熟悉的相片外,如我的母亲、我的兄弟姐妹、我的舅父等人在上海拍摄后捎回去的照片,还有不少我不认识的年轻男人的肖像照。无须分辨,他们不是同一个人,好像至少有两三位。每每看着这些年轻的军士或将士,我的好奇心乃至敬畏感便会油然而生。

一天,我不禁悄然询问了我的某位长辈:"这些年轻英武的军人何许人也?为何从来不在阿奶家里出现?"我便被告知:"他们都是你的娘舅呀。"

我的娘舅?

因为他们都是"大大"的儿子啊!

"大大"的儿子?!

我想,这些端庄、精神、威严、神采飞扬的年轻军人,他们为何都是"大大"的儿子而不是阿奶的儿子呢?我为何从来未曾见过他们?但每每问到这些节骨眼上,被问者便会顾左右而言他,支吾着落荒而走,使得我的推究只能戛然而止。再说,那时候我的窥探欲也不太强烈,以后便自然而然抛开了这些疑问。尤其当我朦胧得知,这位"大大"也并非我的自家"大大"时,我就把这些问题在心里坚决予以抹去了。只是在意识深处,谜团永存,并被岁月之笔涂抹得越发扑朔迷离、浓郁得化解不开,以至于写下这段文字。

在这里,我想提上一笔:直至我"大大"于上世纪六十年代中期仙逝,我的那几位舅舅始终也没有出现过。有几次,我很想向我的母亲启口,无奈母亲年迈多病,再加上碍于解不开的传统心理,我便决定把它烂在心里。

至于这位"大大",他在年轻时当过消防兵的传奇经历,在我年纪稍长后因偶尔读到一句句子:文不像葱油饼,武不如救火兵;便使得我对他的崇敬之情也一下扔到了爪哇国。

当时,我这位自家"大大"的身份:浦东三林镇某学校退休教工。至于像他这样一个当时在当地称得上有身份的、拿着退休工资的老人,是怎么会跟我那位纯粹一个农妇的外祖母结合的,这个谜底就留在我心里永远无法消解了。

不管怎样说,在我的记忆里,这位"大大"是位沉默、和气、可靠并值得信赖的长辈。然而,不知何故,我又被告之,他也并非我的自家"大大"!只是这时候,这位可敬的老人已被一副棺木抬了出去,由我披麻戴孝的舅父,还有我的母亲,引向了老宅后面距离黄浦江不远处的一块泥地里。那里,正是我们每次回乡的必经之路。自从我跟随我的长辈把他送到那里后,年幼的我每每途经那里,都会情不自禁地怯怯地朝那里觑上几眼:开始,那里是一个明显的大土包,后来渐渐变成了一个不显眼的小土墩,再后来则成了一块平整的农田。除却严冬,那里大抵碧绿生青,种着我叫不出名堂的农作物。但是,不管世道如何变幻,路过那里,我总会想起我的这位"大大",尤其会想起他在生命最后一刻的那些不愉快事。

这事发生在"文革"初期。一首由"林副主席"题词、不知谁谱的革命歌曲——大海航行靠舵手、干革命靠的是毛泽东思想的歌,一夜之间唱遍了大江南北。黄浦江边这个小小的村落也不例外,大队在唱、小队在唱,每家每户的喇叭里头,一天也不知要唱上好几遍。村里那些咧嘴豁牙、浑身是泥的顽童,大约在这首风靡一时的"革命"歌曲里发现了什么奥妙,捕捉到了什么灵感,于是整天跟着大唱特唱。因了这首歌曲的革命性、严肃性,他们大胆篡改是断断没有这个胆量的,否则就要"狗胆包天"了。他们就装模作样,故意装出忘词或者起音不准的样子,把那个起始句"大海",接连不断地十七八遍地唱,仿佛是出了故障的留声机。这些人终日趿着鞋爿、拖着鼻涕,甚至捧着颠扑不破的洋瓷碗,在你们家宅前屋后、窗前窗后不惜扯破喉咙大吼大叫,你说烦不烦啊?

"大大"不愧为经过世面的,又是"囝仔头"出身,一般具有很好的忍耐心——由你们这班野蛮小鬼胡乱扮作走乱针的留声机唱也罢、叫也罢好了!只有当这些坏小子实在太张狂了,走过去一遍,走来又一遍,声嘶力竭,大呼小叫,一唱三叹,没完没了之时,他就会趁人不备,朝你背后偷偷走来,对准你的脑后勺就是狠狠一巴掌,或在你的脑门上狠狠叩你一颗脆生生的"麻荔枝"!于是那个人就会拉开嘴巴、闭上眼睛哇哇大哭。走乱针的留声机也就变成了哭丧神,刹也刹不住。严重时,有些不明事理的家长还会找上门……

没多久,终日郁郁寡欢、陷入沉思的"大大"就猝离了人世。在得知"大大"的噩耗后,我们在上海的所有亲戚都匆忙赶到了浦东乡下。小小年纪的我,也煞有介事地被他们用黑纱、白布全副武装了起来。对已经出生入死了好几回的我,照理对"死亡"这种事实或字眼是不太介意的。但对自家"大大"这样一位亲人离世,我还是感到了无比的悲痛。见阿奶和我的母亲呼天抢地,我也跟着号啕大哭。

有一件事我不得不说。

在一个大家已趋于平静不再流泪的下午,我正在老宅里玩,有位舅妈悄然走向我,拉起我的手,就要把我往外带。我看看样子不大对头——分明要把我拖向"大大"躺着的北间里?我就赖在地上不肯前进了。舅妈弯下腰,好声好气规劝我:"侬看看侬姆妈养侬介吃力,快去给'大大'跪下,多磕几个头,央求他老人家把侬咯一身毛病统统带去……"当我明白了舅母的真实意图,我就坚决学起了粉碎林彪集团后充斥报章杂志的那个字眼:停带(滞)不前了。后来我索性躺在地上失声痛哭。当时的我,一个十一二岁的小男孩,蹲在南间前面那个晒场上痛哭流涕,其情其景委实很令人尴尬的,舅母只好拉倒。

当时我也不知自己为何要哭,是对已故"大大"的哀伤,还是害怕和恐惧,还是被人说到了伤心之处?总之,感情十分复杂,即使现在的我也说不出个所以然。只是,现在我仍为当时的耍赖而感到庆幸,尤其当我知道了"大大"他老人家的身世,理顺了我们彼此间的关系后,我更觉得理所当然了。否则的话,那就太不应该了。

盛殓后的"大大"被抬到了祠堂。详情我已忘记了。只记得一位帮助小殓的舅母出来说的这样一句话:"大大"的被窝还是温热的!但从常识说,这是决无可能的。在一个深秋初冬的季节,我们回去时,"大大"已过世两天了,他的被窝怎么还会是温热的?更让我现在感动的是,他们收留了他!他们——我的舅父们,最后把"他"停柩在王家氏族的祠堂里,还为"他"设了灵堂和牌位,显示出了他们的宽厚,很不容易的。

出殡那阵,棺木前是我的披麻戴孝的舅舅,棺木后是我阿奶(外婆)为首的一干女眷,然后是我们十几个小八腊子,最后才是近邻远亲。长长一条队伍,洋洋洒洒行进在寸草不长的田野上,蔚为壮观。我记得,这是一个苍黄的有风而寒冷的上午。至于有没有响器开道,我就记不得了。

那么,我真正的自家"大大",又是什么人呢?在一段时间里,我老是在想。一个偶尔的机会,我听说,在我母亲还是个五六岁的小女孩时,我的自家"大大"就猝然离开了人世。除此之外,我对他就一无所知了。

在我的生命史上,我的外祖父从来都是失缺的。因为谁也没有跟我说起过他。

1988年秋天,我阿奶——外祖母仙逝,我们返乡为她送行。长辈们要我草拟阿奶的悼词,我要他们尽可能地为我提供"材料",以便概括、提炼。他们,我的舅舅们还有我母亲就跟我道及了他们的父亲,我的那位照理也可以生出许多故事的长辈——我的外祖父。那天,在他们的嘴里,他的故事很简单:一天午后,他老人家吃过中饭去"庙里"玩耍(一说是"赌铜钿",想想也是的,那时的文娱生活该是很单调乏味的,对于一个青年的农家男人而言,赌钱大概是最好的消遣方式了)。然而,两三个小时后,我的"大大"即被人抬回了家,已命如游丝矣。我的外祖母自然捶胸跺脚,号啕痛哭,询问这究竟是怎么回事。但就是没有人愿意告诉她。捱至傍晚,我这位真正的自家"大大"便命归了黄泉。现在我想,我的这位外祖父,很可能跟我患有同一种疾病,任何脏器(如胃、脑等部位)出血,便会立即要了他的命。只是也许他是个轻度患者,不像我这个重症患者,小小年纪就开始皮下、牙龈、关节、脏器出血,以至于年纪轻轻,四肢大关节就开始严重畸变。在私下里,有时我经常会探寻我的苦难的源头,禁不住就会追问我的母亲:她的父亲,我的外祖父,是否也是一个肢体残疾者。我的母亲回答我,他好像蛮健康的,不像是个残疾人。被我问急了,她干脆答,那时候我也稀里糊涂的,记不得了。

　　总之,我的那位真正的自家"大大",他留给我的实在不多,即使我的母亲也很少谈及他,虽然她在为她母亲追荐亡魂时,一次也不落空地把他捎带进去。因而,我对我这位在二十几岁就于短短的几小时之内突然亡故的外祖父,想起来都有种说不出的感情。

散文

阿奶,我的外祖母

迄今为止,我已写下一两百万字,却没一个字是为她而写的。

事实上,我一直想为她写点什么。多年前,我曾写过一篇短文,篇名叫《怀念甜芦粟》。在文中,我把上海近郊产的芦粟与甘蔗作了比较,并断定,在我童年的记忆中,芦粟远比甘蔗甜多了。当然,我在文中是有所指的:以此怀念我的外祖母。作为自由来稿,我把该文寄给了一家报纸的副刊,结果却打了水漂。请朋友去问原委,原因是"知名度不够"。既然如此,只有等我攒足了"知名度"再来了却心愿吧。这样等了好几年,倒积下了这么长长的一篇。

可以说,在我的四位祖辈中,我的外祖母是与我处的时间最长的一位,也是给我印象最丰盈的一位。在我还没凝聚成形时,我的祖父、外祖父已仙逝了,我无缘亲见他们。我对我祖母的印象不是很深。而对于她,我的外祖母,虽事隔多年,我对她依然清晰可感,皆因为,我们毕竟相处了三十多年。

我记得,我曾在一部书里说过这样一件事:

又一次来势凶猛的大出血、大疼痛,"我"的母亲一边送"我"去医院急诊,一边差遣"我"的大姐去乡下向"阿奶"借钞票。"我"大姐忍着饥渴,坐汽车,乘轮渡,最后在泥泞的乡村小道上一脚高一脚低地徒步走了好几里路。她满以为"阿奶"会慷慨解囊,救"我"于危急之中的——何况,是言明向她"借"的。然而没料到,她刚说明来意,"阿奶"就冲着她破口大骂,都把满怀着希望、向来对"我"爱护有加的姐姐骂哭了!"我"的大姐秉承着"阿奶"的某种遗传基因,不甘受辱的她自然受不了这份委曲,于是她没顾上歇歇脚,没喝上一口水,便垂泪原路折返了。

我说,那天,大姐本该用在学习上的一天工夫白白浪费在了风雨里,还兜回了满腹的委曲、羞辱和悲愤!我想想都为她惋惜!

在这里,我得说明一下,在那里我用的是"小说作法"。事实上呢,不久前,已步入老年期、也有着第三代的大姐,在一次家庭聚会上,她还说起过这件事,说起发生在多年前的这件事,她的脸上仍然写满着委屈。那天,她还补充了一句:在摆渡船上,许多人都看着我……就欲言而止了。即使她没有言尽,我也可以想见她当年的情景:在回家的摆渡船上,心潮澎湃、泪流满面的她引起了许多人的注意或同情!

我的这位姐姐本是厚道之人,不善言词,余下的那些话,她即使没有说出口,在我听来还是能感觉到惊涛骇浪!

需要说明的是,在那部小说里,我对"生活"进行了"艺术加工"。我继续写道:"阿奶"随同"大姐"一起来到了"我"的病房,在大骂"我"一通后,她把一沓子用草绳捆扎的纸包(钞票)塞进了"我"的枕下,然后骂骂咧咧、絮絮叨叨,颠着小脚,一走了之云云。

事实上呢,你只要把两种真实——即生活的真实与艺术真实,连在一起看,明眼人就可勘破我的良苦用心。纵然我行文如何稚拙,我还是不忘为"我"的"外祖母"遮掩点什么,以免人家对号入座。这因为我接受的教育、我经历的苦难、我的良知,只能要求我这样处理这个"情节",而不是其他。不过,要是我道出生活的真实,你们定会恍然大悟的:哦,小说家原来就是这样骗人——创作小说的!生活中的真实却是这样的:因为大出血、大疼痛,我又被我的家人送进了医院,我的外祖母却赶到医院把我大骂了一通。理由是:我的这一与生俱来的疾病、这种动不动就溢出"轨道"的出血,再次害苦了她的女儿!直白一点说,我这个三不罢四不休、老是跟人纠缠不清的"讨债鬼"又在向她那个唯一的女儿来讨债了!

在这里,请注意了,我并没说她老人家是"专程"、"特意"来医院骂我的,否则我真的在讨债——清算了。

读完以上这段,有志于小说创作者定会明白了,所谓小说就是这样"创作"出来的,即鲁迅先生所说的"杂取":取张三的衣冠,选李四的面容,然后使用当今上市公司骗取股民钱财的惯用伎俩进行"资产重组"。

须说明一下,在这里,我不想探讨我的外祖母何以于我一次次危急时刻、在我向她摇呼呐喊之际,不是向我及时掷来救命稻草,而是一次次地不惜大动肝火、予以坚决回击这些深层次的问题(这将是另一部书里的内容)。我只想用最直白的语言,把她老人家的这些反常行为归之为她对自己那个命运坎坷、屡遭不幸的女儿的痛惜。

然而,我的外祖母纵然这样,在我的内心深处,我还是时刻感念着她的种种的好。回首往事,出现在眼前最多的景象是:她老人家挺着硬朗的身板,迈着一双中途被放大的小脚,肩挑扁担,扁担下挂着竹篮;要不背上驮着蓝布花袋,一身泥尘,一次次地赶来我们家。在她的那些或大或小的篮里袋里,通常装有时鲜菜蔬:马兰头、塌棵菜、小蚕头……这些出土不久、沾有晶莹露珠和芳香地气的蔬菜,大都出自她那块不大的自留地。有时,在那些绿油油的植物上,还间或着一刀白腻的肋条肉或半只猪猡头;有时则是一小包用手绢仔细包裹着的小包包,抖开看,是几包廉价香烟。而篮里这些荤腥:白鲢鱼、河鲫鱼等河鲜和猪肉和猪副产品,则是她来浦西(上海)必经的三林、杨思等集镇,甚至在等摆渡船时的周家渡或过了江的江边码头,掏出分红积蓄下来的带有汗酸味和霉腐气的钞票向小贩买来的。

  时鲜菜蔬,当即被洗的洗、切的切、剥的剥,做成了一碗碗碧绿生青、可口下饭的小菜。而那些猪肉或猪副食品,或被红烧或被白煮,当然使我们这些饿坏了的外孙男女大快朵颐、狠狠解了一回馋!至于那些香烟,它们暂时消解了我母亲心里的烦和身上永远的累。

  记忆中,她老人家除却不时为我们送来这些,每年夏天,她老人家还会冒着烈日为我们挑来一捆捆或粗或细的芦粟(当地人称为"甜芦粟"的那种绿色植物)为我们消暑。我们嚼着那种坚硬青白的杆子上沾有白粉粉的清香甜爽的杆状植物,往往让邻家那些缺衣少穿的同龄人惊羡得要命。我的外祖母,她老人家还有一双巧手。她曾为我们做过各种很具地方特色的风味小吃:糯米塞藕——煮熟蒸熟后,一片片切下,沾上绵白糖吃;猪肚八宝饭——将洗净的猪肚塞入红枣、莲子、蜜饯等八样东西,还有糯米,然后放入蒸格隔水蒸,等猪肚连同内里的八宝饭都熟了,趁热一片片地切下,这时的糯米八宝饭甜腻可口,而猪肚韧而有筋,甜糯韧劲,味道不错,食后难忘。因此说,很长时间里,我外祖母的每次光临,对我们家而言都是一个盛大的节日。

  不仅如此,她老人家还擅长包馄饨、做汤团、扎粽子。先说做汤团吧——挽起双袖,露出青筋绽露干瘦而有力的胳膊,把干粉(糯米粉或高梁粉）倒入盛有糯米粥或粳米粥的容器里——据说用米粥混同干粉做出来的汤圆细腻滑糯，有没有这道工序其"吃口"是大不一样的；然后使劲地搅动、搓揉，一小团一小团地摘下，揉圆了放入或甜或咸的馅，搓成一只只咸甜不同、香糯爽口的汤圆，再在汤圆上一一做上记号：圆的是甜的，一头尖的是肉馅的，两头尖的是菜馅的。最后把煮熟的汤圆盛在一只只大海碗里，由我母亲或我的其他家人给左邻右舍端去，让大家都尝尝鲜。她每次都要做许多，烧十几镬。那时又没冰箱，她就在煮熟的汤圆上泼洒上或生或熟的干粉，一团匾（一种竹匾）、一竹篮地晾在饭桌上或搁板上，好让玩乏玩饿了的我们忽儿进来吃一只、忽儿出去往嘴里塞一只，既顶饥又解馋，十分地受用。而每只汤圆又都被她做得大大的，两三个就抵得上一顿饭。总之，她一次劳作就可让我们享受十天半个月。即使年过七旬，几乎每年端午前后，她还要赶来为我们扎粽子。现在想来，她老人家扎粽子时那种样子，真有点顽强拼搏的意思——用仅剩的几粒牙根，紧紧咬住坚韧的麻绳，一手张开粽箬，团团拢住；一手舀糯米入粽箬，然后一把捏紧了，用麻绳一道道扎紧。老人家包的虽都是不太起眼的三角粽，但是每只小巧结实，煮熟后咀嚼起来分外地香！再让我母亲十只八只地送人，无不博得赞声一片……

在那些日子里，我们无不为有这样一位既能干又强健的外祖母而自豪，更让那些没有外祖母或外祖母不像她这样能干的邻人羡慕得要死。有时，见我们家干得热火朝天犹如"工场间"，他们就会在我家的门口或窗前探头探脑，投来感情复杂的目光。因此，邻家不少与我母亲同龄的家庭主妇，都乐意学学我母亲的口吻，亲热而又尊敬地叫她一声"阿妈"；有些人则跟随我们的称呼，叫她一声"阿奶"——鲜有喊她"外婆"的——外婆外婆，不是外面的别人家的老婆子吗？显然生分、见外了。

我在一篇文章里还说过：当年，我的外祖母不仅不时为我们捎来吃的,还时时为我们带来玩的——在那"垃圾山"上觅到的各种玩物:玻璃弹子、麻将牌甚至铜或铅制的手枪、子弹等等。可能,她念我们的父亲长年不在我们身边的缘故吧,因而对我们格外地垂顾。有一年冬天,是农历春节前夕吧,刚刚分了红的她又为我们送来了不少农副产品,同时还携来了一只猪尿泡。我们都不解其意。她却独自挽起袖子,在冰冷的自来水下细细地洗涤起来。还一遍遍地擦上肥皂,去了油腥。完了,寻来一根麦管,鼓起腮帮子狠劲地吹。猪尿泡很快变成了一个鼓囊囊的大气球。乐得我们大呼小叫双脚跳。她却不满足,找起颜料要为"气球"着色。家里哪有什么颜料啊,只找到半包染衣裤用剩的"海军蓝"。一阵涂脂抹粉后,一个蓝莹莹的光彩夺目的大气球诞生了。我们接过冲出门外,即被玩伴抢夺而去……

这就是她,我的阿奶,我的外祖母,一个性气高昂、有点脾气、万事不肯轻易求人的老人。

记得我唯一一次忤逆她是在我的青春期。那时的她年事高迈,耳背眼花,意识却十分清晰。二十七八岁的我正初恋。她却劝我继续与那个女友维持那种实际上已有明显裂痕的恋情。我自然对她表现出了我的不耐烦……这是我唯一一次,也是最后一次。留在记忆中更多的是,我与她被家人并排安排在家门前那块朝南的空地上,青春年少的我和步入夕阳暮色的她,两个同样为疾病所困的无助的老少。我们一边晒着温暖的太阳,一边随便地闲聊,其情洽洽,其乐融融。我记得,她戴着藏青色的款式老旧的绒线帽,身穿斜襟老式黑布衫,下着层层叠叠、打百褶裥的蓝布裙袍;银发散乱,嘴巴瘪瘪,脸上布满刀刻般的皱纹。但这些都不妨碍她完整地表达自己。当年,这些涉及面很广的随意闲聊,不仅使我了解了这方现今被称为"热土"的土地,还使我懂得了人类自有生命以来就有的生生死死、悲苦喜悦、无奈而又顽强的生命流程……现在我可以说,就是她,我的外祖母,当年就是以那种缓慢的、带有浓郁泥土气的被称为"浦东话"的方言启开了我昏聩的心智!

晚年的她,我的外祖母,两眼昏糊、畏光,眼角眼眵点点,牙齿全部脱尽,进食仅靠慢慢蠕动牙床骨才不至于消化不良。她每次来上海,我的母亲都要设法挽留她多住几天。我们也趁机游说,要她多玩几天再走,却根本不顾恤我们的母亲。因为她的小住,我母亲就要大动干戈,不仅要为她洗刷,还要特意为她准备饮食:酥软可口的菜蔬,如炖猪脑、烧豆腐;光一样豆腐就要烧成好几样……显然要比寻常忙碌好几倍。那时我母亲还未退休,不光包揽了家里七八口人的"买汰烧",还要应付层出不穷的人来客往。白天上班已够累了,晚上、休息天还要待客。然而她却毫无怨言,往往转眼间荤素几大碗就摆了一桌面。也不知何故,那时来我家聚餐的亲友又特别多。随便什么人,都可找个由头拐进来撮上一顿,然后拍拍屁股走人。最后由她独自一个收拾残局:抹桌子、扫地、洗碗。还要应付我那此起彼伏的大小发作……

阿奶的逗留只能加重我母亲的劳累,而她任劳任怨,视这一切都为自己的分内事。我的母亲对她的母亲实在是很孝顺的。

时序到了1988年。1988年,对于我们家而言是个"凄风苦雨"的一年。先是我的一位正值壮年的姐夫不幸因工罹难,抛下两个未成年的男孩。再后是她,我们的阿奶病重,频频告急。在那几个月里,为了妥善处理那个事故,我们全家整天都扑在那家工厂的招待所里,顾不上她。虽然我的母亲时时唠叨着她的母亲,几次都想返乡去探望她老人家,但她更是一刻也离不开在这一突发事件中她的那个悲伤不已、精神几近崩溃的女儿。从和煦的春天,到严酷的夏天,终于到了天高气爽的秋天,漫长而又艰辛的谈判终于有了结果。我的母亲终于可以从中脱身出来了。

料理完那件事,我的母亲决计回乡,待上一段时间,好好伺候自己的母亲。而在之前,她总是来去匆匆:回家帮阿奶拆晒被子,洗洗弄弄,然后再仓促折返。我母亲虽在八十年代初已退休,但就在她退休不久,我父亲就因中风突然瘫痪。这件事也发生在她回乡下探望阿奶之际。以后家里更离不开她了。那些天里,我的遭遇人生不幸的姐姐带着她的两个儿子也住回了娘家,他们更要我母亲照料。就在那几天,从乡下不断传来消息:阿奶的情况不是很好,说她"已经很熟了"、"熟透了"。经历了此次变故的我的母亲,此时更懂得了人生的聚散无常,于是便决定撇下乱哄哄的这一块,回乡耽上一段时间,助她躲过这次劫难。

那天,很久没回家的母亲回乡,她的兄弟自然很高兴。我那个舅父还专门为她腾出了房间。我听说,我母亲回家当天,阿奶的意识还是清晰的,见多时不见的女儿回家了,她很是高兴和欣慰。只是她并不知晓我们家刚刚发生的那场灾难。看我母亲脸色焦黑、憔悴,她还以微弱的声音询问女儿:身体怎么样、为何长远勿曾回家?我母亲答以很好,什么都好!在我们小辈眼里,我的两个舅舅、我的母亲都极具孝心,对老人可谓无微不至、百依百顺。然而,她却对自己的母亲说了谎:阿奶也十分熟悉并挚爱着的外孙女婿竟先于她而去了。

那天,我的母亲是天未亮动的身,返乡时已近九点。她稍微跟阿奶攀谈了几句,就动手拆起了阿奶的被褥和床单,然后捧起脚盆去浜滩头清洗。这是一个难得的晴好天气。九月的金阳是洗涤和晾晒的绝好光源。时近中午,阿奶南间里那架给童年的我留下美好印象的灶台因多年不用,已然锅镴生锈、蛛网纵横。中午,我母亲借舅父家的灶台为老人家做了顿美味的午餐:稀粥掺入鱼汤肉糜和菜泥。她胃口尚好,吃了浅浅一小碗。

用完餐后,阿奶阖上眼睡了。我的母亲和衣在她床后打了个盹。连日来的劳累,加上这天起得特早,她实在倦得厉害。是啊,她毕竟也是个年近花甲的老人。至此为止,看不出任何不祥之兆。我的母亲事后对我说,她这个瞌睡深沉又香甜,为近期少有。醒后,见阿奶正用极倦的眼神看着自己,她就问老人家感觉怎样。阿奶以微弱的声音回答:呒啥呀。我母亲又问:夜饭侬想吃点啥呢?答:中午吃剩的还有哦?听说还有剩粥,老人就不再吭声。我母亲知道她母亲的脾气:节俭。这样又坐了长长的一歇。我母亲见阿奶又进入睡眠状态,似无大碍,再看天色将晚,她起身拢上两道木门,遂去舅父家帮忙做些拣菜、淘米之类的家务。

  傍晚,她那个在屋后的船厂里做临时工的弟媳妇回家。以后她的侄子、侄女也归了家。天擦黑,等我舅父骑车回家,一桌热腾腾的饭菜已摆上了桌面。他们向她道了辛苦,要她快歇息。她却说,大灶头烧菜就是爽气,一点也不累的。这些小菜大都是她从浦西(上海)带回的。都要我母亲坐下,趁热吃晚饭。我母亲始终记惦着自己的妈妈,说等阿奶吃后她再吃不迟。于是一干人提着电筒,端着锅碗去阿奶的北间。对了,我忘了说了,从舅父家新起的楼房,到阿奶的老宅约百米,要经过一段高低不平的烂泥路。见阿奶好好的,大家都放了心,动手帮着喂阿奶。但是喂了没几口,阿奶就说她困极了,想睡觉,不想吃了。大家都说,让她睡醒了再吃也好。我母亲则想:中午那顿她是否吃得太饱了?于是一干人又折回了新房。饭间饭后,大家再次问起了那次事故的处置结果以及我父亲的病——就在不久前,我瘫痪多年的父亲被查出肝硬化、肝腹水。话毕,我母亲手执油灯再次返回阿奶处。这时阿奶已醒。问老人家要不要吃晚饭,她摇了摇头,说还是不想吃。我母亲把那锅粥炖在洋风炉上加了温。阿奶勉强吃了几口,就侧过头不吃了。之后她们母女默默相对许久,直至她的兄弟前来邀请阿姊回去睡觉。我舅父说:床榻被褥已准备好了,你累了一天了!我母亲执意不从,她要求在母亲的脚后宿一夜。然而,我舅父情真意切,再看看这里的被子单薄,挤在这里不定冻坏老人。于是她征询自己的母亲:阿妈,哪能啊?阿奶仍答以那句"呒啥呀"。声气低微,意思明白:你去睡吧,我没关系的。我母亲想,老人家即使有什么不测,也不定发生在她离开之后的几小时里。等天明后抱床干净的被褥再来这里睡吧。然而她偏没有料到,就在她离开之后的几小时里,她的母亲远离了人世!

次日清晨,我母亲匆匆从舅父家赶往阿奶的老宅。推开房门,薄亮的晨曦中,她见她的母亲还在熟睡。于是招呼她,要为她洗脸,却毫无反应。再探她的鼻息,我的母亲当即呼天抢地起来。

我母亲请她的兄弟通知阿奶在上海的所有后代。我们放下了手上的工作和学业,迅速向阿奶的老宅聚拢。我的母亲追悔莫及,悲伤不已。她后悔没能亲自送上自己的老母亲,更后悔没能好好伺候她老人家几天。她大老远地赶来,就是为精心服侍老母亲的。见我们的母亲悲痛欲绝,我们也跟着她哀伤起来,尤其我的那位刚失去丈夫的姐姐,更是痛不欲生、泣不成声。

以后几天里,我的母亲老是说,阿奶算无疾而终的,她好比一盏燃尽灯油的灯。而我仔细想,此话又不尽然。是的,谁知道阿奶在临终之前有没有痛苦或恐惧呢?漫漫长夜,在老宅那间有些年头的老屋里,留下老弱的阿奶一人是很不妥的。最好的做法是,让她那些年轻力壮、气血旺盛的后代陪伴在她的身边。而这一切都为时晚矣。因此,我倒宁肯相信我母亲的话:享年88岁的外祖母是在无知无觉中睡过去的。

阿奶,我的外祖母就这样离开了她坚守了几十年的艰难时事。

开初的时候,我尚能克制自己的感情。直至我彻底了解了她的苦难身世,我的悲情就如决了堤的黄浦江水,一刻也无法抑制住了。它疯狂地撞击着我的心扉,在我的身躯里咆哮,最终奔涌而出,滚滚滔滔冲垮了我以后的那段日子。

在为她老人家操办丧事的过程中,长辈要我为阿奶草拟悼词。尽管我知道,几位表哥都远比我有资格,我还是感到了义不容辞。一天晚上,我请求他们——我的几位长辈聚在一起,为我议议我们的阿奶。那天,一盏昏暗的白炽灯悬挂在厅堂中央,我们五六个围坐在八仙桌前。在长辈的烟雾里,在他们的艰涩的语言和湿润的目光中,我看见了我饱经风霜的外祖母,披着凄风苦雨向我慢慢走来:3岁丧父、6岁丧母,靠有严重腿疾而贫苦的婶娘带大……26岁丧夫;丈夫暴亡后,求告了多方亲友,都嫌她穷而不肯借贷分文,她只能拆了家里的门板,勉强端送了夫君……这时我的大舅八九岁、我的母亲五六岁……

在那个已觉秋凉的深夜,长辈们为我说了许多,都为我闻所未闻的。在平时,他们对往事几乎守口如瓶。那天,因为悲伤,他们都对我说了,然而,末了他们总是以一种宽容的口吻说:这些事勿要谈了,乡里乡亲的,都是过去的事了!可以这么说,是他们教会了我宽容和厚道。然而听着这一切我还是惊呆了。我对我外祖母那排解不开的悲绪就在此时缠上我的。

从她的身世里,我开始了解她,并理解她的人生哲学:宁折不弯。目不识丁的她,把上海那家著名的五官科医院所在地"汾阳路"叫做了"喷香路";把那种布料"的确良"叫做了"一尺二",却经常明白无误地教诲我们:人穷不能志短。在她不多的"现代"语汇里,这句话一直放在一种显著的位置,从而也使我理解了她动不动就"昂气"的由委:这些性格都是由苦难和不幸造成的,自强自立自尊使然。为这些,年过七旬的她还在田里刨食……

我外祖母的这些品格应为我记取的。

这份悼词我写得很长,基本概括了她的一生。但大家认为应简短些。他们还说,已使乡亲们操劳了好几天了,不该再劳累他们了。我尊重他们的意思,删改了又删改。这份后来由我大表哥诵读的悼词内容我已忘了。但我仍记得我们为她老人家送行时的那些情景。

那天,我们,她的几十个后代把她送至陈行殡仪馆。在把她先行送走后，我的那位姐姐更是悲恸不已。我的哥哥则强忍着悲痛，故意提把扫帚在她的那个已出空的老宅里低头不语，一遍遍地扫地。而我的悲情更像发了疯……我的痛哭终于使我大姐觉得我为她蒙了羞，于是毫不客气地对我大加指责。她的自制力远比我强多了。

当天，阿奶的骨灰盒被我的大舅父捧回，并随即被安葬在小舅父家那块近黄浦滩的自留地里。在以后的日子里，我们与我们的母亲一直滞留在阿奶的乡下。我们为阿奶举行了一系列祭奠仪式，一味沉浸在悲伤里。却让我们的父亲独自一人留守家里，甚至根本忘却了他。直至有消息传来：半身不遂的他好几次扑地不起；邻人们还好几次见他默坐在屋角垂泪，这才使得我的母亲收敛起自己的悲伤，面对起必须面对的现实来。

在为阿奶办丧事的过程中，我听到这样一个故事：阿奶早在中年时代就差点"瞎猜呼"（当地土语，意为一命呜呼）。已昏死好长时间、粒米不进的她，有一天分明看见有位白衣白帽者（男女不详），往她嘴里塞入几颗药丸，还用汤勺喂她吃了几口水，从此她转危为安、慢慢康复。为了证明故事的真实性，讲述者还特意点明：那位白衣仙人在为她治病时，阿奶还分明听到我的那位新近失去了丈夫的姐姐正在隔壁"摸油甏"——此时我的这位姐姐两岁多一点。这个故事当然是阿奶生前告诉乡亲们的。只是谁也不知这位仙人是谁，有人把她（他）叫做"关太太"；有人把她（他）称做"岳太太"。因为在阿奶老宅后确实有座庙宇，好像是什么关帝庙。倘若这位救苦救难的白衣菩萨是羽化而登仙的关大帝，此话倒也说得通。要说他是什么岳忠武，就让我百思不得其解了。

最近有消息说，阿奶老宅那带已被美国"时代集团"相中，他们要在那里建造什么"时代环球主题公园"。我还听说，陈行那带已被什么房产商圈下，要造什么高档森林别墅区。这几天，我正准备为我已故的父亲、岳父母去寺院做堂法事。我去询问我的母亲有关规矩。不知怎的，我们说到了我的外祖母。我母亲告诉我,几年前,在阿奶阳寿百岁时,她就特意为她去庙里敲打了好几场。

"现在她老人家怕早已在天上流转了,反正我做梦一次也没梦到她!"

听我母亲回答,我就想起,我的情况也确实如此:我经常梦见我的先父,以及不少故人,却未梦见过我的外祖母。

现在留有她遗骸的地方将大改其样,她的英魂将泊于何方呢?基于此,我写下以上文字,留作对她老人家的缅怀。

在正式结束本文前,有件事我不得不说一下:

在我外祖母逝世不久,上海有家大医院来我们家做家系调研,他们在为我家老少十几位抽了血后,很快给出了结论:我的这个伴随我一生、使得我的性格扭扭曲曲、悲悲切切的遗传性出血性疾病很可能得自于她老人家。因实验数据表明,我的母亲是个典型的隐性患者!也就是说,她有足够的遗传基因传给我。而根据这种病的发病规律,男性属显性患者(发病者);女性则可能为隐性患者(基因携带者)。由此我推断:不是我的外祖父就是我的外祖母给了我这种令人可怕乃至痛苦不安的疾病基因!这些当然是我的想当然,现在更无从考查了。

事实上,我早已以我的实际行动原谅了她老人家当年对我的误解。而且我知道,其实她当年并非在咒骂我,而是在诅咒这种可恶的疾病。我确信,在人世上顽强存活了近一个世纪的她,现在早已升上了天。说不定就在我书写本文时,她老人家一直在空中关照着我,从而使我文思如涌,以畸零、疼痛的手一气呵成此文。

2002 年 12 月 18 日草成
2003 年 3 月 7 日改成
2003 年 7 月 3 日再改

散文

爷爷，我的祖父

每从报章杂志或电视广播上看到或听到关于"中共一大"的报道，我总会想起我的祖父。倒不是因他老人家是中共创始人，也并非中共的死对头——国民党要员。我想起他，是因在短暂的一生中，他竟积攒起了两幢石库门建筑。"中共一大"不是在"石库门"里召开的？这两幢房屋至今矗立在上海老城厢附近。为了免得好事之徒按图索骥惹是非，我决定按下确址不表。

我祖父祖母生有我伯父、我父亲两人。这里，我所以提及我的先人，用意不言而喻。我祖父传给我伯父的那幢房屋，现今仍由我的堂兄弟居住着。不过，属于他们的，仅剩下一间客堂和一座二层阁。我父亲分得的那幢，因不沿街面，也就是说，不能用作商铺，后来换了城内徐光启故居

"九间楼"对面的高平房。整整一幢石库门建筑，几百平方米，仅仅换得一间几十平方米的平房，不用我说，也是很不合算的。

但是，且听我说下去，你就知道是怎么回事了。

听说，当时那里——我指的是城内徐氏故居那带，原是个很热闹的场所。铺面林立、客流众多，还明摆着"店多成市"的趋势。在这种商业街上，拥有一个商铺，既可满足我母亲和她的娘家人当小老板的虚荣心，又能获利，岂不一举两得？只是，这幢身架单薄、装修马虎的简易平房，却价格不菲，照现在说法，还不是产权房——光"顶费"一项就需十六两黄金。当年，我的祖父，或者说，我的父亲所以降尊纡贵，从金鱼缸跳进土钵头里，主要基于两个原因：一、急于摆脱不可开交的家庭纷争；二、这房屋坐北朝南，水、电、煤一应俱全，入住后即可发财致富。其实，无论在用料还是施工上，虽说不上偷工减料、粗制滥造，其质量充其量只能算勉强及格，弄不好还会落到"及格线"以下。在我七八岁时，不是人民政府对它及时翻修，已露出颓败态势的它，要不了多久就会倾覆的。譬如，墙面大块地剥落，露出黄兮兮的犹如婴儿粪便样的泥巴；雨天屋外下大雨屋内下小雨……由此可见，不法商人攫取钱财的手段都是一个师傅教出来的。

我父亲曾对我说，当年他来看房子时，这房子新近落成，粉饰一新的墙壁散发出石灰气；楼阁板间的电线充斥着刺鼻的橡胶味；打开镀锌的水龙头，哗哗冲出的自来水看得人心花怒放。他当即请来了我的祖父。当时，我祖父正为每家都少不了的、因处理失当而越演越烈的家庭矛盾焦头烂额，哪有心思管这种事？再说，暂时失宠于妻子和长子的他，在感情上又偏重于我的父亲。因此，我父亲说那房子好，他老人家也就稀里糊涂地答应了。于是不等父子俩细看、细算，就率性拍了板。以后，他们父子俩就仓促地卖房，再仓促地买房。急于脱手的东西自然卖不出好价钱的；急于购进的东西同样也得不到好价钱的。一边是大大地贱卖，一边是多多地高买——犹如当今股市里那些急于求成的炒股新手,挨了一个正手耳光,接着又挨了个反手耳光;然后逃也似的离开了那里。

我想,待到我祖父冷静下来后,他定会大喊冤枉的。由此我得出结论:无论王公国戚、平头百姓,千万起不得内讧、不能"后院失火",否则就会乱方寸、乱阵脚,一切都会陷进一团糟里。因此,我认为无论国际争端,还是百姓家纷争,还需讲究冷静、理智、忍让为好!

迁入新居后,小店很快开出了,倒也别样的风光。然而,每日渐进的这点小钱,对于在不长的时期内积累起即使放在今天看来也称得上巨资的祖父来说,实在不太过瘾的。他因此寡欢,再加上其他原因,终日借酒浇愁的他终因"毒火攻心"得了噎食症——中医的称谓,现代医学叫"食道癌"的。一两年后,他就在那个新居去世了。因此从某种意义上说,这幢据说当时生意很兴旺的"门面房",最终成了他的"断魂处",这大概是他始料不及的吧。现在想来,我都为他感到深深的遗憾。

我推算,我祖父殁于1947年或1948年底。听长辈们说,祖父病故后,我的祖母、伯父、伯母,还有我的父母亲,大家合雇了一条船,将我祖父的灵柩迁往故乡——绍兴城偏门外兰亭镇附近的乡下山上安葬。此时我的大姐约两三岁,我的二姐尚在襁褓中。至于那次祖父迁葬为何等规模、他们雇用的那条船是什么样式的,我至今都没法搞清楚过。总之,在上海仅有的几家亲友,一干人披麻戴孝,哭哭啼啼陪伴祖父回了故土。

我祖父叶落归根,虽算不上"锦衣归乡",但也有那么点意思。

祖父原是乡村教书匠,实因守不住清贫,才抛下妻子和两个嗷嗷待哺的幼子,肩挑两担鹅蛋粉(当时的女人用来化妆的土特产),一路叫买着,一路摸索着向那个据说遍地黄金的东方大都市跌扑而去。

在以后的二三十年间,他,一介书生,凭借着赤手空拳,居然积攒起两幢石库门建筑和十几辆黄包车(这些还仅仅是表象)。因此,在我看来,即使他不为官,此次归故里也称得上"锦衣归乡"。而他的两个兄弟,以及众多亲友,生前就连绍兴城也很少光顾。他的这种奋斗精神令我深怀敬意。

祖父到达上海,先在上海老城南车站路一带落了脚。依现在的我猜测,他所以选择那里为自己的落脚点,至少可能出于两个原因:一、那里当时为沪杭铁路的终点站——从存留的路名上仍可见一斑,只是后来日本人炸毁铁路、炸飞了车站,仅剩下路名供今人凭吊了;二、那里是同乡的聚集地——我现在那里仍可闻到葱茏的乡音。然而,举目展望,十里洋场,对一个身单力薄的书生而言,哪里才是自己的食宿地呢?因此,初来乍到的他,迷惘是免不了的,苦厄、冻馁也是免不了的。身处困境,我想,他肯定怀疑过自己的此行是否冒失、是否唐突,也许还萌生过返乡的意念。是的,与其在这里担惊受怕、忍饥挨饿、辗转苦痛,不如回乡继续守着自己的清贫度日为好。但是他终究没被眼前的困难压倒。拨开愁云惨雾,他终于挣脱了出来。

这个机会纯粹来自于偶然。

在我们这个国度,从来就有"养幕"、"入幕"的传统。古有孟尝君蓄食客三千,今有各集团公司设顾问团等,就是这个意思。经人介绍,手无缚鸡之力的他凭着肚里的一点文墨,终去一家大户人家当了"幕宾"。这恐怕就是当时的小知识分子的最好的活路了。正如毛泽东当年说的:知识分子、小知识分子是"毛",他们须依附于"皮"才得以生存;否则"皮之不存、毛将焉附?"

我听说,这户人家当时就住在车站路上那个"看守所"里。我的意思是说,在现在的"上海第一看守所"那个地方,当年的什么警备司令部——后来我翻阅了有关资料得知,那里好像一直都属国家机器的要地,比如警备司令部、法院、监狱;那里曾关押过不少近代著名人士,如邹容、章太炎等人。有时我想,这方土地看来就是那种"风水",要是落为民居、企业或单位所在地,必将遭到各种不测。因为常人的血肉之躯压不住它的煞气啊!

扯远了。

还是回来说我祖父吧。初入"幕"的祖父当然什么事都得干:置办尺牍案头、迎来送往,还要为人带小孩,只差没叫他洗尿布。这种伺候人的营生虽说不免屈辱、艰辛,但毕竟可视为改变自己的开始。因此,忍耐是他必须学会的。而那地方人氏向来又以耿直闻名的,有时因个性摩擦引起的苦痛肯定是免不了的。

为了跟人更好相处,工余之暇,我祖父会偷窥那位高高在上、凛然不可冒犯的大人物。而此人在他的审察下终于露出了"破绽"。此公姓×名×,时为淞沪警备司令部司令(一说副司令)。但从我有限的阅览所知,民国时期好像没有一个叫"××"的淞沪警备司令或副司令的。我怀疑此人可能为军阀时期的什么草头司令或山大王。我祖父发现,此公虽操一口"国语",但有时会透出绍兴那一带的方言底子,因而,他的"官腔"里分明有杭州官话的色彩。揣摩出这层意思后,我祖父便有了几分底气。有一天,当他终于弄明白厅堂上那副楹联所泄露出来的玄机,心里更有了几分把握。这样处了一段时日。等到时机成熟,也就是说,等到彼此稍稍熟悉后,在一个适当的时间和场合,我祖父指着那副高悬的楹联开始了他最初的试探。询问的结果不出所料,那人竟是自己的本家!

"文革"时期,我父亲每年回家探亲大都在我床边度过的。为病中的我解闷消愁,他给我讲了许多事。

记得当时,我父亲曾给我背诵过那副对子。当时十来岁的我,对世事尚处于混沌状态。后来,初涉文字的我恍然忆起,父亲为我诵读的那副对子里似有"燕子笺"、"文武才"之类字眼。也就是说,此公标榜自己是南明王朝那个写《燕子笺》的阮某人的后人。但不知怎的,长期以来,我家无论老幼都把他那个"铖"读成了"铁",占尽了"秀才不识字,只读半边音"的遗韵。挑明了那层关系后——此公并非姓头衔上的那"×",而姓阮,于是两人间的关系就更上了一层楼。那人告诉我祖父,他姓的是母姓。据说,因那个声名狼藉的先祖过世后,阮姓氏族对子孙的命运走向曾作过种种限制,譬如,不准当兵、不准从政等等。而此公既已当了兵,还从了政,于是只好根据祖制改为了母姓——不过,在我们家还有一个版本:最先接纳我祖父的这位"大人物",他并非主动改成母姓的,而是被宗祠逐出家门的。但究竟为何事,他甘愿放弃那个他引以为豪的先人、那个宗姓,我父亲没说,我就不得而知了。

那人向我祖父坦言:他不但跟我祖父同姓,而且也为绍兴人氏。两人溯源探究,细排由来,当即认了同宗,并以叔侄相称。从此,那人家对我祖父另眼相看,尤其那些姨太太们,不再把我祖父作"叫花子"般使来唤去了。

但是我不解:好不容易在那户人家站稳脚跟、赢得了局面,我祖父又为何脱离同宗、独立起门户的?此事,我父亲没跟我说,我不得而知。倒是长辈们在为我讲述这些事时,都会不约而同地告诫我:不准在外面乱说!我想,那时正值"文革",多有因"乱说"、"乱写"丢掉性命的。家人这样嘱咐我,全是爱护我。现在社会昌明了,我偶尔想起此事,出于对那位"大人物"的好奇心,我把他写出来请教方家。

这位曾给过我祖父帮助的"大人物",我在史籍里始终没能找到他的踪迹。倒是另一位"大人物",我在《中国大百科全书》看到了他的"形状":

阮大铖(1587—1646),明末戏曲作家、诗人。怀宁(今安徽安庆)人。万历四十四年(1616)进士。天启年间给事中,依附阉宦魏忠贤,与霍维华等人合伙结党,造《百官图》,攻击东林党人,不久升太常寺少卿、光禄卿,后因魏党败而罢职回乡……崇祯十七年(1644)马士英在南京迎立福王,阮大铖被起用为兵部右侍郎,不久又兼兵部尚书、右副都御史等职……阮颇有才华,诗文俱佳,尤善词曲,作传奇戏曲《春灯谜》、《燕子笺》等十种。诗文有《咏怀堂全集》。《燕子笺》是其代表作……阮是明末著名奸佞,品格卑劣,为士林不齿……

　　读完这个词条,我明白了家人不愿把这个故事示我的苦衷。我想,倘若我的祖上真有这么一位"高人",我祖父是有足够的理由把他雪藏的。不过,我有点不懂,在我们家口口"相传"中,这位与我同姓、与我们可能同宗的前人,是"兵败被杀"的。祖祠也由此为后人立下过种种戒条。但从该条目得知,这位"高人"是"清兵攻陷南京,出奔浙江;后降清,随清军攻仙霞关,倒石上而亡"的。史书记载看来与传说大有出入。因此,我对我们家与这位"大人物"的渊源抱有很大的怀疑。但不管怎么说,这位"大人物"的故事与我祖父的"发迹史",至今流传于我们家族中。从这些故事里,我从小就被告之,要做品行端方的好人,否则纵然再有才华,还不如一事无成更好!那么,何为"好人"呢?"好"的范畴就如"不好"的范畴同样宽泛,这就需要你细细体味了,它的属性包括正直、善良、勤勉、忍耐,宁可粗菜淡饭也不巧取豪夺;宁愿不闻达于世也不攀附权贵……

　　又扯远了。

　　祖父在那户人家充了几年幕宾后离开了那里。离开那里的他选择了一种做小生意的谋生方法。那么是什么原因促使他离开那户人家的?是因那户人家败落了,还是他与主人发生了什么龃龉,我父亲没告诉我,我不便妄加猜测。但从以后的种种迹象表明,以上两点似都不太可能——以后我还会说到。依我现在看,大都因他的性格使然。也即说,他宁肯自食其力,以小本买卖为生,也不愿过那种仰人鼻息、甚至狐假虎威的生活!

我祖父这一独立不羁的品性,似可在我的伯父、我父亲身上得到印证。也许祖宗当年立下的规矩已深入了他们的骨髓。

然而开始艰苦奋斗的祖父,好像并没有完全跟那户人家脱了干系,他们仍保持着若即若离的关系。后来发生的那件事似可再次为我证实我的猜想。

祖父携着我的父亲在城内"徐光启"故居对面那个高平房另立了门户。他们借助那个铺面开了家杂货店。小店开张不久,即发生了一件不愉快的事。一个横行不法的白相人——"地头蛇",见有个文弱的小老头来这里新开了"豆腐店",闻讯赶来就吃起了"豆腐"——不过几块光洋的事吧。我祖父偏是刚直之人。他大概自忖,自己开过黄包车行,也曾拥有一些阅历,好坏算个知识分子(小知识分子)吧。而且他深受中国传统文化之"毒害",有点"士可杀不可辱"的傲气。这么个土流氓也敢来"敲竹杠"?!两人针尖对麦芒起了冲突。那天,我祖父在遭人家手枪恐骇后还挨了耳光,最后还是被人拿走了营业款。受此奇耻大辱的祖父从此一病不起。他要家人召来我的伯父。他要他的两个儿子即去那家大户人家,跪哭在人家面前;人家不答应出面"主持公道",就不准起身。

父命难违,兄弟俩奉命赶去了。叩开那厚重的大门,兄弟俩双膝下跪就大声哀嚎,惊得那户人家不知所措。那个"大人物"明知是怎么回事,但就是不肯出面照应。长跪不起的兄弟俩自然遭到了那些姨太太们的奚落。

那天,我父亲跟我学起那些女人的那种拿腔拿调,其中有句是:喔哟,是亨格伲子(儿子),真是有事有人无事无人,无事不登三宝殿啊。

由此可见这两家关系的亲疏。

说实在的,当年我父亲向我述说这些往事时,我对那些话的意思不是很理解。我只是觉得这句话很毒辣,很瞧不起人,冷嘲热讽的。但想到自己的父亲被强行霸道的"白相人"打伤、想到父命在身,纵然人家如何侮辱,他们兄弟还是垂泪痛哭,长跪不起,我就很难过。最后,终于惊动了那个"大人物",他答应了兄弟俩的请求,当着兄弟俩的面,拨通了那个辖区警察局局长的电话——那时的"白相人"都受各地"包打听"(警长)制约。次日中午,那个叫王某人的白相人即带着一伙人和鞭炮赶来我家赔礼道歉了。但即便如此,仍无妨他们逢年过节照样来我们家拿东西!不久前,我年近八旬的老母亲在痛说家史时,无意间还说起了这位"白相人"的种种令人不齿的"小儿科"劣迹。

从此可见,我祖父当年的社会地位是多么的卑微:作为一个有主见有骨气的读书人,他不会、也不愿逢迎人、依附人;作为一个生意人,他又时时处处受着剥削和压迫。难啊,立世要做一个"好人"的小人物就是这样的艰难!因此,在生命的最后时刻,尽管癌细胞已转移至大脑的祖父,曾一度出现谵妄,但他老是想挣扎而起,请家人把他搀扶于门前的竹椅上,要家人与他一起振臂高呼"共产党好!共产党万岁!!"或者把钞票大把大把地往马路上撒。

我从我的伯母和我的母亲嘴里得知,无论在老房子还是在新居,我祖父的口碑均很好,称得上一个"大好人":急人所难、有求必应、慷慨解囊……譬如,他袋里仅有五块钱,只要你向他开口,他会全部都掏给你,而根本不管自家是否开得出"伙仓";再譬如,不管你何时何处央他写封信、立个字据,甚至担保作押,他都会爽快答应你,并立即放下手上的工作,为你铺纸、磨墨……家里的口角、纷争大抵因此而起。

在少年时代,我还听得这样一件事:一年冬天,祖父去浦东做生意,天寒地冻的,人迹寥寥,开阔的黄浦江里风急浪涌,来往摆渡过江的仅有几只小舢板。有个身怀六甲的孕妇不慎落于黄浦江中,围观者众,但就没人愿意或敢于跃身相救。我祖父凭借着娴熟的好水性,奋力拯救孕妇于危急之中。我听说,我们家乡故居门前有条水深面宽的河流,我祖父自幼在此练得一身好水性。"文革"期间,学校"停课闹革命",我哥哥闲得发慌,每年夏天都在黄浦江里学游泳。有一次,根本不谙水性的他居然别出心裁学起了跳水。但不知怎的,一个猛扎却使他钻进了黄浦江里层层叠叠、绵延几公里的木排之下。不辨东西、呼吸衰竭、几近绝望的他,于黑暗中忽见眼前一片光亮。于是就不管三七二十一,奋力向它扑去。那白光一路领着他,终使他挣脱了厄运。吓出阵阵冷汗的他回家后对什么人都没说起。几年后,有一次我病重,他日夜陪伴在我身边。因无聊,我哥哥怀着复杂的心情向我道及了此事。他说,要是那次我出事,现在的你可就惨了!我承认他说的不无道理。在这个家庭,我的哥哥在某种意义上替代了我父亲的作用,长子代父嘛。然而,在他说那些令人后怕的往事时,我却联想到了我的祖父,想到了他在众目睽睽之下跳进刺骨的黄浦江里救起两条人命的事来。于是我觉得我哥哥在那时是不该有危险的,即使现在的我也必定能再次摆脱厄运的。这恐怕就是老人们常说的"荫德",祖上传承下来的荫德吧。有我祖父积下的"德"作庇护,我大可不必灰心丧气的。近时期来,为了梳理本文的脉络,我跟我的妻儿说起了我祖父的这段"舍身救人"的故事。见我儿子纯净的眼里陡起"学习英雄曾祖父"的光亮,我妻子马上纠正了我的说法。总括她的意思:一个人只有在学会保护自己的前提下,方可去奋力救人;"舍己救人"这句话是有问题的,是有缺陷的,是不可取的。我想,她大体上说得没错。在这里,我所以节外生枝写上这么一段,完全是为了避免本文所起的副作用,令有些人望文生义。譬如有些不求甚解的看官,看到我家这个轶事,也许真会不分场合、不顾条件,就急于为自己的子孙后代积起什么"荫功"、"荫德",结果自己的儿孙什么都没得到,自己却匆匆忙忙白送了性命。

邯郸学步者,请切记了。

不管我的祖父有千般好,但作为一个在生活中备受煎熬的凡人,他的身上仍不免有许多缺点。譬如,他在家里立下的规矩是否多了些?他的脾气或者说火气是否大了些?这些,也许使他维护了做父亲的尊严,但在家人眼里却失去了亲和力。于是有一天,当他的儿子意识到自己的"翅膀"长成了,他们便毫不客气地"犯上作乱"起来。反过来说,他这样好发火气也不是什么大不了的事。你为他想想,他这样时不时地助人为乐,但原先安排好的事,不是随时随地被人轻易开了"横炮",不仅白白耽误了工夫,而且还往往劳而无功。如果是你,你难道不会发无名火?因此,在他的两个儿子求知欲旺盛的青少年时期,他们曾多次要求向他学文化,均被他拒绝了,还美其名曰:"勿识字勿要紧格,勿识人头要吃苦头格!"

现在我想,要是我的祖父当年改正了诸如乱发脾气的缺点,那么至少在我眼里,他基本上是个大好人。但我又想,生活在如此艰辛、繁杂、不易的世上,即使有时心怀愤懑,不时向自己的家人发泄一下,从而减轻一下心理压力,又有何妨呢?大家也该增强自己的心理承受能力,权充帮他一起应付这个繁难的人生又怎样呢?

总之,我祖父留下的故事还有许多。因都不是我亲历的,只能忽略不计了。近些年来,我常会念及我的祖父。我所以会想念他,是因为很想改善居住环境的我常被噩梦缠绕,醒后便通身冷汗。想到祖辈在物质上创造的实绩,这似乎印证了我家乡那位"九斤"老婆婆的至理名言,唉!

我无缘亲见我的祖父。我只见过他为我留下的众多砚台,有铜制的,有石磨的,砖烧的,大大小小许多方。这些东西当时又不可以换钞票。等我长大后却不知被谁"把玩"到哪里去了。我还见过他遗存下来的几近一阁楼的古籍,"文革"时期也被我们烧的烧、撕的撕、卖的卖,几乎没留下什么。

我是在相片上见到我祖父的:眉清目秀,儒雅睿智。一部《绍兴师爷》电视连续剧,那位主人公的形貌与他很是相似,我仅仅指的是他们的相貌。

我一直很想去祭扫我的那位可敬的祖父,都囿于病体无法如愿。

几年前,几乎寸步难行的我在我堂弟的鼎力相助下,总算回了一趟故乡——当然是为其他事。完事之后,堂弟建议去祖父的墓地祭拜一下。我欣然作喏,这也是我的夙愿嘛。那天,从故乡兰亭镇张家葑村,堂弟带我上那个叫"黄山坝"的山头。那是一个细雨迷蒙、阴云凝重的下午。我们先去了山上的老表四友哥家,由四友哥带我们登坟山。在那高高的山坡上,远远望去矗立着三座呈"品"字形的高大的土堆儿,那里埋葬着我的祖父和他的两个兄弟。站在坟山的陡坡上,四友老表摇指着它们对我说,因年代久远,他已实在难以确认哪座是他外公的,哪座是他"小外公"(即我祖父)的了。但我还是执意要上去看看,祭扫一下、鞠一个躬,略表心意。此时虽天已放晴,但夜幕四合,黄昏迫近。难为堂弟解我心意。他把我的拐杖朝世友哥怀里一送,一下在我面前蹲下了身子。我毫不客气爬上他那个宽厚的背脊。堂弟墩了墩身子,坐实了我,驮起我这个近百斤的身躯,就在泥泞、高陡的山坡上一路狂奔。他终于站稳在那个山顶,那三个土堆旁。我很想向祖父下跪的,然由于僵直的膝部无法弯曲,只得作罢。我们在那个清净的时空里逗留了许久。

四友哥不断在身边提醒我:时间不早了!催我们快快下山。考虑到堂弟下山的不便和危险,我只能悻然答应。记得下山之前,我还回望了一眼。那里确实是个高爽明朗的好地方,面朝东南、空气清新、视野开阔。

到了四友哥家,天已黑透。四友嫂已备了几样荤素。席间,我问哥嫂明日能否为我弄几样小菜,让我们再去祭扫。一向担任大队书记的四友哥,现在响应党的号召,正在"一心一意谋发展、聚精会神搞建设",家里摆着好几部织机,轰隆轰隆赶制着什么货色。他说,这批货明天要交出去的。他还说:其实从我懂事起,我们家就从来没有间断过,譬如清明、冬至……我很快领会了他的意思。于是我掏出薄资,有劳他在方便的时候专程为我祭奠一下我的祖父。四友哥哥高兴允诺了。但纵是这样,我以如此不便之躯,老大远地赶来祭祀而不得,不能不引为大大的憾事!

晚饭后,我坐在四友哥门前那块平整的地坝上,默默看着四友哥和嫂子在昏黄的灯火下,环绕着隆隆作响的织机忙进忙出,我真有种恍若隔世的感觉——四友哥的家该在那半山腰吧,一切都湮没在寂静和黑暗之中。我向远处眺望,在屋里射出的灯光映照下,我突然发现有一道道人形状的山岚朝我一阵阵赶来。于是我知道了,祖父还有他的两位兄弟来看我了。他们知道我——他们的那个多灾多难、为了生存只得以纸笔作文的孙子、侄孙已来到了此地。于是我在心里对自己说:哪怕以后我拥有一点点健康,我也要向他——我的祖父学习,毅然扔掉手中的秃笔,走上更光明更实在的人生道路。遥想当年,我祖父的才华远比我高明了许多——我见过他书写的文牍,字迹娟秀、文采飞扬,即便此次回乡,许多老人还记得他们的塾师,敬称他为"三先生"。他当年尚且都不愿意卖文为生,我这个本就生成的畸零之躯,为何还要沉湎于我的执迷呢?然而,活在这个艰难时世,仅有这么一丁点心智和臂力,除此之外,我什么都没有。为此灵魂一刻也不得安定的我只能让我的妻儿跟着我受穷受苦受累受辱了。嗟乎!

我要补充一下导致我祖父郁闷而亡的另外一个原因:在那个动荡不安的年月里,我伯父所生的三位哥哥都不幸夭折了,尤其后来,我的那位出生仅十个月的大哥也忽然随风而去了,本就敏感、好思的祖父于是终日沉浸在自检、自省、自责之中,长时间的沉湎只能导致不好的结果。其实,我那位哥哥很可能像我一样,患有先天性的遗传疾病,任何部位破损都可能成为夺命的元凶。因而我祖父大可不必如此多思多虑的,更不必懊丧、寡欢和忧伤的。如果他当年能"风物长宜放眼量",那么要不了多久,就会"自有后来人"的。我相信,我的哥哥,我的堂兄弟都属可调教的可造之才。即使你老人家老得动弹不得了,只消你向他们递个眼色,他们就会知道哪个使得、哪个使不得,从而向你学会安身立命的本事。而如今,从小就没有得到过你教诲的我们,哪个不是生活得如此潦倒窘迫呢?

2003 年 6 月 29 日完
2007 年 11 月 4 日改

散文

娘娘,我的祖母

我对我祖母的印象没我对我的外祖母来得真切。幸好至今还记得她的相貌:四方脸、大额头、薄兮兮的嘴唇,高高的个子,大概有一米六几吧;腰板挺直,小脚伶仃。在我懂事后,我就知道她患有严重的眼疾,几近失明。

在记忆中,她很少来我们家。可能因那地方人氏讲究长幼尊卑之故吧。我的父亲是她的次子,因而我们这一房,在她心中就没长房长孙来得重要了吧。

听长辈们说,祖母一生修佛,称得上笃信,很虔诚的。念佛、做法事是她的日常功课。在很年轻时,她就是个坚定的素食主义者,不仅戒绝了任何荤腥,哪怕用荤油给她起镬烧菜,都会视为对她的冒犯。有时煮过荤菜的镬子没洗干净为她烧了菜,她一口就能品尝出来。于是就会不高兴,就会嘀咕甚至骂人。长期食素,又面对着如此繁杂的人事和家务,老人家的身体怎会健康呢?到了晚年,她一度卧床不起。最近,我读报获悉:经科学家研究发现,禁食动物脂肪反而易得动脉硬化症。我祖母晚年患有的脑栓塞、脑梗阻,恐怕与她长年信奉素食主义有关吧。

我祖母信佛、修佛,不会不对其后代产生一定影响的。我的先父极具善心,大概就得自于她。而我在某些关键时刻极易动不忍之心,大概也得之于她。懂事以后,我几乎是个天生的素食主义者——尤其不愿吃肥肉;哪怕小指甲片儿一丁点肉末,也会使我联想纷呈,也要把它坚决剔除……这种怪异的食僻,现在我只能归咎于她了。

听说,祖母还崇尚岐黄之道。以前有一种说法:属虎之人,无论男女,都是天然的正骨师。我祖母生肖属虎,她决心把它发扬光大,立志做个"救苦救难"的活菩萨。很年轻时,她就无师自通学会了按摩推拿术。在那个缺医少药的年代,周围又都聚着社会最底层的普通百姓,她的拿捏术正可派上大用场。譬如,哪家小孩脱了臼,哪个成年人闪了腰,哪位睡相不好落了枕,只要有人找上门,她就会放下手上的活计或念珠,招呼人进门入座。如此这般,为人解除了苦痛。当然分文不取的,还要贴上许多的时间和好话。老人家的医术医德在我们老房子那带小有名气。我的父亲,不管在日进斗金的壮年,还是在穷苦潦倒的晚年,他都一贯痴迷于"医道",这恐怕也是受了他母亲的影响吧。

我听我父亲说,我祖母不仅擅长骨伤科,还精专某些内科学,并以掌有几味"药到病除"的偏方、单方为幸事。被她经常唠叨的一句话是:"偏方(单方)一味,气煞名医。"譬如,为她专治的疾病——偏头痛,其单方就是:取新鲜白萝卜一只,切碎,刀柄捣烂,滤净浕汁,掺入冰片若干及其他药信,搅拌后滴入患者鼻孔。盛传此方得之于治愈了千古奸雄曹操偏头痛、后又为曹操所杀的一代名医华佗先生。据说,华佗在行刑前知道曹贼必将因偏头痛发作而亡,作为济世良医,他又深感此病的痛楚,便通过狱吏将此方遗于民间。听说,我祖母得之真传,治愈了或者说暂缓了不少人的病苦。尤其在"拿(脑)膜炎"横行的日伪时期,凡邻人感到头痛或偏头痛,便会偷偷跑来找我祖母——他们不敢去医院声张,怕被日本人知道后活活烧死。我不知这个偏方是否灵验,但我想,它至少可以减轻他们紧张不安的情绪吧。青少年时期,我每有头痛脑热,我父亲总是对我如法炮制,至于效果如何,就不太好说了。

在我童稚的印象中,直觉告诉我,我的祖母在感情上依赖于我的伯父。但在经济上,她基本依靠我的父亲。时值三年"自然灾害"期,我伯父的工作极不正常,收入因而很不稳定,既要抚育一大群孩子,又十分好酒……经济很是窘迫。那时,我父亲主张勤劳致富,日子较为宽裕,但偏偏摊上我这个病篓子,经济有时难免会捉襟见肘,这让他有点沉不住气。我父亲蒙难,于我祖母而言不能不算是一次沉重的打击。我父亲出事后,很少来我们家的祖母仿佛让人搀扶着来过几次。她在那件斜(大)襟衣衫的腋下揣着个小绢头包,包里放有菱角、荸荠、花生、柿饼、蜜枣等零嘴。看见我们,她抖索索地解开绢头包,捏出几样东西塞向我们。我们大都避而不接,倒不是因为客气,而是由于生分。见我们谦让,她就把东西置于桌角,径顾与我们的母亲絮絮叨叨,轻声诉说起什么,不再理我们了。她们商讨,当然是我父亲的那件大事。

过后,她又很快让人搀了回去。后来,我父亲的案子终于有了结果:需要我们等待漫长的四年。得此消息,我祖母一病不起,就彻底瘫在了床上,那双眼睛也彻底瞎掉了。以后,在我们家里,我们再也没见过她老人家了。

在我长大成人后,我才渐渐理解了她老人家。那时候,她所以颠着小脚,一次次地跑来我们家,送我们平时不易得到的零食,这是因她实在放心不下我们这一房;心里始终牵挂着我们这些失去父亲和丈夫的孤儿寡母。而在以前,她似从不这样的。最近,我读周海婴先生的《鲁迅与我七十年》,它加深了我对她——我的祖母的了解。那方水土养育出来的人恐怕都是这样的吧。周先生那部回忆录写道:他的祖母对他的建人叔叔,以及建人叔叔后来遭遇的不幸,可能都是重长轻幼的结果吧。

我祖母病倒后,每逢我母亲休息日,即使再忙,她也要为我祖母送去经过精心烹调的"烤麸"(一种豆制品)。到了那天,她总是大早赶到菜场买回"烤麸",然后仔细洗刷净铁锅,放入浓重的素油、酱油,还有糖,当然不能投入葱姜的——据说葱姜也是荤腥的,我祖母是修佛的,须吃净素的。不过,作为上海本地人的母亲,恐怕此生都不会知晓绍兴人的口味:咸,而且最好咸得发苦!最后,她把那种红油赤酱、很具本帮菜特征的烤麸,盛入大号搪瓷杯,为我祖母送去。至于这些美味,我祖母是否让我的那些嘴馋而食量惊人的堂兄弟姐妹分享了,就不得而知了。只有很少几次,我们才有机会品尝到些许剩余物资,真是可口,很解馋的。这每星期一次、从不脱班的红烧烤麸,以后就成了制度,直至我的祖母粒米不进,彻底解脱。

现在我想,我母亲只能以此法来慰藉这位失去儿子依靠的老母亲。我不太明白的是,在副食品全面放开之前,上海市面上的豆制品都是凭票供应的,且每人每旬仅供给很有限的几两。在我母亲的孝敬里,当然首先有她自己的一份,其次就是我们六个儿孙的份额了。能以这样的方式来对我们的祖母尽孝,实在很幸福的。

大约在 1964 年或 1965 年,总之"文革"前一个盛夏,有消息传来,我祖母病危!伯父家来人这么一说,我们这些小孩当即光着膀子,拖着木拖板,就踢踢踏踏匆匆赶去了。这是一个炎热的下午,从我们家到制造局路上的上海市第九人民医院,晒得我们头昏脑涨,浑身走油——没棒冰可吃,连口冷开水都喝不上。到了医院,热不可耐的我们见祖母躺在一间朝西的屋子里,那屋子有没有窗帘,已记不清了,总之,感觉到"日荒"很大,我祖母神情木木,已不省人事了。我们也不知以何种方式来表达我们的悲情,更不懂如何来减轻祖母的痛苦,安慰我们那焦虑万分的伯母。我随同我的姐妹在病房里转了几圈,就跟随她们打道回府了。回家后,不孝的我们很快就把病危中的祖母忘却了,于今想起很不应该的。在这点上,我的堂兄弟姐妹对祖母则要孝顺得多,挂牵得多了。即使现在,我祖父祖母已去世这么多年了,他们仍不忘给爷爷娘娘做做"忌日"。这可能缘于他们是长房长孙,娘娘生前没白疼爱他们吧。

那件事不久,大概在一两个星期后,就在我们把她彻底忘却时,突然传来了噩耗。等我们穿戴整齐,赶到伯父家,祖母已驾鹤西去。据说有经济上的原因,更出于"叶落归根"的传统。我记得,长辈们在向老人家跪拜、磕头,甚至痛哭流涕之际,我还是稀里糊涂的,不知发生了什么事。

黄昏,我的伯父去隔壁烟纸店借打长途电话,意欲召回我的父亲,我这才省悟到出了大事。我记得这样一个场面:我的晒得又红又黑的父亲哭倒在自己母亲的遗体前,被人强行拉走后,他还啜泣不止。这些,在当时的我看来既奇怪、害怕又不安而悲痛。这是我第一次,也是唯一一次看到他——我的敬爱的父亲如此失态。在以后的那一两天里,父亲根本不介意我的存在。而在以前,他是我的依靠,我们彼此依赖,须臾离不开的。很快,于我显然已陌生的父亲随同他的家人送走了自己的母亲,并很快离开了上海。他们那里只准三天假,他花在路上的时间就要一两天。

我记得,我们护送祖母去殡仪馆时的情景。一辆由三轮车改装的殡仪车。殡仪馆在制造局路丽园路口。没有追悼会、没有悼词。仪式过后,大家就散了。以后我曾多次途经那里。"文革"后期,那家殡仪馆改成了一家工厂。再后来工厂消失,那里成了一家企业。最近,我再次路过那里,那家企业也消失了,一幢巍峨的大厦代之而起。从挂着的林林总总的牌子看,这里成了什么什么管理局。它的表层呈暗红色的马赛克贴面,很容易引起我对往事的回忆,陡生不祥的情绪。我的堂弟堂妹至今仍住那一带,难得出门的我有时喜好去那里走走、看看。现在,我的住房距离那里路途遥远,去一次很是不易。听说那里近期也要拆迁了,到那时,除却我的这篇文章,那里的一切都将被抹去,任何点滴都会不复存在。

在这里,我想说说我祖母的最后归宿。

"文革"中期,我"插队落户"的堂兄返沪探亲。像多数同龄人一样,他也患上了时代病,喜欢打打闹闹、冲冲杀杀,最后遭到了"文攻武卫"拘押,以后被转至公安分局。在关押期间,不知怎的,他被人用手掌劈坏了"后四颈"(我伯母语,实是项颈),以致神经错乱。之后又被无缘无故放回了家,连应交的膳食费也一并免除了。我堂兄回家后,神志始终处于癫狂中,还不时大喊冤枉,说他们凭什么抓人打人等等。在一次发作中,他硬是胡说我祖母的骨灰盒里有动静。那骨灰盒就搁在墙上那搁板上,离地几米高。他居然一跃而起,抓起骨灰盒,往腋下一夹,就冲向了门外。其时正值盛夏雷雨季节,一场暴雨挟着狂风铺天盖地。等众人追赶出去,他已消失在密急的风雨中。此时为午饭时分。傍晚,风止雨停,我堂兄一身泥泞、神疲身乏,两手空空回了家。

大家问他:娘娘的骨灰盒呢?

扔了! 堂兄口齿清晰地回答道。

扔在哪里了?!

扔在黄浦滩了。

是黄浦江还是黄浦滩?!

我堂兄想了想,最后说:是滩,是黄浦滩!"滩"意味着"堤上"、"岸边"、"滩涂",也就是说还有找回的希望。我伯父大大叹气,于是推出自行车,让我又累又饿几近虚脱的堂兄坐上书包架,让他带路去找回那骨灰盒。后面跟着我的仿佛天要塌下来的惶恐不安的堂兄弟姐妹一干人,还有我的那位步履不稳、哭哭啼啼的伯母。那天,他们沿着黄浦江从南边的江边码头一直向西找到港口,直至月上中天,才徒劳而归。

  现在我想,他们这样处置我祖母在人世间的最后那点遗存,倒是符合她老人家生前遗愿的。佛不是主张舍弃?把现世的一切都弃了——是大舍,全都不要,以获得在另一个世界的大自在——这一点倒跟彻底的无产阶级革命家有点相似——都在生前立下遗嘱,把身后的骨灰撒了。只是我的祖母跟他们走的不是一路,她没有任何革命或不革命的动机。她只是按照佛的意愿在指点自己的子孙来安排自己的归宿。因我相信,她老人家是不愿继续留在这个嘈杂而龌龊的世间的。是的,她定在那虚静中了悟了生命的流转真谛,要是让她仍留在这个空间里,她会一刻都不安宁的,因而宁肯舍弃了最后这一点,坚决地离他们而去,点滴都不留。

  有好几次,我去我们家那个最初的落脚点,我都看到我的堂姐妹兄弟在祭祀,尤其在我的伯父伯母仙逝后,他们把那种活动搞得十分频繁。红烛闪烁、香烟缭绕,气氛肃穆而庄重。我不禁问了,方知他们在为爷爷娘娘做"生日"或做"忌日"。问后我羞愧难当,我想,我的祖母生前也确实没有白疼爱他们。

  有一天,我回家后把此事告诉了我的母亲,并表示,如有机会,我也想去寺庙为祖父祖母做几堂法事。我母亲对我说,三四年前,在她还能单独外出时,她已专程为爷爷娘娘在庙里打了好几场。我闻之欣慰。我虽知道,早已过世或在另一个空间享受虚静的他们是不会计较甚至不屑于他们这些不肖子孙的假惺惺的做法的,但我还是动了这样的念。但我又想,佛主张爱,这种爱应是不分对象的大爱,还有忍,一种大忍——面对任何冲撞、击打、诱惑的避让。一切顺其自然！这恐怕就是修佛的真要。在为人处世上,则要避免执拗、妄动、邪见,一切都在淡静之中。如真达到了这种境界,即使"修"不成佛,世上还有什么过不去的坎吗?！

  每天晚上,我几乎彻夜梦绕。在我做过的梦中,有精妙绝伦的好梦美梦,也有心悸恐惧的噩梦。我梦见过许多过去的先人故旧,但我从未梦见过我的祖母。按照也在信佛、修佛的母亲解释,祖母早已断绝了尘缘,升归极乐了。已在极乐里的祖母怎么还会来缠绕仍在世俗里受罪的我们呢？即便如此,我还是感念她老人家曾经给过我们的好,是为志。

2003 年 7 月 1 日完
2007 年 11 月 3 日改

散文

故人三章

上海正进行大规模的旧城改造。友人从老城区来,嘱我快去看看,说再不去看,那些熟悉的景观将不复存在了。我闻后神驰,遂得以下三章。

一、棚屋沙龙

以前,在徐光启故居"九间楼"对面、在我家右旁的路边,有间用芦席、竹爿、铁皮和油毛毡搭建的棚屋。它是一家小菜场的收发室。不过,在我眼里,这是一个由菜场职工和附近闲散老人组成的沙龙。参与者都是清一色的男性公民。少年时代,一个不算短的时期,几乎每天晚上,我都要去那里。可以说,少年时代的大部分夜晚,我都是在那里打发的。

现在想,这个"沙龙"别具一格:挨着一户居民家的围墙,砌着一长排条石——就是那种城建工人用来垒街沿的花岗岩石。弄回它们后,再在这些凹凸不平、畸形残缺的"条头糕"上铺上干燥厚实、黄灿灿发出稻谷香的草包,这里的人们就把它当沙发椅子坐了。这里,只有一把椅子,倒是一把货真价实的红木椅子。虽然它像个重伤员,周身缠满着各式绷带——铅丝、麻绳、电线,肩胛还一个高一个低的,好像在犯痰喘的老年人,但没有人敢觊觎它的。因能坐这把交椅的,唯有做账的老向。可能会做账的算是文化人吧,自然要比那些拉车的和来客串的高明吧。因此,老向理应坐这把椅子的。

这个棚屋呈长方形,有二三十平方米。

我喜欢秋天的雨夜去那里。那时,夜空滴沥着小雨,嘀嘀嗒嗒的雨点砸在油毛毡上,发出清脆而空灵的声音,夜风不时携带着湿冷的雨意从芦席缝中飘进。这时,你抱膝坐在这干而暖和的草包上,面对着灌满耳孔的雨声和抑扬顿挫时断时续的话语声,你一定以为到了另一个世界。

我更喜欢冬天的雪夜去那里。那时,窗外是被白雪映成的灰黑色的天。这时,屋中央坐着一只烧得通红的火炉,炉上照例蹲着一只蓬头垢面的水壶。沸水在壶里翻滚,不时发出"嘭嘭嘭"的声响,喷散出白乎乎毛茸茸犹如霉菌的水汽。它与人们嘴里吐出的烟雾混合在一起,时隐时现缭绕在那些或呆板或飞扬的脸上,你身临其境,给人一种恍如隔世的感觉。

十一二岁的我无不为这一切深深地感动,以至于看着听着,经常忘却了自己。

现在事隔多年,我惊异地发现,我的形象思维,不是来自哪本著作、哪所学校,而是这个简陋的棚屋。

在这个烟云蒸腾的环境里,话语非但是一种展示,更是一种风景,人们在这里徜徉、领略,从中感悟着什么。可以说,那里的话语始终滋润着我,一直影响到现在。

要构筑一种话语系统也委实不易,它不仅需要发挥,更需要组合。只有找到了最佳的组合,一种较完美的话语系统才能确立。譬如,有一时期,在老向的主持下,这里的话语系统就是那种"子不语"。与一般的神怪故事不同,老向的话语中还掺入了男女私情,一种既恐怖又桃色的很不寻常的话语系统。在这种系统里若插入其他任何话题,就很可笑了。

作为"沙龙"的主持人,老向很懂行的。他知道他的话不宜太多,必要时才作些启发式的插话或点睛式的评议;不能喧宾夺主,更不能哗众取宠。作为主持人,老向还算称职的。而那些主讲者就不同了。只要围绕着那个话题,他们可以随心所欲、尽情发挥甚至天马行空。

老九公就是这样一位主讲者。

老九公住对面"九间楼"里,虽已耄耋之年,白发稀疏、老人斑点点,但腰背硬朗。我听说他嗜酒如命,只是迫于经济,难得喝一盅的。且看他的穿着:终年一身黑色的中式衣裤,衣是对襟衫,裤是那种在束腰时可用音乐"1(哆)、2(来)、3(咪)"来伴奏的大裆裤。他这身穿着,多少有损他主讲人的形象。

老九公身上最醒目的是他手上的那只大烟斗。烟斗由树根精制而成,它给了老九公一种斯大林式的威严。可惜这只斯大林大烟斗只能用廉价的大众烟丝作"燃料",这多少使他沾上点平民色彩。幸亏那种烟丝还耐看:切得密细、黄灿灿的,有金属感。只是不耐用:一上火就有股焦煳味。这种蹩脚货却被装在一只方方正正的大荷包里。

以前,在传统戏里,荷包常被赋予情意绵绵、要死要活的角色,好像它一经问世,就注定要充当男欢女爱的信物似的。然而你只要亲睹老九公的那只,即使你再多情、联想再丰富,也决不会往罗曼蒂克上靠的!它大,足有一巴掌大;它粗,用生牛皮粗糙缝制;它严实,好似一只小小的公文包!开口处,还公文包十足地装着拉链。平时,它挂在老九公那只骨节突出的手腕上。吸完一斗烟,磕去烟灰,拉开拉链,把烟斗挖进荷包里刨满烟斗,用拇指按严实了,然后插进嘴里咬结实,最后划亮火柴,然后仰起面孔贪婪地吮吸……

因老九公在不断重复这个动作,从不见那"公文包"有大腹便便的一天。好在它的容量大,意想不到的缝隙多,总能弄出些剩余物资的。

这是老九公。

与老九公搭档的是"科长"。"科长"是收发室里拉拖车的正式职工。一个拉车的老人,怎么被叫做"科长"呢?其中必有原委的,但我说不清楚。也可能与他终年戴顶蓝卡其工农帽有关吧。那顶便帽想必不常洗的,帽檐处明显洇洇出一大片油亮的湿影。"科长"不轻易脱帽的。工作时,即使大汗淋漓,他的脑门上依然扣着那顶布帽。

"科长"长着瘦长脸,眉毛长而高耸。文绉绉的"科长"操一口苏北普通话,说话从容不迫,一字一顿,很会说的样子。只是他的胃不好,经常作弄他,这多少影响了他的表达。听说他在使用小苏打医治他的胃病。据我现在所知,小苏打至少有两种功效:发酵和祛污。我不明白,那时的"科长"为何要大堆大堆地往嘴里倾倒小苏打。每晚,他都提个布包来这里"上班",包里总有一大袋白色的粉末——恐怕它就是小苏打了。你看他服用小苏打的样子,真有点惊心动魄:抖开那纸袋,把那白色粉末拍在一张硬纸上;然后仰脸张嘴,把白粉倒进嘴里,赶快喝上一大口水;再后皱眉缩颈,做出痛苦万状的吞咽状,最后骤然阖上嘴巴,大喝一声"嗨"!他这种大惊小怪、生死相搏的拼搏精神,仿佛不是在服用小苏打,而是在吞食鸦片烟。由此可见"科长"的语言特色。

老九公擅鬼神。我分析，他的这些故事不是出自《聊斋》之类的文字，而是出自他的亲身经历或道听途说。譬如：某年某月，我妹夫外出跑单帮，我妹妹一人在家；清早，我去她家探望。她拦着不让进。我朝她屋里张望，哟，不得了了，有个穿长衫的男人就坐在她的床头……作为故事，这样的开头是很引人的。因此，我喜欢听老九公讲的。

然而，就这样一个老人，只要他的女儿——一个凶悍的胖妇人在马路对面大叫一声："老屈死哎，烂(吃)羹饭了！"这时，哪怕他再意犹未尽，也只能坚决"且听下回分解"了。老九公老来无依，靠女儿赡养。这个动辄骂他"老屈死"的女人，是他以前在逃难路上捡来的。

那年月正在"扫四旧"。开讲这些事儿，是需要有点胆量的。因老九公以前是响当当的"工人阶级"——扛包子的码头工人，至于后来怎么沦为城市贫民的，就另当别论。因此，他是不避嫌的。

作为老九公的拍档，"科长"本可以毫不逊色，甚至略胜一筹的。只因他毫无例外地掺进了有色调料：女人。但不知怎样，他总是藏头掐尾的，不敢淋漓尽致。譬如，他开讲他的侄女遭遇狐仙的事儿，他是这样说的：我乡下的侄女突然黄瘦，花一样的大姑娘，却无缘无故地又黄又瘦的，想想不对劲呀。乡亲们让我去看看。那时我年轻，什么都不怕。她不让进，我就跳窗！哎哟，不对头呀，她什么都没穿！看见是我，一只黄哈哈的东西呼的一声蹿上了房梁！

我注意到了，每当某种节骨眼上，"科长"总是讪讪地笑，不好意思言说的样子。显而易见，他有所顾虑。这个当儿，老向往往会沉不住气。他每每放下主持人的架子，一脸既入迷又贪婪的样子，嘴里啧啧称奇，连连鼓动道：说，说下去！后来怎么啦？活脱求知欲旺盛的顽童。见老向不断催促，"科长"就会显出很无奈的样子，仍以那种不紧不慢的语调，把故事半遮半盖然而又明白无误地推下去。

总之,"科长"知道如何搔到老向的痒处。因而,老向总是对他格外地眷顾。难怪他的位置仅次于老九公。

在这里,有必要说说这里坐位置的讲究:位置距离老向那张办公桌越近,就说明他的角色越重要。老九公就是紧挨着老向坐的。

十一二岁那年冬天,我在医院住了好几个月,等病愈出院,已是次年的早春了。在家养了一段时日,我又去了收发室。我发现,我那个位置——距离老向最远的那个角落,已被人占了。占我位置的是马路对面的小弟阿爸。几天以后,我发现,由于小弟阿爸加盟沙龙,这里的话语系统发生了很微妙的变化。换言之,小弟阿爸打破了原有的那个话语系统,这多少使人感到不那么和谐。

小弟阿爸也住对面"九间楼"西面最后一幢的后楼。只是他不常下楼,即使乘凉也难得下楼,给人一种深居简出的印象。他常来这里坐坐,是他退休以后的事。小弟阿爸虽上了年纪,但精神矍铄;老来清闲,衣食不愁,称得上安度晚年。子女们怕他在家里憋闷,就劝他去收发室走走。一来二往的,他成了这里的常客。不过,他内向,不常开口,纯粹是一个听众。这可能与他操一口难懂的乡音有关,总之,给人一种曲高和寡的感觉。

听说小弟阿爸退休工资不少,儿女都已出道。每顿他都要喝用优质烧酒浸泡的药酒。酒好,又佐以人参、蛤蚧、杜仲、当归等药材,很滋补的。晚上,酒足饭饱的他就挂着一张心平气和、心满意足的红脸,慢慢踱到收发室。我注意到了,小弟阿爸每次来收发室,脚上都蹬着锃亮的皮鞋。这些都使得他与这里的"芸芸众生"不太入调。不过,他从不以上乘的经济条件恃"财"傲物。也许他知道,这种"暴发户"的做派最让人犯忌的。因此,他从不摆阔露富,待人接物谦虚谨慎、彬彬有礼。

有一天，大家说到了"鬼打墙"的事。这种事，大家已听说过多次了。这次，不知怎的，小弟阿爸的参与意识十分强烈。他几次涨红面孔想插话，无奈他的乡音太重，让人不太好懂。大家几次想打断他的发言。也许他亲历过那种事，而且大抵很有心得，因此，他对人们的漠视有点着急，甚至不满。他粗起脖颈"呦呦呦"地呻唤了好几次，都没引人注意。这个当口不知怎样的，老向突然捧住半边脸，"丝丝丝"地连连抽气。老九公立即放下话题关切地问：怎么啦？

这种时候老九公最会体贴人了。

"牙痛！"老向皱眉回答。

在大家的关心下，老向说起了自己的不幸。他说，上午，他去牙防所看牙病，两颗蛀牙没被拔去，一颗好牙却被稀里糊涂地挖掉了。"搞运动搞运动，现在都搞到我嘴里来了！"老向苦着脸大发牢骚。

老向五十出头，却早早谢了顶。牙齿掉得厉害，说话"呼哧呼哧"的，犹如六月天里的穿堂风。由于自己明显的老态，他似对比自己年长十多岁却依然乌发坚齿青春不老的小弟阿爸羡慕不已。我记得，以前他曾多次向小弟阿爸请教过养生之道；小弟阿爸每次都是涨红着脸，羞于介绍的样子。那天，可能因牙痛厉害，老向就有点执拗了，他非要小弟阿爸说一说。"哎哎，说说吧，你说说有什么关系呢？！"

"你就说说吧，说出来大家受用！"老九公也这样要求。

面对众口一词的大家，小弟阿爸再不介绍点什么，就不够意思了。于是他涨红着面孔说："锻炼啊。"

"锻炼？！打拳？太极拳？"老向舞动手臂，做了几招动作。

"其实也不用打拳，多走路就行！"小弟阿爸很认真地说。这次他咬字清晰，大家都听清楚了。"从前我浑身都是毛病：神经衰弱、哮喘，还有老胃病——"

听说小弟阿爸也有胃病,"科长"就来了劲。他一反常态,插话道:"你也有胃病啊?那你说说,你是怎么治好的!"

"说来稀奇,自从那天拾到钞票后,我这一身毛病不治而愈!"

"全好了?"

"全好了?!"

哦,拾到钞票跟治毛病有什么关系呢?我发现,所有在场的人,包括准备继续讲故事的老九公,无不瞠目结舌、百思不得其解。

"哎,哎哎,说下去!"

"说下去嘛!"

人们纷纷要求小弟阿爸说清楚那件事,拾到钞票到底跟治病有什么关系。开始,小弟阿爸只是谦谦地笑。也许他生性内向、不擅诉说;也许他为自己的口没遮拦正深感后悔,总之,他那个样子怪怪的,有点别扭。

"既然请你说,你说说有什么关系呢,说说吧!"老向终于开口说了话。大家都知道,老向平时难得开口求人的,他的话是很有点分量的。大家把目光投向了小弟阿爸。这时你再扭捏作态,那就不识抬举了。小弟阿爸沉默了片刻,最后涨红着那张很标准的国字脸,用生碰碰的上海话诉说起来。

他说,以前他患有多种疾病,经常被折磨得彻夜难眠。有年冬天,半夜里他又被胃疼闹得不得安宁。他想,横竖睡不着觉,何不趁早去单位看病呢?他说,他那单位很远——在杨树浦,要倒两三辆车。那天,正是月头,他打定主意决定请长病假的,因而不准备买月票。以前有月票,上车喊一声"月票"蛮便当的;现在要掏钱买车票,有点舍不得。"滚他妈的,走,走到厂里去!"说到这里,一向腼腆谦和的小弟阿爸突然提高嗓门吼了一声。我倒觉得,他这突如其来的高声大嗓来得有点不合时宜。也许他的思绪又回到了那个胃疼难忍的清晨;也许他决定抛出属于自己的隐私,总之,我觉得他那句"滚他妈的"有点豁出去的味道,恶狠狠的。

小弟阿爸说,那时,天蒙蒙亮,寒风刺骨,他披件工作棉袄,用一条阔皮带往腰际一煞,只顾埋头赶路。他走到外滩,刚要过外白渡桥时,忽见桥脚边赫然堆着几张纸头。尽管它只有薄薄小小的几张,却有一种似曾相识的亲切感。出于本能,他冲动地抢上几步拾起它——

哈,哈,十块钱!

小弟阿爸在晨曦微露、赫赫有名的外白渡桥拾到十元钱,他那种得意劲还用说吗?即使事隔好多年,小弟阿爸依然高兴,述说起来依然眉飞色舞,好不得意。在余下的时间里,是因多喝了几盅,还是因那经验实在不值得介绍,我发现,他那张标准的国字脸始终涨得通红,他那口生硬的沪语更是混成了一团。那天,他只顾讲得兴起,没注意到大家的脸上已扮不出勉强的笑容了。

小弟阿爸说,那事发生在五十年代中后期,他家孩子多、负担重;在厂里,他一个月的伙食费才吃五元钱!那天,是因兴奋,还是因赶路出了汗,走到厂里,他感觉胃疼也缓解了不少。等喝上一碗热乎乎的白米粥,外加两只肉馒头,医务室也不用去了。中午,反正挑食堂里最好的吃就是了。下班,他也是徒步。顺路还买了瓶好酒。回家以后,舒舒服服地喝顿老酒,然后倒头就睡。一觉睡到大天光……尝到甜头后,他从此退掉了车子月票,每天坚持徒步上下班。几年下来,一身毛病竟豁然而愈……

以前,在这里可能从没小弟阿爸说话的份儿,现在,老是坐冷板凳的他终于争得了属于自己的一份,因而,他格外珍惜这个来之不易的机会,"闲话"格外地多。然而饶舌的他偏偏忘却了"言多必失"这个古训!

那天,小弟阿爸再三强调,步行上班虽费时费力,但从长远利益看,还是很划算的。至于他是怎样把这种行为方式与"长远利益"或"经济效益"挂上钩的,他没有详述。那天,不知哪根神经出了毛病,他就那个话题说了又说,全然没注意到老向那张未老先衰的脸上已摆上了意味深长的表情。

唔,原来如此。大家咂咂称奇,不知是赞叹,还是其他意思。

现在想来,在众多意见中,还是"科长"的表达比较有意思。他连连摇着头说:"哦,看不出,看不出哦,你还有这个讲究啊!"

在一片长吁短叹中,老向不时向窗外探头张望,直至他失了耐心,起身喊了声"货来了!"小弟阿爸这才戛然而止。

我看看窗外,几辆拖车,堆着高高的青菜,刚刚停稳在收发室前。以前,老向总是要等送菜的农人卸下车后,他才会起身的。老向站起身子,就是一个信号:这次沙龙活动该散了。

老九公第一个响应号召。他拎着那只"公文包",嘴上连连呼出"悃悃悃"(睡睡睡),斜着一高一低的肩胛,向外急急而去。小弟阿爸咧开阔厚的嘴唇,讪笑着尾随其后。

这种场合,"科长"总是比较自觉的。他整整帽檐,赶紧起了身。于是那些拉车的,就拿出了绳索、铁钩;来客串的,纷纷收起烟盒、蹭掉痰迹,拍拍坐皱的衣裤,一哄而散。

朋友们都说我敏感。我的敏感让人有点受不了。我想,大概如此吧。其实,我的敏感是与生俱来的,就如我的病,是天生的。那天,在回家路上,我就感觉不太对劲。我想,老向今天有点反常,他总不至于觉得现在在提倡"兴无灭资",他作为沙龙里的主持人,理应制止这种不劳而获的资产阶级思想吧;要不就是,他家就在收发室附近,他来这里上班最多五分钟的路,这一辈子,他即使成天埋头看路,拾到钞票的可能性也不会太大。这事发生在上世纪五十年代,十元钱可是一笔大数目。小弟阿爸偏偏是个老实人,他如实说出了那件事。其实,我倒很想听听他这一辈子到底拾到多少钱的。因为那次住院,我家欠了医院一大笔医药费。

几天后一个夜晚,我又去了收发室。推门而入,我发现门后被什么东西堵着。我挣扎钻入,是小弟阿爸!小弟阿爸背靠那扇柴爿门站在那里。他原来的那个位置——电线木杆下那个角落,被一个新来的占了。我的预感得到了证实。

老九公叼着烟斗在问"府上"。开始,我不明白"府上"是什么意思。后来见被问者吐出一连串地名,便知道,"府上"就是"籍贯"。从他们的自报家门中,我获悉,这里有两个是浙江籍的,一个是山东籍的,两个是本地籍的,三个是江苏籍的。"科长"说,他的"江苏"是过了江的,可称"全江"。意思就不言而喻了。

那天,大家没问老向的"府上"。这种事本不屑把他扯进去的。当问到小弟阿爸时,老九公还特意加了个"贵庚"。

六十二。小弟阿爸回答,声音又恢复到那种含混不清的状态。

"你的府上?"老九公仰脸问。小弟阿爸喉头滚过一阵轻微的痰喘。"哦,潮州?"老九公大有深意地点点头,"那地方不错,我是说潮州!"

"不,不对!"小弟阿爸似想纠正他。但碍于那口难懂的方言,大家都没有听明白。不知怎么的,小弟阿爸蓦然红了脸,莫大委屈似的。经过努力,他还是用含混的沪语争辩道:"不是,不是潮州,是××,是广东的××!"

我听明白了。但大多数人还是没有听清楚。

有点重听的老九公就更重听了。他无奈地摇摇头,最终叼着那只大烟斗宽容地笑了。末了,他说:"差不多,我说那些地方,都差不多的,嘿嘿。"

小弟阿爸努努嘴,本想分辩、解释几句的,但面对着耳背的老九公,他最终还是显出了底气不足的窘迫。

那天,小弟阿爸似对人们强加于他的"潮州"不太服气。再加没人向他让座,他这样直挺挺地站在门后,既累人又别扭,别人进出也不太方便。

无趣的他不久便悻悻离去了。

他的身影刚消失在窗外,老向就说:"我说呢,潮州人!"

"潮州人的门槛,天下闻名!"老九公哈哈大笑。

有人解释说:他刚才说了,他不是潮州人,是广东人,广东什么地方人氏。

老九公这才恍然大悟,为自己制造的"冤假错案"于心不安。"哦,搞错了?广东人,不是潮州人?潮州人,不就是广东人?!"说罢,他陷入了沉思。临了他深有感触地说:"以前有种说法——一个广东人三十岁不发,他就会抢……"

"抢什么?"老向好奇地问。这次老九公没有满足他,而是若有所思地点点头,终于没有说下去。

以后一连几天,我都没看到那个喝补酒、穿皮鞋的小弟阿爸。以后,我偶见他踱到收发室。但少有人向他让座,更不要说搭讪了。再以后,听说小弟阿爸在家里孵起了"沙姆"。本来就不合群的他更离群索居了——即使倒垃圾,他也难得下楼。再后来,听说他胃里长了瘤子。

这年秋天的一个上午,小弟阿爸下楼了。他被人搀下楼的,扶进了一辆由三轮摩托车改成的小型出租车。此时的他容貌大变,瘦得几乎脱了形。那年头,坐出租车上医院可是件石破天惊的大事情。当天晚上,我去收发室,那里正在议论那种车子——那种有三个轮子、屁股底下噼噼啪啪冒烟的机动三轮车;在议论小弟阿爸和他的病。大家简直把小弟阿爸当成了"反面教员",从他身上还得出了"生命不一定在于运动"这个结论。最后大家还达成了共识:做人还是明白一点好,千万不可心计太重了,心计太重结果未必就好!

"穷?穷怕什么?我们这不是——穷开心嘛!"老九公感叹。说后他哈哈大笑,扭动起身子故做老顽童状。

这年冬天一个寒风凛冽的晚上,我又去了收发室。这天,我得到了一个不幸的消息:小弟阿爸病逝在医院里。那天,我蜷缩在干燥而温暖的草包上,睁大眼睛直盯住老九公那张皱纹纵横却无比生动的老脸,以及他那只烟雾缭绕的烟斗看。看着这一切,听着那声音,身心热烘烘的我,再次感到了生命的美好。于是我忘却了自己的不幸,心想:贫穷怕什么呢,生命真美好。我轻易接受了老九公的人生哲学:穷则思变、苦中作乐、穷开心。

因小弟阿爸遽归道山,那些天里,这个棚屋沙龙里的所有话题都是与健康、生命、做人有关的。尽情发挥这些话题的,除却老九公,还有"科长"。就在那几天里,我这才知道,有老胃病的"科长"已六十有六,他比已仙逝的小弟阿爸还年长三四岁。只是我不太明白,偌大年纪的他,为何还不退休?

在有关"健康长寿"的所有讨论中,不知怎样的,老向总是有点无精打采。他很少发言,即使插话,也说得很少。才五十出头的他已显露出不可救药的颓败相:谢顶、掉牙、精神委顿。他通常呆呆坐在那张靠背椅子上一动不动。只有当大家论及"死"的可怕可憎时,我发现,他才会动动身体:转转脖颈、耸耸肩胛、挺挺身板,一副重整旗鼓、重振山河、重新做人的跃跃欲试态。从他的这些举止看,他一定从小弟阿爸身上汲取了什么教训。他似开始认真考虑自己的健康问题了。

从此以后,我发现,在那个棚屋沙龙里,由于老向的倡导,人们的话语发生了很微妙的变化。唯有"科长"依然如故,仍然热衷于他的那些狐仙和女人。

"科长"是七十岁那年退的休。那时他的历史问题得到了澄清。据说,他上午一接到"平反"通知,下午他就办了退休手续。老境潦倒的老九公,因有这个收发室,他活了很久,直至那个棚屋被街道"三整顿"拆除,他似乎还活着。

最后我得补充一句:在那个棚屋沙龙里,我学到了很多东西,除了文学上的,还有不少切实有效的人生经验,使我今天得以立足于这个社会。

二、军功章

"九间楼"那个警察"外国人"搬走后,他住的那个小屋搬来了一户人家。起初,大家都以为,这是个由五六个"小萝卜头"和一个中年妇女组成的困顿家庭。因为,谁也没见过这家人家的男主人。

且看这位女主人:戴副啤酒瓶底厚的近视眼镜,衣着邋遢、头发蓬乱、从不修边幅。经初步接触,她为人还算随和,只是微嫌啰唆;语频也快,情绪稍激动,满嘴话语就会搅成一碗让人难以下咽的烂糊面。

有人为此给她起了个绰号:快马加鞭。简称"快马"。问明缘由,这绰号也起得不无道理:她姓马,不仅说话语速快——哒哒哒的犹如放机关枪,手脚也快——往往在短短的几分钟间就能完成复杂的消化过程——买了菜,吃早饭,还洗刷了马桶。那个绰号的始作俑者解释说:一匹快马,再给它几鞭,岂不更快?!许多人听后都佩服得五体投地。然而几年以后,当我读到毛主席诗词《十六字令·三首》,我发现那人犯了抄袭之错——他抄袭了毛主席他老人家,真是罪该万死!

很长时间里,附近居民都以为"快马"是个没丈夫的女人。因这些问题关乎隐私问题,没人敢去问她。你看她那个忙乎劲儿、邋遢相,也不像是个有男人的有福之人。你看她:早上,她总是朝那些一个挨着一个的"小不点"的碗里拨些咸菜、酱菜,就披头散发匆匆赶去上班了。就由那些肮里肮脏的半大孩子捧着洋铁碗到处"卖饭碗"。他们那种既像示威游行,又像云游乞讨的样子,不由人看着萌生恻隐之心。

次年春天,我是说这家子搬来的第二年春天。一天黄昏,我们正聚在南货店门前那块花岗岩上闲聊,有人忽见对面"九间楼"前那块青石上,站着个笔直的身影。

开始,我们谁也没有过于注意他——一个身穿黄旧军装、反剪双手、高昂着头颅的陌生男人而已。虽然觉得他那身黄军装、那种身姿在橘黄色的夕阳下有点醒目,谁会去过问他呢?太阳西移,渐渐躲进了路西边"中苏学堂"那幢高大的水泥建筑后,那人还一动不动地站在那里,这才引了我们的兴趣。

"走走走,快去看看!"一个叫大头的提议。

我们噼里啪啦朝路对面涌去。通过近距离目测,我们看得很仔细:一个四十出头的汉子,长方脸。因瘦得厉害,眼窝凹陷,给人一种木乃伊的感觉:头发竖立蓬松、肤色黄而干枯。他那干瘪的身躯被那件宽大的军装裹着,而他偏偏挺着那个扁平的胸脯!引人注目的,是他胸前那枚不大的徽章,虽已泛出斑斑铜绿,毕竟不太多见。

看他久久抬头挺着胸,两眼定洋洋地注视着路过面一幢平房的屋顶,我们无不好奇,不禁议论:这人是谁?他在干什么?他是真人还是假人?死人还是活人?嘻嘻。

我们顺着他的目光朝前看:那个黑压压的屋顶上,除了一只因日晒雨淋而变了形的破皮鞋之外,什么都没有。

这个发现立即使得我们乐不可支。他在研究什么?他在研究屋顶还是在研究瓦片?屋顶、瓦片有什么可研究的?他的神经是否正常?嘻嘻。

我们的议论并没遭到他的呵斥。他依然以那种姿势一动不动地注视着那块屋顶。我倒觉得他这种一丝不苟的肃穆形象很像一具蜡像,令人肃然起敬。

大头终于伸出了他的触须。他慢慢靠近他,在他身边站定,先向他大声咳嗽了几下;见他毫无反应,他就绕到他的跟前,向他毕恭毕敬地鞠了躬,然后用国语恭恭敬敬地问候道:您好!您早!见"蜡像"仍无反应,他再转到那人的身后,轻轻扯拉起他那件过于肥大的军服的衣摆。"蜡像"这才迅速活了过来。他用那双深邃的、犹如枯井般的眸子狠狠地瞪了大头一眼,然后大声喝问道:"干啥子呦!"浓重的四川口音,还杂着呼噜噜的痰喘。没料到"蜡像"会如此严厉,大头立时转了色。

大家都笑得前仰后合。

"蜡像"又端起那种令人肃然的架子,对我们视而不见了。

不知是谁对他的那身军服发生了兴趣。粗看,那军装早已褪色——快成白竹布了;而且还破——领子、袖口被磨得毛拉拉的,肩部、后背还有几块补丁。

"什么衣服,还能穿呀!""一定是哪里借来的!""看看,你们看,这里肩胛上有块补丁是圆的,是弹片弄的,还是子弹打的?"

研究完那件军服,自然要对那枚徽章加以研究了。

我发现,那枚徽章上,什么头像都没有,只有一个小小的五角星。

大头故作崇敬态,踮起脚尖,特意凑在那人的胸前横看竖看。这时我注意到了:那件空落落的军服下,也即那个戴徽章的部位,有块板状的东西在渐渐地隆升而起。

这个当儿,天幕慢慢抖落了。如水的月光泼得我们满脸满身都是。我们正为那人的那衣那章纷争不下,"九间楼"的一扇门洞里忽然跌跌撞撞奔出一个人,还一路叫骂着:"滚滚滚,小瘪三小赤佬,你们要干什么?!"

不用说,此人就是"快马"。

"快马"挥手踢脚撵小鸡似的轰我们。"去去去,嚯去!"见赶不走我们,她只能叽叽咕咕骂骂咧咧小心翼翼战战兢兢地搀扶住那个脸色越发苍白的男人进了门。

我们很快就知道了那男人的底细：他是"快马"的丈夫，一个患有多种疾病、长年卧床不起、曾得过一枚三级战斗勋章的志愿军班长。

以后，关于他以及他与"快马"的故事，就在这一带传开了。当然都是由"快马"的机关枪点射出来的：

他确实有病，不过不是精神病，而是肺病、心脏病、腰子病。她嫁给他时，他正是她的顶头上司——车间主任（一说工段长）。他烟酒不沾，开销却不省——即使家里开不出伙仓，也要订阅两三份报纸。为订报，她跟他不知怄过几回气。整天躺在床上，他却比什么人都忙——每天要看报听广播。她都后悔嫁了他，都怨当时复员军人吃香，适龄女子都找"解放军"。她因眼睛不好，深度近视眼，没看清他的军装——其实，解放军的军装和志愿军的军装很难分清楚的，只远远看见他那身黄哈哈的军服，就匆匆忙忙爱上了他！现在当然只好嫁鸡随鸡了，每天为油盐酱米还有他嘴里吐不尽的黄浓痰忙得焦头烂额，还哪里顾得上进步哟！唉……

开始，大家对"快马"的诉说还抱有浓厚的兴趣。有人还会向她提些"高级问题"，譬如一些极私人的隐私问题。后来听她说得过多、过于随便，也就厌烦了。有人甚至还大为不满：你听她满嘴都是牢骚，可她的表情却神采飞扬！更令人不满足的是，她嘴里的那个"他"，不过是个志愿军而已。而那个年头，"志愿军"的故事，你还听得太少吗？最主要的是，他仅仅是一个班长，又没建立过什么不朽功勋，退伍也不是功成名就，而是为寻常的疾病。

这种事"快马"可能说得太多了。以后有人看见"快马"就喊她"志愿军"。更有甚者，有人看见那些"小萝卜头"也把他们叫做"志愿军"。后来，他们这一家子都被叫做了"志愿军"。

现在我回忆，从那个黄昏以后，那位真正的志愿军班长，很久都没有露面。我记得,在以后他被尿毒症夺走生命的三四年间,他似又出现过三四次,而每次都是以统一的格式亮的相:身穿破军装、胸戴那枚军功章;反背着双手、昂首挺胸,以一副斗志昂扬或深思熟虑的斗士或思想家的风范,病恹恹地眺望着马路对面那幢平房的屋顶。

我不知道他为何要这样。

而有人说,他的每次露面都跟事关重大的国事家事有关。

记得他有一次亮相,是在发生了林彪事件以后——那天好像是国庆节。那年国庆,因突然出了林彪事件,举国上下取消了庆贺活动。在我的记忆里,那天晚上,我们这一带除了"中苏学堂"勉强挂了几只茄子灯泡,其余地方都黑灯瞎火的。临睡之前,我去路边的电线木杆下方便,中途我打了个尿震颤,蓦然回首,见对面的青石板上突兀着一个人影!夜色凝重、秋风冷峭,那个凝固的身影默默向西眺望着几十米远处那片黯淡的灯火。我整好衣裤,久久盯视着他那个被冷寂的灯光勾勒出的身影:整个的他静止不动,唯独头颅上竖起的额发犹如疾风中的劲草,摇曳不定!以致长大成年后的我仍有几分感慨:遥想当年,那时的他也确有几分疾风知劲草的味道!

好像还有一次,我已全无印象了。

有一次,我是记忆犹新的。那是在得知毛泽东主席逝世的当天晚上。那天晚上,我刚要脱衣睡觉,不知谁家的收音机里突然迸发出阵阵哀乐声。在滚滚滔滔的哀乐声中,我慌忙披衣外出,沿街路边,那些黑黑的门洞前已伫立着三三两两的交头接耳者。我敏感地意识到出了什么大事,于是在人堆里找他。我很快发现了他!他果然直挺挺地站立在那块青石上。因没有灯光,我无法领略他的面部表情。但我知道,他以那种姿态:昂首挺胸默默远眺着路对面那片黑乎乎的、什么都看不见的屋顶,那是肯定的。

事后,我听说,他是这条路上听完中央人民广播电台后第一个走出来的人。那天,许多人新鲜过后都纷纷回家安寝了,唯独他还挺立在那里,直至深夜。为此,着了凉的他还大病了一场。

还有那么一次,是我听人说的。

那是他家那个叫"和尚"的男孩子,偷了他母亲三十块钱出逃的那天晚上。那年"和尚"大约八九岁的样子。这"和尚"就是从此开始轧坏道的——以致年纪轻轻走上了一条不归路!有人断定:"和尚"若干年后那个终极,似与他童年所遭受的羞辱不能说毫无关系的。还说那天晚上吧,他也在那块青石板呆了很久。从他那个忧虑深沉的神色看,他似已预见到了儿子的那个结局。

总之,那个人那几次历史性的露面,在我们这些已学会刻薄的小男人的嘴里几成了笑柄,并经常以此来嘲笑那些失去父亲的孤儿。而那些正在长大的孩子,每当有人把他们叫做"志愿军"或偶闻类似话题,他们就会面露羞色怏怏离去。

几年前的一天,我忽然想起了那位奇特的志愿军战士,带着某些疑问,我去原住地寻找童年的友人大头。已长大成人的大头听我端出疑问,他愣了片刻,随即哈哈大笑。笑毕他偕我去找"快马"。远远看见"快马",他恭恭敬敬喊了声"阿妈姨"——可能由那个"阿妈妮"转来的吧,然后以极其严肃的态度传达了我的提问。

多年不见,"快马"老多了。她把我们仔细打量了一番,直至认为我们确无恶意后,她才推推那副黄豆芽色的赛露露眼镜,然后慢吞吞地诉说起来。我发现,自她丈夫去世后,她的语言和动作不止慢了一拍,而且从不谈及自己的丈夫。

"快马"说,当年他每次出来(亮相),都是在发了脾气或意志消沉时。

我问她:他为何要穿军装戴徽章呢?

"快马"低头不语,最后慨然回答:我不清楚。

大头问:也许军装和徽章可使他想起以前的军旅生活,从而激发他的生活信心?

"快马"低头沉思,最后还是摇头回答"不知道"。

以后,她被我们缠烦了,干脆没好气地说:讨债鬼哎,你们别问了,什么都别说了!这种事我怎么说得清楚啊,你们想打听,就去那里问他本人好了!最后连连抱怨道:讨债鬼哎,都是讨债鬼!说着转身就走。

多年不顺心的生活,让随和的"快马"也变得尖刻了。我们很是无奈,只能苦笑。

三、夏日记忆

我在一本书里说过——青少年时代,每年夏天,我都会疰夏。其实,我说的"疰夏",不应是生理上的不适,而是一种心理上的别样,总之,它具有一种很特殊的含义。每当那个时节,我总会想起一个人,一个邻家的老人。

多年前,在我居住的那条路上,常可看到一个老人。此人表情呆板、衣着马虎;他的手上或肩上,总是抱着或搂着一个小孩。还算健康的他,身材短小结实,脸色不太好——呈铁青色,就是那种才出炼钢厂、正在慢慢冷却的板材颜色。在记忆中,这张脸上从未有过笑容,哪怕片刻、点滴的笑容,都没有展露过。而事实上呢,他是笑过的。现在我仔细回忆,他的笑容不难看的;脸庞也不是那种颜色,至少红润。

我确知这一带有这么个男人时,我还年幼——最多七八岁吧。那时的他是个四十岁左右的中年人。现在想,我所以会注意他,可能缘于他有一双犀利的凹眼,就是被称为鹰眼的那种。这双炯炯有神的鹰隼一样的眼睛高踞在他那缩成一团的嘴脸上，这使得他的神貌威风凛凛的，格外精神。

我知道，他住在马路东面那排住着"七十二家房客"的砖木建筑群里。只是，我至今都不知他姓甚名谁。他好像姓王，或者姓黄。因为在沪语中，王黄是同音的。然而很久以来，邻里们给了他一个别样的称呼。说白了，就是绰号，一个低级下流，让我无法形诸于笔墨的粗号。我朦胧觉得，这个强加给他侮辱人的称号，是加速他衰老乃至死亡的催化剂。现在，为了便于叙述，我另外给他一个符号，就叫他王老伯吧。

在王老伯最多只能被称做"老王"时，他的生命史上发生了一次裂变。没记错的话，那年我九岁或十岁，处于对什么人事都怀有好奇的开蒙期。那时，我最喜欢的季节是夏天。因为夏天可以乘风凉。街道狭窄，住房逼仄，居家像烧得旺旺的火炉，夜幕降临，许多居民搬出各种坐具——板凳、竹椅、竹榻甚至铺板，在路边街头，找个清凉的地方消暑，乃人生一大快事。路上到处扎着一堆堆的人，在夜色掩映下，好似一簇簇冬青树，煞是有趣。

这时只要身体健康，我喜好趿着木拖板到处听"壁脚"。

一天晚上，我见隔壁南货店前的石阶上聚着不少人，我感觉一定出了什么事。于是怀着好奇靠上前：是一群大哥哥。他们有的蹲着身子，有的坐在暑热未退的石阶上。以前，他们通常不许我偷听他们的。我扎进脑袋，他们就会挥手搡我。那天，也许遇到了什么大事，他们议论纷纷，也顾不上我了。我很快明白了，这条路上出了大事！事情就发生在两天前。

现在事隔多年，我已记不得那事的详情了，但还能想起些大概。

那时——也即老王出事的那时，他是附近一家工厂的门卫。这家小小的工厂，当时屈居在我家附近一个前清遗老王某某家的基业上（后来老城厢没有它的发展空间，它才迁往浦东。现在，我在本市的日报和晚报上的"赞助单位"等广告栏里仍常能看到它,可见搬迁后的它规模实在不小)。当年,我曾步入这家小小的工厂,没想到,这家小厂里居然曲径通幽、绝处逢生——后门还有个盆景式的小花园,老王生命史上的灾变就发生在这里。我记得,那里有两三幢小巧玲珑的矮平房,听说是女工宿舍,住着两三个因各种原因被耽搁的老姑娘和小女人。

据说出事那时,正值老王当班。平心而论,领导安排老王干这种工作也算是"人尽其才"的。你看他,身材魁梧,两眼锐利,浑身是劲。面对这样一个警卫,哪个窃贼敢光顾?所谓"警卫",顾名思义,大概要"警"要"卫"的。警戒护卫,必须要到处巡察的。这是一个燠热难耐的大伏天。晚上,他照例巡视到了那里。例行公事完成后,他本可以回值班室:乘凉或睡觉。然而那天深夜,他居然鬼使神差来到了那个小花园。此刻,那里静悄悄的,空气凝固、密不通风。不用任何照明,他很快看清了两三座平房中的一间虚掩着门户。他知道屋里有什么人——一个来自北方的女大学生。这个年轻漂亮的女人,平时见人总是笑眯眯的,嘴也甜。看见他总是亲切地喊他"师傅"。他也对她格外的照顾。就这个可做她长辈的老王,在这个闷热的子夜,他却悄然推开了那扇虚掩的门。总之,他去了一个男人不该去的地方。而她,那个来工厂实习的女大学生正沉浸在美美的黑甜之乡。一双有力的胳膊惊醒了她。于是她发出了一声尖叫。不用说,叫声惊动了隔壁的那几个女人。于是便有了把这一带搅得沸沸扬扬的那件事。

老王当即被派出所带走了。次日清晨就出具了逮捕证,尽管他是"未遂"。

我得知这一消息时,那案情已基本查明,亦是人们议论生风的时候。一连几天,街谈巷议的都是这件事。

天气炎热。太阳沉寂后也不见一丝风。横竖睡不着,大家干脆"坐而论道",就有关法律问题展开讨论。

总括众说,我听来可以归纳为两种意见。

一种是:这个见习女大学生为何要开门大睡,而且穿得近似半裸?她如此做派,岂不是在开门揖盗、引狼入室?而他平时在同事眼里,从来就是个严肃有余、活泼不足、作风严谨得近似刻板的警卫。他从来都对女同志规规矩矩的,丝毫不见有轻佻的举止。由此可见:他们有约在先,只能以"私通"论处。结论是:老王不至于被判刑,最多课以行政处分,调离岗位。

持这一观点的,是一个叫爱华的小伙子。几天前,我刚听爱华郑重宣布过:这一辈子他将永远不讨老婆。当时我闻言有点难过。因在我眼里,爱华这个人不错,待人热情和气;尽管他个子过于矮些。因此,他的"独身主义"岂不令人可惜?这不,他的"判决"就很有人情味。

持相反意见的是一个叫保国的中专生。他的理由是:既已出了逮捕证,就说明注定要判刑的。再说,不管他平时表现如何,他这种行为本身就是犯罪!保国还断定:在这种年头,他这种事还有吃枪子的可能。

凭借着还没学完就辍学的机械专业知识,保国喜欢到处卖弄、批评、指责。说实话,我不太喜欢他。他不仅处处争强好胜,还长着满脸青春痘。

这两种意见旗鼓相当,都打出"以事实为依据、以法律为准绳"的旗号。

我似懂非懂地听着,却越听越糊涂。正感到是非难分、曲直难辨,一个全新的观点横空出世。因它的及时介入,那场杀得昏天黑地的论战才得以平息。

那天,保国与爱华正争得难分难解,路对面悄然踱来一个白白净净、有点自鸣得意的年轻人,一个叫振华的小青工。

振华说:老王所以会出这种事,依他看,主要由以下"客观"原因造成的。一、他家住房小,居住环境恶劣,一个小小的阁楼,要住六七口人;尤其在晚上,地板上横七竖八躺满了儿女,以至稍有响动就会吵醒一家子,他还好意思干那种事?!二、他的爱人,一个萎黄干瘪的女人,她未必会体谅男人。三、老王正处于血气旺盛的壮年,而这种年龄段正如何如何;夜色迷离、夜阑人静,他难免会产生临危不惧、临渴掘井的冲动。总之,甲乙丙丁、头头是道,一派消息灵通人士状。说后,他便抛下这一大堆目瞪口呆的听众扬长而去。

　　看振华这种抖擞得意的样子,有人就很不服气。是啊,他是怎么知道老王家这些事的?!有人却告诉说:他正在追老王家那个女儿!原来如此,大家才恍然大悟,点头称是。

　　然而,此事的最后结果,并不像人们预料的那样。老王还是被判了刑:刑期十年。

　　获悉这一消息后,我即起了许多奇奇怪怪的念头。我隐约觉得,男女关系很危险的,稍有不慎就会惹火烧身。我不知道,自己是不是那种早熟的孩童。然而,那些天听"壁脚"留下的印象一直影响到我现如今。

　　老王是在十多年后回的家。因他那事与"平反昭雪"无关,就像他们中的大多数人,他失去了必要的生活保障。失去了生活保障的他,就意味着失去了那道对老年人尤为重要的心理屏障。好在儿女们都已长大成人。那些当年纵横交错躺满地板的儿女,他们都有了自己的儿女。于是按这座城市许多居民的惯例,理所当然他成了他们家的保育员。这样附近就多了一个弯腰屈背却目光炯炯的老人。他不是默默抱着自己的孙辈,低头枯坐在潮湿的墙旮儿或路边的石阶上,就是抱着或背着他们四处晃悠。偶尔,他会向路人匆匆瞥上一眼,然后收回目光,久久滞留在胸前那片被孩子的唾液或零食弄脏的衣襟上。

在那些年里，我是说，在我的青春期，也就是说，在我结婚之前，每到万物滋生的夏天，面对着骄阳下格外生动的生命，我的心里总会生出一种别样的骚动，一种搅得心神难定、坐立不安、寝食俱废的骚乱，我把它称为"疰夏"。

在那些"疰夏"的日子里，有时无意间我与他相遇。在他那种局促的目光中，我总能看到一种交织着痛苦、不安、矛盾，总之，摄人心魄的光波。我不知道，这是不是心领神会。我又发现，每当秋风掠去最后一抹夏阳，他的额角上就会多一层沧桑。看着他那个日益衰败的身躯，我想，不知他是如何看待那些业已过去的夏天的。在心灵深处，他一定对夏天怀有无穷的感叹吧。因为是夏天把他的生命割成两部分的。

几年前，一个酷热而多彩的夏天，也即那个视线所及尽是肉色的夏天，传来了他去世的消息。那时我已搬离了那一带。

一天傍晚，趁着难得的凉快，我去老房子串门。街头路边照例簇生着丛丛"冬青树"。不同的是，人们的坐具已升级换代——几乎人人一张彩条沙滩椅，而聚谈的古风犹在。那天，在那家关门打烊的南货店前，我目睹了人们对他作古的反应。对于他的离世，人们远没有对他出事那阵来得热烈。那个叫爱华的中年人为之叹息了几声。他说，昨天我看他还好好的，怎么说走就走了！其实，他的年龄并不大啊，不会超过七十岁的。

"唉，真是作孽啊！"

那个叫保国的对爱华的多愁善感嗤之以鼻。他说："人固有一死的，毛泽东说的！比起那些英年早逝的知识分子，他还算是高寿的！"

"人固有一死，这句话是谁说的？你又要卖弄了！"爱华抢白道。

我知道，爱华的老婆正跟他闹离婚，人到中年，面对婚变，他心情不畅，说话难免呛人。倒是保国，因在青春期犯过生活错误，名誉受了损，至今未娶，人也懦弱了不少。爱华冲了他几句，他也就闭口不言了。

默坐中,我又恍然回到了多年前的那些夏夜。于是感慨,此景此情,除却少了什么,与以前多么相似啊。正想着,眼前晃过一个身影:拖鞋、汗背心,手上拎着一大篮啤酒。仔细看,不正是多年不见的振华?年过不惑的振华又黑又胖。我转身等待他向我们走来,却见他步履匆匆,转眼进入了那些破败的建筑群。我这才恍惚想起,振华早已成了王老伯的女婿。只是我不明白,他为何不戴黑纱?有人说,历史有惊人的相似之处。幸亏不是相等,否则这句话就错了。

呜呼,王老伯终于走了。我想,他一定是怀着对人类、对夏天的复杂记忆和感情,离开这个充满欲望和道德的世界的。

2007 年 10 月 30 日

散文

二条石
——我的文学启蒙之一

我在学堂里接受的教育,连头带尾不会超过两个学期。现在的我竟敢捉刀写作,似有点胆大包天。难怪有人会视为"奇迹"——白捡了皮夹子了!

其实,较之那些经学派人士,我是练过"童子功"的——从小就练就了从事文学所必备的基本功:察言观色。

现在想来,我接受这些训练的"教室"似有好几处:一、我家左边的南货店;二、我家右边的那个棚屋——某菜场的收发室;还有一处,就在"二条石"上。

下面我要说的就是那两块石头。

先前,我家门前有块长条的花岗岩石。这块条石,很有些年头了,三四米长，一尺多宽。石头下面是个方整的平台。这平台最初由竖起的青砖砌成，后来才铺上水泥的。在这块平台上，若排上两只骨牌矮凳，凳上再搁几块铺板，可用来晾晒被褥或棉花胎的。

冬天，有太阳的时候，周围一些人家，尤其对面徐光启故居"九间楼"里的老人们，喜好聚在我家门前孵太阳。所谓"九间楼"，顾名思义，是由九幢并列的楼房组成的。砖木结构，坐南朝北，原有好几进；到我懂事时，它只存下沿马路边的最后一进了。然而曲里拐弯的里面，居住着许多居民，这里是少见太阳的。

在漫长的冬天，那里的老人只能外出。她们或步履蹒跚，或脚步轻盈，不约而同地穿过马路，来到阳光底下集结。考究些的，手上还端只小凳子；马虎些的，什么东西都不带，拣个干净的地方坐下就是了。这时，我家门前那块总是被我的母亲打扫得干干净净的条石，正沐浴在温暖的阳光下，我们向她们提供这样的"坐具"，她们大概是满意的吧。

偌长一条马路，为何唯独我家门前的阳光"这边独好"呢？依我分析，恐怕得益于它独特的"地理位置"。

高大巍峨的"九间楼"，东面正好坍塌了两幢楼，据说是当年被日本人炸毁的。以后，有人虽在原址补起了两幢，因材料、经费等原因，它们终无法跟古人比肩。我听老人们说过，四百多年前，这幢徐氏"九间楼"，曾是上海城厢首屈一指的"高层建筑物"。黄浦江里行驶的夜航船，都是以它为导向的——它飞檐下挑出的灯笼、窗户里不熄的灯火，岂不成了舵手们的航标灯？"九间楼"如此高耸，楼前的马路即使再宽，阳光难免会被它遮挡的。而那"后起之秀"的两间，因矮了一大截，缺失了一只角，那个缺角正恰对准我家的门前。难怪在那些夜长日短、寒风锁窗的早晨，我家的门窗要最先被阳光撞开了。

早上，太阳在那个缺角处刚露头，对面的老人就倾巢出动了。我母亲在家时,她会及时拖出方凳、条凳或竹椅款待她们。我母亲不在家时,她们就会在我家门前的石头上随便坐坐。后来,有些老人嫌麻烦,就干脆把坐具寄存在我们家里。

这样的太阳一直可以晒到下午三四点钟。就像那首歌里唱的:"多么温暖、多么慈祥,把奴家的心儿照亮……"

由此可见,我家门前真是块"风水宝地"了!

写到这里,你们是否注意到了,我这里用的都是第三人称复数:她们。是的,当年来我家门前报到的老人都是女性——老男人们都去隔壁菜场收发室里高谈阔论、吞云吐雾了。唯留下我这个小男人,扎在娘们堆里,想想都羞煞人哎。

不过,要说我所以混迹于女人堆里,也实乃出于无奈。肢体上任何部位出血,都可使我成为我家的"蒋门神"——僵哈哈的一尊门神!真是死蟹一只,毫无办法的。再说,我家的门口,我不坐镇,谁来坐镇呢?总不能赶走人家吧。何况,都是些苦大仇深、对我呵护有加的老人!

那时候,我正处于八岁至十一二岁的年龄段。

只是没料到,若干年后,我竟会提笔写点东西。这就要感谢这些老人了,是她们在我的笔中注入了很珍贵的养料!当年,我有幸能与她们相处,在我心智上至少是一种启蒙。

以上是对我家门前那块花岗岩条石的交代。

到了夏天,这块条石就失尽了优势。

在那些暑热难当的上午,我的家人就会或驮或搀扶我穿过门前的那条马路,把我弄到"九间楼"前那块荫凉滑爽、很有点来历的青石上,放张小杌子好生安顿我。等安排停当了一切,那些老人差不多也就摇着蒲扇纷纷走出了各自的家门,次第汇聚于青石四周。因此说,这块青石与我家门前那块花岗岩石,其功用很有点异曲同工。有鉴于此,我把这两块石头合并称为"两条石"。

以下的故事都得自于这两块石头,究竟出自哪块石头,我就不一一说明了。

俗语说:树老根多,人老话多。此话肯定是在说我身边的那些老人。与之相处久了,终日家长里短的她们,倒是教会了我不少人和事。有些人事,虽不为懵懂的我尽晓,但如剔除其蜚短流长、挑拨离间、搬弄是非、恶意中伤之成分,它们对于廓清我的混沌,算得上很有裨益的。唯一的副作用:长期在它们的浸淫下,我身上的"阴气"似重了点。这有什么办法呢,这也是疾病带给我的副作用吧。不过,话还得说回来,她们中的绝大多数都是慈善的;也就是说,她们对我还是有所避忌的。

这些可敬的老人确实赠与了我许多好东西。现在,我决意把它们反哺给世人。但因东西实在太多了,我只能从中撷取几个片断。

很难把她们归类的。年龄、出身、容貌、贫富、籍贯……这些要素似都不足以把她们"合并同类项"。我想,唯有把她们的生活习性作为某个契入点,方能使我的叙述条理一些吧,除此之外,我别无他法。

我觉得,对这些老人,似可分为好"卖饭碗"者和不好"卖饭碗"者两类人。因不好"卖饭碗"者居多,人员庞杂,本文无法胜任,详情留待以后专文再做了。

下面我先对她们予以概述。

在这些人中,有送我竹笛的浦东人卖蛋阿奶,有给我讲《圣经》故事、为我唱赞美诗的绍兴老婆婆,有向我诉说过徐光启故事的本地人小妹娘娘,还有长年在缫丝厂工作、见证了上海半封建半殖民地过程的大块头姆妈,等等。现在经过数十年光阴流转,这些人全都过世了,但她们的身世、经历、个性以及人际关系,差不多都被我记住了。本着精简的精神,今天我只能对她们点到为止。

说说她们给予我的语言启蒙吧。

比如,她们把男人那种胯下之物叫做"唐太宗",也不知出典何处;把"新女婿"叫做"毛脚"——初来乍到丈人家,难免慌里慌张、毛手毛脚的,那种局促无定的神情油然;她们把女儿称之为"撒水(小解)往里跑的",把儿子叫做"撒水往外跑的",想想都觉得意趣无穷。有句骂言,她们中的一位是这样说的:"拗脱侬格嫩头"——直取人家的下三路,摘掉人家的命根子,你道厉害不厉害?她们中的有些人把"小菜"叫做"下饭",把咸菜、咸鱼之类的咸货统称为"压饭榔头"——筷尖沾上一点点,就可送下一大碗淡刮刮的米饭或泡饭,你说形象不形象?

至于习性,她们中的有些人偏嗜臭货烂货,什么臭乳腐、臭冬瓜、霉千张……这些美味,她们当然从来不"卖饭碗"的——留在家里独享了,却喜欢放在嘴上嚼得唾沫四溅,害得人想除馋虫而不得,真是痛苦异常。

这些事例无非说明,这里各色人等,口味也不尽相同,真有点人分九地、味有五种的意思。总而言之,很难把她们归类的,只好统称为不好"卖饭碗"者。

介绍完了不好"卖饭碗"者,就该说说好"卖饭碗"者了。好在这样的人物不是很多,可以稍加详述的。

大姨妈肯定属于好"卖饭碗"者。须说明的是,大姨妈不是我的大姨妈,而是别人家的大姨妈。至于究竟是谁的"大姨妈",没人说得清楚。听大家都这么叫,我也跟着这么叫就是了。

我从小就觉得,"大姨妈"实在是个很高雅的称呼。可能因我没姨妈的缘故吧。我从小还感觉到,世上所有的"大姨妈",都该是这个模样的:干净、白嫩,吃好的、穿好的。

大姨妈住在对面"九间楼",一个幽深的天井里。常来我家门前孵太阳、晒衣被的她,还经常捧来饭碗吃饭——卖饭碗。那时的她,虽已由中年步入老年,但依然年轻、舒齐、白净、漂亮。不过,这些属性,在一个小男孩的眼里是不具有审美意义的;她的形象在他眼里大都淡淡的,仅剩下那个干巴巴的概念:大姨妈。

　　我从未去过大姨妈的家。一是没有机会,二是没有必要。但我还是知道,大姨妈住在那里——"九间楼"里那些层层叠叠、弯弯曲曲、复杂多变的格局中最笃底的一个院落。我至今都搞不懂"院落"与"天井"间的区别。有一天,我偶尔读到李后主(煜)的一句词:"寂寞梧桐锁深秋",便想到大姨妈当年住的大概也是这样一个院落吧,上海人称"天井"的那种阴暗、潮湿、幽闭的场所。这样一个小小的院落或天井,当年的房租大概不会太贵的吧。可能在"大姨夫"眼里,这样一个天井或院落,自然要比那种公寓、过街楼、三层阁更适合于他们吧,他们就在这里住了下来。

　　"大姨夫"当然是"大姨妈"的男人。但参照当时人们的态度,我从来没有把他当做"大姨妈"的丈夫,因为他不太像"丈夫"的那种样子。在有些人的眼里,"大姨夫"实在是个好脾气的男人。总是笑呵呵的他,对谁都客客气气的,从来不招谁惹谁宁吃三分亏的样子。该来的时候,他从夕阳西下的地方来,骑一辆26式的轻便永久女单车。车兜里或车把头上,总是放着或挂着一个大布袋——那种用帆布制成的大袋子;袋里,通常装有各式小菜,尤以鱼鲞咸肉等腌腊制品居多。因为,大姨夫每次来过不久,我们在大姨妈的那些精巧、细腻的白瓷碗里,总能看到它们。

　　大姨妈使用的器具都很高级的。碗、筷、杯、碟,犹如她本人,都是很别致很别样的。碗是那种薄胎的——薄薄的碗壁上透出洁白晶莹的细米粒。筷是那种沉甸甸、乌笃笃的老红木筷。要不就是那种非金非银、筷身上刻有花纹或姓名,筷头系有链条的金属筷。大姨妈想必是炉灶上的高手,由她烧煮的米饭,胖乎乎、油亮亮的,粒粒饱满赛珍珠。这样的米饭,又白又胖又亮,很醒目的。那时难见好大米,逢年过节才配给一点点。即使配给,也是那种涨性十足、吃口很粗糙的黄糙米。粮食每人每月定量,不是面粉就是籼米——我们叫做"洋籼米"的那种劣质米。大姨妈好像从来不吃"洋籼米"的。即使那种"火油米",也难得进门的。东面那家米店,有时会销售不要计划的"火油米"——一种很蹩脚的粳米,不知真是被浸染了煤油,还是生性就是这种坏子,煮在锅里就会溢出一种很难闻的煤油味。即便如此,人们还是蜂拥着,队伍排得里三层外三层,像打开了头一样抢购。遇到这种情况,大姨妈通常是闻风不动的。天天吃着上好的大米,谁还会稀罕这种"火油米"呢。因此,每每看见大姨妈在吃那种很好看的白米饭,有人总会问她:咋弄弄格?——怎么烧的?大姨妈总是笑而不答,心里不定在骂人:呆(音"颜")大(傻瓜),只要米好,凭你怎么烧它,都不会太难吃的!不过,私下里,她还会告诉最要好的小姊妹烧饭的诀窍:隔夜淘好米,放在蒸格里蒸……至于具体制作过程,她就略而不谈了,有点卖关子的意思。总之,经她手的东西:碗、筷、杯、匙乃至米饭、小菜,都是很考究、很精致、很细巧、很赏心悦目的。

  后来我终于知道了,大姨夫不常来这里的,因他在外区还有妻室。再后来我听说,大姨夫是隔天来这里的,一、三、五或者二、四、六。在约定的时间里,很少有脱空的时候,很有规律的。至于那个礼拜天,最初有点举棋不定,很有争议的意思,最后才有了定论:它也是归属于大姨妈的。

  礼拜天,我见大姨夫来这里的时候,总是显出很忙碌的样子:自行车推进推出的,大竹篮拎进拎出的,油、盐、酱、醋、米、煤装进装出的。路遇熟人,好脾气的大姨夫总是招呼在先,礼让三分,进退得体,模范驾驶员般的样子。有一脸络腮胡子但刮得精光的大姨夫自然为大姨妈赢得了不少人缘,也就有点"广结善缘"的意思。

  只是大姨夫当年为大姨妈选定的房子似乎进深了一点。终年不见阳光的她,不仅身上湿漉漉的,心里想来也潮兮兮的。因而,在有太阳的日子里,她总会走出那个小小的院落,经过那些弯弯曲曲的狭弄,穿过那条并不狭窄的马路,到阳光底下来晾晒衣被,孵太阳,或者吃饭。有时候,她还会串满一竹竿湿淋淋的衣什,从对面一路斜插过来。在有风的日子里,那竹竿上的衣什常被吹得东倒西斜,有点像撑旗帜,很吃力的。穿过马路,她随便找到哪家的屋檐下钩搭上,也不管人家那里是否有东西,干的还是湿的。因而遇到小气的人家,就会与她计较。这样她就会很不高兴。赌气之下,她往往举起竹竿就走人,脸上还摆出永不理人的愤懑。不过,不出三天,她又会跟人家搭讪的,因为她实在强不过人家的。人家这里有的是阳光,而她却没有。因而大家都知道,大姨妈有点小脾气的,只是都能谅解她。

我记得这样一个日子,太阳很好。

大姨妈又抱出了她那床棉被。随便从哪家拖出两条长凳,她就把棉被晒上了。不知哪位说的,大姨妈的被子总是干干净净的,犹如她本人,仿佛刚刚沐过浴,总是清清爽爽的。就在这天,有个小"社青"——全称"社会青年",也即毕业后一直工作无着的"社会闲杂人员"。那天,这个人不知怎么发现那被子上的奥秘的。经他如此这般点拨,人们这才恍然大悟:这床宽大的被子,被磨损的"被横头"不是在被子中间,而是在它的两边!几天以后,这条棉被就成了人们私下议论的话柄,一度被磨得精光溜滑。最具代表性的意见是:他们——大姨妈,大姨夫,原来不是睡作一气的,而是各占一边的!那么究竟是为了什么呢,是感情不好,还是……既然如此,大姨夫又何必一趟趟地赶来?

少年夫妻老来伴啊!

哎哟哟,大姨妈真是好福气啊!

人们闻言感慨。

当时的我不太懂事。这些言论都是我现在回想起来的。

在我已是个名不副实的中学生时,大姨妈开始步入了老年期。而也已步入老年期的大姨夫,仍旧一次次地来。总是笑呵呵的他,仍老是那种忙进忙出的样子。只是他在上下自行车时,身手很有点不利落了。

我发现,随着年龄渐增,大姨妈的脾气也变大了。为了晾晒东西,她常跟人闹得不可开交。有年冬天,一天清早,她又从对面串来一竹竿精湿的衣什,晾在我家屋檐下。我记得,这是连续阴雨天后一个难得放晴的上午。我的插队的姐姐正好探亲回家。很久不见自来水的她,看见哗哗的流水就有三分亲,总是不失时机地洗啊洗,不仅洗自己的,还洗全家的。门前天天挂满着万国旗。那天,见自家门前大清早被人家晾满了竹竿,我姐姐不太在意——多年的农村生活已使她变得十分粗糙,于是就把我家那些衣什晾在了它的外面。她洗了两竹竿,也晾了两竹竿。当然不是存心的,图方便而已。

九点许,太阳爬上了徐氏"九间楼"的屋脊。我这尊"门神"再次被他们请了出来。坐定不久,我就见大姨妈手握丫杈头,气呼呼地从对面一路跑来。嘀嘀咕咕、满肚皮不高兴的她刚想发问:啥人家的东西啊,这么促狭挡住我的阳光!待到看清楚那竹竿上有我一件咖啡色的帆布上装,她狠狠地瞪我一眼,便不再发"格"了。我倒是很想向她致歉的,甚至还想叉开我们家的那些东西。然而我根本无法站立,只好由她很不高兴地叉下自己的晾杆,高高举在手里,怏怏地离开了此地。

那天,她好像一连走了好几家,人家都不愿意让她晾在自家门前,遮挡他们的阳光。因为时代不同了,社会风气有点变了。无奈之下,大姨妈只好重返原处,撅着她的嘴唇,没有理睬我。那天,她悻悻然走后,我姐姐出来照应我。我对她说:喔哟,不好了,大姨妈不高兴了!我姐姐脸上立即露出"哪个大姨妈"的疑惑——显然早已把这位"大姨妈"忘却了。等我说明事由,她才恍然想起她:哦,是她!当时我可能有点失态,大惊小怪的,总之,很让她看不惯。于是她板起脸教训我:做啥啦,同在一片蓝天下,普照一个红太阳,分什么你的我的?!丢下我一走了之。我知道,那种腔调肯定是她"插队落户"落下的后遗症。幸亏她没有说出"这里是阿拉自家门口,我为啥不能啊"之类的话,否则就大失水准了:不仅辜负了毛主席对她的教诲,也白白去"经风雨见世面"了。

以后,大姨妈又不知跟谁赌上了气。这次她真的生气了,发誓再也不出来晾晒东西了。她果然很久没有露面。洗了东西,就晾在自己那个终年不见阳光的小天井里。一天,她在举竹竿时,不知怎样头一晕,跌了一跤……等有人下班回家发现她,立即通知了大姨夫,为时已晚矣。

大姨妈没有孩子。不过,两天后,大姨夫的孩子们还是随同大姨夫来到了她的身边。看那种样子,他们是初次见面,也是最后见上一面。

以后几天里,大家都在纷说大姨妈。

听说,大姨妈年轻时原在静安寺那边舞厅里工作。大姨夫是附近公司的职员。两人习相近,单位又近,一来二往,就走到了一起。1949年以后,再干那个工作,显然不太适合了。像当时大多数这样的妇女一样,大姨妈先在街道工厂"挂靠"了一阵子,几年后回家过起了小康生活……

总括大家的意思:大姨妈还算有福气的。只有一位老人不以为然,只是见我幽幽地看着她,她没有充分阐述自己的意见。

然而,有一个意见还是比较一致的:大姨妈是被那个阿胡子——大姨夫宠坏的;要是她不被他宠得脾气这么坏,也不至于发生这次意外的!

前些年,我看一档喜迎"香港回归"的电视实况转播。有位摇头摆尾、顾盼生姿的二胡演奏员引起了我的注意。我觉得,这位年轻女子好生面熟啊:上翘的鼻子,下沉的嘴角,细长的眉梢,圆滚滚的脸庞……哦,想起来了,大姨妈!于是我断定,年轻时的大姨妈肯定也是这般模样的:风姿卓越,靓丽妩媚。然而我又想,现在的她又在何方呢?在这个人世上,除却我,谁还会记得她呢?!

与大姨妈相比,无论相貌、身世、最后的结局,赖妈妈都差远去了。

赖妈妈也住在那幢楼里。赖妈妈也属好"卖饭碗"者,也经常来我家门前"卖饭碗"的。

在这里,我是很想描绘赖妈妈的容貌的。无奈念及她生前对我的好,因而颇有点费我的思量。但要叙述赖妈妈的故事,你不对她的相貌加以描述,恐怕是很难的。怎么办呢,就用一句大白话来"一言概之"吧:不敢恭维。要是在它前面再加一个副词"实在"就更精确了。这样,你们总可以对她老人家的形象忽略不计了吧。然而我又想,我如此笼而统之,你们一定会不满意的——等于什么都没有说嘛。那好吧,我就跟你们略微说一说吧。

赖妈妈的鼻梁有点塌,还有点短;鼻孔有点大;配上一张满是皱纹的胖圆脸,再加上眼睑肿而眼睛小;嘴唇上翘,一种很典型的喇叭嘴——也有人叫它"吹火嘴"的,她老人家的这副尊容,你们自己去想象好了。

不过,我得申明一下,赖妈妈原本就是这个模样,我绝无丑化她的意思。

赖妈妈到底姓甚名谁,就不得而知了。见人家都这么叫,我也跟在人家后面这么叫。至于她那个"赖"字,是戴"病字头"的赖,还是"竖心旁"的赖,我至今都没有搞清楚过。因为在沪语里,那个"赖"与"懒"和"癞",几乎发同一个音的。只是我朦胧觉得,"赖妈妈"这个称呼,可能与她那个已故的丈夫有点关系,也属于旧社会遗留下来的产物。以前,我是指1949年以前,那个"赖爸爸"可是远近闻名的能人,善做"老鼠会"。所谓"老鼠会",是指一种非法的民间金融活动。至于他的口碑怎么样,我就不多说了——共产党执政以后,这种职业的人就有点困难了。果然,出了事后的他,就再也没能回来。听说,赖妈妈有个孤女在大西北,只是多年不通音讯。

以上是赖妈妈的简单情况。

我与赖妈妈结识,也是缘于我们家门前那片阳光。

从懂事起,我就见她终日弯腰曲背,伏身于膝头那个污黑油亮的小木匣上,手持一柄尖头老虎钳,辛勤操持着什么。后来我看仔细了,她是在接链条——把一个又一个小铁圈,从一个个缺口处嵌进去,然后用老虎钳把那些铁圈上的缺口一一扳正、关上。这样环环相扣,长长一根铁链子就算接成了。实在是种很细巧的活儿。现在我想,从事这种简单而又繁琐的手工活,不仅要有极大的耐心,还需要有很好的"眼火"。而赖妈妈偏偏生就一副近视眼——上海人称"眯(音'麦')起眼"的那种眼疾,因而要看清那些"眯眯小"的铁圈,大不易的;再用老虎钳一一在那些铁圈上做手脚,更委实不易了。

为了胜任这个工作,凡有太阳的日子,她总会早早地端出小凳子,在我家门前那块花岗岩上抢得先机。

不过,听赖妈妈说,这种"生活"——连接小铁圈的活计,还算好做的。有一种更小更复杂的圆珠链条,就有点难做了。那么,这种小圆珠长得啥模样呢?以附近一个小学生的话来形容:鼻头污一点点大!形象地说,烟纸店里卖的"盐晶枣",一颗颗也是这等模样的。因而,要把一粒粒"鼻头污"连接起来,不仅要有耐心、定力、眼火,简直还需要非同一般的毅力!

看看赖妈妈是怎么工作的!

弯腰曲背的她,整个身子向前俯冲着,整个额角几乎全部冲到膝头的那只木匣上。已换上一把特制的尖头钳——铁钳两头的尖端各被磨出两个半圆的凹陷——的她,先用老虎钳那个尖头把那"鼻头污"从木匣里夹起一颗,然后把那种有开口的小铁珠嵌入老虎钳的凹槽里,再在铁珠开口处放入一个"工"字形的连接件,最后赶快捏紧老虎钳。直至粒粒圆珠连接成长长细细的一根铁链,交到加工厂,由冲床把它们一一冲成更圆的圆珠,然后浸泡在镪水里,最后镀上铜的银的镍的,一根根金光闪闪或银光闪烁的小链条就大功告成了。

"唉!"

不说赖妈妈做得吃力,就是我现在说说也累人。

因此,每当轮到赖妈妈做这种细巧的活计,她总会忍不住不时挺起腰背,抬头看看天——看看哪天有出头之日?同时不忘忙里偷闲唉声叹气一番。见她这种平白受冤的样子,有人就会对她说:你不想做就不要做么,啥人强迫你啦,冤枉鬼叫的!

"领到啥'生活'就做啥'生活'呀,领到迭种(这种)'生活'还算额角头(即"还算幸运")的,领不到'生活'才叫冤枉哩,倒要吃西北风了!"赖妈妈向人如此解释,倒也心平气和的。

赖妈妈过的就是这样一种"社会主义"生活——自食其力、多劳多得、不劳动者不得食。

不过我发现,赖妈妈还算自得其乐的。她的快乐体现在她进食的时候。那时候家家户户都配给面粉。有闲工夫的,一种面粉可以翻出好几种花样:面条、馒头、饺子、馄饨等等。赖妈妈哪有工夫弄吃的?于是就做"面糊糊"——面粉放在碗里用清水搅几下,把呈糊状的面粉倒进开水锅里;要不就做"面疙瘩"——面粉放在碗里,少许加点水,拌成疙瘩状,再一匙匙地汆入开水锅里。然而不管"面糊糊"还是"面疙瘩",要是佐以切细的青菜,再投入油、盐、味精,倒不失为一顿既省事又可口的美食。这样的东西,赖妈妈可以吃上两海碗。末了意犹未尽,还会把那只碗合扑在自己高高仰起的嘴脸上,使劲伸出并不太长的舌头,一下又一下地舔尽碗壁上的残渣,以至于那只空碗只消在清水里撩几撩,照样可以白璧无瑕、光可鉴人!

赖妈妈的幸福生活还体现在她的"咸酸饭"上。

需要说明的是,上海本地人有把菜饭叫做"咸酸饭"的——任何菜蔬混入粳米烧就的"菜饭"或"菜粥"都可混称"咸酸饭"或"咸酸粥"。我母亲就经常为我们做这样的"咸酸系列",既省事又省钱。然而享用着这样的系列产品,我的感觉却告诉我,这样的"咸酸系列"又不太像:咸确实有点咸,至于酸么,怎么体现不出来啊?完全名不副实嘛。因而,对于这样的称谓连同它的内容,我一概予以排斥的。

赖妈妈却乐此不疲。

我发现,这样的"咸酸系列",要是再投以指甲片大小的咸肉,或舀入一匙熟猪油,赖妈妈进食时那种大开大阖的忙乎劲,简直是恣肆汪洋、声震屋宇!她那种大快朵颐、美不胜收的神态,无疑像被人请进什么豪宅,与什么达官贵人共进了一顿大餐!

赖妈妈过的就是这样一种自给自足、自得其乐、自己规定作息时间的小康生活。这种生活,对于一个手脚便利的老人来说,照理算是幸福的。因此,绝大多数时候,赖妈妈是快活的。比如,埋首于膝头小木盒上接"长龙"的她,两耳可以一字不拉地倾听四周飘来的闲言碎语。在恰当或者必要甚至有心得的时候,插上几句可有可无、不咸不淡的咸(闲)话。要是愿意,还可以跟随人家肩胛乱颠,"啊哈哈"地乱笑一气。不过,双手须时刻护住膝上那只盒子,要是那些珍贵的铁珠被震落、遗失,交不出货,可就麻烦了。然而我发现,赖妈妈又是抑郁的。比如,在诉说着什么的时候,她的眉心总是蹙紧的。在抬头、挺胸、伸懒腰的时候,她的叹息也是粗重的。

"唉"一声长叹,仿佛想吐尽胸中的郁闷,更想卸下身上的千钧重担或天大的冤屈。

这样的叹息听多了,我便觉得赖妈妈心里一定在酝酿什么变故了。

是的,赖妈妈开始向人们诉说自己的孤单了。

只是我发现,赖妈妈在阐述那个话题时,脸面透出红晕的她又是兴奋的。她说,她要到女儿那里去了;跟女儿她们住在一起,彼此可以有个照应,等等。我又发现,赖妈妈在诉说之初,人们对她还是表示善意的反对的,都说她在"发痴"。大西北风沙漫天、冰天雪地,是人住的地方啊!住住动物还差不多!再说路途遥远,火车要走七天七夜,"侬去格里做啥呢?"——总之,群起而攻之。开始,我以为赖妈妈说说而已——单调、枯燥乏味的工作之余,找个话茬嚼一气,好比现在南方盛行的"嚼槟榔",解解闷,很过瘾的。只是赖妈妈没料到,她越是沉湎于那个话题,人们的反应越是冷淡。

想想也是的:光说不练有什么意思呢?不是在寻开心嘛!人家好心奉劝你,你偏偏不听,发什么"人来疯"啊?!

不久,赖妈妈就被那几个永远霸占着话语权的同伴打入了冷宫。于是她决定改变方向,把目标往身边转移——把话篓子朝我这个只有九岁,终日为疾病所困的傻瓜身上倾倒了。

我虽然有点傻,而且还自以为是,不懂装懂,只是安慰人、劝解人,如你们说的"善解人意",我从小就会来两下子的。我想,你们不愿意领教赖妈妈的唠叨,我倒是很乐意听听她的——傻子一样终日枯坐着,有人愿意跟你说说话,不是件坏事嘛,至少可以解闷消愁!因此,赖妈妈每每说得很扎劲(起劲),我就"嗯啊嗯啊"得很响亮。后来,我觉得老是这个样子"嗯啊",不仅乏味还有点愚蠢。于是也学起别人的样子,对她加以劝说。我说:那里不好,很不好的,地广人稀,野兽出没,你还敢去那里啊!我还劝她:你女儿不是来信不要你去嘛,说你在那里会水土不服的,你就不要去了。诸如此类,等等,都是些老生常谈。每每听我如此这般,她总会放下老虎钳,眼怔怔地朝我发呆,末了使劲地眨动眼睛,最后长长地叹息。即便如此,仍不妨碍我们继续那个话题。

后来我隐约猜到了,赖妈妈所以喜欢这个话题,与其说是在说服我,不如说是在说服她自己。

一天中午,正在埋头苦干的她突然抬起头,眨眨眼睛对我说:要是过不惯,我不会回来啊?!大不了搞落几百块洋钿!

是啊,这个好主意我怎么没想到呢。

于是我觉得,赖妈妈像煲稀粥那样喋喋不休,实在是多此一举——明明已想好了退路,还拿这种难题来难为人,不是在寻开心吗?!

不仅如此,遇到我母亲休息在家,她还会拿那个难题纠缠我的母亲。我母亲总是侧耳静听,连声应诺,末了也会劝她几句:你想去,去一次也好,譬如散散心,他们总归会烧点给你吃吃的!见我母亲当众迎合了自己,她就心花怒放,笑成了一朵熬霜的老菊花。过后便心满意足地回家弄吃的,并带走了那只小杌子——近阶段以来,赖妈妈老是魂魄不守,工作无心,下午也不常见她出来。有一天,见她抱着"生财",挟着小凳子消失在对面的红漆门里,我母亲禁不住轻声叹息了几声。不等我母亲说出什么,旁边有位老人便接口道:一个人做做吃吃有什么不好?非要作死作活去那里,一把老骨头……水土不服不就要了她的命?!而我却不知好歹,老嘎嘎地抛出一句:如果……不是可以回来嘛!我母亲狠狠剜了我一眼说:好几百块钱哪,够她做几年工夫的,要你多什么嘴呀!

怪我没大没小的。

那位老太太追随我母亲的话冲我一句:又不是亲生的,失散了这么多年,啥人晓得"伊拉"(他们)啥心想啊?!

我闻言心里咯噔了一下,当即觉得自己真有点不知深浅,小鸡蛋冒充了"老蛋黄"。

过了一段日子,赖妈妈又开始反复了,她说,她不想去她女儿那里了。

过了一段日子,她又说,她还是想去女儿那里,而且真的开始行动了。她逢人就说,女儿来信了,正式邀请她去那里安度晚年!不久,她果然回掉了那份苦不堪言的"断命"生活。一连好几天,她都穿得"山清水绿"的,在一位远亲的陪同下外出采购。完了,就整天端坐在我家门前孵太阳。见她空着那两只很少有闲的手,过往的有些闲人就感到奇怪,纷纷问她。她就向她们絮叨:她就要到女儿那里去了,真的要去那里了;从此她将过上怎样一种幸福生活,等等。

她对美好前景的描写自然博得人们连连称赞和祝贺。只是这样的"闲话"说过几遍、说过几天,人家也就失去了耐心,大都在她面前匆匆滑过,逃也似的离去。备受冷淡的她于是就跟我继续聊。只是聊过几天,我发现我们的话题倒是宽泛了许多。从那个小圈子里跳出来的她,居然向我介绍起这一带的不少逸闻趣事。我听着无比新鲜,居然突发奇想——当然也是别人告诉的,要她到时候不忘带上一捧泥土,以防令人头痛的"水土不服"。她点头连连称是,夸我聪明,还感谢我的提醒——以后她是否照方抓药,我就不知道了。

这一时期,她更是对我关怀备至,嘘寒问暖。她要我千万注意身体,不要又在这里那里"弄伤"了,等等。我至今记得她给予我的临别赠言:慢有慢福,吃碗厚粥!意思要我耐心对待疾病,不可操之过急,含有"既来之则安之"的意思。现在,因病得福的我偶然想起她的这番教诲,仍会感到当年我家门前的那片阳光是这样的淳清!

赖妈妈真的走了。

这是一个初春的有太阳的上午。穿得簇新的她,在一位远亲的陪同下,慢慢地从对面那扇红漆门里走出来。在返身关门时,她看见了隔街相望的我们,于是挺了挺有点僵直的腰背,来了个大招手——就像毛主席他老人家在天安门城楼上向红卫兵小将们挥手致意的那种样子:高高举起右手,从左到右,缓慢地大幅度地招了招手。我仿佛看见她在向我微笑——可能是我的错觉。因为她灿烂的笑容理应是赠予我们全体的。因而那时那刻,装扮一新的赖妈妈,在我眼里是很精彩的,甚至一点都不难看的!

这样,赖妈妈在我们面前渐渐地消失了,永远地消失了。但没多久,从大西北传来了惊人的噩耗:因水土不服,赖妈妈一病不起!得知这个消息后,我家门前的老人们不免长吁短叹,说什么的都有。为了避忌,我对那些不利于安定团结的闲话在此一并删去了。不过,大家的意见还是比较一致的:她确实有点犯不着!

若干年后,赖妈妈的女儿以及一家,按政策返了城。因为她家那间阴冷潮湿的居室已被房管部门收去,这一家子只能去她夫家的江南小城安了家。否则,我倒是很想问问那个女儿的:你妈妈是否带去了泥土,那泥土到底是否派上了用场?

现在回想,当年喜好在我家门前"卖饭碗"的人似还有不少。因她们没有特色,我就略去不提了。

写到这里,我眼前又冒出了一个老人。不过,她既不属好"卖饭碗"者,也不是不好"卖饭碗"者。作为另类,我只能把她放到最后作"另案"处理了。

长久以来,我常能看到一个衣衫不整、有严重眼疾的孤寡老人在我家门前来回走动。她不是手提菜篮,就是拎着马桶步履匆匆。即使有人跟她打招呼,用的也是一种同情或怜悯的口吻。从她们的嘴里,我了解了她的身世:她原本是好人家出生,男人也很富有,很有出息,只是他们没有生育——也不知是谁的责任。既然如此,双方理应善待对方才是。而她偏偏"嘴鼻头丑"——平时爱使小性子,整天粥(作)天粥地、粥(作)鲜(死)粥活、粥(作)骨头脑髓。一气之下,那男人在外面寻了"小",还跟人养下了私囡。抓到把柄后,她就把男人告进了巡捕房。然而又于心不忍,去那里吵死吵活要求保释男人。结果"搞落了几个铜钿",男人终于被她保了出来。而男人又偏偏不领她的情。三句话不对,两人又吵开了场子。这次男人就动了粗,还打瞎了她一只眼睛。那男人又被抓进了巡捕房。这次人家可就不客气了,被判了好几年。在里面,那男人悔恨交加,内疚得不得了——一个相貌姣好的女人,又是明媒正娶来的,在自己手里破了相,你说得过去吗?那男人一再写信请求她原谅,还说以后会善待她的。在她的努力下,那男人又出来了。这次男人没有食言,不仅给她写下"悔过书",还主动跟那个女人了断了关系。这样他们又"搞落了不少铜钿"。这下你们总可以好好过日子,你总可以好好对待男人了吧?偏不,她还是照样发"老伤",跟男人"作天作地"——为一点点生活琐事、几句闲话,两人都会闹得不可开交。这样没有几年,一个很好的男人就被她"作"死了,一份殷实的家产也被她"作"光了!

说到这里,老人们无不叹息、唏嘘,一致认为,"作"总归不是解决问题的好办法。"有话就好好说么,你看看,现在多孤单啊……"

尽管我知道,发出感叹的这些老人,无论以前还是现在,她们大都跟自己的"男人"有点过大不去,但她们还是毫不犹豫地断言:男人实在是经不起"作"的呀!

前些日子,我读过这样一篇文章,说经什么学者、专家研究发现,貌似强大强壮的男人,无论在其心理、生理上,还是在对待困难的耐受力上,都远比女人脆弱多了,云云。这篇冠以"新发现"的文章还被引在一家文摘报上。事实上,我早在三四十年前就对这一"新发现"有了自己的"发现",在我的二条石上。

只是我很不懂,那时候,我是指1949年以前,也即那个万恶的旧社会,"泡妞"、"包二奶"怎么也会被抓进牢里的?但平心又想,对于一个完整的社会结构而言,任何有伤"风化"的人和事,有关部门总该出面管一管的。只是我不知道,那时是否也会发生乱抓无辜的事情。比如,只要看见人家男女出双入对,便不问青红,铐起来就拉走,一顿暴打之后,再掏出罚款单,以完成上级下达的指标?!

　　长大成年以后,我总算读到了这样一句古诗:白头宫女在,闲坐话玄宗。于是我就想:凡是有"白头宫女"的地方,必是滋生"闲话"的温床,也是最出故事、最能开启人心智的地方?当然,她们说的不一定真是什么"玄宗",有时候还可能真是男人们的胯下之物——"唐太宗"。只是,只要你敢于直面,愿意聆听,它同样会给你人生启迪的!

　　我的童年、少年时代的二条石,这样的人和事还有许多。

　　我的二条石,要我怎样感激你们呢。

2003年9月改定

2005年4月20日再改

散文

南货店
——我的文学启蒙之二

这家南货店当属"老店"——解放前留下的,两开间门面宽。一个门面,当街横只"曲尺柜";一个门面设货架,堆放器皿、笘箩、磅秤之类器物。虽然陈旧,但在我眼里,它们都是轩昂的。这里不仅陈列着能解馋的吃食:饼干、糕点、糖果、肉松、油氽花生、油氽豆瓣等等;还洋溢出咸的甜的干的湿的好闻的气息。在气压很低、湿度很重的梅雨季节,这股很特殊的气息,混合、飘荡在马路上空,隔开几条马路都可闻到。时间久了,有点像家住庙堂附近的居民,对馨香怀有某种难以言说的情绪,经多年熏染,相信会在潜意识里产生皈依念头的……

我认为,南货店里弥漫出来的这股气息,不仅练就了我的味觉神经,还熏陶出了我的馋唠虫。不过,这将是另篇文章内容,在这就不扯开去了。

因天生缺陷,外出"武天野地"没我的份。家里、家门口呆腻了,我就会去隔壁南货店。当然不是去拜识那些零食的,而是去听"壁脚"的。"听壁脚"这个词儿,在上海民间拥有丰富的民俗内涵。所谓"听壁脚",不仅有"耳闻"的含义,还有眼观的意思。我的文学基本功:察言观色,大概就始于此吧。

这家南货店里每天平均有两三个营业员,包括那位店经理。多年来,到这里打过尖的——按现在时髦的说法:来这里轮过岗的,先后大约有七八位。然而严酷的现实告诉我:有些人大概注定要被人遗忘的,即使你与他天天见面;有些人却是你终生难忘的,即使你与他多年不相见,其色香味形,就鲜活在眼前!下面被我录下的,大概就是这类人。

先交代一下我的"修业"时间:

始于上世纪六十年代初——我七八岁光景;止于上世纪六十年代末,我十三四岁之时,南货店关门大吉,我"初小毕业"。至于功课完成得如何,读完本文后请打个分吧。

这南货店既然是店铺,一个做买卖的场所,总该有"买""卖"两方面吧。买方——顾客,因此也在我的"功课"之内。然而,面对着众多对象,你要我先说哪位好呢。还是先说说"卖方"吧,因他们毕竟是这里的主人;何况从道理上说,先主后客,肯定也不会错的。就如当下的中国经济,卖方市场永比买方市场大得多,须多加重视、认真对待的。那么在南货店的众多主人中,先说哪位好呢?就按咱们的国情,还是请领导同志先上吧。

我记得,那时刚经过"公私合营"不久,公私自然是分得很清的——不管什么企业,无论其大小强弱,总由"公方人员"来充撑门面的。这家南货店自然也不例外。只是称呼不同,你叫他"公方人员"也罢,"公方经理"也罢,总归是这个意思,故称为"公经理"吧。

南货店里的这位"公经理",年龄当在三十至四十岁之间,内向、寡言、面瘦腮鼓、皮紧肤白。可能血脉不和之缘故吧,他的白里还带有略略的青。多毛的他,要是不加修葺,定是个络腮胡子。想必他是个自重之人,平时很注重自己的外表,每天出门之前,一定用刮刀仔细修饰过了的。但可能那把刀有点小问题,被腰斩的毛发镶嵌在皮肤表层,而这些没被赶尽杀绝的粗硬断面更增添了他的青霜气和威严感。

冬天,他老戴顶皮制的"雷锋帽",黑色、有舌的那种。这种样式的皮帽当时少见,尤显珍贵。春、夏、秋三季,他总是一身干净利落的衣衫,左胸还端正地插着一两支笔。他大约觉得,作为一个"公家人",不能混同于普通老百姓吧,举止言行总是显示出少有的严肃。与众不同的是,他还有一副长至肩膀的袖套。无论寒暑,他每天必戴这袖套,不仅是一个象征,更是一种信号。也就是说,他脱卸袖套还表明一种制度:上班或下班时间。

早上,他套上袖套,说明开门时间已到,大家捆排门的捆排门、开门的开门;傍晚,他抬起胳膊撸下袖套,大家就知道可以下班了。于是锁钱箱的锁钱箱、扫地的扫地、上排门板的上排门板,总之,员工们各有分工,一气呵成全套动作,最后由他锁上大门。互道一声"再见"后,大家便迅速各奔东西。

除却袖套,他还有种"标志性"工具:手上的鸡毛掸子。这鸡毛掸子,当然不是用来惩罚人的,而是用来清扫的。这里掸掸、那里扫扫,表明他在勤奋工作。

所谓"管理"者,其实是个复合词,含有"管"和"理"这两层意思。"理"者,我以前已说了:用鸡毛掸子做清理、清扫工作;要不就清理清点钱箱里的钞票。"管"呢,就有管头管脚的意思了,含有"说"的成分在里面。然而,公经理偏是一个"寡言者",因而那个"管"就只能体现在他的眼睛上了——时不时地站在你的身边或脑后朝你瞥上一眼,有点丢白眼的意思。久而久之,他那双小而亮的眼睛操练得倒十分锐利、明亮。有时,面对着这样一双冷冷飘来的眼睛,即使胸怀再坦荡,也不免会惊怵的。真有种"此时无声胜有声"的警策作用!当然,在"管理"的同时,他也不忘躬亲一线,帮忙做些买卖:收钱找钱、在台秤上匀分商品、给商品包包三角包之类。

我已说过,在这七八年间,来这里"轮岗"过的营业员很不少。但他们大都语言枯燥、面目可憎,我对他们没留下多少印象。唯有一位,我至今难忘。这位让我刻骨铭心的朋友,倒不是因其才华出众,而是由于他特别地争强善辩——有一股子为真理不惜牺牲一切的献身精神。

这位先生的尊姓大名,我无从知道。只听说,他是个单身汉,年纪当在五十岁左右,圆圆的头颅早已谢了顶。可能终年以集体宿舍为家、平时少人照顾的缘故,他的服饰总显得随意而马虎。比如,冬天的棉袄似稍嫌单薄了些,袖口似被磨出了缕缕的丝状物,胸口前襟似有洗不净的污渍等等。但就这样一个潦倒汉,他的身上却体现出一种难能可贵的执著精神:不轻易服输。这样一个人,若在书斋里做做学问或躲进实验室里搞搞研究,说不定是个可造之才。现在,他不幸沦为南货店里处处受人钳制的小职员,实在有点委屈了他!

不知为何,人们赠他雅号叫什么"污干贝"。

我想,一个绰号的形成,总有其内因的,有时还很不讲理的——不管你喜欢不喜欢,需要不需要,给了你就是!至于能否流传开来,就取决于多种因素了。不过,这些问题属传播学的范畴,不引申开去了。但有一点无可否认:有些人的外号虽起得朗朗上口,流传也广,却很难形成文字(书面语),且颇让人费思量,比如那个"污干贝",就曾经伤透了我的脑筋。

依我看，人们所以给他起了这么个难听的诨号，问题就可能出在他的牙齿上。它们确实不太整齐，土黄色，尤其那些门牙，上下排列得有点错位，此情形有点像哪家店老板不在家、门槛又出了点小毛病，偏偏小伙计们又想趁机去赶场夜电影，于是心急火燎"乒乒乓乓"乱撞一气，那排门就七撬八裂拱在一起了！

好了，就干脆称他"干同志"吧。

干同志显然是个雄辩家，肚里的货色也不少。他喜好"讲仗"胜过做生意，更好在某些枝节问题上跟人锱铢必较、争论不休。每当这种时候，投入的他理所当然于生意不顾了，一次次地卖错东西、找错钞票——假如你把五角钱当作五元钱找给人家，人家当然不会买账的，非得要回那四元五角才肯走人！要是你把五元钱当作五角钱找给人家，人家可就不客气了，惴进怀里走得快！因此，对于他的投入，公经理是很不放心的。他手上虽然拿着鸡毛掸子，这里扫扫、那里拍拍的，其实一直在偷偷地向他的"部下"横眼睛。而他呢，多数时候对领导同志的白眼是不太介意的。然而，有时经过激战，他已明显占了上风，眼看胜利在望了，偏在这个节骨眼上，早已忍无可忍的公经理铁青着面孔支派他去拿这拿那的，或干脆摊派他出去送货运货，这个时候，他那种被迫撤离战场、无比沮丧的模样，才叫丧魂落魄呢：两眼发直、嘴唇龟裂，老半天都回不过神来，甚至恨不得双脚跳，号啕哭一场。心犹不甘哪！

我听说，干同志以前在药店或药厂里做过。后来不知怎么转了业，干起了南北货这一行。难怪他跟人交流、讨论、争论的都是些医学方面的事，愿意结交的也都是些正在药厂里工作或曾在药厂里工作、具有一定医学知识的人。现在想来，干同志的知识面还算宽广的，同时也看出，平时在集体宿舍里，他还是愿意找几本书来看看的，一方面借以消磨难挨的时光，一方面磨刀擦枪，为下一轮"战争"做些准备。可惜他的学习方法不太对头,或者因过于节俭而营养不良,脑子不太管用,他掌握的知识不是过了时,就是记忆力老是出错,甚至犯些常识性的低级错误。因而,他每每与人争得脸红耳赤,还不惜大动肝火、大动干戈,最终下不了台,很令人惋惜的。

作为负责人,"公经理"对干同志自然是不放心的。尤其在他收钱找钱的时候,更显得心神不定、六神无主。这时,他往往会停下手上的工作——干脆手握鸡毛掸子,什么都不干了,一味呆呆地偷觑他。是啊,又不能公开跳出来批评他什么——人家毕竟是苦大仇深的老职工,再说,这年头怎可以随便得罪人呢?这情景委实很讨厌的,只能作壁上观的他,只能投以大量的白眼。只是这样的时候多了,难免会得"白眼病"——请注意了,不是"红眼病",也不是"白内障",而是那种眼白眼黑不成比例、需要动手术才能矫正过来的眼疾,上海人俗称"斜(音恰)白眼"的微恙。想想都为他感到痛苦!

介绍了"卖方市场"——南货店里的这两位主人,接下该介绍"买方市场"了。

这里的"买方市场"——顾客,大都是附近居民。除了买东西,他们还喜好来这里"插插蜡烛",轧上几脚——靠在柜台上跟人聊聊天、拉拉家常。有些人还成了这里的常客,一天不来报到,谈上几句,会寝食不安似的。在这些人中,我记得有位邻家什么人的姨爹。想必"姨爹"在药厂——中药饮片厂里工作,每次都把那些冲鼻的中药味带到这里来。在某种特殊的场合下,你站在他身边,会很容易想起中国的那句老话:药补不如食补——与美味美食相比,任何药都有点得不偿失?这个姨爹显然是这里的局外人,就不多谈了。

在这里,还有位常客叫王先生的,倒可以说一说的。王先生在银行里工作,与这里既是邻里关系又有业务关系,他来这里串串门,倒是顺理成章的。只是他经常把自己灌得醉醺醺的。酒后的他,对人对事倒是十二分地心平气和。他那满身酒气很容易勾起人的食欲:二两烧酒、一包油氽花生,你对人生还有什么非分要求吗?此生足矣。王先生也是这里的多余人。不过,无论姨爹,还是王先生,虽对这里深怀感情,不时来这里不咸不淡地说上几句,终与本文无关,只好把他们搁在一边了。

写到这里,一条青筋绽露、底气十足的大嗓门突然炸响在我的耳畔。

哦,金先生,我怎么把金先生给忘了呢?

干同志遇到金先生,可谓棋逢对手,钉头碰到了铁头。金先生住对面,沿街的二楼。以前蹬三轮车的他,后来不知怎么被一家工厂招去做了"饭师傅"。他的上班时间没人搞得懂过,好像时常待在家里的,因而来南货店的时候格外多。听说,金先生的单位不很近的,上下班要横穿整个大上海。好在他蹬三轮出身,一天单车几个来回不在话下,沿途见闻又可充作谈资,何乐而不为呢?但在我眼里,他向来是个人物。只是他偏好时事政治,那时的"政治"又不太好讲,也讲不大清楚的,有点危险性,虽然人人爱谈、都在谈。有时,为一个似是而非的小问题,金先生常会跟人争得脸红耳赤。又是个不肯轻易服输的角色!

金先生与干同志,真谓天设地造的一对。比方说,对"万金油"由什么配伍的这个问题,金干两位就争得不亦乐乎。其实,这种局外人怎么知晓呢——配方带有机密性,为商家秘而不宣,什么都被你们洞穿了,人家怎能发财呢?再说,这种事又不是他金先生的强项——你跟人家争争马路新闻尚且可以,居然不知好歹地染指这个领域,不是在胡搅蛮缠吗?!因此,金先生每与自己讨论这类问题,干同志均显出很顽强的战斗性,而且士气高涨,毫不留情,往往不获全胜决不收兵!

然而,每当他俩针尖对麦芒、收不了场时,都是金家姆妈出面解决问题的。当然,是对自己丈夫的制止。

金家姆妈真正称得上"内秀"：平时大门不出、二门不迈，见人都轻声轻气、笑意盈盈的。在家里，每每听到金先生那副响乓乓、猴急急、直冲云天的大嗓门，她总是很生气的。然而，揣着满肚皮气的她，断然不会像金先生那样，扯开嗓门隔街喝令男人滚回去的。其做法则要优雅得多，也有效得多。几乎无须从窗里探出头颅，她只消推开窗扇，金先生听到那生了锈的铰链发出吱吱嘎嘎的声响，就立即会作出反应——不等他人有丝毫觉察，他早已不动声色地抬起头来，怯怯地向对面瞥上几眼，气焰就顿时收敛了不少，声气也会小了下来。想必他们有约在先的，难怪会心领神会！

因此，他家那扇窗总不见修好的时候，或在铰链上抹点油润滑，原来作联络用的，其功效有点像当年的"消息树"。不过，此种联络或沟通方法也有失效的时候。这往往是金先生惨遭失败或胜券在握，一心想击败对方的时候。在这种紧要关头，他就会对所有的关窗声、开窗声置若罔闻了，哪怕你敲碎了他家几块窗玻璃。这是因为，金先生实在太喜欢"理论"了。

有时看着他这种吃力的样子，我不免会想：他的好的精神头，好的耐受力和好的大嗓门，大概得益于他的好身板；而他的好身板又完全得益于他的好职业！因而，我也就萌生了长大以后当厨师的意念。只是我发现，金先生的活动范围从未超出过南货店。就是说，他仅仅局限于某个窗户里某个人的目力范围之内。隔壁那个聚集着众多清谈客的棚屋——菜场里的收发室，我就从未见他涉足过。从这个层面上说，金先生又是一具牵线木偶！

还有位常客，我不得不介绍一下。从某种意义上说，此人才是这里真正的"主角"。那人长得何等模样？如果你看过公审"四人帮"的电视实况转播，还记得那个叫"吴法宪"的大人物？此公完全和"吴法宪"出自一个模子,只是比那个吴法宪大了整一号:身高体胖、肥头大耳,走起路来摇摇晃晃的,活脱一副"熊样"。姑且称之为"吴公"吧。

冬天,吴公一身洗得发白的蓝布人民装。春秋两季也是这种服装。不过这服饰似为他以前从事的职业传递了某种信息:不是特赦战犯,就是在旧政权里干过公职的退休或离职人员。当时他的年龄当在65岁至70岁之间——也许早已年逾古稀了吧。我一个小孩子,怎么看得准这种老人的年龄?再说,他也实在长得太高大了,要看清他的"门面",非得抬起头仰视,而且最好站在南货店那条有凹槽的门槛上。不过,这样也很不保险。因为掉了门牙的他,"口风"不是很严,说起话来唾沫四溅。你抬头仰面没听几句,难保会被"飞弹"击中,因此需要冒点险的。更要命的是,此公患有严重的口吃症,短短一句话,要分十七八段才得以完成,搔得人肚肠根痒煞。

干同志对吴公倒是从不缺乏耐心的,有时还摆出不耻下问、虚心求教的姿态,实在很难能可贵的,尽管有时也会与之"站而论道"。

吴公虽患有严重的口吃症,而谈吐却很不俗,肚皮里的"货色"也很不少。他倒说得出"万金油"的配方的,并断言:现在之"万金油"并不是从前最早的那种"万金油",难怪干脆改名为"清凉油"了——缺的正是一味最最重要的药信!你若问他到底缺了哪味至关重要的药信,他便吞吞吐吐,搭足架子,卖起了关子。他还告诉人们,一个人浑身是宝,人发可以做药,叫什么"血余碳";人尿也可做药,叫做"人中白";人粪的中药名叫"人中黄"……对于它们的制作过程,他更是了然于胸,说起来头头是道。至于什么历史沿革、人事变迁,他如数家珍,亲历过一般……

然而,大家彼此你来我往,难免会起口舌。干同志又是个自尊心极强、凡事不肯服输的人。吴公一旦被他抓到什么把柄或找到什么缝隙,他就会毫不犹豫地拎起来、钻进去,而且摆出"有理偏仗声高"的架势,指望在声势上、气势上压倒人家。这分明是要赖嘛！而吴公也不是一个容易服输的犟人，他总是凭借着大肚子里的真价实货据理力争……

这种时候你我就有好戏看了。

只是，这时你要冒着偶中流弹的危险！因他俩的"口风"都不是很严：说得激动时，干同志就会飞流直下三千尺，激越飞溅的唾沫呈抛物线状地穿过三尺柜台纷纷往下掉落；没有门牙的吴公，他的馋唾更是呈直射状地向下四散。两人大打"口水仗"：一个在柜台里，一个在柜台外，几条流水线融会贯通，最后交汇于一处，全都喷洒在我的头面上甚至眼睛里！那纷纷而下的唾液赛过莲蓬头，往往浇得我一头唾水！为了避免不必要的牺牲，我只好逃之夭夭，再精彩的"战役"也只能弃之不顾了。

后来我发现，吴公在"狮子大开口"之前，并非毫无迹象可寻的。比如，在进入角色之前，他那只肥厚的大手里紧握着的"三角包"就会窸窣作响。那纸包里的东西才是他来此地的目的——一只"角子"的油氽豆瓣！但此时随着他全身心地投入角色，这个纸包里的东西就开始危险了——一些细小的分子开始纷纷扬扬地从那纸隙间散落于地。假如此时他宣告"停战"，赶紧回家，马马虎虎还可"过"杯小老酒的；要是他再不及时顿悟，继续本末倒置下去，那么这三角纸包里的油氽豆瓣就有变为粉齑的可能——被这只激怒的大手使劲抓捏过的豆瓣，哪有不粉身碎骨的道理？这样的粉末还能吃啊！除非你把它搅拌在酒杯里，和着老酒灌下肚，倒也省却了咀嚼这道工序！

面对着如此强硬的对手，吴公自然很不服气，很生气也很沮丧的。是啊，原本是为买油氽豆瓣来这里的，现在非但享用无望，还兜上了一肚皮的气！强辩，就你好强辩！算了，油氽豆瓣我不买了，油氽果肉即使再便宜，我也不买你们的了！他当然知道，油氽果肉（花生）要比油氽豆瓣好吃多了，油氽果肉下老酒，这才是一种高级的人生享受！现在，这种享受我也不要了,你这个强词夺理的家伙,真是碰到赤佬了!于是鼓着一肚皮的气,空悬着两只手,就颤巍巍地往回赶。到了家里,往桌前一坐,朝空杯子里斟上半杯冷酒,啜上一小口,满心的绝望和愤怨就会从脚底升腾而起。于是这顿苦酒也吃不成了。硬着头皮再去买一包么,不是没有勇气,也不是怨劳民伤财,最主要的是,不要看到那张脸!死争死争,歪理十七八条!于是和衣上床吧,蒙头而睡:吃酒吃酒,吃断命老酒啊,真是碰到什么了!

是的,这样的事情遇到多了,难免会影响食欲的。有时,即使把那三角纸包勉强带回家,待到摊开看,这干爽松脆、油滋滋的豆瓣早已成了黄渣渣的粉末了!一角"洋钿"岂不被白白糟蹋了?——被这双肉手狠劲捏过的东西,哪有不成粉末的道理?于是便黯然神伤,随手把那些粉末连同那张包装纸搓成一团,愤怒地塞进畚箕里。

唉!唉声叹气,同时暗暗发誓:以后再也不去这家南货店了,我再也不吃你们的油氽豆瓣了!

这样吴公就会消失很长一段时间。

但过了一段时日,待到气消了,嘴馋了,他又会摇摇摆摆地踱到南货店。时间大都在中午十点至十一点之间,傍晚四点至五点之间。这时他摸出的往往不是"一只角子",而是"两只角子"——他打定主意来买油氽果肉的,因为油氽果肉总归经捏一点吧——分明是来挑战的,或者说存心是来接受挑战的嘛!

奇怪的是,这次干同志的态度却出奇的好。是的,只要不与人争执、争辩,干同志的服务态度向来都是很友善的,有时还有点和蔼可亲。

然而,当他们又说到什么时,干同志不仅没对他加以驳斥,还连连点头称是叫好。既然这样,一角"洋钿"也可省下了。其实,吴公心里很明白:油氽果肉未必好吃,吃多了,腻味、生痰,霉变的花生还有黄曲霉素,致癌！油氽豆瓣过过老酒还是蛮经济实惠的。这么一想，这顿老酒即使还没喝上，也已成了多年来少有的"快意老酒"了。

然而，几次见面过后，他们又会为几句无关紧要的"闲话"闹得不可开交。真有点不可救药，真要命啊。

这是吴公的情况。

现在想来，吴公是我青少年时期所遇到的知识最渊博却在表达上最艰难的一位老人——我指的是他口头表达能力，他的书面表达能力如何，就不得而知了。他，这位吴老先生是干同志在这一带唯一一个愿意曲意逢迎的"大人物"。

这些人物中，我还发现了一个很有趣的现象：有些"听众"似比主讲者更为生动、更有看头、更值得注意。有时，我的注意力过于集中在他们身上，反而会对有些激烈的场面和人物视而不见。这种情况，用成语大概叫"喧宾夺主"吧。

在那些年里，我发现了一个称职的听众或观众。他的称职就在于他的投入、专心甚至痴迷不悟。我最初注意他，不是因为他那种忘情的神态，而在于他的把玩：一边充当着忠实的看客，一边从短而大的鼻孔里不断地往外掏出肥硕壮实、呈褐黑色的柔软而富有弹性的鼻垢，然后捏在手里反复地把玩；用两个指头——食指、拇指；压扁、搓长、捏细、揉成团，再压扁……一只手玩腻了，换一只手再如法炮制……直至合上双手，用手肚挤压、揉捻……直至那"玩物"最终消耗殆尽。他的这套掌上功夫，常常看得我心意痒痒，叹为观止！想起来了，这位"玩主"正是马路东面的那个铅皮匠。以前，他在家门口摆过"白铁作坊"，按现在的说法，好坏也是个私营业主、小老板，当然，那时是不兴这么叫的。不知怎的，他不幸沦为无业游民，成了十足的闲人。此人长相如何？五短身材，一张多肉的三角脸，年龄当在五十出头，衣着随便，还有几分邋遢相。你看他：高高仰起脑袋,紧抿着嘴巴,显出一副前线吃紧的样子,亮晶晶的眼珠迅速扫过这个人的面孔,又落在那个人的脸上,随即又迅速扫回来……随着讲话者语气的强弱、语音的高低,举手劈、杀、砍、斩,他那发亮的眼睛紧随其后,紧紧攀援在那只手上——并随之上上下下、忽左忽右;并随同交战双方的语言亢卑、感情起伏、喜怒哀乐,迅即从一个转向另一个……不断地翻飞、轮转,半分钟也不落空闲,紧张而有效,十分忙碌。有时候,论战双方、甚至三方,不像我说的这样有条不紊、有板有眼,完全是一种混战。这时候,他的脸以及眼球就简直乱成一团糟!但混乱尽管混乱,其反应还算及时的、敏捷的、恰到好处的、恰如其分的。这种跳跃式的散发式的对应观照,不是人人可以做到的。愣愣看着这张无比生动、线条刚劲粗放、饱满而多肉的三角脸,我有时忍不住就会想:既然你看人家这么"扎劲",你为何不从中轧一脚呢?!然而,他毕竟是个正派人,诚实而不乏童真,也就不浑水摸鱼了。想当年,这里要是设"最佳听众(观众)奖",我想,一定非这位昔日的白铁作坊小老板莫属了。

好了,几员大将披挂上阵,锣鼓丝竹响了起来,好戏可以开演了。

相对而言,吴公的话题要宽泛多了:文、史、哲、经、自然科学,无不涉及、无不深入且有精彩的论述。比如,他就说得出"人中黄"的制作过程:取一根粗竹管,打通竹节,插入粪池,取出后,两头堵上木节子,将竹管埋入土里;若干年后,劈开竹管,一味好药就做成了!我记得,他还说过这样一则故事:有个男人外出征战,家中留下寡妻一人;若干年后,男人凯旋,见床下有双男人的布鞋,遂起疑心,夫妻矛盾激化……幸亏妻子及时释疑,丈夫才疑窦顿开——这双鞋正是他们儿子的。原来丈夫出征之时,妻已有身孕……后来我知道了,这故事出自什么旧小说,不太稀奇。但在当时,谁不愿意领教这样的故事呢?因此,老远见东边摇摇晃晃踱来一具高大的身影,我总会不顾误中"流弹"的危险,赶快过去"听壁脚"。

相对于吴公的"站而论道",金先生无论其"内容"还是"形式",都差远去了。金先生虽也健谈,且动不动跟人"横东道"——打赌,实际全是瞎吵嚷,很让人有点吃不消。

记得上世纪六十年代中期,也即"文革"初期,上海有桩全市人民参与的大辩论。东北角,黄浦江边有家企业,叫什么"柴油机厂"的。厂里两个造反组织闹派性,相争不下,展开了大辩论。他们嫌不够热闹,就把大辩论拉到市中心的人民广场,架起高音喇叭,号召全市市民都来参与。这两个对立的派别,一曰"联司"——联合司令部;一曰"东方红"。从总体看,"联司"好像是一锤子的大买卖:人多势众,又善于造势,到处设立什么"支联站"——我家附近有家小菜场,就居然劈出间办公室专门成立了"×××菜场支联站",由专人负责,总而言之,"联司"的响应者风涌。在这种形势下,一向喜欢随大流捧大卵的金先生理所当然成了"支联大军"中的一员得力干将。几乎每时每刻,只要有空,他就会来南货店为"联司"作义务宣传。面对金先生的鼓噪,有人当然很不服气——干先生就存心要跟他闹点别扭,公然宣称自己就是"东方红"的,至少是"东方红"的同情者、支持者。理由呢,倒也说不大清楚。于是乎,那场大辩论就移师到了南货店这个不大的店堂里。金干两位又都是大嗓门,他们整天致生意于不顾,声嘶力竭,争论不休,吵得人头痛。还引得路人纷纷驻足,生意都难以为继了。因为这些人都在参与"革命",公经理自然不便说什么的。但看他的脸色和眼色——用句现成的套话就是:铁青着面孔,眼睛都要出血了!显然怀恨在心,甚至刻骨仇恨!哼哼,你们什么东西,吵吵吵什么呀!不是发疯吗,人来疯!是的,对于金先生这样的角色:踏三轮车出身,纵然他在什么国营企业里充"饭乌龟",好像摆出一副身板硬朗、中气十足、精力充沛、神通广大、见多识广的样子。说实在的,他是根本不屑一顾的,甚至还说不出的厌恶!最要命的是,人家偏又不是你的部下,你根本奈何他不得。这才叫做痛苦啊！不过,对于干同志这样一个下属,公经理心里倒是很笃定的——反正大家都吃"大锅饭",干多干少一个样,无所谓的。但他心里一定会想:要是现在还设奖金,像你这样的工作态度,不说"头等奖",就是末等奖也未必轮得到你！幸亏后来同是造反派出身、很有来头的王洪文,派出几万造反派围攻、镇压了那个造反组织"联司"的总部,死伤了不少人,才结束了这场毫无意义却空耗了全市人民无数精、气、神、财的大争论大论战。只是这样的结局还是让全市人民跌破了眼镜,更让有些人气得要吐血,比如金先生——吃了瘪的金先生当即就收敛了不少。但要不了多久,他又会故技重演……真叫做"江山好移,秉性难改"啊。

　　说实在的,作为掌门人、店经理、管理者,面对这样一个局面,公经理当然很反感的。不说他从不参与,就是听也懒得听的。因此,就在人们争论不休时,倘若生意清淡,他就或倚或靠在柜台上想想心事,观观街景；要是生意很好,有点繁忙,而这些人还在喋喋不休,他就会一个劲地朝他们的后脑勺丢白眼……在他身上,我才真正懂得了"敢怒不敢言"这句话的全部含义:备受煎熬啊。

　　然而有一次例外,公经理不仅积极参与了讨论,还有种想把讨论推向深入的意思,准确的说法就是"推波助澜"——恨不能煽起人们炽烈的情绪！实在是很破天荒的。

　　这是一个盛夏季节的下午,接近黄昏时分。附近有位小青工,汗流浃背,一路兴冲冲跑来,边跑还急不可耐地向人大喊大叫。他说,市中心有家电影院门口,发生了一桩突发性事件:一对青年男女,不知何故起了口角；发展到后来,不知怎样的,那个女人的衣襟被那个男的撕破了一小块,见她的部分肉色裸露于外,越聚越多的围观者非但没加劝阻,反而一涌而上,索性把她的衣裤剥了个精光,还差点出了人命,直至警察赶来才阻止了事态恶化……对于发生在那个年代里的这样一个恶性事件,我在这里不想、不敢也不便妄加评说。因为,这里不仅有社会学的原因,也有心理学、包括犯罪心理学的问题。我想说的只是人们对这一事件的客观反应。

那天,见那个小青工一边大喊大叫道"剥了,全剥了,一丝不挂,那个女人一丝不挂!",一边朝南货店狂奔而来之时,这里马上围上了不少路人。人们里三层外三层把那个南货店堵得水泄不通。

群情激昂、议论纷纷的人们不厌其烦地倾听着那个目击者描绘那件事的发生经过,久久不愿意散去。此时早已过了打烊时间。天也渐渐黑了。然而,公经理却一反常态,对此全然不察。他只是晶亮着眼睛,看看这个,又看看那个;竖起耳朵,听得津津有味就是了。还不时插话,对此事发表恰到好处的评论,显示出极大的耐心或者说浓厚的兴趣。既然领导无意关门散伙——他的袖套还别在他那件短袖衬衫的袖口上嘛,大家不便自作主张打烊下班。直至不知是谁放了个响屁,公经理才想起自己已被那股酸臭气围困了多时。于是他笑嘻嘻地脱下袖套,拼命扇打那臭气熏天的空气,同时连连呼叫道:好了好了,讨债鬼,勿要再讲了,散了,大家都散了!阿拉要关门打烊了,下班!

人们这才一哄而散。

次日上午,我又去了那家南货店。

我发现,那些年老色衰的男人们,无论营业员,还是来这里客串的说客们,似对昨天那个事件、那个话题兴味索然,明摆着偃旗息鼓的样子。唯独这位公经理,想一次次重拾话题,但终因呼应者寥落而意兴阑珊。无趣的他,只能落寞地拿起鸡毛掸子,这里那里地掸扫灰尘,要不就回归他的老本行——向人家后脑勺丢白眼。

事后我听说,他的妻子在远郊一个什么种子场任技术员。

不久,我发现右隔壁的收发室似有更多更有趣的人和事,我的兴奋点就转向了那里。虽然这家南货店又调来了一拨新人,我对它的兴趣还是明显冷淡了下来。即使待在家里,我还能听到那里的喧哗声,我很少去那里了。以后,因发生了那件事,家人嘱我不要去那个是非之地,我的学业方告结束。

此事的经过是这样的。

转眼到了六十年代末。我哥哥面临毕业分配。他是我们家的老三,六七届,上有两个姐姐已在本市工作。按规矩,他应分去农村插队落户,至少须去外地工作。然而,他的那位善良大度、对我家情况很了解并同情的班主任,念及我们的父亲长年不在家,两个姐姐也早已出嫁,我又是个动辄被家人送进医院的老病号,经与校领导反复研究决定,最终硬是咬紧牙关把我兄分在了市区,还特意选了个有保障的大单位:公用事业局。这天,我兄经过南货店——也许去那里买东西的,那帮人照理在谈"山海经"。据说,是干同志先挑起事端的。他见我兄面有菜色,就对他说:哈哈,这次侬总归逃不脱要去农村了吧,去安徽还是去黑龙江?!我兄沉默,因为他始终牢记老师的再三叮嘱:在没有正式报到之前,千万不要与人说及此事,免得节外生枝、中途变卦——在他们学校的上一届,有些"煮熟的鸭子"就是这样飞掉的。面对咄咄逼人的询问,我兄只能缄默,笑而不答。见我兄萎缩的样子,金先生就开始"痛打落水狗"了。他冲口就是一句:插队还是军垦?依我看呀,侬肯定是"插兄户头"——两个姐姐在本市工矿,你还不去插队落户?要是侬不去黑龙江插队,我金某人的"金"字真要倒写了!!

当时,军垦与农场,显然要比"插队落户"强多了,不仅能领工资,生活有保障,还发全套的棉衣棉裤。我兄也有点年少气盛,他见金先生说得如此"肯定",而且不顾事实,硬要把他往"火坑"里推——信誓旦旦断定他是"插队落户"的命,还随便把他发配到那个冰天雪地、人烟稀少的黑龙江,他心里陡升起一股无名火。于是就昂首挺胸问他:我要是不是,你准备怎么说呢?!

我跟你横东道——金先生大义凛然,就跟他赌上了。

赌什么?!

我屁股缝里插把扫帚从这里爬回家去!金先生简直是粗喉大嗓吼出来的。

好,好啊,大家都听见了……我兄说完,匆匆往家里直奔,此时那粉红色的录取通知书正压在他的枕头底下。这天,我母亲恰好在家,她见我兄脸色苍白、气呼呼地冲上楼,忙问他出了什么事。我兄嘴里嘀嘀咕咕地骂着,还愤愤叫道:"我就要叫伊屁股里夹把扫帚爬一圈给我看看。"

问明了原委,我母亲怕得要命,把他死死拖住了。

半个月后,我兄去那家著名的大公司报了到,并领回一身当时很时髦的斜肩胛劳动布蓝工装。几天后,他穿着这身让人惊羡的工作服去学校分发喜糖。刚到校门口,就被负责他们分配的校领导一把拉住了。那位领导很不高兴而又很高兴地对他说:好危险啊——你不是在给我们出难题嘛。我兄摸不着头脑,但听这位负责人说明了原因,他便被吓出了一身冷汗。原因是,几天前,有个衣冠不整的男人吵到他们学校,向他们揭发什么:根据我家情况,学校竟把我兄分在了本市工作,显然有失公道,是不正之风,要求立即予以纠正云云!总之,说了许多令人心惊肉跳的话。在学校"调查调查,研究研究"的推诿下,他才心犹不甘地快快离去。我兄问此人长得啥模样?那位领导不肯说,但最终还是比划了一通,只是说得不大清楚。最后那个领导说:算了算了,你也不要打破砂锅问到底了,在新单位好好工作,不要辜负老师们的希望就是了!随后又狠狠训了他一通。

那天,我兄一回家就告诉了我们此事,我们也无不为他感到后怕。一连几天,茶余饭后,我们都在猜测这个人究竟是什么人。我兄怀疑是他同学的父亲——这位同学的家庭情况跟我家差不多,却被分到了一个很远的地方"插队落户"。我母亲说,有这个可能,因为她曾与那个人是"同行种",打过交道,他也是个大嗓门,火气大而且不修边幅。挨过了半个月,我兄见新单位里毫无动静,遂把此事丢开了,终日穿着那身簇新的工装,昂首阔步,进进出出。

我们终于没能看到金先生用屁股缝夹着扫帚爬行的精彩场面,倒是看到我兄用一个月的工资买回了大堆的年货:糖果、糕点……隔壁南货店里可以解馋的东西,一样都不少。

要过年了。

我们过了个近年来少有的喜洋洋的农历新年。

后来,发现右隔壁的收发室里有更多更有趣的人和事,我就把我的"课堂"正式移向了那里。再后来,左隔壁那家南货店终因经营不善,连年亏本,虽调换了不少人,但还是像现代企业盛行的"关、停、并、转"一样,以关门大吉而告终。

2002 年 12 月~2003 年 4 月 4 日草成
2003 年 9 月改
2007 年 11 月 2 日再改

散文

红皮花生

孩提时代,老人给我猜谜语:阿爸是麻皮、姆妈是红皮,生出来的儿子是白皮。说打一样食品。

不用我说,你们也知道,这个谜语的谜底是花生。

因自幼患有出血性疾病,我的母亲听说花生米外的表皮能止血,她当即托人去附近的糖果厂为我要来了一大麻袋。

什么是花生米表皮呢?就是裹在白白的花生米外那层薄薄的红衣。这东西干燥、苦涩,很难以下咽的。它常常堵在你的喉咙口,梗在你的胸廓间;一不小心,还会使得你恶心、呕吐、反胃,甚至逼出你的苦酸水、你的眼泪。这时,他们就会要你喝点儿凉水。是的,只能是凉开水,微热的开水都不行。热开水会使得它更苦、更涩、更难以下咽。而凉开水可以滋润你绷紧的喉咙、抚慰你痉挛的食道,把壅塞在食管里的那些东西送下胃囊。因而服用这种东西需要很高超的技巧。否则,恶心、翻胃、呕吐,最终使你失去耐心。要不就是,你喝了几大杯水,咽下的只能是这么一点点、几小片。这样不就本末倒置了?

为了便于我服用这种东西,他们还特意为我找来了一个量杯,就是医院里吃药片、喝药水的那种小小的乳白色的搪瓷器皿。

他们要求我每天吃上这么两三杯。

民间就是流散着许多这样的偏方、单方或经验良方。

也是那位老人对我说的:既然老天爷给了你这样一种疾病,总有他的道理吧;也许,他就以此来警策你、醒悟你、拯救你。他还对我说:既然老天爷给你上了这样一把锁,必定在这个世上遗有开启它的钥匙;只是你很难找到它,要是你找到了这把钥匙,你就拥有了大富大贵。

那些年里,我一直在寻找,在散落于民间的那些偏方、单方、土方中,设法找到这样一把金钥匙。

那些年里,除却这种花生米红衣,我还服用过许多偏方,譬如又苦又涩的柿子叶,又腥又臭又苦又涩的猪爪壳。用这种东西熬成汤,我是说,柿子叶熬汤,还有用猪爪壳熬汤,我都试过并曾服用过很长一段时间。

总之,那些年里,为了能使自己像正常人那样生活,我什么东西都吃过,什么东西都能喝,连眉头都不皱一下!在我的嘴里,它们不仅不难吃,反而香甜可口。在没找到对症药物之前,我就是觉得它们美味可口。在预感到疾病袭来之前,在病痛袭来之际,我总是很自觉、很认真地服用它们。根本用不着什么人提醒、叮嘱,更无须人敦促和教诲。

譬如这种花生米的红衣,这种经常粘贴在你的口腔里难以下咽的小薄片儿。一到时间,我就打开袋子,用量杯舀它几杯,然后送下咽喉。天天如此,每天都如此,不折不扣,雷打不动。后来,我居然不用凉开水也能把它们送下肚里。我的做法是:先用舌头加点唾液,把它们团团围住,搓揉成紧紧的一小团,或者滚成一大团,然后把它送进我的喉咙。

在他——我是说,在我的父亲离开我们的最初四五年间,我什么事情都没干,我只是操练了我的咽喉,终于把它练就了一个宽泛、松弛、很不小气的大口子,一个什么东西都能往里倒的大口子。包括那种呈鳞片状的、薄薄小小的红片儿,花生米衣。还有那种猪爪壳汤……这么干硬、这么苦涩、这么腥臭;一大团,一大口,什么东西都往里面倾倒,居然不恶心、不皱眉头,连眉头都不皱一下!

当然,我说过,服用这些东西需要很高超的技巧。我自以为掌握了许多诸如此类的技巧,从他们那里,从我的父母亲那里,继承了一种创造性思维。

但是,即使我驾轻就熟,也有失控的时候。这往往是在病情急转直下、病急乱投医的时候。这种时候,我往往会失了规矩。譬如:在两次进食之间,需要有一定的间隔时间;再譬如:不能操之过急,只能慢慢地推进;再譬如:万事总有个限度,不能毫无节制地使用,等等。如果不是这样,定会吐得你一塌糊涂,直至把你食管、胃囊里的东西全部喷出,让你几天都不思饮食。

这种"花生米衣疗法"延续了好几年,但副作用也是显而易见的。

一两年后,我发现我在进食时有点困难,吃什么都堵堵的,即使喝清水,也好像梗塞在那里。最初的判断是:食道或胃出了毛病,譬如得了肿瘤什么的。然而又不太可能。小小年纪,最多十三四岁,这怎么可能呢?我的母亲试图用传统、廉价的方法为我"疗伤":流汁、半流汁。但都收效甚微。只能带我去医院了。

然而讨厌的是,任何检查,于我都是不合适的。譬如,需要把管子插进食道、胃部的检查,都为我所禁忌的,因为怕出血。无奈之下,只能转道去了附近的小医院,一家为我们熟悉的地段医院。

听明来意,一位熟悉的医生,对我作了常规检查:把压舌板探进我的喉咙,然后捧住我的脸,要我张大嘴巴,在灯下横看竖看。但就是看不出名堂。最后他只能说:咽喉有点儿红肿,怀疑是扁桃体肿大。扁桃体红肿发炎,也会造成吞咽困难的! 他说。

医生是位品行高洁的老人,耐心细致而富有同情心。

在接下去的问诊中,他依然问得很仔细。我只能向他坦陈了那种为我们独创的疗法:花生米衣疗法。但不等我说完,他便大惊失色、跌足长叹:哎呀呀,你们真是的,瞎胡闹! 在他的眼里,我看到的岂止是同情和怜悯! 更多的是感慨,为我的"懂事",更为他终于找到了我的"病因"。

那天,当着我母亲的面,他把我大大地夸奖了一番。他说我懂事、吃硬,能体恤家长的艰难,等等。但他明确告诉我们:此法不可取,而且很不可取! 蛮干,是对自己的极不负责任! 他问我:要是你的食道被这些干燥、粗糙的东西磨出了血,岂不会危及你的生命了?! 然后是重重地叹息。缓了口气,他接着又说:其实从药用价值来说,花生米远远胜于花生米衣;花生米生吃,既有补益作用,又可以止血,尤以那种颗粒不大的红皮花生米,它的药用价值更大更高! 他断定,这种花生米,我如能每天早晨空腹吃上七至十粒,长此以往,必定对我这个出血性疾病大有好处。

后来,这些话不知怎的被我远在千里之外的父亲知道了。那时正值计划经济时代,油粮副食品,都是按人头限量供应的,更不要说花生米了。平时市面上很难见到它的影子。只有逢年过节,每家每户凭户口簿,才配给那么几斤。我不知道他那里的情况是怎么样的。我只知道,从此以后,每年回家探亲,他总会为我捎来花生,而且常常是一年的量,吃到次年新花生上市还有多余的量。后来,因考虑到带多了可能变质,他就改为邮寄或托人捎带。

在以后的岁月里,在那十多年间,每次回家,他都要为我捎带来花生,而且总是多多益善地带。我很明白他的意思:指望通过自己的努力,从而减轻我的病痛。

他回家时的情景通常是这样的:放下行装,不等喘定,就从一只只黄渍斑斑的旅行包里往外掏东西:茶叶、山芋干。还有那些层出不穷的植物根茎、藤蔓和枝叶。这些经过他精心挑选、仔细加工过的"中草药",都是带来为他的儿子治病的。最后是一包包的花生米。这些已经剥开、晾干的花生米,被装在一个个用各种面料制成的布袋里。这些大大小小的袋子,有长裤改成的,有棉毛衫剪去袖子缝制的,还有那种装化肥的再生布做的。这些袋子已被他多次清洗,内里就装着那种小小巧巧、粒粒饱满的红皮花生米!

我知道,他很喜欢吃花生的。炒熟的花生米,本来就是一种难得的美食;以熟花生下酒,更是一种难得的享受。然而,自从我把花生米当成了"药"后,他就再也舍不得吃一颗了。他老是在那里为我积存、加工——剥开、晾晒,然后装进口袋,塞进旅行袋,最后不远千里,挑来为我充当救命的药丸子。

他曾跟我说过:剥开的花生米,是不能清洗的;落过水的花生米,会发芽、霉变;任何发芽、霉变的"种子",都是有毒的!言外之意,要我放心食用好了,这些花生米,都是他为我精心打理过的。

我没有理由不放心他。我总是享用得很专心:每天空腹一小把;视花生颗粒的大小,七至十粒。日复一日,年复一年。到了后来,我吃花生几乎成了瘾;至少在心理上,产生了严重的依赖性。一天不吃花生,便会无精打采,甚至惶恐不安,天塌下来似的。

有一天,我却不想吃了。我拒绝服用这种"药丸",一下就治愈了那种"花生依赖症"。这件事纯粹出于一次偶然的发现。

这是一个雨天的午后。被疾病再次击倒的我长卧不起。她们围坐在我的床边絮叨,我是说,我的母亲和我的外祖母。在这种细雨霏霏的时节,她们总会说起他,我的远方的父亲。

这是一个春天还是秋天的午后,我已记不得了。我只是记得,这是一个雨天的下午。雨季的午后,照理是很好睡的。而我却毫无睡意,成天少有安眠的时刻。后来,我知道了,这是一种心力衰竭的表现,一种因长年失血、机体经常处于缺血状态下的神经性疾患:神经官能症。

　　那个雨天的午后,朦胧之际,我听到她们又在叙谈他了,我的父亲。长久音讯无通的他,终于有了消息。只是,他又遭人毒打了!是的,在那里,在那种地方,他老是不会保护自己,他老是让他的亲人担惊受怕;他老是让他的儿子蒙受屈辱,在他的肉身疼痛之上,在他的心灵上再频添一次次创痛!

　　现在,我已想明白了。这种事,自然不能全怪他的。一个从旧时代走来的生意人,一个耿直本分的真汉子,怎么可能融入那个社会呢!然而那个时候,我就是不懂,老是不懂,老是因为这些疑虑重重,甚至愤愤不平。

　　在那个雨季的午后,绵延的淫雨把灶间里的那些椽枝、桁条都浸湿了。滴沥无尽的雨声,敲打在灶间的油毛毡上,声声都击打在我的胸口上。她们母女俩的吴侬软语,在这片风声雨声里格外地凄楚。突然间,一个字眼跃出了她们的唇齿,跌进了我的平静的心湖:花生!她们在说什么?就是我每天都要食用的那种红色的药丸子?!

　　我被震得浑身战栗。

　　我终于明白了他遭人毒打的原委——因他好买花生,而且总是多多益善地买,几成了远近闻名的花生采购专业户。然而,有一天,有人发现在一块废弃的农田里,朦胧冒出了几株嫩绿的芽苗。于是便毫不犹豫断定,说他拿了公家的花生埋在那里,以便探亲时带回。他无辜遭冤,当然很不服气的。理由是,他的儿子确实有病,确实需要常吃那种东西,但是,这又怎么可以就此判定,这些幼芽就是他埋下的花生?再说,既然想"偷",为何只"偷"这么几颗呢?还有,埋在田里的花生,还能吃吗?他要求寻访证人,几十里外的那些老乡。每次带回家的东西,都是他向他们购买的。即便中途请人捎回家的,或者经邮局寄回家的,东西也是从那里购得的。因他说的都是事实,就难免理直气壮。他们就说他"嘴硬"——强辩!而强辩的结果,是可想而知的——他不仅遭到了毒打,还被人高高地吊了起来,还好像被打断了几根肋骨。

他在那里一病不起。她们却在这里干着急——路途遥远、关山阻隔,又有严明的纪律。这真是一个疯狂的年代。因而,说起他,她们就唉声叹气、愁云密布。即使写到这里,我的耳畔依然缭绕着她们的叹息声,那一声声出自胸臆的哀叹;以及她,我的外祖母的恨恨地骂。

我已忘了我当时的心情:愧疚?不安?痛苦乃至仇恨?我只记得,我只是感觉到,浑身燥热,从毛孔里迸溅出点点的火星。是的,我很想烧毁了自己,连同这个混帐的世界!以后的情景,我就不想说了,在这里,我怎么对你们说呢?我只是要求自己从此记住了,并永远不忘。而我又知道,要想永远不忘,唯一可行的办法,就是想法让自己活下去!

那时候的我,十五六岁。有这种想法的我,不管狭隘也好,还是志向不凡也好,这都说明不了什么问题。只是那种特殊的"药丸"——红皮花生,我再也不想吃了。

然而,我很不争气。仅仅罢食了几天,我又开始服用它了,而且依然不折不扣:每天清晨空腹一小把——七至十粒。

记得翌年,他又回到了我们的身边。一如既往的,他还是那种样子:不等喘过气,就急急慌慌地从旅行包里往外掏东西:各种植物的枝叶、藤蔓和根茎;还有那种小小巧巧、粒粒饱满的红皮花生。然后小心翼翼地把它们置于干燥的盛器里,以便可以让我用上一整年。

那天,他一如既往、若无其事地做着他最想做的事。在旁怔怔看着他的我,很想问问他的:这到底是怎么回事?你的伤口愈合了没有?然而,我始终没有开口,他也只字不提。

他依然年年如此。每次回家探亲,都要为我带回多多的花生,也不管它是否对我真的有效。而我们,我和我的母亲,因实在找不到更好、更有效的药物,出于无奈,或聊以自慰,只能听凭他为我们一次次地"奉献"。甚至没想过,我们食用的,不是那种普通的花生,而是他的血肉、他的尊严、他的生命、他的可贵的自由!要是意识到这些,我们早该拒绝它的!

这种情形延续了好几年,十几年。直至我独立,找到了更直接、更有效的方法:替代疗法——输血。

开始用畸零的双手学习写作的我,偶尔看到了一篇报道:隔年的陈花生,可能含有黄曲霉素;而黄曲霉素,是一种致癌物质。我便对花生产生了本能的抵触。再说,随着社会日趋开放、物质日益丰富,花生已不再成为紧俏商品。不说隔年的花生,即便刚刚采摘的新鲜花生,也都随处可见。我们便写信告诉他,请他以后再也不要带回或寄回花生了。他这才卸下了那份格外沉重的负担。

后来,年迈体衰的他终于回到了我们的身边。花生的故事彻底告下了段落。

上世纪九十年代中期,我的可敬可爱的父亲,终于走完了他饱经磨难的一生。为了他没能享尽天年,我老是耿耿于怀。我的母亲老是劝慰我:七十岁了,也差不多了;比起那些英年早逝者,他还算是高寿的。而我却很不同意她的这种说法。我说,七十岁,才七十虚岁,实际只有六十九岁!再说,他这一生吃了这么多的苦头,终生勤恳、善良、正直,又做了这么多好事,他怎能跟那些人比呢?更何况,他是我的父亲,他为我受了这么多的苦,作为他的儿子,我的心里怎么会平衡呢?

我母亲也拿我毫无办法。有一天,我俩默默相对,她却忽然对我说:这辈子,他确实遭了很多罪,也做了不少好事;无论对子女,还是对外人,他都热情真诚、有求必应。不过,人总是要死的。现在他不在了,你心里难受，但你有没有想过，你可以代他多做点事、多做点好事，这也算是延长了他的生命！

我的母亲一字不识，这番话出自她之口，不能不使我对她刮目相看！

记得在他去世当天，他的女婿们在为他清理遗物时，无意间翻到了一册记事本，上面有他歪歪扭扭的手迹，罗列着他在那里的收支账目。比如：某月某日，买被头针×枚；某月某日，购入花生×斤，价若干元，邮局寄回……

长长的流水账。

我知道，他那里的生活费，大约为每月七八元。除去伙食费、洗理费，购买计划内的物品，还要为我亲带、捎带、寄回那些"灵丹妙药"。由此可见，当年，他在那里的生活水准，又是何等的低下？

那天，等我闻讯赶来时，这册原本可以传世的笔记本，连同他的破衣烂衫，已被他们送进了垃圾箱。否则，我很想把它永留在身边的。

今年，也就是一个月前，我的母亲也走完了她的八十年的风雨历程。

母亲的遽尔离世，使我终日沉浸在无尽的思念、悲伤和后悔之中。难以自拔的我，很想找人诉说我心中的忧伤。然而举目四望，左右无人。无以诉说的我，只能找出这篇成文多时的旧稿，一遍遍地翻看，一遍遍地涂改，以至于完成了这个篇什。

我的本意，原先只是想说说往事，从而纪念我的父亲和母亲。回忆往事，我自然就想到了这个花生的故事。这个故事说的虽是花生的事，其实说的却是我与他们的事；或者说，我的父亲母亲与花生和我的故事。对于它，你们是否感兴趣？如果没有兴趣，这不怨你们，只怪我没把故事说好。

2007年10月27日再改

散文

大娘舅

我有两个娘舅:大娘舅和小娘舅。

不过,在上海人的口语里,"大娘舅"的"大",不发"大小"的"大"的,而是发"杜"(du)音的。只是我们在传言他时,是从来都省去那个"大"而直接叫做"娘舅"的。

我那两位舅父,是截然不同的两个人。因本文框定在"大娘舅"上,我小舅父的故事,就在此略去了。

我娘舅的相貌,显然是职业带给他的:圆头大脸,矮而胖,身手不是很矫健;常年爱戴便帽,或布或呢的,视季节而定。

就这样一位外表不怎样灵巧的长辈,据说在青壮年时,是在远洋轮上"撑船"的(国际海员)。至于他后来怎样改了行,做了一个终年为人做嫁衣的手艺人,其中有很好听的故事,在此就不扯开去了。总之,度过了生死考验关的他,拜师学艺时,岁数已不小了——我的大表哥也有两三岁了。即使这样,仍无妨他尽心尽责,最终成为以薄技养家、受人尊敬、独立的好员工、好儿子、好丈夫和好长辈。

在师傅家狠狠吃了几年"萝卜干饭"后,娘舅在苏州河畔、老闸桥桥堍"顶"进间"门面",正式挂牌营业。此后数十年的风风雨雨,是不消说的。我要说的是,我和我的家人及众多亲友,是如何成为他此次成功改行的受益者的。

民间关于他那个"行当"向来良言多多。譬如衣食住行,衣列第一;佛要金装,人要衣装。还有爱美之心,人皆有之。最通俗的一句:若要俏,穿得薄又少;或者若要俏,冻得呱呱叫。然而,在我们最需要用服饰来装扮自己时,却生活在物质匮乏、思想禁锢、生活单调的"大革命年代"。"穿衣"需要配给,"打扮"受到限制,"情趣"更是受到了压制。什么物品都要凭票限量供应:吃糖,糖票;吃肉,肉票;买面籴米,粮票加购粮证;买布做衣呢,布票加线票,每人限定几尺几寸几个线团。种种规定,真是苦煞了那些爱美者。

好在政府发出号召,要求大家学"哲学"。还说哲学是什么"明白学","一学就会"、"一学就懂"。在这种"明白学"中,最鼓舞人心的一种说法是:"发挥人的主观能动性。"还说什么,"一旦发挥了主观能动性,世界上什么样的奇迹都能创造。"

那些年里,我的那些爱美的姐妹们,她们又是怎样发挥"主观能动性"的?她们的主观能动性就发挥在我们的娘舅身上。

娘舅每次来我们家,她们总会想方设法,拿出些"高精尖"的问题来烦难他、考验他。有时是一块布头,有时是两件旧衣衫。也算是穷则思变嘛。

我记得,当时的布幅都是"狭门面"的:二尺一,二尺三,二尺七。最宽的门幅,三尺三,不过,是用来装棉花胎的。那时民间流传着一句话:宁可宽一寸,不肯长一尺。意思是说在买布的人看来,选择布幅宽一点的,似可少买点布料;在做衣的人看来,宁可在宽门幅的面料上动剪刀,似更省事省力点。市面上清一色的"狭门幅",自然难煞了那些做衣人!

面对困难,我的娘舅只能发挥他的"主观能动性"了。为了满足外甥女的爱美之心,他几乎动足了脑筋:屡屡架起老花镜,在卷尺皮尺和画粉上,考量了再考量,直至费尽周折,从这里移下一块,在那里挖出一条,历经千辛万苦,为她们做成既合体又新潮的衣衫……至于什么"旧翻新"、"大改小"、"上改下"之类的移花接木法,更是他常玩常新的手段。这样的活计,即使高薪聘请哪位师傅,也决计没人干的。而他却甘愿为她们绞尽脑汁。只因为,谁让他是她们的"娘舅"呢。

后来年岁稍长,我终于懂了,我的娘舅之所以沉默寡言甚至木讷迟钝,实际是动脑筋之故——思绪老在这块或那块布料上盘来盘去,你还能指望他跟你滔滔不绝?

在那个死板的计划经济时代,我的姐妹们,就是经常这样迫使我们的娘舅玩智力游戏的:搭拼图或拼七巧板。这种"智力活动",自然无端牺牲了他的不少脑细胞,现在想来,真是罪过了。

如果这些停留在布料或纸板或口头上的"学术研究",还纯属"务虚"范畴,那么,她们激起娘舅的工作热情,又将是怎样一场拼体力、拼意志的浩大战役!而战役的打响,往往是不经意间的。

情况通常是这样的。每年阴沉沉的春节前夕或春暖花开的劳动节前,总之,在季节开始转换,人们需要用服饰来装扮自己的时候,我的姐妹们就会想起她们的娘舅。至于谁最初发出信号的,我的母亲还是我的哪位姐妹,这些都是不重要的。也许谁也没有提起,是他自己想到,早在他安排之中的。于是三言两语,一拍即合,算是敲定了。

于是这边开始兴高采烈地准备"材料";那边开始养精蓄锐,准备大张旗鼓。

除却那几个心怀叵测者,在大家差不多都忘却的那个日子里的一大早,我们家的房门被拍响了。还在睡梦中的她们,于是跳起床,欢呼雀跃——娘舅,娘舅来了!于是群起开门,嘴上却假惺惺地说:娘舅啊,娘舅,哪能介(这么)早啊!是啊,天还未曾亮透呢,真不好意思啊娘舅!

娘舅呢,不吱一声,随手拉亮了客堂间的日光灯。

娘舅坐啊,快坐,吃饭,我去买早点!娘舅连忙摇手:勿、勿要,我吃过了,要做的东西,统统拿出来吧。因料定"生活"不会少的,娘舅只能起了个大早……

于是纷纷捧出大叠大叠的衣服或布料,往桌角一放,转身管自己梳妆打扮去了。娘舅却摆开了阵势:摊开作台板,铺上羊毛毯,插上了电熨斗。对那些尚未落过水的料作,还一手落脚落了水,并稍后撩起,随手晾在那竹竿或衣架上。一切准备停当后,他就熟门熟路地推出了缝纫机。然后在嗡然作响的日光灯下,在刺眼的台灯光下,他弯腰曲背劳作开了。

为了解乏,抵御那长时间劳作带来的寂寞,娘舅喜欢在工作时往唇间插支点燃的烟。确切地说,他喜欢叼支在慢慢燃烧,烟灰在缓缓蔓延,永远耷拉下那半截"灰白头颅"的纸烟。总之,在这些紧要当口,他从来不正经吸烟的。否则,接烟、点烟、吸烟,多费时间啊。这样岂不本末倒置了?因而,一支烟他往往可以叼上老半天。嘴上叼着这样一支烟,却并不妨碍他手脚并用:弯曲着手指,又扯又拉地移动面料;脚下飞快地踩踏缝纫机;敏捷而有效地掌握着踏脚板和皮带轮的快慢:顺车、倒车、停车、开车,反反复复,来来回回。

这样的劳作一直要延续到中午时分——

娘家哥哥不辞辛劳、有求必应,我母亲照例很过意不去的。虽谈不上美味佳肴,小菜总要多烧几样,薄酒总要备一点的。到了时候,面对着丰盛的酒菜,娘舅照例是视而不见的样子。酒,干脆是婉绝的:不喝,不喝,等晚上再说吧!小菜,更不见他动筷子——要等你往他碗碟里搛,他才会消灭它。他哪有心思吃菜呀,更谈不上细细品味了。他那种神情怏怏、若有所思的样子,分明在寻思和考量嘛——如何满足妹妹全家的需要,尽可能地帮忙多做掉点"生活"。因而,这样的吃喝,往往是敷衍了事、草草打发的。然后接过她们递来的热毛巾,在头面上匆匆撸一把,就继续他的劳作了。

在一些不太寒冷的日子,我们通常喜欢敞开沿街的门或窗的。我们家雨打芭蕉似的缝纫机声和小太阳一样耀眼的电灯光,经常引得左邻右舍或偶尔途经的路人投来或好奇或莫解甚至羡慕的目光。其中的知情者,更为我们拥有这样一位任劳任怨的舅父而深受感动。我们呢,在这个物质如此贫乏的非常时期,为能有这样一位体贴入微的舅父而感到莫大的幸运甚至骄傲。

熟悉的邻人都知道,我家娘舅的手艺很是了得。不说擅长的女装,中装、西装、裙装就是西式服装,他也样样拿得出手。

有一年,完成体格发育的我,已穿不下那些又破又小的衣衫了。才来我家做女婿的大姐夫,有点看不过去,脱下他那件依然簇新的骆驼绒棉袄,随手抛给了我——借口当然是太小了。我的母亲也不客气,为我收下了它。这件中式棉袄做工精良,无奈其"面子"和"隔里"都太艳丽了。咖啡色的绸缎面,桃红色的骆驼绒里子与我的年龄、身体、气质均不符合。为此,她为我扯来一块又黑又粗的化纤面料,央求娘舅帮我做件棉袄罩衫。我原以为,娘舅会马虎打发我的——十几岁的小男孩,又是远近闻名的"讨债鬼",有衣遮身就知足了。没想到,娘舅却为我动了真格。这种面料本无须缩水的。但为了能让我多穿些时日,保险起见,他还是给那面料缩了水。从水里捞起料子后,即用熨斗熨干了它,然后进入很正规、很繁琐的工序:裁剪、缝纫。那些竖起的领子,领口上的盘纽,胸前的琵琶纽以及袖口、衣摆的贴边,都是他为我一针一线缝出来的。为了使得针脚整齐、牢固,那些原本可用单线勾勒的线脚,他用的也都是来来回回、反反复复的"回纹"。这些密密麻麻的针线活做得很辛苦。还动用了那副带黑框的老花镜。做得兴起,他把帽檐向左或向右一推,翘起粗壮的兰花指飞针走线。这些密密麻麻的针线活无不织进了他的绵密的爱。半天工夫,一件合身又"登样"(时髦、新潮)的棉袄罩衫便大功告成了。我的母亲没料到娘舅会如此考究——我原本就是家里的"多头",在为我选面料时,难免会敷衍了事——挑最次最便宜的买就是了,见娘舅如此待我,她有点不好意思。我娘舅却不肯为我随便,兴师动众、大动干戈,实在浪费了他的那番精致!娘舅啊,娘舅,即使人人都把我视为"累赘",你也从未淡待过我!行文至此,怎不使我泪如泉涌!

娘舅为我姐夫和我哥哥做的西装,就是工艺品了。那时候,西风东渐,西服风行。原以为,我娘舅无法胜任这种被神圣化、神秘化了的服饰的。没料到,娘舅不假思索就为他们做出了挺拔的西服。

记得那些天里,因大病初愈,我无法行走;也因无所事事,我终日陪伴在他身边。我看他,做一套西装,光那些胸衬,就用了好几道工序——当时市上难买西装衬垫,所有衬垫,都是他量体裁衣,为他们现做的。细麻织成的衬布,在缝纫机上来回滚了好几遍,直至它们坚硬如铁。拳头挥上去,就像打在钢板上;最后,把你的肩、胸衬托出很优美、很流畅的曲线和弧度。

我的娘舅就是这样一个厚道的好长辈。

想想也是的,南京路上那家著名时装公司的老职工,几件西服还拿不出手吗？然而，就这样一位一丝不苟的好长辈，此刻却因太忙、太累了，已全然顾不上自己的形象——那顶布帽或呢帽，早被他抛在了脑后。确切地说，那个帽檐被他移向了一边。直至邻家一位好开玩笑的"夜游神"，被我家的灯火和缝纫机声所吸引，趋来趴在窗台上观望，最后情不自禁地发出感叹：哈哈，歪戴帽子橄榄头，娘舅，辛苦了，太辛苦了，不要做了，快歇息吧娘舅！

经他善意提醒，我们这才想起，娘舅从清晨到现在，已十多小时了，于是也跟着劝：娘舅勿要做了！好了，娘舅，快停了吧，时间勿早了，公交车快没了。要不干脆就是：娘舅，时间太晚了，舅妈要讲"闲话"嘞！娘舅嘴上虽"唔唔"地应声道：好，好，我马上就好！手脚并无停息的意思。直到你夺下他手上的工具，他才长叹一声，如释重负，放下东西，轻声嘀咕：放着，下次，下回我再来，等我再来做吧。同时心犹不甘，举手摘了那早已熄灭，但还牢固粘在那焦唇上的半截烟。然后除下帽檐已不知转向何方的布帽或呢帽，匆匆接过她们递来的毛巾，在那张焦黄、油腻而虚胖的大脸上抹一把，拎起那只自制的、有两根拎襻，装有大剪刀、皮尺、卷尺等"生财"的小布包，急急匆匆，摇摇晃晃地向漆黑的门外迈去。这时候，我的兄弟姐妹是决不会坐视连续劳作了十几个小时的娘舅于不顾的。于是大家执意要送送娘舅。娘舅怎么会要他们送呢？双方相持不下，最后还是娘舅作了妥协：随便，随便哪个送送吧。一边摆动那双手，一边跌跌冲冲，扎进那睡梦已深的夜空。一老一少便迅速被夜色吞没了。

从我家到最近的公交车站，需徒步很长一段路。幸亏穿过那片黑暗的老住宅区，前方有条通宵公交车的一个车站。坐上那条横贯市区的公交线，可抵达娘舅家。至于下车后那段不短的路他怎么走，我们就没法顾及了。我猜想，娘舅到家，恐怕要凌晨两三点钟了。

我曾为他掐指算过：这天，他从清晨五点起床，到我家六点敲过；深夜十二点离开,到家子夜一两点钟;次日早晨六七点钟起床上班,在过去和未来的两天间,我娘舅究竟睡了几小时,你们大概也会算出来的。然而为了自己那个苦命的妹子,为了自己那些好打扮的外甥女,他只好牺牲了自己最起码的睡眠时间。

在此我不得不说说我们的舅妈。我舅妈是个很大气、很善良又很明理的好人。她总是默默地支持着我们的舅父。即使现在,我舅父远离我们已有好几年了,我的年近八旬、腿脚已不太灵便的舅妈,仍一趟趟地老大远赶来探望我那卧床不起的老母亲,代替亡夫履行对孤妹的照顾!

现在想,我舅父当年这样做,委实很不容易的。因亲友中,他不单单只有我们这一家子。我舅妈,就出生在一个人员众多的大家庭。往往,我娘舅赶完了这一家,另一家又在等候他了。我表哥的外公外婆家,娘舅舅妈家,阿姨姨夫家,还有我表哥的表哥表姐家——当然还有我娘舅家的左邻右舍,七七八八的亲朋好友。更何况,大家给出的都是高难度、近似苛刻的作业条件。难怪我的这位原本就很内向的娘舅,到了后来,"闲话"就越来越少了。想想也是的,他那个大脑袋里,时刻运转着数字公式,你要他如何回答你,怎样跟你对答如流呢?

现在我回想,我娘舅给予我们的,还远不止这些。在我懂事那些年里,正值"文革"期间。因我父亲那些事,几乎所有的亲属,都唯恐避之不及。唯独他,一次次地从很远的闸北,赶到南市的我们家。除去那些节假日:春节、端午、中秋、五一、十一,即使平时,他也总不忘抽出时间,一趟趟地赶来我们这个备感凄清、备受冷遇的家,根本不顾及株连的可能。

而我娘舅的每次到来,对于我们这些长期缺少父爱的孩子,无疑都是盛大的节日。

记得很清楚。有年国庆,很感落寞的我们,从早到晚就盼望着来"客人"。我们从早晨盼到傍晚,又盼到月上中天,就是不见一个亲友光临!

身手便捷的兄弟姐妹们,终于耐不住寂寞,去别家串门或与人结伴外出了,家里只剩下我和我的母亲。那天晚上,七八点钟光景,就在我们准备早早关门歇下时,洞开的门外,忽然闪进了一个矮实的身影。

娘舅来了!我的母亲欢呼,娘舅来了!一种隐笃笃的浦东本地口音随即在屋里漫延开来。是呀,是我呀。我抬头看,真是娘舅笑盈盈地跨进门来。吃饭,吃饭!我母亲招呼。娘舅略带歉意地解释道:节日值班,从单位径直弯过来的,不料遇到"交通管制",是一路小跑奔来的。说后,他对自己的姗姗来迟腼腆地笑。我知道,从他公司徒步来我们家,路途很不近的。尽管这样,我们还是很高兴。见娘舅未用过夜饭,我母亲便张罗起来。娘舅也不阻拦。菜肴是现存的,虽都是寻常的菜蔬,娘舅也不嫌弃,应声落了座。

那天,我在娘舅身边逗留了片刻,在节日"情节"的推动下,便忍不住推开后门,登上了我家那条因日晒雨淋而摇摇欲坠的木扶梯,抬腿跨上了屋顶那个当年由我父亲搭建、被我们称为"晒台"的木质平台,兴致勃勃地眺望起西面那片流光溢彩的远天。

那个节日,有没有放焰火,我已记不得了。然而那天,西北部——市中心彩灯高悬,那是肯定的。因为,在那片明亮的天空下,正是我娘舅居住和工作的地方!想到这个良辰,我们的舅父,此刻正在我身前的屋顶下与我们共度良宵,怎么不使我备感安全和幸福。

我的善解人意的娘舅,就是这样一位好长辈!

遥想当年,在一般情况下,娘舅来我们家的次数,显然要比去其他亲友家多得多。有时,他宁可放弃舅妈那边亲友具有酬谢意味的款待,也乐意来我们家饱啖粗茶淡饭。娘舅来我们家,无论节日还是平时,我的母亲总要为她的这位一年辛苦到头的亲哥哥,备上荤素和水酒,以便让他彻底放松身心。我这位只知埋头苦干的舅父,也从不客气。他不仅吃完碟子里你不断攑给他的菜,还主动举筷品尝桌上所有他喜欢吃的菜肴。他那种全身心融入的情态,自然博得了我们全家的好评。难怪我有位姐姐老是说:我就喜欢娘舅,还是娘舅好,娘舅实在,从来不会客套!我知道,她指的娘舅,当然是指我们这位老实本分的大舅父;她所说的"客套",当然是指那种虚情假意的假客气。

我的娘舅就是这样一位很实在、很本真、很勤勉的长者。他一生辛劳,直至生命的最后。

在终日的忙碌中,我娘舅终于迎来了他的退休之日。我的舅妈还有我的那位善良、豁达、明智又儒雅的大表哥,他们都想,这下总该让他——我的敬爱的舅父好好歇息了吧。为了能使他真正"退休",我大表哥还把他的"生产工具"——被他使用了几十年的大剪刀等,都藏匿于自己的小家庭里。并多次劝他的父亲:你不要再做了,苦了一辈子的你,再这样干下去,我们做子女的,怎么睡得着觉啊?还有,你需要钞票,就跟我说一声,你要多少,我就给你多少!大表哥毕业于军医大学,是我们众多亲友中唯一一名正规大学毕业生。无论过去,还是现在,大表哥都拥有很好的口碑。他的善意的"批评",我舅父照理是很愿意接受的。然而,左邻右舍,包括亲眷,还有许多不知情者,仍一如既往地送来衣料。面对着这些人,不说我的从来情面难却的娘舅,就是我的深明大义的大表哥,也都感到十分为难。好在这样的日子不太长。也就是说,我的舅父,他在家里凳子尚未坐热,一批批厂家就争先恐后地找上了门。

时为"改革开放"初期,"计划经济"正悄然转向"市场经济"。在上海,在南京路,在这样一家时装公司,有这样一位"老师傅",自然会有人辗转找上门的。有些天南地北,开始雄心勃勃"原始积累"的民间资本家,更是来者不善。他们打着"高薪聘请技术顾问"的旗号,登门求索,均被我大表哥挡在了门外。只有当他们中的有些人,掮出很畅亮的招牌——那些被历次运动用惯了的口号,譬如"支持"、"支援"等等与政治有关的名号,我的那位有着数十年党龄的大表哥,也就吃不准了。直到父子俩做过彻夜交谈,大表哥无奈叹息,才勉强同意父亲重新"出山"。

据我后来所知,娘舅先后在内地和沿海好几家服装企业担任过"技术指导"。而他真正干的,又岂止是那种"动嘴不动手"的技术指导!因为"看不过去"或"不愿无功受禄"或为那种热烈的场面所感染,他往往会主动请缨,要求加入到那种没日没夜,既动脑又动嘴,同时又手脚并用的"大生产"、"大跃进"中去。直至出了一次不大不小的差错——几十件羽绒滑雪衫面料,一把电动刀切割下去,竟然差了那么几公分。事后虽很快得到了纠正。但这种差错,对于一个数十年间从未出过错的"老手"而言,实在是很反常的。

那年春节,返沪探亲的娘舅,无意中说起了这件事,立即引起了我大表哥的高度警觉。大表哥是医生,专业知识丰厚。节后,他即带老父亲去医院作检查。检验结果,晴天霹雳,把大家都击倒了:老年痴呆症!

我娘舅的病症发展得很快。大表哥想方设法,努力缓解父亲的病情,但终究回天乏术。娘舅心中的那盏明灯在渐渐地黯淡。这时候,他们家又有新生命诞生了——大表哥有了自己的第三代。新生命降临,大表哥无限喜悦。然而,每每面对着日益不省人事的父亲,大表哥悲喜交集。屡屡怀抱着心爱的小孙子前来探望老父亲的他,一次次地呼唤,声声含悲,字字淌泪。他多么希望他的父亲能与他一起分享他们家添丁的喜悦啊!然而,纵然他喊破了喉咙,流泪滴血,还是无法唤醒父亲清醒的神志。怔怔地看着毫无反应的父亲,向来沉稳坚毅的大表哥,只能哽咽难言,无奈而返……

那个百色萧条的深秋,难得出门的我,怀着沉重的心情,去探望他——我的娘舅。对于我们家我这个"另类",在家族事务中从来不配唱主角的"多余人",所有亲属几乎都不抱任何希望的。那天,对于我的不期而至,我的善良的舅妈,毫无思想准备。作为对我的回应,我舅妈当着我的面,呼唤起我的昏聩的娘舅。她轻轻拍打着他的手背、肩膀并附在他耳边大声告诉他:小弟来看你了;娘娘家的小弟来看望你了,你睁开眼睛看看他吧!我娘舅似经过几昼夜的连续劳作,实在太困倦了。进入深度酣睡的他,张大着嘴巴,紧奁着眼皮,粗重地喘着气,毫不理会我。直至我舅妈用双手搭在他的肩上,边使劲摇晃他,边在他耳畔大声呼唤,他才如梦初醒,睁开疑惑的眼,左顾右盼,同时喃喃道:小弟?小弟!意欲寻找我。但就这两声后,他又拉下了眼帘。看着无奈而无助的娘舅,酸泪差点流出我的眼窝……

记得少年时代,有年春节前夕,除非住院治疗,从未单独离开家的我因娘舅的娇宠,居然突发奇想要求去娘舅家小住。那几天里,娘舅舅妈对我百般照顾,锦衣玉食地待我,令我很有点乐不思蜀。无奈春节迫近,娘舅要返乡与自己的母亲——我的外祖母共度佳节。本来,他完全可以把我这个包袱早早卸给我母亲的。但为了能让自己的妹妹轻松过节,他还是决意把我继续留在身边,直至我母亲返乡探望外祖母,再一并交还给她。

记得那个雨雪交加的大年初一,为了能使我开阔眼界,玩得高兴。返乡途中,他还特意带我转道去了千年古刹龙华寺,好让我领略晨钟暮鼓,拜谒各位佛菩萨……那天,可能因太劳累了,也可能气候太恶劣,我们一行刚抵达我外婆家,我就发生了急性大出血——消化道出血。亲人们不等寒暄,就商议着如何把我尽快送到医院。

我至今记得那个混乱的场面:我母亲急得团团转,我外祖母呼天抢地地骂。在外祖母漫天漫地的骂声中,从来忍让内敛、好脾气的娘舅,就是不吱一声,只是心中的愧疚、不安、悔恨之情溢于言表。

其实,我知道,我娘舅实在是无辜的。我外祖母生就那种爆仗脾气。她几乎没有想到,我原本就有这种病,就是这样的命!她想到的却是,她的儿子没把她的外孙照顾好。我娘舅被我外祖母骂得狗血淋头,但始终默默忍受,没为自己辩解一句。事后,他也没有因此回避我,而是于无言中对我倾注着更多的关爱。

十九岁那年,经过种种波折,我终于有了一份可以自食其力的工作。尽管这是一份为我力所不及的苦差事——在一家集体所有制单位里,充当日晒雨淋、手提肩扛的售货员。我娘舅得知这个消息后,还是高兴得无以复加。平时话语不多的他,那天却连连以浓郁的浦东口音赞叹道:金饭碗,金饭碗哪!随后嘿嘿笑得合不拢嘴。他为他外甥那个脆弱的生命,从此有了较可靠的保障而由衷地高兴!我清晰地记得,他是我所有长辈中,不,所有亲属中,唯一一个为我谋得这样一份差事而忘情的人!

想到这些事,热泪怎么不在我的眼眶里打转!

我们,我的大表哥,我的舅妈,还有所有亲友,都想挽留他久驻人间的。然而,天命难回,我娘舅还是匆匆走了。

在为他送行那天,考虑到亲友、同事和邻人肯定不会少,表哥他们特意租了个大厅。但一个大厅还是容纳不下从四方赶来的吊唁者。那天,当他,我的可敬可爱的舅父,终于被推至鲜花丛中时,我的姐妹们,还有她们的配偶以及下一代,也顾不上长幼有序、循序渐进,一下就冲破了队列,冲向他老人家,大声哭喊道:"娘舅啊,娘舅,我们来了!我们来看望你了,娘舅,我们来为你送行了!"仿佛这娘舅单单是我们一家的娘舅,独独是我们家的尊者长辈。那天,我的病腿刚刚发作过,还未痊愈,在她们的带动下,我也情不自禁,忍着疼痛快步趋向他,在心里呼唤道:娘舅啊,娘舅,我来了,我也来为你送行了!

我们姊妹的哭喊声,立即引出了一片痛哭声。阵阵悲声,使得大家的心都要破碎了。

哀乐低回,悲声滚滚。在这起伏回荡、揪心抓肠的乐声中,我耳畔仿佛响起了缝纫机那种清脆而富有节奏感的哒哒声……以致忽略了大表哥的悼词。

泪眼朦胧中,我勉强听清了他的悼词:……无论在我读初中、读高中期间,还是在复习准备高考的那些日子里,我都睡得很迟,但是临睡前,我总能看见你在灯下劳作……有时候,我一觉醒来,看见你屋里的灯火还是这样明亮,你踩踏缝纫机的声音,还是这样的响亮……我们的好父亲,因为你数十年的辛劳,换来了我们今天的幸福生活——

内向、随和、明智又持重的大表哥,平时话语不多,他的描述,他那几声"好父亲",再次勾出了我的滚滚热泪。在一片啜泣声中,我禁不住泪洒衣襟。

想想也是的,在那个年代,在这样一个家庭,培养出一个大学生,一名解放军军医,谈何容易啊?!其中有我大表哥本人付出的努力,更有他,我的舅父付出的辛劳,这些事岂是一两句话、一篇悼词可以概述的?!难怪在场的老幼,无论亲疏,闻言无不悲恸……

那天,在我们返回途中,我听到身边我的小舅父在不停地叹息:阿哥实在是苦死累死的,他真是一生劳累啊。我看他,就在临终时,他的右手还是卷拢的!我当然知道我小舅父所指的"右手卷拢"说的是什么:五指弯曲、合并,呈握拳状。这种手势,实是伏身于缝纫机上迎送布料的最佳姿势!而我想,这个手势,似向我透出了什么玄机?对了,那些佛菩萨们,他们也不都是打着各种手印向人昭示什么的吗?

老托尔斯泰好像说过这样一句话:为自己的幸福活着的人,低劣;为个别人的幸福活着的人,渺小;为多数人的幸福活着的人,高尚。是的,凡高尚的生命,几乎都是利他的,都是慈悲的,都是具有佛性的,都是救苦救难的。

  现在,时代列车已驰入市场经济的快车道,人们不再为穿着打扮兴师动众、煞费苦心了。我的大娘舅也作古好几年了。然而每次添置衣什,我总会想起他,我们的娘舅,并为他当年对我和我的兄弟姐妹的付出深深地感动。娘舅,劳累了一生的你,请你在天国里好好歇息吧。

2005 年 5 月 15 日草成
2005 年 6 月 11 日初改
2005 年 7 月 20 日再改

散文

与文庙结缘

文庙似有两种叫法:一、文庙;二、孔庙。文庙孔庙,实为一码事,因它供奉的是同一个"神牌":孔丘、孔老夫子。就上海地区而言,据我所知,"文庙"大概有两处:一处在郊外,嘉定;一处在上海市区,老城厢。不过,嘉定的那座,好像鲜有叫"文庙"的,而是直截了当叫成了"孔庙"。老城厢的那处,鲜有叫"孔庙"的,而是从来叫做"文庙"的。

老城厢的那座"文庙",从古到今,都屈尊于那个角落。在太平天国、小刀会那阵,它好像被毁过。现在的这座,是后来兴建的。

南市区,以前叫老城厢,上海最古老的区域,也是这座大都市的发祥地。所谓"南市",顾名思义,就这座城市而言,它当在城市的"南面"。在"南市"这个"名头"之前,它曾有过好几个名号:蓬莱区,邑庙区。以此可见,这些名号与这个城区里拥有的两座庙堂:城隍庙、文庙,是有渊源关系的。

上世纪五十年代中期,我出生在这个城区。依稀记得,当时它就是叫做"邑庙区"的。在我稚拙的眼里,"城隍庙"里从来都烟香缭绕。文庙里却未见插过香烛。至于它以前是否供过香烛,我就不得而知了。后来知道,"文庙"原是一座"学宫"。既是学宫,按当时的做法,它应该燃香插烛的。由此可见,它并非真正意义上的"庙宇",似可肯定的。

我对文庙是熟悉的。孩提时代,我就出入其间了。印象较深的,是那次春游——"六一"儿童节。暮春的六月一日,儿童的节日。这种日子,对一个孩童来说,所有描述春天、赞美春光的句子,都不为过的。但恰恰是,那天我不太开心,甚至很不开心。后来,我是说事隔十多年,我又频繁出入其间了,时间也历时十几年吧。这种延续了十多年的频繁出入,它——文庙给予我的,就不是以"开心"或"不开心"可道明的。因了它当年的给予,促使我决定为它立下一篇长长的碑文。

在我童稚的眼里,文庙古老、宏大、巍峨。推开高高的石拱门,展现眼帘的是三座汉白玉旱桥,拱形、镂花、精雕细刻。手扶光滑冰凉的石栏拾级而上,是一条开阔绵长的甬道。甬道两边植有碧绿生青的灌木丛,无非是冬青、黄杨之类。灌木丛后,列有高大的乔木。当时,我不识植物——即使现在,也仅识得少数几种。对于那些乔木,我现在不敢妄说。只记得它们确系乔木。因为它们高大、挺拔、茂盛,也因为我曾在它们的见证下接受了人生的第一课。因是人生第一课,触及灵魂的第一课,我至今对它记忆犹新。踏上这条甬道,面北仰望,是一座汉白玉砌成的高而宽绰的台基。台基上端坐的,该是供奉着孔老夫子的大成殿了。当时的我,并不晓得它叫"大成殿",只感觉它森然、威严,一个古色古香的大屋子。后来我知道它叫"大成殿",是因为我平庸的生命,在它的遮蔽下,差点演绎出精彩的华章,也算对它知根知底了。

　　穿过"大成殿"向北走,有排我叫不出名的古建筑。古建筑后,该是偌大一个荷花池。当年的它,池深水清,花红叶绿。相传,当年英法联军汇同清兵大破小刀会后,"文庙"曾沦为洋兵们的军营。那方碧波荡漾、绿叶扶疏的池水也便成了他们的饮马池。历史的笔触因此洇染下来,直至"文革"边缘。"文革"期间,不知何人、哪个单位或部门突发奇想,利用这个好好的荷花池,挖了个防空洞。名目当然很大的:备战备荒为人民。防空洞挖没挖成,我不清楚。荷花池成了游泳池却是真的。夏日里,这里成了小孩、老人们戏水消暑的好去处。不过,在我看来,这个游泳池似可不挖的。撇开附近校园所建的游泳池,正式对外营业的就有两三家:蓬莱市场边上的少年游泳池、沪南体育场旁的斜桥游泳池……不是锦上添花,还是添乱——多此一举嘛。我想,当年要是能留下这个池塘,供现在的人们扶栏观花、依水休憩,抒思古之悠情,衬托上海这座历史文化名城丰厚博大之底蕴,岂不更好?起码可辟为人们现在所热衷的"爱国主义教育"基地吧。可惜,当年那些决策者仅仅是"吃饭"的,多急功近利,少深思熟虑,落下如此败笔,必为后人耻笑。不去说它了。

一

　　说了"文庙"的大概,该说说它的地理位置了。
　　"文庙"坐北朝南,前后左右围有四条很具地域文化的小路,都不长,也不宽。路长,最多三四十米、五六十米的样子。路宽,三四米、五六米的模样。但写出路名看看,倒是很有意思的。正门朝南的那条:文庙路。后门朝北的那条:梦花街。左边:学宫街。右边:老道前街。久居上海的人都知道,路名后缀一个"街"字,其规模和格局,只能形同于北京的"胡同"

吧。那个后缀词依次排列：路、街、弄。上海从未有过叫做"大街"、"胡同"、"巷"之类的。当年，我在那个区域——老城区住过的地方，它们先后就被冠以"路"和"弄"的：乔家路、复兴路、白漾弄，只是从未住过以"街"为后缀的地方。因此，我对缀以"街"字的路名格外地留意。围绕文庙的那四条路，似可跟你点明它们与文庙之间的关系。

从字面上看，门前那条路，它直接跟你表明了"路名"由文庙而来。左边那条街：学宫街，因为文庙原本就是座学宫嘛。右边那条街：老道前街，"观"和"宫"，本来就一个意思嘛。后面那个街名：梦花街，还是可能跟"文庙"、"文场"有关：梦想成真、妙笔生花。总之，与应试有关，与科举有关。不过，这是我的猜测，怕人笑掉大牙，不敢乱说的。只是这四条小路：一路三街，团团围住一座"庙"的格局，在老城区、在大上海，怕是绝无仅有的吧。不信，你为我找出这样四条街路，寻一个"场所"围起来看看。不说围绕座赫赫有名的"文庙"——大学，就是一个普通的小学，恐怕也难找到的。综上所说，皆因我对文庙有缘之故。

上世纪六十年代初，我初次进入"文庙"。当时的文庙戒备森严。因它老是大门紧闭，不对外开放的。我是借一次偶然的机会得以进入。那年我七八岁，在距离文庙徒步十几分钟路程的一家幼儿园读中班（或大班）。我记得，这是一个"六一"节的上午，阳光很灿烂的上午。我们一个挨一个，手拉手，肩并肩，在老师的带领下，在春风的吹拂下，开开心心排队来到了那里。照理，我该是开心的：节日、阳光、开启的大门，翠绿的园林，洁白的石拱桥。而我却一点也高兴不起来。是因肉身上很少停歇的那种不自在，还是因我的家庭、我的亲人发生了大的变故？一个小小的人儿，一个自幼多灾多难、一个靠亲人倚仗、在亲人的庇护下才得以喘息的小生命，现在被突然推倒了倚仗、拔掉了遮蔽，怎么让他开心得起来呢。但是随活动开始，他又渐渐忘却了这一切。这天的游戏非同寻常，该是很有趣的。整齐列队于甬道的我们,几首歌后,老师宣布游戏规则。游戏的名像似叫"寻找宝藏"。意思很清楚:在那些丰美的草丛里,在那些苍翠的灌木丛中,埋藏着"稀世珍宝",谁找到,归谁;每人只许找一样。这种玩法很新鲜、很刺激的,立即引得我摩拳擦掌、跃跃欲试。有些人还热衷于瞪大眼睛朝老师那张开阖的嘴唇直看时,我就从老师那里滑了过去——直奔主题:两眼向下、紧贴着地皮,前后左右扫视。这个与生俱来的疾病,它带给我的绝对是多多的坏处,唯一的好处,大概就是敏感了。是的,当周围同学还停留在老师的嘴巴上,似想从那些振动的声波捕捉到确凿的字眼,然后放进他们小小的脑腔,努力想咀嚼出它们的方圆轻重之际,我已看到了前方,那片低矮、浓密的呈球状的灌木丛下,隐约露出的斑斓的一角。好大一件东西啊:汽车或大积木。粗浅的人生经验告诉我:大的必定是好的,好的肯定是大的,大的一定比小的值钞票!

老师宣布"开始",我就毫不犹豫地冲了出去。只因平时少锻炼,很少有这样的机会:奔跑。许是心理障碍,不敢疾行;许是身上本来就有痛痒,奔跑不快,总之歪歪扭扭、蹒跚趔趄。但心里的兴奋是难言的:向前向前,再向前,它就是我的了!然而我却被突然揪住了。一股巨大的力,强大的牵制力,仿佛制动失灵、向前滑行的飞行器,突然弹开大大蓬开的伞!我愕然、诧异,不知发生了何事。回头看,是老师那张漂亮的笑脸,就像我一样,因兴奋而通红。这张脸庞在挤眉弄眼。看清楚了,它不是向我的,在向另一位,平时她喜欢的那个小男孩。可惜,那个中看不中用的家伙并没有理会她的好意。于是她忍不住了,朝他的脊背狠狠推了一把,嘴里同时带出几声吼:快,快,前面!一把紧紧揪住我的衣领不放,一手干脆向他摇指前方:快,快,奔过去!

果然是一辆高级小轿车!

欢呼雀跃。

果然是它们中间最好的一种。

而我却糊涂了。神经虽松弛了,却又懵住了:这算什么呀,明明是我发现的,怎么成了他的了？因为我不傻。我的血液有缺损,我的肢体不健全,但我的脑子没毛病呀。都在笑,老师,同学,都在为那个骄傲的王子欢欣鼓舞。我却笑不出来,始终没笑。

我的呆立,我的沉默,总之,我的反常,似让她们过意不去了。以后,在她们的引领下,我也得到了属于自己的一份:一把半尺来长、软耷耷的塑料钉耙,显然是被人选择后弃在那里的。事后我追忆,我本不想接收它的。因为我难受,有别于躯体的难受,一种难以言说的难受。这样的心情延续了很长时间,直至我结束了那里的启蒙。但我每次途经那里——那条已修过多次、变得面目全非的甬道,我还是难受。生命的年轮,这样被刻上了深深的印记。这是最初的印记,那些灌木、那些乔木可为我作证。其实,我早该知道这一切的。其实我早已知道了这一切:从那些各具形态的眼神里,我早已领教了它们。即使现在,我时时还在感受它们。但是那时我不懂,因而忍不住就会难受,难受一天,难受一阵子。现在,我已很懂得它们了,因而就很少难受了。就如我在一本书里说的:我已经练就了我的厚颜无耻。

二

因为我在你们的眼睛里看到了什么,所以,我选择了文庙。因为,在这个古老的城区里,有个很古老的文化团体——文化馆。文化馆里有个很诱人的民间团体:小说创作组。

1973年9月,我中学毕业,同年12月参加工作。说"毕业"是不确切的。从头带尾我没完整上过一学期课。连头带尾合在一起,也没学完两个学年。因疾病,因时代。病和动乱,给了我不接受正常义务教育的双重理由。说"参加工作",实际也很勉强的。因身有残疾,辗转关系,担惊受怕,才被勉强塞进一家集体所有制单位。现在,社会文明程度高,"病残"常被冠以较文明的词汇:残疾——因疾病致残。但在当时,我清楚地记得,无论在排队等候体检时,还是在接待接收单位家访时,他们嘴上挂的无不是"残缺"抑或"残废"。对于这样的称谓,我很反感的。残了,就意味着"缺"了?残了,就等于"废"了吗?

因为这些词儿刺耳,我去了那里:文庙。

我去那里,其实是冲着那五个字去的。

什么时间?大约在上世纪七十年代初中期。

小说创作,于我既陌生又很不陌生,甚至是神往已久、备感亲切、无比神圣的事儿。不说卧病中因百无聊赖的阅读,使我朦胧知道了它是怎么回事,就是几年前的那次冲动,也使我明白了它是怎么回事。这是一个炎热的暑期,我往返七八次,勉强凑足了五角八分钱,在距离文庙几步之遥的那家新华书店,终于购得了一本书。就在这本书里,我受到了"小说创作"这个词的最初开蒙,大概知道了它是怎么回事。当时的我是何等激动啊,沸腾的热血曾使我多流了几身汗。

记得那天,透过橱窗玻璃,我见有本摊开的书本,目录上有这么个词儿:小说创作。我,一个十四五的男孩,于是顾不上羞怯,腆着脸皮,请求营业员拿来过目。短短的一段——跟后来大型辞书里的词条差不多,但我还是毫不犹豫、结结巴巴地对她说:放着,我要的,不要给人买走了!事后知道,这是句大话。离开柜台后,我才知道这是一种奢望。我哪里有这五角八分钱呢?哪里去要这五角八分钱?!但经过努力,一次次地往返,我终于得到了它。这又是另外一个故事。我记得,这是一本教材,吉林大学出版社出的《大学语文》。仅仅因为里面有段"小说创作"的名词解释,我千辛万苦觅得了它。

是1974年还是1976年,我已记不准了,当我得知那里——文庙的文化馆里有个"小说创作组",我就按捺不住了。顾不得浅陋,费尽周折,最后申请加入。给予我帮助的,是我的邻人,一个年长我好几岁、兄长一般的友人。当时的我多么激动,我终于可以侧身其间,参与"创作"了。

其实呢,原非是这么回事。

当时,这样的民间团体多如牛毛。时代的漩涡以它固有的惯性,把许多不甘沉沦者吸附在一起。每个区县都有这样的民间团体。譬如,图书馆有"书评组",工人俱乐部有"读书组",工人文化宫有戏剧创作组、文化馆、文化宫等等。我所以选择它——文庙,是因它的直截了当:小说创作。

在这个松散的组织里,曾聚集过不少志同道合者,男女老少,尤以中青年居多。每星期一个晚上,大家聚谈、交流、切磋与文学有关的事儿。利用业余时间。我很快有了比较,这里根本轮不上我——一个什么都不懂的傻小子、坐冷板凳的主儿。皆因肚里的货色不多,没法向人贡献。还因羞于在公众面前露脸,从来都怯场得可以。因而,很少有我的"话语权"——发言权,根本插不上话。这种情景几年后才有了较大的改观。但并非因此可以充当坦然的"受益者"。来而无往非礼也——孔老夫子好像也是这样说的。礼尚往来,是最起码的为人之道。别人让你受益多多,你总不能光接受而不反哺于人!你该有自知之明,须赶快抓紧了。问题是,你不是一个"正常人"。不说健康状况,就是工作性质也跟别人很不一样:既繁又重,每天需早起,哪怕睡得再迟,过了凌晨四点,就得起床。不管读、写,无论笔记,还是练笔、创作,都很费时间的。一天劳作下来,已很疲惫了,再点灯耗油,用功数小时,每天都筋疲力尽,几近虚脱。也因有着这样的"努力",那些年里,使我对阳光和微风有过别样的感受。

寒冬腊月。屋外窗前,阳光格外妖媚,犹如从未被抚爱过的青春小毛孩，面对着风姿绰约深谙风情的半老徐娘；她的妩媚使你既有与之结交的强烈冲动，又有害怕被勾引从而堕落的担心。阳光是好的，女人也是好的。但它们不是属于我的。

盛夏酷暑。在烤人的灯光下，哪怕屋檐瓦缝间蹿进丝丝凉风，都曾使我难以自禁，犹如从未恋爱过的迟暮老人，一头扎在爱河里，把生前死后的声誉抛个净光。微风：为你难以自拔的我，要是稍稍缺少一点自制力，我就不管不顾地追随你走遍天涯海角，直至地老天荒。

冬天的深夜，即使穿着沉重的棉大衣，腿膝处盖着毛毯，还是冻得直想哭的我，曾多次面对着近在咫尺的被窝指天发誓：我宁可用下辈子的生命来换取你覆盖下的片刻温暖！

因难以对付讨厌的瞌睡，我恨不能把冰冷的毛巾冻成一根坚硬的棍棒，在昏糊的脑门上狠狠戳个透亮的洞洞！然而，这一切我都不能，不可以啊。我还得继续。日复一日，年复一年。反反复复，涂涂改改。因我知道，除此之外，我别无他法。因而，在那些年里，我往返医院的频度较以前就格外地多。

有时，活动一结束，我就踏着霜样的月辉，赶去那家医院。我所以选择那家医院，是因这种疾病决定的：突如其来、防不胜防、随时随地；其次，就因为从那里——文庙，去那家医院比较方便。从那里拐过去，徒步几分钟，就是老西门。在老西门，乘上24路电车，两三站路即可抵达瑞金二路。下车，向西前行两三百米，就是那家医院红灯闪烁的大门口。在那里进行过或简单或繁杂的处理后，顺原路折回，已过了子夜时分。睡上两三个小时，甚或因疼痛难忍根本不睡，坐待天明，又得去延续那种又是拉、又是扛、又是搬的劳作。绷带，我的躯体上终生不解的绷带，就是在这时开始扎上的。你们说，病假，不是可以请病假吗？在那些年里，我反倒很少有病假的日子。一来因"病假"非长久之计，常请"病假"，怎么耗得起啊？

二因请"病假"总不是件好事情吧。常请病假总给人不好的印象。一个人一旦给人"印象不好",他在他那个必须依赖的环境里,至少就会有压迫感。长期负着压抑感生活在这样一个环境里,不说你的日子将会很不好过,别人的心情也难免会不舒畅的。于人于己都不太有益,还不如趁早刹车,及时扼杀这个苗头为好。

三

在文庙,除了石拱桥、大成殿、荷花池,还有几处不该被忽略的建筑:魁星阁、灵棂阁、明伦堂。所谓"魁星",应是天上的文曲星吧。文庙里,理应有魁星阁的。就如佛堂——庙宇里须建有钟鼓楼一样,标志性建筑嘛。这座孔庙——文庙的魁星阁,建于正门左侧,沿街,不高,矮矮的一座砖木小塔。在这里出入十几年,我却从未登临过它。这里说的"登临",指的是我的肉身登临。我今生今世的名号,倒是"登临"过的。当年,在这个维持了十多年,曾盛极一时的民间文学团体,办过一份内部的文学期刊,刊名就叫《魁星阁》。在这本自编自印、铅字油印的季刊上,蒙友人厚爱,曾刊登过我的一篇千字文。内容已忘了,却称得上我的处女作。当时的内刊普遍流行油印本:钢板、钢针、蜡纸。能在铅字排版的刊物上露面,很受鼓舞的。因而,每次踏着忽冷忽热的夜色,身心俱疲地从医院返家,途径夜深人静、鸦雀无声的文庙,我总会不由自主地朝那座端坐于"丁"字路口、黑黝黝的宝塔多瞥上几眼,同时心里滋出微微的振奋感,要求自己继续向前迈步。这本薄薄的杂志,如今不知湮没于何处,否则留作纪念,该是很有意思的。

在文庙,还有个值得一提的处所:明伦堂和灵棂阁。明伦堂,该是文人墨客——秀才举子会事的场所吧。灵棂阁,类似牌位的石柱。然而我对它们的认识，不是来自书本，而是来自于现场观摩。

  我照例参加每星期一次的"小组"活动。有一年，文庙进行较大规模的修葺。就这次修整，使文庙大改其样的；石拱桥、荷花池消失了。那天，因去得太早，天还未黑透，还是因实施夏令时间，整个庭院里，除却夏虫唧唧和被晚风带动的树叶声，空无一人。我与我的文友，踏着碎砖断瓦，不觉中来到了那些高敞的场所。那里正在装修，我看到了镶嵌在墙上的那些石碑。平整如镜的石面上，镂刻着大小不等、遒劲有力的汉字。凭借着粗浅的古汉语知识，我勉强读懂了那些碑文。历朝历代以来，上海及周边地区高中秀才、举人、进士等成功人士的大名，似全登录于上。出于一种很奇特的心理：强烈的成功欲，或者纯粹想推测自己在"文学"上的前途？我试图在那些密密麻麻的人名中，寻找一个同姓，甚至同姓近名的前人。潜意识里，当然有推本求源的意思，甚或归宗认祖的意图。因为，我觉得，文学之道于我太难了，我缺乏自信。费尽周折，总算找到了几位。只是同姓或近名，大都悬空八只脚，差得太远了！扫兴之余，我倒是在那碑文上看到了轮回的无奈和辛酸——想当年，他们中的许多人，大概也像我现在这样艰辛的吧。还有发自肺腑的感叹：想当年，他们终于苦尽甘来：锦衣玉食，紫袍加身，飞黄腾达，富贵荣华，这幸运是荣耀的。而现在呢，他们已全部湮没在历史的长河之中！恐怕连他们的灰孙子，都未必知道他们。为什么，这些字迹模糊的碑文，将被水泥石灰覆盖？还是刚被凿开被遮蔽的覆盖物？总之，人们对它的遮遮盖盖，欲盖弥彰，似预示着它们那种大好而不妙的结局。对了，忘了交代了，明伦堂的大致位置，在魁星阁旁边，文庙正门的左侧。

四

  我的母亲对我的想入非非，从来持反对意见。她的意思很明白，好不容易捧得饭碗——不管它是金铸的，还是泥做的，须格外珍惜才对。现在你这样没日没夜地瞎弄，不说自讨苦吃，拆坏了身体，家人还得为你送饭端水，岂不殃及无辜？再说，像你这种情况：身体、工作、出身、所受的教育，还想改弦更张、改换门庭？不是在捏鼻头做梦？一棍子打煞你！视我的行为为小青年好高骛远、这山望着那山高、吃着碗里瞅着锅里的时代病。因而，反对声格外地多，尤以我母亲的态度最为激烈、最为强硬。矛盾、口角、冲突皆因此而起。有几次还闹得不可开交：在于她，拍桌子，摔饭碗；在于我，拂袖而去。我的一意孤行，曾使她甚为失望，视为大逆不道——实在有违了孔老夫子的教诲，罪过罪过！

在这些痛苦而无助的日子里，我曾一次次地扪心自问：你为何要走这条路，为什么要写呢？许多健康、健全的男女，那些有闲又有钱的人，他们都不写，你为何如此执著呢？还有，你真能写吗？你真有话要说吗，说别人未曾说过的话？我很快把自己问倒了，因而曾经蹉跎过许多时日。这时段里，我学过书法，还拜过师。然而，上肢任何一次小小的发作，就彻底消解了我的决心。最主要的是：经年犯病已累及了我的四肢关节，握笔书写，酸溜溜地使不出劲！不甘沉沦的我，还学过外语：日语、英语。倾力不少，耗时更多，但因朋友兜头泼来的冷水，打消了此念。他们说，你学了，掌握了，又怎样呢？去当翻译啊？！四处出击，一无所获。宝贵的生命却空耗了无数。但沉沦过后，是更大的奋进：我为什么不能写呢？我经历了这么多，感悟得这么透，我为何不能表达呢？唯有学着把它们写下来、推出去，这方是我的表达。因为，我对它们最有发言权。而眼前的困难：病痛、出血、劳累、阻拦、争执，甚至甚嚣尘上、愈演愈烈的冲突，不都是"天降大任"时的前奏？因而，又一如既往，恢复了那种雷打不动、风雨无阻的活动，而且更加投入，越发忘我。

这几天，也即我意欲写作本文前些天，我去探望我的老母亲。一个话题勾起了她压抑多时的感慨。面对着周围众多为我熟悉或不熟悉的亲友,他们的困顿,我的差强人意的现状,自然博得了她老人家的叫好声。什么幸亏啊、刻苦啊、争气啊,否则将如何如何——总之,当年我要不是这样,现在我将苦不堪言等等。我闻言哑然,不由得心惊肉跳,想想都觉得后怕。是的,要是这样,光凭你们传给我的秉性,现在我恐怕早就灰飞烟灭了。要是我当初听从你们的劝告:一样吃饭,到时候不过为你添双筷子,那么我早已墓木拱矣。然而,我心里很清楚的:我现在的这一切,决非我的努力所致。我付出的,仅仅是一点点,一丁点的努力,一切的一切,均为命运安排之故。遥想当年,比我更努力、更刻苦、更聪慧、付出更多的,大有人在。我只是他们中最差劲的一个。为什么我能,而他们始终不能呢?是因为我得到了命运之神的庇护和惠顾,而他们始终没有。意识到这些,除了加倍敬畏我的守护神、倍加珍惜现在的这一切,我还能做什么呢?

五

"文革"期间,这座孔庙不能幸免,也遭到了很大的破坏。事隔十多年,当它再次出现在我眼前时,已面目全非:几近颓废的院落里,石雕的旱拱桥不见了;碧波荡漾的荷花池消失了;青砖铺就的甬道,变成了高低不平的碎石路;甬道两旁常青的灌木丛,早已被砍伐殆尽,只留下几株残茎,似向人们展示着它们的不屈。不过,那些乔木还在,在残阳夕照下默默伫立,垂头悲叹,黯然神伤。至于它们是不是原先的那些,我就不得而知了。而先前威武蹲坐在大门口的那对石狮子,肯定是难觅踪影了。

虽然大成殿还在,魁星阁还在,明伦堂还在……但它们在我的眼里,都被蒙上了历史的尘埃,这样的陈旧、这样的破败、这样的残缺,犹如沦落风尘的老女人,一味沉浸在对往事的追忆中,无奈悲叹着"落花流水春去也",以重温昔日的辉煌,抚慰自己那颗遭到重创的心灵,从而以求暂时的慰藉。

那时候,文庙正值大修,同时又在大挖防空洞,文庙路上的大门,紧闭不启。我们出入文庙,大都走梦花街的两侧后门。每星期一次的"小组"活动,大多在那两扇侧门旁的那几幢小平房里。这些低矮、潮湿的普通的平房,显然不属文庙的主体建筑,很可能为后来建造的办公用房。

冬去春来。年复一年。光阴在期待和孤寂中度过。那几年,尽管一次次地出入文庙,我仍无太多的长进。我仍是这个群体中最不合群的一个,坐冷板凳的主儿。每次活动结束,大家纷纷散去。从哪里来,回到哪里去,就如我们的生命。本来就是个松散的团体嘛。在或烈或徐的晚风中,文友们或健步疾行,或飞车冲刺,或三五成群,或兴高采烈簇拥着哪位又有新作问世的"大家",离开那间光明依然,但已人去屋空的平房。唯独我踏着或明或暗的婆娑树影,在秋风中踯躅;弯腰曲背,顶着冬天的寒风蹒跚地向前。因自幼缺少营养,我从小患有夜盲症。在没有星光的夜晚,我的视力最为糟糕。在月影下,在星光下,在依稀可辨的灯火间,我脚下的那条甬道格外地诡异而漫长。不辨东西的我,只能伸出手摸索,拨开那些或疏或密的树枝,拖着那条歪斜的病躯,踩着那些孤寂的脚步声,顺着前方那条隐约可见的水泥道,向前就是了。

春夏秋冬。一年四季。我总是向前走着。此时的我,什么都看不见,什么都听不到。我只看到我脚下的那个孤独的身影,我只听到我的耳边那些橐橐的脚步声。

在我的脚步声中,甬道两边的梧桐树落叶了,又挂在枝头上了;在我的脚步声里,原先那些弯曲、细瘦、纤弱的中国梧桐,变成了粗壮、强悍、坚挺、高大的法国梧桐。树声低语,风声呢喃。树声风声们交头接耳,静候着我的到来,私议着我的幸与不幸。在这静夜里,在这些黑暗的树荫里,我无以应答,只能以我那缓慢而不成节律的脚步声来回应它们的照应。是的,我很想对它们诉说的。但又怎么对它们说呢?只能在心里对它们说:总有一天,我的生命将会在这条漫无尽头的甬道上消磨殆尽的。我必须敦促自己,时时告诫自己:这条道路是我应该、也是我必须走下去的。哪怕我被这粗粝的路面磨光了血和肉,磨尽了骨骼,整个的我最后都被它磨损;哪怕只剩下两块充满脓血和厚茧的脚皮,我还会走下去的;哪怕它们最后成灰、成土,我也会落在这条路上的;哪怕它们最后化成了虚无的空气,我也将会终日游荡在这条道上的。这因为,对于一个曾经被梦想紧紧缠绕,一个手无缚鸡之力的男人,一个千疮百孔的生命;对于一个曾经经历过多种尝试,都被无情宣告此路不通的年轻人来说,对于一个自以为很懂得生命,有太多的话要说的人来说,眼前的这条道路,只能是他最后通往那个理想王国的必由之路!

而我又知道,既然选择了这样一条路,这也就意味着,你选择的将不是一条常人能行的便道;你迈出的每一步都需付出艰辛,甚至鲜血和生命。树啊、月亮、星光、路灯,你们以前为我作证,现在仍请你们为我作证,只要生命还在、一息尚存,这条道路我必将继续走下去的。

六

我不知道,文庙——"学宫",以前派什么用场的。后来出入的次数多了,才慢慢了解它。所谓"学宫",就是供学人学习、研习"经事之学"的场合。作为官方机构,"学宫"也是政府用来选拔、录用公务员的处所。这样一个机构,类似现在的教育部门;在"读书做论"盛行的那些年代,"学宫"还兼备管理公职人员(文官)的性质,因而有点像现在的组织部门。每年孔子诞生之日,地方官员都要聚首文庙,象征性地结集,开展声势浩大的祭孔活动。文庙作为上海市区唯一一个"学宫",这样一个无法替代的机构,历史该是很悠久的——从元朝最早在上海设立行政机构时,它大概就存在那里了。后历经明、清两朝,"香火"延续了好几百年。直至我去那里,它仍悠然端坐在那里。

在我争取每星期必到的那种活动中,就在那好几年间,我们家乔迁了好几次。从最初徐光启故居贴对面的乔家路,搬到了大南门的白漾弄。以后,我又从白漾弄分离出来,单独搬迁至复兴东路上、那个原先香火很旺的关帝庙的对面。

在我们住在乔家路的那阵子,"城外人"如问及"住南市什么地方",我母亲均答以"小南门";即便我们在外区,如瑞金医院、中山医院,讨三轮车回家,车夫如问去哪里,我们都答以"小南门"的。如答以"乔家路",知晓的人恐怕就不多了。其实,乔家路是条很有名的马路:历史悠久、底蕴丰厚、富有传奇。不过,这是另外的话题,在此不表。

即使在后来我住过十多年的复兴东路上,老城厢的居民都把它称做"老西门"的。由此可见,从小南门,到大南门,再到老西门,十多年光阴流转,忙乎了大半天,我始终在那几扇"门"里穿梭,仍没有越出那个城圈。有时我冷静细想,我这样兜来兜去、忙进忙出,为何始终兜不出那个圈子?看来这也是宿命的安排吧,它一直在眷顾着我与它——文庙的缘分?那些年里,不管我距离那里或远或近,我与那里的关系或疏或密,我始终没有远离过它!换言之,那时我活动的区域,始终以它为轴心的——不论离它最远的旧居,还是我独处的斗室,徒步去那里都只有几分钟或十几分钟的路程。这难道不是命运的安排?

一般来说,"行路难"是这种疾病的普遍症状。有时,几分钟路程,对我而言也是艰难的。因下肢较上肢受力多,下肢肌肉、皮下、关节、肌腱更易出血。几分钟前还好好的,几分钟后,突然间就不行了,不能踩地,甚至必须卧床,必须送医院急诊!原因很简单,血液里缺少一种凝血因子,自发出血是它的主要症候。常常是毫无由来、突如其来、防不胜防、难以把握。因而在出门之前,不由得你心焦、绝望;出门在外,不由得你尴尬、沮丧。勉强支撑呢?全靠你自己了。并非你特别娇嫩,而是因为它太厉害了。它每次来临,总会使你有天塌的感觉。灭顶之灾?就是这个意思。出血部位在胯部,要是你仍一意孤行,等待你的绝对是大祸!那种凶猛的、剧烈的、瞬间就可成燎原之势的出血,在很短的时间内,就会使你坐立不安、寝食俱废,甚至可以要了你的命!出血部位在膝部,你稍作努力:打起精神,咬紧牙关,作些技术性处理,只要不怕疼痛,你还是可以勉强成行的。这时,要是你手里有根拐杖,情况就大不一样了。然而那时,我明知这是应该的、必需的,但就是不愿意。因为已经在人们的眼里领受了太多的异样,我怎么还会明知故犯呢?年轻人的虚荣心和好胜心,而虚荣或好胜的结果,往往是不可救药的。以至于愈演愈烈,变本加厉,最终彻底败坏了它。我的那个僵固的膝关节就是这样撑坏的。废用之前是为了逞强,废用之后方知是十足的愚蠢。但悔之晚矣。

  相对而言,踝部出血,虽也很厉害,每每痛得你浑身哆嗦、直冒冷汗、龇牙咧嘴,片刻不得安宁。但它那个"腔"——踝关节腔毕竟太小,可供血液充塞的部位,毕竟很有限。用绷带狠狠扎紧,一根不够,两根、三根;然后往鞋帮里——脚后根部填个"鞋垫"(也即后来的内增高的原理),用旧了的失去弹性的护踝、护腕甚至叠起的旧绷带,层层折叠——厚薄视发病轻重、出血多寡而定。这样又扎又填,看你横行到几时?那些年里,随着活动越来越频繁,发病越来越多,病情越来越重,我那两个踝关节的情况也越来越糟,用以填在脚后跟的"鞋垫"也越做越厚。那关节的角度——也即脚板与地面的角度越来越大——由原先的70度~90度,变为 95 度、100 度、110 度、120 度，最后定格在 150 度左右，终于僵固在那个水准上不进不退了。前些日子，我去附近一个修鞋铺修皮鞋。皮匠师傅看到我皮鞋那个连里带外半尺许高的"跟"，惊讶得直瞪眼睛，笑得合不拢嘴。看着他那个乐劲儿，我也跟着笑了：搞成这个样子，容易吗？

　　这些还是其次的。对于它，你尽可以一笑了之的。最令人沉不住气的是上肢——右上肢关节出血：肩、肘、腕等部位出血。自以为有不少大无畏的奋斗精神，往往不等那些血肿充分吸收，就匆匆缠上绷带又干上了。而蛮干的结果只会使它们发作得更频繁、更严重，几乎没有消停的时刻！不说握笔写字，就是提筷拿匙，也是举轻若重、酸乏难禁、痛苦不堪！然而，就是这样的肢体，我还要去工作：去抓、去拎、去拉、去扛！这些还都是其次的——大不了歇它几个月，甚至回家不干了。问题是：好梦才开了头，就倏然醒了吗？

　　记得鲁迅先生曾说过：人生最大的痛苦莫过于梦醒之后无路可走。此话算是说到了我的要害处！试着改用左手吧。尝试了没多久，又面临着一个更为严峻的局面。在这个梦醒之后无路可走的困难时期，我的进食都是靠我母亲喂的。我母亲的怨愤自然是不消说的，就是我本人也绝望得几乎想结果了自己！在那些无望的日子里，我一次次地劝慰自己，要求自己：我宁可失去两条腿，也要保全我的两条上肢，尤其我的右上肢。为了我的上肢，也为了我的下肢，世间什么样的苦我都愿意受！万般无奈，我在那个时期很吃了些苦：服中药、敷伤药、做理疗、功能锻炼。我的那些上肢关节：肩、肘、腕、手指；那些受到损害的右上肢功能，到底还是给我慢慢地调整过来了。这是不是命运的另一种安排，我就不得而知了。

七

　　几年过去了，我还是我，那个无言歪坐屋角，脸色苍白、萎黄、形容枯搞的爱好者。虽因他的性格、他的遭际,使他不敢靠近你们,但他从来没有疏离过你们,疏离这个很青春的团队。他总是与你们保持着一段距离,但他一直在远远地眺望你们。你们的每一句话,对于他都是至理名言,让他深深铭记在心头。尽管你们之间没有言语过,但你们的一个眼神,一个表情,一段哪怕最寻常、最普通的话语,都会使他深深地感动,在他心里久久地回荡,引起阵阵波涛或圈圈涟漪。他从来对你们心存感激。因为,是你们教会了他最基本的要点:人物、思想、语言、结构、情节等等。

  从你们的讨论甚至争论中,我知道了什么是应该的,什么是必需的,什么是好的,什么是不好的。通过对你们"成功"或"失败"的张望中,我似乎揣摩出了什么。为此,我什么都不能说,只能深深地感激你们,至今都对你们感激不尽!我的同代人,我的尊敬的长辈们,我的从未磕过头、拜过师、烧过高香的师傅们。你们的教诲,使我受益匪浅。你们的哺育,成就了现在的我。只是这么多年来,我没敢、也不好意思向你们启齿。不管你们怎么看待我的,但在我的心里,我始终深深地敬爱着你们。因了这种敬爱,我只能更加投入、更加努力、更加勤奋,以期写出更好的东西来回报你们——

  我记得,当年有句戏文是这样唱的:一个字好比一粒珍珠样。那是一出上海地方戏,沪剧《鸡毛飞上天》中的一句唱词。它道出的正是我当时的情态。但我又深知,鸡毛永远不会飞上天的,除非你抽空了它,让它变成灰,化为空气。因而,每一个字,每一段文,每一种篇什,都要付出异常的努力。不管怎么说,你总该像模像样地来几下吧。不管你认为练笔也罢,习作也罢,创作也罢,唯有弄出自以为比较好的,能得到他人认可的,在这个小小的团体里,你才有立足的可能、理由和资格。因而,点灯耗油是免不了的,竭尽全力也是免不了的;筋疲力尽,疲惫不堪,为伊消得衣带宽,人憔悴,病发作,更应视作理所当然的!

经过多年的不懈努力，终于有了一点点起色。一天，有位文友偶经家门口，因不期而遇，我喜不自禁，迫不及待，抓住机会，向他求教。是因为兴奋，还是激动？在匆匆返身进屋捧出习作的当儿，不慎绊倒在别人寄存在我家的行李袋上。这一跤跌得很重，原来就在微量出血的右膝，血肿加剧，疼痛难当。但因怕错失良机，还是强忍住疼痛，若无其事地虔诚求教，却从此落了病灶，还差点演变成锯去下肢的悲剧。这位文友一向以态度严谨、文体优美、学养深厚引得我无限敬重。他的评价，我很愿意认真对待的。那天，他目光炯炯，一目十行看完了它，果然博得了他"长进不少"的赞语。面对他的称赞，我不敢张扬、不敢得意，但在心灵深处，我是多么高兴啊。因为我终于得到你们承认了，尽管只是你们中的一员，极小的一部分；尽管只是这么一点点，我还是由衷地感恩。我终于可以在这个团体里赖下去、待下去了。与这个美好的前景比，膝头那种越发沉重的疼痛又算得了什么呢。那个膝关节以后越发越频繁，越来越厉害，最后只能无奈地僵固了。它的这样一个结局是否因那次意外造成的？但我可以肯定，因为那次意外的"跌扑"，加速了固化的进程！

我还是惴惴不安。我知道，这样的小东西是拿不出手的。我还想搞大的。刚学会搭积木，就想起高楼了。朋友拿来一沓资料，我不顾浅陋，费尽周折，写了部五幕剧当作业交了上去。其实，我不敢对它存有希望的。时年我二十五六岁，一个从未进过戏校，即使普通全日制学校都未读满两个学期的小学生。否则，我就真是无师自通，成神童了。

尽管这个作业——五幕话剧，很花了我一番心血。但"作业本"交上去后，也便忘却了。我仍是这个群体里"沉默的大多数"。但因了一个人的到来，这种情况发生了很大的改变。你说它是转机也罢，开端也好，总归有那么点意思吧。

这是一次例行活动。每星期三晚上的"小组"活动。下班回家，马虎吃了晚饭,就匆匆赶去了。记得那是一个暮春初夏的傍晚。向来穿得较多的我,走得微微出了汗。那天的活动,不知为何改在大成殿进行。原先供奉孔老夫子牌位的殿堂空旷、森然而潮湿。浓重的霉腐味从墙角砖缝里渗出,充斥着人的鼻腔和口腔。七点过后,朋友们从各处赶来,陆续围坐在殿中央那张乒乓桌边。可能因初进大成殿,那天,我特意回顾了四周:一盏黯淡、昏黄的孤灯,从黑暗的、大而高渺的屋顶悬下,在晚风中,于我们的头顶上微微摇晃。木格的排门洞开处,是殿外那个平坦而高畅的石头台基;台基四周,装有被岁月的风尘摩挲得相当光滑的汉白玉栏杆。栏杆外,正是那个正渐渐发黑的夜。夜色微明,风声沙沙,有轻微的走石声以及树在风中相依相偎的抚慰声。正在凝神遐想,从栏杆那缺口处,那堆砌的石阶上,冒出了一个敦厚的身影——圆头大脸、厚实富态;小平头,大眼睛。不说我愕然,大家都惊讶。他正是这里如日中天的辅导老师,正规戏校毕业,目前正以一部由他编剧的电影而红遍大江南北的雪老师。雪老师怎么来了?不等大家询问,雪老师就开宗明义点明了他的来意:哪个是阮××?我诚惶诚恐,慌得居然忘了应答。

旁边友人推起我,我才微微答道:是我,我就是。

我原以为他是来责问我的:你为何编了这样一个剧?然而他却从剧情、人物、主题、戏剧核(故事)一一评说起来。几个"好"字,立时"好"到失去了方向。面对友人们射来的含义各异的目光,我窘得无地自容。我不敢相信,单凭几本小册子,仅仅初次尝试,我就"好"得如此程度?心里唯有浓浓的疑惑:是我吗?他说的是我吗?以至于浑浑噩噩,如坠五里雾。恍惚中,只听他说:要使它在舞台上立起来,还须做进一步充实、修改。他表示,他很愿意帮助我,甚至帮我联系采访对象。糊里糊涂中,他走时我都忘了向他道别、道谢了。

那天活动结束,我也得到了"簇拥"的待遇。有些年长的师友,最后连"苟富贵、毋相忘"这样的话都出来了。后来呢,后来几经波折,因了雪老师的私事,这出戏终于没能在舞台上立起来,否则我的兴趣可能就在戏剧上了。当然,以后如有机会,我还是愿意尝试的。我似从中获得了新知:这座文庙,不就是为那个宣扬博爱,主张"有教无类"的孔圣人设立的?!

我觉得我有些喜欢它了。

八

因那个剧本,我认识了这里的"上层建筑"。

当时的文化馆里,"头面人物"似有这么几位。馆长,顾先生:多年从事老城厢文化、文物考查工作。时为四十岁出头,五十岁不到,风华正当年。文化馆除有"小说创作组",还有"故事创作组"、"影评书评组"、"理论组",还有几个为我不熟悉的小组。除了老顾,以前,还有过一个年轻端庄的葛小姐,很认真很负责的同志。后来,听说她改了行——调入司法机关工作。她走后,来了一位王小姐,也是一个工作认真负责的同志。因那个剧本,她还偕创作组专职负责人小林先生来过我家。说起小林先生,还有位老林先生。应该说,老林先生,他才是小组里真正的头儿。很和蔼、很亲切、很懂行的一位老同志。

因那个剧本,我与尊敬的老林同志开始了较多的接触。也就是这位老林同志,改变了我唯唯诺诺、上不得台面的性格。现在想来,那时的老林,年龄当在五十至六十岁之间。黑、瘦、文弱、中等偏下的身材,戴副宽黑边玳瑁眼镜。烟瘾很重,正宗的上海话里偶露几句北方腔,表明他的经历非同寻常。老林同志是位"文艺战士",部队里干的就是专业编剧。转业到地方,到文庙——区文化馆,实在有点亏欠了他。但并不影响他对文艺工作的热情,抓工作满腔热忱、果敢有为、毫不含糊。

　　那天,雪老师对我大加褒奖,并信誓旦旦后,便不见了踪迹。不久,老林把我专门叫到他的办公室。一番让座、敬烟、递茶后,他问起了我的工作、学习、创作、身体等情况。我不敢受他的烟和茶,就是坐,也只敢坐半个凳面。我一一如实招供。他镜片后的眼睛严峻起来,那对淡淡的、撇得很开的眉毛,立即绞成了结。沉默以后,他告诉了召我来的目的:雪老师无法辅导你、更不能为你联系采访了,因为他自己也在奔前程。具体情况不详,只听说国家文化部下发几个很有限的名额——赴国外进修导演,他在家里补习外语云云。这个消息于我不算很令人鼓舞的。但老林同志的一句话又使我增强了信心:有我在,还有我们在呢！不怕它在舞台上立不起来!！这句话我是百分百相信的。老林同志拍胸脯后,他就具体作了安排。他首先要求他的上级出了证明。然后拿着这纸证明,委托小林先生和王小姐到我那个单位的上级主管部门——走的是很严格、很规范的组织路线。上级主管部门——老城区那家公司转批后,林、王两位来到了我单位。那天,他俩来时,我正巧有事在办公室外。怕被人打"横炮",我借故待在那里不敢挪步。为了避免尴尬,我故意对他俩视若无睹。然而他们屋里的对话,还是被我听得一清两楚。林、王两位说明来意,出示了那纸证明。单位那个当家人立即脸露不屑、出言不逊:证明、图章,这有什么稀奇？我这抽屉里也有的是！林、王还是耐着性子(甚至赔上了笑脸)。回答他们的却是:文化馆跟我们有何关系？我仿佛看到了林、王他们的窘态。他们只能强调"文化工作"的重要性,历来是党的工作的一部分。回答的却是:"保障供应"也同样是党的工作中很重要的组成部分。还有:既然你们认为他重要,也不要借调了,干脆请你们调过去好了,这里立马放人！林、王两位只能说:我们只是想试试,再说手上目前没编制。正在僵持中,岔路上杀出一支人马,我清晰地听到:你们还当他宝贝？药罐头！

我知道这支冷箭出自哪位之手：一个同龄人，一个以巧言令色混进办公室的小混混。箭矢直射靶心，立即引来万箭齐发。污水尽情泼洒，万炮齐轰，群起而攻之。我的病成了他们攻击、嘲笑、奚落的把柄。两位老师窘得满脸通红，只能落荒而走。仓促退出的他们正恰与我迎面相遇，居然吓得他们不敢与我照面。虽然我早已料到了这么一着，但还是局促得无地自容。

　　老林同志不愧为部队文工团出身，很正气、很正派的转业军人。听了林、王两位如实汇报后，他们三位专程赶来我家安慰我，还搬出了"自古英才多磨难"之类的人和事。老林的意思很明白：不管道路多么艰难曲折，我们将一如既往地阔步向前！

　　老林他们不仅送来了宽慰、勉励，还送来了具体的修改意见。然而，因那里——文庙来了人，这也算是一次"火力侦察"吧。我终于暴露了。在单位，我怕树大招风，只能更小心谨慎，夹紧尾巴做人。而八小时后，我耗在灯下的时间更长了。历时数月，那部作品终于改成了。篇幅却较初稿增加了好几倍——根本不得要领嘛。惴惴不安被老林同志捧去了。

　　改砸了——据说比原稿差远去了。老林拿出军人风度，要求我改，改了再改。还要我发扬"一不怕苦，二不怕死"的革命精神。

　　又历时几个月，最终把它改成七八万字——都成了一部中篇小说了。

　　看来没有雪老师的精心指导，我难以而续的。老林小林都是好人。他们不忍心我拖着病体耗时耗力，纷纷为我出谋划策，努力想存活它。他们提议把它改成评弹或说唱甚至地方戏。因我的志向不在这里，婉言谢绝了。好人啊，我的好人们，就凭你们这种古道热肠，我这次费时一两年的"练笔"也是值得的。

　　然而就因此次难忘的"练笔"，使我下定了决心：走出这个老城区，走向更广阔的天地。当时，除却这个小说创作组，其他地区、其他单位也有类似的组织：图书馆的书评组、工人俱乐部的评论组，甚至市工人文化宫的戏剧创作学习班……我把我的辗转求学称之为"游学"。为了能如愿完成我的"游学"，我决定学骑自行车。不过，我很清楚，整个过程对我将意味着什么：除了冒险，还是冒险！可以毫不夸张地说，整个学习过程，就是一个冒着生命危险的过程！但是为了拯救，拯救我的灵和肉，我只能豁出去了。这又是一个个血腥的故事，因与本文无关，就略去不说吧。而我心里始终清楚：像我这样一个非常之人，只能走一条非常之路；别人学不像我，就如我永远学不像别人一样。一切的功和力，就用在自己身上吧。只能如此了。别人的事，别人的话，我管得着？随他们去吧。只要我不损公肥私、损人利己就可以了。

以后，我游历了许多地方，结识了一批批文友。但我不敢忘却，我的根还是在那里——文庙，在文化馆那个小说创作组里。我与它结伴走过了由盛至衰的十几年路程。因而，在某种意义上说，我既不是这里的科班出身，又算是这里的科班出身。

九

铁打的营盘流水的兵。这里既是一个团队，情况大致也差不多的。那些年里，这个完全松散、自发组成的民间文化团队，也跟任何团队一样：聚散无定，水洗浪淘，风流云散了无数。然而，江山自有英雄出，长江后浪推前浪；一批血液流失了，又有一批新鲜血液补充进来。谁叫大家身处这样一个年代：封闭、狭隘、狂热，又拥有过多的业余时间。最重要的是，社会偏宠文人。那几个"文人"平步青云，他们犹如高高的风向标，为世人立下了很明确的价值取向。文庙，在这座百年文化老店里，社会为它营造了浓郁的文化氛围；那股充足的、弥漫的、鼓囊囊的气息，始终洋溢在这里的每个角落,甚至一砖一瓦,一草一木。现在,事隔多年,我仍能清晰地记得来这里打过盹、做过片刻文学梦的各界人士。

有位很儒雅的中年男子,一口很标准的京片子,言行举止、谈吐待人,无不胜人一筹。每次活动,他都早早地来到;活动结束,他又迟迟地离去。鹤立鸡群、卓尔不群的他,每次都要拿出稿子朗声诵读。他的读稿似比他的文本更精彩。然后虚怀若谷,认真聆听他人或错或对的意见。最后诚恳表示回去改,一定好好修改,争取得到大家的认可。其实,大家心里明白的,有点笑他的迂。被大家——这些乌合之众认可,有什么用呢?编辑大人通过,这才算数啊。有一天,我们终于听他自报了家门:某京剧院的专业演员。因在样板戏里挨不上边,郁闷、无聊之余,也想尝试改换门庭,吃吃"文学饭"。在那个年头,这样的人事原本很多的。大家也就宽容地接纳了他。但有一天,我无意间向那位可敬的王兄、也即那位介绍我进入这个组织的大朋友道及此事,没料到引得他跌足惊叹:世家子弟,正宗的世家子弟啊,何以落到这种地步!王兄是位京剧迷、票友,自幼以来很听过好几出戏的。一番惊讶、感慨之后,他搓着手对我说,他很欣赏他的父亲,崇拜到了五体投地的地步。说着他还忸忸怩怩,模仿起他父亲的唱腔,为我咿咿呀呀唱了一个长长的段子。受其感染,以后,每当我再遇这位仁兄时,我就不得不对这位出身名门的世家子弟肃然起敬、刮目相看了。他在这里的活动,大概坚持了年把有余。后来"形势"稍有松动,就再也看不到他了。有一次,我途经市中心,在一出新编历史剧的演出海报上,他的大名赫然列在主角名单上。云消雾散的他,又该成一个神清气爽、光彩夺目的名角了吧。以后,我果真没见他出入过文庙——那个小说创作组里。

在这个团体,很有过几位大、中学教师的。他们都是很执著的人。尽管目的各不相同,态度却一致:认真、投入。有位风华正茂的大学老师,常把学校里的知识运用于这里,不仅亲尝"梨子"的味道——投身创作实践,还对别人的习作加以点评,很有些诲人不倦的意思。有位中学教师,他在这个团体里的面目就有点模糊了。每次活动,他都带来满身的酒香肉鲜,气宇轩昂地踏歌而来。本是吃晚饭的光景嘛,酒足饭饱之后,难免会抖擞精神的。他是这里的活动积极分子,很少有迟到早退的时候。但他只坚持了八个月,就再也见不到他了——就连他的姓名、在哪所中学执教,都不知其详。

我再次见到他,是在文庙附近一家叫"西城"或"西门"的浴室里。时间也常在晚饭后的七八点钟。可惜此时大家彼此都剥得净光,再加浴堂里弥漫着雾样的水汽,很难认人。我倒是一眼认出了他。我是从那些酒香和歌声里认出他的。你看他在浴堂里那副怡然自得的自在劲儿——大大地摊开四肢,仰面凫腾在乳白色的、飘浮着肥皂水和油腻"老啃"的大池子里,旁若无人地以他那饱满的胸腔或鼻腔共鸣,哼唱着那些语焉不详的歌和曲:京、昆、沪、越,甚至革命歌曲、流行歌曲,甚至那种甜蜜蜜、嗲溜溜的黄梅戏。一曲又一曲。一曲未了,又起一曲。酒味香、肥皂香、洗发露加上朦胧、湿润的热滚滚的水蒸气,绝对把那个精白而结实的身子,和那种陶醉的神态,衬托到了至高的境界,更使得他的歌声达到了完美的境界。由此可见,他实在是位文艺爱好者——不是取道于"文",就是执著于"艺"。

碰到了这一次,以后我常在那个浴室里巧遇到他:每次都在晚上七八点钟,文庙小组开始活动的当儿。有时即使与他隔得很远,但只要嗅到那股浓烈的酒香,还有那种浑厚的、夹杂着肥皂香的歌声飘荡在浑浊的水面上,我总能在水池的这边或那边看到他。我就会想,也真是的,孵孵浴堂,哼哼山歌,其实远比去那里坐冷板凳、挨批要美意千百倍了。

记得有几次,他掏出巴掌大的纸片,可能意在抛砖引玉吧。孰料,他刚以那种饱满的中气诵读完毕,就遭到了那批乳臭毛孩子的火炮,大有要批得体无完肤的意思。现在想想我都为他委屈:人家吃饱了饭后一门心思扑在这上面,无牵无挂地搞理论,尽管都是些"歪理十七八";而你呢,上有老下有小的,白天还要上课教学,你怎么弄得过人家啊!算了吧,一样用炮制"豆腐干"的劲,还不如买几块豆腐干或油氽或清炒了过过老酒吃了算数——实惠啊!

这样的人物还有许多。

浪淘尽十年风流人物。留存在我记忆中的,都是些很优秀的中坚分子。他们中的执著者,有些人还真的修成了或大或小的"正果"。因通过这十多年坚持不懈的努力,他们的思想、境界、阅历、笔力、人生境况,肯定要比那些没有过那段经历的人士高出好几个等级。回想起来,这样的人物大概有好多位。这些心怀梦想、不甘平庸、不愿沉沦的血性男儿,他们才是这里真正的好男儿!

张君可能就是他们中最具代表性的一个。张君是较早加入这个团体的一个。年龄似小我几岁,一头乌黑油亮的卷发,一副晶莹透亮的秀朗架眼镜。每次参加活动,手上或腋下,总是捧着或夹着大块大块的"砖头"——普列汉诺夫或者马、恩、列、斯论文艺之类的经典著作。这些精装的沉甸甸的大部头著作,当然加重了他自身的分量。我知道,它们都是他从不远处的区图书馆借来的。每逢小组活动,下班以后,他总会直接去那里:忍饥挨饿,争分夺秒,预购先饱读一通。也就是说,每来参加活动之前,他已在图书馆那冰冷的书桌上阅读了好几个小时,显然是个理论与实践并重的实干家、饱学君子。然而,一旦与人"理论"上了,他倒没显出有特别的"强项"。后来我知道,他老是以自己的谦逊,宽谅了那些咄咄逼人者。好几个夜阑人静的深夜,我俩意犹未尽地站在寒露四下的街头,就有些问题——当然是文学上的问题、理论上的问题交换看法。通过倾心交谈,我发现他实在是个博学、多思、勤奋、好学的优秀分子。只是他的含蓄和大气,使他显得不那么锐利。其实是种误解。而就这样一位内秀沉雄的追求者,在付出了近十年的艰辛,正等待收获时,却突然撒手人寰了!他的英年早逝,怎不使我哀思阵阵、悲痛难抑!

　　我的好人啊。都是些真正的好人。你们曾以你们有形或无形的身教言教,给了我无数的帮助。这些好人,如多年担任组长的勤发兄。来小组之前,他已供职于某报刊,称得上专业人士⋯⋯那年,时代巨变,百废待兴,上海作协举办短篇小说讲座,文化馆仅得两张听讲证,其中弥足珍贵的一张,他就赐予了这个群体中最不起眼的我。他的厚爱,如同再造,我始终不敢忘却的。为此,我一直把他视为我的恩师之一,实在不过分的。还有勤奋而多产的朱兄。朱兄玉琪,他也完全有资格为我的蒙师。有一度,我们交往甚密,就文学和创作,屡作认真交流。他的作品,他的见解——短篇小说,须是"一把刀杀下去立即鲜血淋漓"等等,都曾使我获益匪浅,实在是我不可多得的良师益友。还有为我敬重的魏兄——其实他还小我几岁,而我从来把他当作仁兄看待的;虽然他至今没有一个字儿面世,但他的文品和人品,还有他的多才多艺、严苛自律,都可引为我师的。还有那个曾名噪一时的樊兄。尽管,他曾以他的直率给过我不痛快,但他毕竟给过我友谊、曾温暖过我那颗孤寂的心。朋友们,是你们改变了我,你们以你们的友爱和宽容大大改变了我,是你们给了我巨大的福祉——光这点就已足够了,我还祈求什么呢?!

　　也许有人会问:光阴荏苒,这十多年间正值青春年华,你一个热血青年,有没有邂逅过情爱?怎么没有呢。这种情与爱,也许有过,也许被我忽略了。然而,青春年少,气血方刚,人非草木,孰能无情?沉寂的心湖也会激起层层浪花,只是它稍稍探露尖尖角,就被那双无形的大手坚决地掐灭了。不是因为其他,而是因为不配——革命尚未成功,同志你还须努力哪。

然而这里凝聚起的浓郁氛围,在一个晚上就被冲散了。时代变迁。文庙门外,路边街角,渐渐复苏了市声。伴随着市声渐起,那座"庙宇"外,逐渐聚起了小商小贩。不久,文庙路、中华路交会处,那个"丁"字路口,一条狭长的弄堂里,突然冒出家信用社。这家毫不起眼的信用社,从事的却是日趋火红的证券买卖。随着这家信用社门外整天不散的喧嚷声骤起,终于在一夜之间,冲淡、冲散了那座孔庙里凝聚了十多年的馥郁的文化气息。

"经济"在人们的生命中扮演着日益重要的角色。相形之下,"文化"却是可以等而下之的。"经济"登临舞台,"文化"就该下台了。不久,文庙成了全市乃至全国闻名的书市——旧书交易市场。这个日趋兴旺的市场,就辟在大成殿前、以前那条甬道的所在地。这个旧书市场,从开始逢年过节的特价书展,扩展到每周末一次的旧书交易,很快形成了规模经营,迅速变成了一种产业!

每逢市场营业,我总会早早地起床,快快地吃过早饭,匆匆地赶过去,(从我复兴路上的那个斗室,去文庙很近的——徒步不过三五分钟)然后徜徉在书的海洋里,指望能披沙拣金,发现什么珍宝奇玩。直至中午或下午,捧回大堆的书刊。然后顾不上午饭或晚饭,一头扎进字里行间,草草浏览毕,等待以后挑灯夜战。现在想来,那些年里,我是很淘到过几本好书的。它们使我开卷有益、受益匪浅。我想,我能有这样的福分,完全得益于我家与文庙相近,我与文庙,或者说,文庙与我有缘。

在那些近似疯狂的淘书活动中,我很是遇到些奇人奇事的。印象特深的,是一对父子。

那天阳光很好。转到中午,我已拎着、捧着、夹着大大小小的马甲袋,袋里装满大小不等、新旧不一的书籍。这些由"木头"转化来的旧书,原本就很重的。但我依然不甘心,还怕错漏了什么,以免有遗珠之憾。时近中午,饥肠辘辘,两腿滞重、酸痛,寸步难行。我打算再兜一圈,就回家休息了。但就在拐到大成殿右侧那个较冷僻的角落——那里星散着几个地摊,一个男人的哭声引起了我的注意。我所以说他是男人,皆因他的嗓声、他的躯体以及唇上那两撇茂密的"汗毛",都表明他已发育成人,虽然他那个明显膨胀的身子还塞在一辆小小的童车里。不用细辨,我就知道他是一个脑瘫病人。我很快走向他,弯腰问他:有什么事吗,我能帮你什么忙吗?他没有回答,反而哇哇哭得更起劲了,眼泪鼻涕一大把。这样的情景委实很令人心酸的。他终于哭停了,抽抽搭搭、语不成调地告诉我:他的爸爸不见了;他爸爸已消失很久了,一定把他抛弃在这里了。他的表述令人费解,他显然不是本地人,但我还是明白了他的意思。我很快联想到自己曾有过类似的经历。悲愤之余,我决定帮助他,为他找回他的父亲。当时,我还没有拄上拐杖。下肢没有拐杖支撑,每处都疼痛不堪,再说已经行走、站立了一个上午。但想到这样一个病人,竟被他的亲人抛弃了,我就顾不上了。我问他能不能为我捧住书,这辆狭小的手推车,装载着他这么一个胖大的身子,每条缝隙都已涨满,快要绷破的样子,哪里还放得下书!而我手上拎着捧着这些书,根本没法推车。幸好他还懂得配合,张开两条无力的手,把我的那些书紧搂在怀里。这样我推着他和我的书,开始了漫长的寻找历程。时近中午,书市里仍然人山人海。转了一大圈,小伙子还是没见他的父亲——从我推他那一刻起,他就停止了哭喊。这时候,我倒很希望他继续亮开嗓门,以那种悲痛欲绝的调子失声痛哭的。空耗了半个多小时,依然毫无结果。我不禁为他、也为我焦急起来。我正寻思要不要报警,譬如通过书市广播站为他招呼几声?迎面走来了一个男人。他很平静地朝我微笑。车上那个病人立即转愁为喜,含糊不清地喊了声"爸"。我毫不客气地批评了他:怎么可以丢下自己的孩子不管,万——……不料,他以那种很平静,很不以为然的口吻对我说:怎么会呢! 丢不了的,这样的孩子,谁会要呢? 一口外地口音。即使丢不了,孩子老半天见不到你,他不着急吗? 他急什么呢,我不是看见你推着他到处转悠散心吗?! 看他额头上也是汗津津的,手上马甲袋里也装有不少书,我原先那颗戚戚的心,便很快欣欣然了:有你这样说话的吗,连声"谢谢"都吝啬得可以! 他笑了。我也笑了,为这对父子,也为这种纸制品对于人的诱惑,更是为了我自己。想起当年我曾经为之付出的努力,想到现在我正为它作出的努力,我百感交集……

十多年前,我终于搬离了老城厢,居住在这座城市的西北角。我去我的老家,去地处城市东南角的"文庙",要穿越好几个区域,很有点长途跋涉的意思。多年不骑自行车的我已有了一辆耗油严重的机动三轮车。每次去那里,我都要兴师动众:耗时、耗力、耗油、耗钱,再说我老了,又在病中。但那里,我是说文庙,那里的点点滴滴,我还是相当熟悉的,并且很想知道的。

2005 年 4 月 7 日一稿
2005 年 6 月 19 日二稿
2005 年 10 月 25 日三稿
2007 年 11 月 6 日四稿

短篇小说

鸽　子

　　小时候，只要哭闹，母亲就会说："告诉人民警察，让警察抓去。"这时，我总会睁着泪眼，怯怯地向那四扇窗瞥一眼。花脸却不同。他母亲叫嚷喊警察，他就霎时哭停，问："大马路的还是小马路的？"如答以"小马路的"，他则继续哭自己的。"小马路的警察"就是降落伞了。

　　降落伞住在对面九间楼的二楼。

　　那时，我小腿开刀不久，不便多走，不是把头夹在裤裆里看蚂蚁搬家，就是看花脸把毛豆虫捉到菜场偌大的地秤上活活烫死，要不就呆坐在家门口，看着九间楼顶上一片长条的天，端详着形状不一、缓缓飘过的云，想着天地人间乱七八糟的事。

　　有时，降落伞只要见我呆坐，就会伸出两个手指，在窗台上一高一低地走——他暗示我的腿。我扮个猪头回击他——他脸型阔大。他还我一个尖嘴猴。我使劲鼓鼻翼。他朝我瞪眼挥拳,我就不敢放肆了。

一天,见降落伞胳肢窝夹一只皮鞋盒下楼,知道他要驯麻雀。我兴趣陡增,慢慢地跟去。

降落伞似乎什么都喜欢:天上飞的,地上爬的,水里游的。休息日整天伺候它们:给它们洗澡、梳理,陪它们溜达、玩耍。为了热带鱼,他天天去蓬莱市场买鱼虫;鱼虫断档,他去浦东捞鱼虫,还差点跌进粪坑。有只过冬的黄蛉死了,他做了只精致的有机玻璃盒,把它安葬在天井的夹竹桃下。前些天,他不知从哪里弄来四五只黄口雏雀,整天捧进捧出,立志要训练它们的条件反射。皇天没有负他,小麻雀总算会随他的口令蹦跳、扑飞了。

训练开始了。他把皮鞋盒放在青石上,手往嵌有红线的警裤上擦了擦,从袋里掏出一块黑乎乎的东西,迅速投入嘴里使劲嚼嚼,然后,吐入掌中。准备就绪,他从盒里抓出一只麻雀放在泥地上,跨腿,半蹲马步,展开手臂,撅起厚厚的嘴唇,发出"嘿嘿"的口令。那灵性的东西斜了斜脑袋,一蹬腿飞起,稳稳当当停在了他的手臂上。

一阵喝彩。

他扬扬头,翘起手指在掌中刮点糊糊,塞入它的嘴里。旋即用舌头舔了舔完成任务的它,小心翼翼地把它抓回盒内,捉出另一只。

这一切,他做得有条不紊,丝丝入扣。我们把他团团围住。他饱满的团脸上闪着得意的红光:"走开,线外站着!"他摆出卖拳头的架势,对花脸高喝。"线?哪里有线?"花脸翻白眼。"滚!"他粗起脖颈,"再嘴硬,把你拎出去!"花脸撇撇嘴,不敢吭声了。我知道,这是降落伞的脾气:心情越舒畅,火气就越大。

他答应我们的要求:让五只麻雀一一飞临他的手臂、肩上、头顶。表演本可以到此结束了,但花脸脸露不屑冷冷地说:"一只只飞不稀奇,五只一起飞才稀罕。"他瞪花脸一眼,沉吟半晌,爽快地把五只麻雀全放了。麻雀们左盼右顾,在泥地上悠闲地散着步。"嚯,嚯嚯",他发出口令。但五位兄弟傲慢得可以,不愿遵命。这情景有点尴尬,让他脸上无光。这时,祸从天而降:一只篮子骤然从廊檐上滚下,恰恰砸在五兄弟中间。麻雀们大吃一惊,刷的一哄而散。两只泊上那株有百年高龄的歪脖子古柳,三只蹿过马路落在我家的高平房上……

降落伞仰起肥硕的下巴,傻了眼。

花脸掩嘴偷笑。

降落伞警惕地扫了大家一眼,见我们的神情像他一样肃穆,也不便发作。找不到发泄的对象,他只能拼命呼唤。柳树上的两只似乎略有所感,扭了扭头,悲悯地看了看他,仰望起黄昏苍茫的天。高平房的三只根本不为所动,居然在溜直的屋脊上踱起了方步。

暮霭渐渐浓了。降落伞绝望了。篮子是他家的,能怪谁呢?他颓唐地坐在青石上,时而仰视柳树,时而眺望屋脊。

"不是黄雀,哪能驯得回家?"

"喂饱了的,回不来了。"

老人劝他。他怔怔地看了它们一眼,骄傲地说:"看好了,天一黑,它们定飞回,它们认识我,知道夜里有皮虫吃!"降落伞显得自信。

然而,它们并没有回家,纵然他开了整夜的窗。

降落伞扬言要对花脸报复。是花脸提议做集体表演的。他就是这样,虽然年长我们十多岁,但跟谁过不去,仍会耿耿于怀。他曾跟我们中的一个打赌,报出与南京路交叉的、从西藏路到河南路的横马路。他居然带着一帮拖鼻涕的孩子顶着烈日大老远跑去验证。结果他赢了,非要人家买冰砖。人家哪来钱?买根棒冰他照吃。

其实,他的性格是不适宜干那种工作的。这要怪他父母。听老人说,他父亲解放前当过巡警,后来当了人民警察。没干一年又转业做了炊事员。因为他母亲只要丈夫超过规定的工作时间不回家,她就会去分局门口喊吃饭。这一变迁使他家的成分有点不伦不类。邻里间一有纠葛,别人就"包打听"、"饭乌龟"地骂。他母亲后悔做了错事,把重振门庭的重任寄于独生儿子的身上。降落伞初中毕业,她让他考了警校。然而,他家女孩多,阴气重,生就这么个脾气,连花脸都不怕他。

花脸不怕降落伞,是因为降落伞怕母亲。有事只要去降落伞家告状,他总会被骂得蔫头耷脑,甚至还会赔礼道歉(即使对小孩亦如此)。他母亲以家教严自负,从不给子女零用钱(即使参加工作亦如此)。

稍大后,我仍有些怕降落伞。这倒不是因为他是警察,而是基于他整人的方法。他整人的方法厉害,譬如,他认为你不够朋友,见大家聚拢,他就问:"外滩看轮船去哦?""去!"群情激昂。他扭头就走,屁股后立即跟上一大群。但走了三五步,他又止步,亲切地问你:"你妈会喊你吗?""不会。""你就别去了吧?"说完,他转身不理你了,这时,就会有想去外滩的人劝你,哄你,勒令你,推搡你,再要好的朋友也会经不住看轮船的诱惑背叛你。一颗火热的心遭到了冷遇,自制力差的会委屈得哭出声。而只要你一哭,他们就"一路行军一路歌",喜洋洋地一走了之。被大队人马抛弃的你,空对着寂寞的街景,深感着孤家寡人的凄凉,难受得几乎想投江。实际上,说不定他只是把他们带到一条不远的弄堂,给他们讲些有头无尾的故事,严重些的还会动员所有人在一星期内不准和你说话。

因此,像我这类需要人抚慰的,总是不择时机地讨好他。逢年过节,手上只要有点什么,就想迫不及待地向他进贡。他呢,看出你手上有香的甜的,故意把鼻唇沟拉得一高一低,露出鄙夷的样子。而你刚举手,他就敏捷地抓过,满不在乎地说句"喂鸡"或"喂鸟",大大方方揣入袋里。那东西是否真的成了鸡鸟食,就不得而知了。

三天后，花脸对我说，降落伞敢对他怎样，他就告诉阿灵。阿灵是他哥哥的好友。他哥哥去插队前关照过阿灵照顾他。

阿灵在这一带才算人物。他的年龄虽和降落伞相差无几，且瘦削羸弱，但谁也不敢轻视他，相反把他当做追随的偶像。就在降落伞养麻雀的时候，他已拥有一批鸽子，霸占这一带的制空权。

那天，花脸一定向阿灵告了状，阿灵有意找碴来了。他拉下小白脸，优雅地拍拍降落伞的阔肩，说了句很出色的浑话："你不要这么样的那么样，如果这么样的那么样，别怪我这么样的那么样……"降落伞眨眨浮肿的眼睑，看看矮他半头的阿灵，只能撅撅嘴唇，不满地咕哝。

这时，我忽然想，降落伞为什么不拿手铐呢？我真的见他有过一副白手铐。

在一个深秋的夜晚，当我见他默默坐在青石上的时候，奇怪，我竟然会怜悯他。夜已深了，他还会凝视我家那排高平房的屋顶。难道他还在思念这些背信弃义的东西？我长长叹了口气。他回眸瞥了我一眼。在幽暗的灯光下，我看见一双熠熠发亮的眼睛。"你的腿好了，刀口长齐了？"他轻轻对我说，伸手要撸我的裤管。我慌忙后退，心头热呼呼的。"等你可以走远路，我带你去广场。"

"人民广场？"

"那里遍地是鸽子。喜欢鸽子吗？"

我点点头："花脸说，阿灵的鸽子全是在那里用粮票换来的……"没等我说完，他气呼呼地打断我："我要养鸽子了，真的！"

看他脸上陡增的豪情，我将信将疑。

养鸽子是很威风的，但也是很不容易的。首先，养鸽不同于养鸡，可以随便用剩菜馊饭搪塞。鸽子只吃粒粒如珍珠的玉米。在当时，玉米是很难觅的。其次，养鸽需要雄厚的社会基础。这些人平时随鸽主人涌来涌去,到为鸽子闹纠纷的时候,就充当打手——去讨索、交涉、斗殴。一次阿灵的白鸽被后面的外国老头"鸽"去了,他带人去索回,人家不认账,他们打落了人家两颗门牙,赔了50元才息事宁人……

在这条路上,我隐约觉得只有阿灵可以养鸽,其余的人根本不配。不说什么,就说阿灵这座矗立在九间楼顶上的有两只菜橱那么大的鸽棚,并非是等闲之辈可以竖起来的。花脸告诉我,它的三角铁框架来自附近中学的课桌椅;木材来自某小学的卫生室;顶是拆了给水站的棚子做的。而那些用来换鸽子和鸽食的粮票就是小兄弟们募捐的。这些人反正是"插兄",什么事干不出?

我沉默,不敢说什么。降落伞仿佛被人催眠了,昏昏欲睡。忽然,我听他说了三声"粮票"。

"粮票怎么啦?"

"有粮票就有鸽食,有鸽食就有鸽子!"

他说的没错。

"你有兴趣?"他握住我的手:"你有兴趣,我们合养好了。鸽棚搭在我家里,我不在,你帮着照看;我在家,有野鸽子飞来,你喊我,我马上放鸽子!"

他手心有电流。热流游遍了我周身。"粮票,我,我有办法!"由于激动,我说了句本不该说的大话。

"够朋友,"他搂搂我的肩,"大家都想想办法,你我两人都想想办法!等你的腿好了,我带你去广场。不过,这事不要跟人说!还有,从明天起,别理睬花脸,这小赤佬,哼哼!"

我受宠若惊,拼命点头,从此完全忘却了他的身份。

翌日早晨,我在门口"卖饭碗",偶然看见站在窗前、两眼充满期待的他,这才觉得,那大话是说不得的。我哪里去弄粮票?母亲把粮票藏在加了两把锁的抽屉里,不等月底米吃完,是轻易不开锁的。于是,我真想冲他喊:"我不干了!"

"慢慢来,别着急——办法总会有的。"他轻松地对我说,"昨天,我去广场了,一只雨点,只要20斤'吃头'。""吃头"即粮票,当时很时髦的说法。平时从小流氓嘴里听着顺耳,可出自他的嘴却显得别扭。"我穿制服,他们不开价,明天穿便服去,兴许能找个葱头斩斩。"

见他这么自信,我觉得对不住他,暗暗下了"慢慢来"的决心。回家后,我翻箱倒柜,找遍了可能放粮票的地方。一天,我偶然在一只破旧的塑料皮夹里翻到一张簇新的5斤粮票。兴奋之余,冲到他家楼梯口大喊大叫起来。"干什么,干什么,干什么,没下班!"他母亲在楼上严厉呵斥。意识到自己的得意忘形,我忙羞愧退出。我坐在十字路口的烟纸店门前,决定在路上候他。他终于走来了。

穿制服的他显得威严,脸上的每根线条都抽得紧巴巴的。"阿,阿兴,"我跌跌撞撞地向他扑去,"粮……粮……"我满以为他会报以一团和气。没料到,他只当没见我,昂首阔步,目不斜视,俨然神圣不可侵犯的样子。我感到莫名其妙,立时想起了花脸的话:只要他穿着制服,在路上即使喊他十遍都不会理你。

脱去制服,他脸上的线条柔和多了。"吃,吃头有了,是5斤!"他迅速接过粮票,夹在指缝间对准夕阳照了照,向我报以大度的一笑:"谢谢你了!"我脸庞发烧,这可是合伙人应尽的义务呀。

那粮票一定是母亲遗忘的,以后我再也没有找到大票面的粮票。不过,一二两的碎粮票还能找。那是母亲买豆浆兑下的。五天后,我又交给了他1斤3两碎粮票。他喘着粗气,利索地塞入裤腰的表袋。"昨天,我去广场了,一只绛鸽,出色透顶,只要25斤,便宜极了!"

上次说20斤,这次涨到25斤,还便宜极了!"我,我有几斤了?"一着急,我说错了,不应是"我",而是"我们",因为我们毕竟合伙了。"6斤3

两。"他不高兴了。半晌，他突然搂住我的肩："瓦西里娅夫娜，"他把我当作瓦西里的老婆，亲昵地对我说："粮票会有的，面包也会有的！"

我诧异：怎么粮票会有呢？

他凑在我耳畔道出了一个攒钱的方案：拾碎玻璃卖。我不愿意，被花脸他们知道会编进歌里的。但转而又高兴，这样，我岂不更有出力的资格了？于是我答应试试。

附近的两所中学和三所小学是我们的工作范围。每天黄昏我在青石上等他。他从家里拿只公文包，我们把拾来的碎玻璃装入包里，这样即使被人撞见也可以处之若素。

说干就干，第二天没到黄昏，我就忐忑地等他了。他换件卡其便服，胳肢窝夹着只黑色公文包，蹬着老开皮鞋出了门。他会意地朝我微笑，在前面带路。幸亏腿上的刀疤已愈合，我才勉强赶得上他。

刚到那所被砸烂的中学门口，他急不可待地把公文包塞给我，朝敞开的大门努努嘴。怎么，他不进去？他不进去，万一……我恐慌。

他对我絮絮开导。他说，他会拥有大群良种鸽子，到时被人发现拾过碎玻璃，说不过去；再说，他会跟阿灵为鸽子闹矛盾，甚至还会较量。最主要的是，他是干这一行的，万一组织找他谈话，问题就严重了。而我反正还没有暴露身份，再说是小孩，家里又穷，拾碎玻璃不坍台。总之，他要我充分认识工作的艰巨性和光荣性。

"我在门口为你放哨！"他把包往我怀里一扔。

我只能撑着胆，走进这空无一人、阴森森、乱糟糟、脏兮兮的校园。死寂的沉闷，漾着一股不祥的气息。砰、哗——一扇钢窗磕碰了一下，震颤的余响在我空虚的心腔回荡。

太阳正西坠。落日的余晖薄薄地洒在空旷的操场上。凛冽的北风追逐着纸屑满地滚跑。北端的6层教学楼，浅灰的墙面墨迹斑斑。所有的窗玻璃全没了,远远望去宛如一只只深奥莫测的魔眼。

玻璃片稀稀拉拉散在操场上,有的已被雨水揉进了土里,浅浅裸露,形状不一的碎片,在夕阳下正发出若隐若现的光亮。突然,我发现这空间竟会如此宽广、如此深沉、如此空洞,而我自己竟然这么渺小,我感到一颗小小的心脏在狭窄的躯壳里那么强烈地跃动。于是,我害怕了,转身向外奔去。我几乎跟人撞了个满怀。"你找谁?"那人蓬首垢面,胡子拉碴,两眼下陷,闪烁着细密的光。

"我,看看!"我落荒而退。

手插裤袋,悠闲地倚在校门口的降落伞见我蹿出大惑不解:"什么事?"

"有人,有,有人!"

"我陪你去……"他略略思索,精神为之抖擞。"不,你站着别动!"他恶狠狠地指指校门,"我去去就来!"

我茫然。十分钟后,我见他全副武装、身穿藏青的制服,杀气腾腾大步跨来。

"走。"他气汹汹地拍打我的后脑。我们如入无人之境向校园长驱直入。有他在,我环顾微染暮色的操场,放心地拾了起来。他始终离我三米半,双手插裤袋,幽幽地吹着口哨。

我贪婪地拾着,直到北风吹痛了我的手,地上良莠莫辨才歇息。

趁着夜色,他抓过包,掂了掂,傻乎乎笑了。路上他提出改进方案:明天带把锯条,把埋在地里的也取出来;不能再穿制服了,这样太醒目,穿条嵌线的警裤就足以吓退人。"带个手电筒!"我提醒。"不行,太招摇!"说完,他撇下我匆匆地走。没到家,我就听到那四扇窗里发出了刺耳的喧嚣。想到自己的下场,也不禁惴惴起来。那天,就差点被母亲打了。

冷空气南下。气温骤降。母亲从箱底拖出哥哥的破棉袄。我自觉地穿上了它,以免着凉生病。

一连三天,我们都去那所中学。猖獗的寒风从过宽的袖领口蹿入。封冻的泥土坚硬如铁,锯条不断从僵直的指端滑落。我挖着,掘着,眼冒金星,虚汗直淌。想到人生的不如意,我直腰看了看凄凉的校园,拖着疲惫的步子朝传达室走去。

降落伞在传达室。每次来他都待在那里。我推他,他迅速举手挡住了脸庞:"干什么!"见他反应如此灵敏,我扑哧笑了。

"这一点点。"他不满地摇摇头,望了望天。

我鼓起腮帮,要多少才够换一只鸽子?

他重重叹了口气:"唉,少爷、小姐、官太太,娇气坯!看我的吧!"他抢过锯条,朝操场走去。

他比我干得出色。硕大的头颅捣葱泥似的一磕一磕。那神情活像老农在插秧,不同的是,老农是后退,他是勇往直前。

他生气了?一定的。要不,他为何跟人过不去似的使劲。我有些害怕:"喂,阿兴,我们换个地方吧,这里太……"

"战争的伟力在于民众之中!"

"废品站要不要?"

"你要知道梨子的味道,就得亲口尝尝!"

"卖给他们多少钱一斤?要不要工作证?"

"小小环球,有几个苍蝇碰壁、嗡嗡叫……"

他越干越快,显出走火入魔的疯狂。

我堵在他面前:"我来,我找到窍门了!"他撸撸脑门上的细汗,故意显得不情愿。怀着赎罪的心情,我更卖力了。他跟在我身后,向我描绘着一幅美丽的百鸟飞翔图。

他的鼓动大大加快了工作进程。一星期间,我们转战了两所中学。旌旗指处,所向披靡。他家楼梯下的草包撑鼓了。他提议去废品站卖掉。

星期天一大早,他扛只米粉袋,雄赳赳地来找我。

戴压发帽的女人朝一脸庄重的他睨了又睨,不断朝那警裤投去疑惑的目光,换了只大秤星。"35斤半!"女人清亮地喊出一句。算盘珠木木地响过后,他表情呆板地从一个鼻尖上架着眼镜的老头手里接过一沓子钱,拉住我就走。在穿马路的时候,他迅速点了点手中的钞票,撒腿奔了起来……

有钱有粮票,可以去广场了。

天蒙蒙亮,我起了床。匆匆扒了几口饭,坐在门口等降落伞。四扇红漆窗紧闭着。要不,他撇下我走了?于是,我拉开喉咙七嘴八搭唱了起来。这也算是投石问路吧。唱着唱着,我觉得后悔:当初就不应该答应做"地下工作者"。这"地下工作者"不方便,要不,现在喊一声"阿兴,广场买鸽子去啰",多神气。

日头爬上了九间楼屋脊。红漆窗棂启开了一条缝。他还在睡觉!降落伞睡眼惺忪地瞪我一眼,砰地磕上窗。这时我才觉得自己心急来早了。

他抹着嘴,穿件宽大的对襟棉袄,提只灰色手提包。他几乎没看我一眼。我不敢招呼,紧紧跟上。"哟,便衣警察!"坐在青石上的阿灵一个怪叫:"拾皮夹子去哦?"他高昂着头,鄙蔑地哼了声。

"别理他,戆大!"阿灵说。

走出这条街,他依然昂头没理我,而且步子越迈越大。几次喊他慢走,他都没理会。我只能一溜小跑,腿上的刀疤隐隐牵扯痛。忽然,我察觉他的神气不对劲:眉宇间透出股杀气,嘴唇绷成张角弓,两眼似瞪非瞪。我发现,这种神气只有去搞谋杀的政治家和去充军的强盗才会有!

我检点起自己的言行。我并没有对不起他呀。

一路上,他没跟我说过一句话。我委屈得直想哭。

令人神往的市场在广场的西北角。没遮没拦的一块,挤着一大群人。

有的手提六角笼,有的手握绢头包,而有的两手空空。有货和没货的熙来攘往,或高声,或低语。白的、灰的、绛色的,大的小的,瘦的胖的,令人目不暇接。这真是个好去处,我东张西望享受了起来。突然,我发现降落伞不见了。

我终于看见了那颗昂着的头颅。他如鱼得水,只要人家手里有货,他开口就问,没等人家回答,他抓过鸽子不是把翅膀当檀香扇似的拉了又拉,就是伸出三个指头捏住头颈拗了又拗。让我诧异的是,那东西的头颈好像装着根生锈的弹簧蛇皮管,随着他手指有节奏地拨弄,居然会发出吧嗒吧嗒的微响。"雄头!""雌头!"他板着脸下结论,然后塞还主人,摇头转身冲向另一家。这气势潇洒透顶,着实使卖主吃不准来头,也使我充满欲望地想拗起了那东西的头颈。

兜了个大圈,他仍然没有成交的意思。刀疤在微痛。看来他不过足拗头颈的瘾,是不会把包里的死货变成活货的。

那天,我们逗留到午后,还是一无所获。我不满他的奇货可居和独断专行。但看他忧伤的样子,不忍心发泄。走了很久,他才轻声细语披露了心迹:他一定要找只像阿灵那样的挑花眼绛鸽,"寻个葱头斩斩,或许会找到的……"

从此,他天天下班去广场寻"葱头",千方百计想找个"葱头"斩斩。我对他的斩葱头不感兴趣,并暗暗不快:你怎能跟阿灵比?阿灵有小兄弟进贡,你有什么?只有我——花脸还算不上呢。我不想去广场了,不仅因为小腿不胜任远足,而且因为母亲对我严加看管了。不幸的是,我越来越想拗拗那东西的头颈潇洒潇洒了。

不久,我终于潇洒了,而且还不止潇洒了一次。一天晚上我大胆地从母亲的钱包里偷了张5斤的粮票。第二天我就交给了他。他大喜过望,答应明天就请假带我去广场。在去广场的路上,我告诫自己千万不能把粮票的来历告诉他,说不定他会大义灭亲,顺路把我送进局里。可能他见我无精打采,要不就是由于粮票的缘故,他每次尝够绢头包鸽子的味道,就递给我。他态度谦恭,仿佛我是他的老师。看着卖主眼里的钦佩,我故意摆出操有生杀大权的样子,捏起了那东西的头颈。然而,每当我接过那热烘烘、肉团团的东西,手指间什么感觉都消失了,唯留下毛茸茸的震颤感。

买卖成交了。降落伞找了个"葱头"忙斩了起来。

那是一只淡绛。尽管人家早就说明是雌鸽,他还是把它的头颈拗了半天,才响亮地报了个"雌头!"人家开价35斤,他还价20斤。最后以20斤加2元钱搞定。银货两讫后,他握住淡绛的小脑袋凑在眼前看了又看,还撅起嘴唇对准那五彩的眸子吹了又吹。他喜不自禁,以为拾到了便宜。我却怀疑它是瞎子。看看,他把唾沫星子都吹上去了,它还自信得连眼皮都不眨。

"挑花眼,挑花眼!跟阿灵的那只一样!这个葱头,木瓜,这么好的吊(鸽)……"

我大胆提出了自己的疑问。

他跺起了脚:"你为什么不早说?!"

我们立即去找那个"葱头",还能找到?

尽管我怀疑它是只鸟眼绛鸽,但毕竟高兴。我们有鸽子了!

不久,我们又添了只大鼻子雨点。

看来鸽棚成了当务之急。我几次三番向他转弯抹角暗示学校的课桌椅,他都没有理会。他总在愁眉苦脸。一天他想起在这一带颇有名气的柴爿行。他说,只要摆出淘旧货的耐心,不要说搭鸽棚,就是搭灶间都不成问题。

他没有说错,花脸家的圆台面的材料就是出自这家柴爿行。每天下班,他兜个很大的圈子去那里。但由不得他,待他下班,柴爿行也只剩下名副其实的柴爿了。这时,阿灵又在屋脊上竖了只高高的鸽棚。人家在不断扩建,他却把鸽子养在床底下,连我都感到难为情。

　　他发了狠心:星期天非去柴爿行坐等不可。那个星期天浪费了。第二个星期天他偕我同去。盼着太阳向西斜去,从不抽烟的他去烟纸店买来了两支三分的"跳马"。抽着烟,他拍腿大叫:"咦,摆着你是干什么的?!"他想起我的责任,要我在这里等候:"货一运到,马上通知我!"

　　"怎么通知?"

　　"打电话!"

　　"我不会,真的不会!"

　　他叹了口气,鸽棚他早已设计好了,就搁在他家窗前廊檐的瓦片上,将和我家隔街相望。这可以充分发挥这个地面瞭望哨的作用,我即使在吃饭、看书、扫地甚至睡觉,都可以随时发现野鸽子飞临。他得到警报就立即放鸽子,一举把野鸽子"鸽"进……我被他说服了,答应每天来这里值班。不过,我申明不打电话,宁可去单位,就说他母亲喊他。

　　我在那里待了三天。第三天吃过午饭再去,一车柴爿恰好运到。顾不上母亲多次提出的饭后不准奔跑的警告,我心急火燎地朝他的派出所奔去。他正把脚搁在抽屉里想心事,见我一到便像踩中地雷似的挺起身。没等我开口,他却急切地问:"我妈怎么啦?""你,你妈肚子痛,喊你!"他的脸霎时红了红。

　　向一个中年人耳语了一会,推我就走。行人不时向我投来不安的目光。临近敞开木门的柴爿行,远远看见一大堆簇新的柴爿以及三两个弯腰的捷足者,他便奔了起来。正在捡柴爿的人见他奔来,以为发生了什么事,都不约而同站起了身。他毫不理会人们的怪异,向棚栏扑去。蓦然,他止步低头检查起服饰。我发现他棉制服的外套勾了个大三角。"娘妈蛋,娘妈蛋",他眼圈发红,叽叽咕咕。我感到丧气。他呆呆的,竭力想用手掌抚平那三角,但手掌离开,三角又无力耷下。他索性剥去外套,一头扎进怪味刺鼻的木柴堆里。"接住!"他拾起一根根木条,头也不回地朝我手上、怀里、胸前噼噼啪啪扔来。我冒着被砸得鼻青脸肿的危险,奋不顾身地揽在怀里。

他成了扫荡的日本兵,把一堆足有两吨重的柴爿翻了个底朝天。付了钱,他扛起两大捆柴爿,嘴里还骂骂咧咧的。他舍不得这件新制服。

"材料准备就绪了吧?"我催问。他总是皱着眉头说缺这缺那,如天棚上的铁丝网、活络门的粗铅丝,还有油毛毡。

我觉得惭愧,我这个合伙人是不称职的。我暗暗地想为他分忧解难。机会有了,路旁的建筑垃圾处偶尔有大块的油毛毡。我寻了起来。由于冷和累,我病了。躺在小阁楼上,我一刻也没有停止对他以及那事的思念。从老虎窗可以眺望那四扇红漆窗,静夜时分偷偷爬起常能看见他托额的侧影。

一个星期天的上午,对面传来了隐约的敲打声。倾听良久,我激动万分。他终于动手了。那声响在我心间无疑是宫殿的打夯声。

乒乒乓乓的声音持续了一天。我如闻仙乐,病也好了大半。傍晚,我能下楼吃饭了。

手上捧着碗,眼睛却朝窗外"卖野眼"。四扇窗已被拆去,四方方的窗框时而升起一张污垢的脸。鸽棚搭成了?我机械地扒了几颗饭粒。果然,一只黑漆漆的大箱子崭露头角。他涨红着脸使劲地抱住它要往窗台上搁。他母亲在一旁脸罩萧霜抽动着嘴角。她在骂他?一定的。

我默默地扒着饭,满心委屈,为他委屈。唉,养鸽子容易吗?好,他妹妹来帮他了。两人合力把箱子搁上窗台。他赤脚跨出窗外,站在那陡而狭的廊檐上。小心,瓦片滑!我心里惊呼,胡乱扒完了饭。

路上聚着三三两两的人。他们对箱子指指点点,议论纷纷。看仔细了,它既不像箱子,又不像笼子,倒像一只威武的非洲狮子。它斜侧身,蹲在倾斜度很大的廊檐上,虎视眈眈地傲视着胆敢藐视它和它的主人的芸芸众生。它将宣告阿灵在这一带独霸蓝天的历史结束了。还在倾斜的瓦片上蹲上蹲下的降落伞在我的视线中模糊了。我眼前飞来了我们的鸟眼绛鸽和大鼻子雨点,它们带着它们的儿孙,在我的心中翻飞、盘旋……

一阵尖锐的嗓音把我从幻境中驱回。降落伞的母亲痛责起自己的儿子——他耽误全家吃饭了。降落伞脸上泛青,动作频率明显加快了。他在狮子头上攀完最后一根绳索,犹豫了一下,敏捷地跳进了窗。片刻,他又探出身子,把绛鸽和雨点移进了新居……

完事大吉,大功告成了。我粗粗地喘了口气,在心里喊起了"乌拉"。成功了,我们养鸽子了!心怀喜悦,我美滋滋地打量起这头漂亮的狮子……我仿佛发现它挪了挪身子,接着又往下挫了挫!不好,它在向下滑!紧接着路人一片惊呼,没等我回过神,它已轰然砸在石阶上。在蛋格路上痛苦地打了几个滚,它趴下不动了。

砰,红漆窗立时弹出一颗变了形的头颅。然后是地板一阵乱响,接下是一片死寂。

等我支撑着走到对面,降落伞已面如死灰地冲下了楼。他跌跌撞撞地扑向路中央的鸽棚,只朝活络门里张了张,便"哇"地哭出了声。他双手蒙面,顺势蹲下身子,呜呜地抽泣……

霎时。我愕然,惊恐,且先沮丧地将泪水掉在那嵌红线的警裤上……我久久不敢相信,降落伞竟会哭,而且哭得如此伤心。蓦地,我的鼻子也酸了:完了,鸟眼绛鸽、大鼻子雨点;完了,我的粮票、破玻璃……

原载《萌芽》1990年第2期

中篇小说

沉香阁

一

人们为什么叫它"沉香阁",它出自哪位建筑师的手笔,何年兴建,何年竣工,住过怎么样的人物……这一切,都没有出处。它犹如一位平凡的老人,衰老的记忆里没留下点滴值得保存的东西,但由于它的年龄以及周围的格局,使这里的居民深信,这是一幢称得上古迹的建筑。

距它百把公尺,有株奇形怪状的古杏。据说,那是当年东吴大将陆逊为他老母八十岁寿辰所种。这古杏,说是一株,其实是半株,甚至只能算一块树皮。就这树皮却有着惊人的生命力,每年冬尽春来,它枝叶盛茂,生意盎然。它的长寿常使人产生对远古的遐想,它的形状更令人诧异:粗壮的躯干,像巨人的身躯,根茎直插泥地,上面有个大而深的窟窿,酷似人的肚脐眼;两根苍老的枝丫,分叉向上,遥指天穹,像位站久的老人,忍不住伸起懒腰,打个哈欠。只差一颗头颅,它完全成一个人的形象了。听说,当年它确实有个脑袋,只是有一天它在雨中作祟,被雷公公挥剑砍去了。如不信,请仔细看,两条枝丫间隔一尺半,中间真可以安置一个头颅。

如果说,这奇特的古杏为沉香阁增添了神秘的色彩,那么,从这里朝西,穿过三条马路,有座有名有目的古楼正闪烁着历史的光辉。它就是明末伟大的科学家政治家徐光启家的祠堂。这祠堂究竟为谁人所造,附近的居民都不知道,无法考证。在扫"四旧"那年,这两进深的客堂里,人们看见摆着一张长长的供桌,供桌后,一挂杏黄的帷幕确确实实半遮着一座头戴乌纱帽,唇上有几绺稀稀拉拉胡须的干瘪老头的塑像。据说这就是徐光启……可惜这些本可以留给博物馆的东西,却被血气方刚的小将们砸了。昔日的祠堂,也被一家生产组占为工场。

早在1958年,社会上掀起一股采风热潮。本区文化馆有位年轻的创作员小韦,听人介绍这里住着一位八十高龄的老太,很熟悉这一带的掌故,于是,怀着虔诚之心,来沉香阁采风。老人确实知道许多值得记诸文字的东西,只是实在上了年纪,又犯重听,费了许多口舌,才明白年轻人的来意。老人叽叽咕咕、断断续续地说,年轻人凝神屏息、竭尽全力地听,好不容易分辨出"长毛"、"小镜子"什么的一词半句。老太是广东人,而小韦是地道的山东人,山东对广东,只好一懂也不懂了。小韦凭本能觉得,老人是个活资料,异常宝贵。于是,他决定第二天带台录音机来组织抢救。不料,没等小韦赶来,老人带着一肚皮宝贝在当夜过世了。小韦扼腕叹息,后悔无穷。叹息之际,他灵感突发:对呵,何不找老太的儿子聊聊,说不定能从他嘴里掏出一鳞半爪。一接触,人家不愿意谈。什么原因?

那人在旧社会做过道士,现在是新社会,思想觉悟提高了,总认为往事是和迷信粘在一起的,下决心要和往事一刀两断。不管小韦怎样解释、启发、动员,他就是缄默不言。这情景尴尬啊,旁人都看不过去。有人给小韦透露些蛛丝马迹:闹小刀会那阵,有个绰号叫"小镜子"的将领住过沉香阁,小刀会首领刘丽川曾以行医为名来此造访过……这里还住过一位豆腐店伯伯,当年传说是地下党,皖南事变后才撤离,据说现在还活着,在中央担任要职,只是那人姓甚名谁,就无从稽考了……

沉香阁,这历史的断面,又被历史的尘埃湮没了。

其实,从外貌看,它跟上海老城的多数房屋差不多。经年的瓦楞间长着稀疏的覆盆子,低矮的门棚下,破损的门扇吱吱哑哑,一天响到晚。屋檐下吊着用秃了的棕刷子、扎了又扎的破篮子、半只舍不得吃的猪蹄子甚至还有小孩的红衣衫、姑娘的花裤衩。不过,它的内部结构却令人感叹。如果哪位有兴趣,按照它的构造制成模型,完全可以随北京的四合院、苏州的网师园一起参加国际比赛。因为它充分体现了中华民族非凡的聪明才智和善于安排空间的特殊本领。请看:

一堵破墙,抽去几块砖,就成了一只完美的壁橱;一根断梁,悬下几根铅丝,铺上一床薄板,就构成了一座精巧的阁楼……至于它属于什么结构,那就由人家去判断好了:砖木结构、竹木结构、钢木结构。说真的,从我们祖先最早应用的最原始的材料,到近几年最新发明的建材,都在这里派上了用场。不要以为外国人无法命名,就可以否认它的合理性。它的存在就证明了它的合理且合法。让外国佬用探测仪来分析好了,那么,一片瓦、一撮泥尘、一丝木纹的考察结果,更能说明它的伟大。人们会发现:这里不仅有人为的巧安排,而且还有大自然的造化。你看看,雨雪对它粉饰,台风给过它支撑,白蚂蚁为它雕琢,日本人的炸弹片为它改装了门面……

二

如果此刻是深夜,有一位作曲家恰巧光临这里,那么他一定能够获得配器法的秘诀。呼噜呼噜,是男人的打鼾声;丝溜丝溜,是女性的打呼声;叽叽咕咕的咬牙声;喃喃呢呢的梦呓声;而睡梦中偶尔一声悲切切的哭声,可以化为抒情的咏叹调……这就是和声,配合默契,高低有致,粗细得当。那音色,完全可以和意大利制作的小提琴媲美:柔和、优美、令人陶醉、使人回味。因为这自然声响,经过板壁过滤,纯化了。据说帕格尼尼的小提琴就是用百年梧桐板做的,所以发声纯美。沉香阁的板壁经过岁月的催化,当然不会比百年梧桐逊色。

现在,窄窄的夹弄左侧,薄薄的木板后,正传出一股粗重、嘹亮,犹如蒸汽机车发出的咆哮声。可以断定,那是壮年男子的鼾声。没错,是他。丁大威现年三十六岁,正处于打鼾最响、最动人、最酣畅的年纪。大威的鼾声是种不和谐音,为此有人常向他提意见。大威自己也苦恼,但找不到好办法让鼾声和谐些。别人一提起他的打鼾,他就垂头丧气,讪讪地不知如何对答。不过,他的爱人却不以为然,反认为大威的鼾声有味道,即使冬夜,听着那声音,就仿佛能看见汹涌的炉火,给人以无限的暖意。此话怎么说?原来大威是钢铁工人,他把炼钢炉前的热量带回家了。当然,这是笑话。大家都知道,白天越是劳累,晚上就越睡得沉,呼噜也越打得响。大威的工作够辛苦的,三班倒,炉前工。他的身坯像招贴画上常见的炼钢工人,高大、粗壮、慓悍。尽管那斗室简直容纳不了他,他还是拼命往里挤,不仅挤进了他自己,而且还插进了他的妻子。大威的妻子田小媛,是名小学教员。她适应环境的能力实在值得称道:下弦月都中天了,她还蜷缩在一隅,在幽幽的灯光下,在丈夫和邻居的严重干扰下,岿然不动,准备着明天的教案,批改着学生的作业。有些患注意力分散症的同志或许会对她的防干扰能力产生羡慕。请不要羡慕,你只稍在这里住上两个月,也会获得这种能力的。

丁大威和田小媛结婚快六年了,至今还没有小孩。有人曾经心怀叵测地跟大威开玩笑:"大威,要评你计划生育积极分子了!"大威知道,这话中有话,便用熊掌般的大手,搔搔粗粗的短发,乐呵呵地说:"哪里,哪里,积极分子,我不够格,不过,在五八年,生他十个八个,当一名模范是不成问题的,不信,可以试试!"人家被他逗乐了。文静的田老师却向丈夫扫去狠狠的一瞥。大威知道,妻子嫌粗俗,忙正色向人家解释:"开玩笑,别介意,说实话,现在添个小把戏,豆腐干一块,往哪里供!"于是,妻子向丈夫送去赞许的眼波。田老师是读书人,知道孟母择邻的故事,懂得环境对儿童的影响,那么,生孩子的事,慢慢再说吧。

在沉香阁,大威的鼾声要数第一号,在夹弄右边,可以发现第二号的。那呼噜声,味浓声酣。常识告诉人,这是喜欢喝两盅者发出的。不错,是酒公公的声音。酒公公早已退休,晚上,炒碗葱油螺蛳,或炸几颗花生,要不就炖几条宁波乡下带来的黄鱼鲞,笃悠悠呷上几口。喝过酒,吃完饭,就看电视。如是越剧,他嘴喷酒气,呜呜跟着唱,边唱边用家乡土话评上几句:"娘杀,柴难听。""介做功,推板了!"如遇足球赛,更是忘情,常随着屏幕上的险情,哇啦哇啦喊:"寿头,快快冲!""阿姆吔,危险!"除了越剧、足球,其余节目,统统不看,倒头就睡,畅畅快快打呼噜。照理,酒公公的鼾声完全可以跟大威抗衡,只是因为他毕竟上了年纪,有点气衰力竭了……有人预料,酒公公的打呼再不加把劲,很有可能会被他的媳妇赶上。

女人也打呼噜?当然。其实,打呼噜不分男女,只要可能,人人尽管打。此刻,酒公公带着酒意的浓浓的鼾声和着媳妇仅隔一板之距的软软的鼾声,此起彼落,遥相呼应。公公奏着主旋律,媳妇打着贝司,给人一种甜蜜、舒适、如闻仙乐的感觉。酒公公的孙子,七岁的宝宝,在爷爷和妈妈的合奏下,睡得太沉、太香甜,忘记爬起小便,竟然尿湿了床。于是,妈妈停止打鼾,连连叫屈,狠狠拍打儿子的屁股;爷爷也止了呼噜,厉声喝道:"不要打,困梦头里,吓出魂灵……"于是整幢房子都醒了,有的枕边拉开了悄悄话,有的放锚链似的撒起了尿……唉,在这环境里能休息得好吗?难怪彩花——酒公公的媳妇、宝宝的姆妈,忽儿血压高,忽儿偏头痛,忽儿心跳气促。每到夏天,她干脆请了长病假。她的丈夫——宝宝的阿爸,支内在小三线,为避人口舌,她把房间一分为二,公公睡外间,自己和宝宝睡里间。那里间,只有一扇小北窗,透不进一丝风,蒲扇踢踢嗒嗒一夜摇到天亮也无济于事。有人说,她不会像邻居那样,弄堂口摆只竹榻,趴手趴脚的,让弄堂风抚摸着安然入梦。不幸的是,她是位女流,一个女人在弄堂口摊手摊脚的,像什么话!"唉,这房子,像火葬场……"她不由地经常叹息。不过,暑期一过,她的怨气就会销声匿迹。她本是个快人快语的快活人啊。

如果说这里的鼾声能使音乐家萌发乐思,那么这里的梦呓倒值得社会学家仔细研究。在这里,讲梦话的明星,要推酒公公隔墙楼上的黄小毛。小毛有三十多岁,平时胳膊粗,喉咙响,有股蛮劲道。可是到了夜里,却叽叽咕咕梦话连篇。小毛娘就他一根独苗,整夜梦话,不会是病?怀着疑虑,她去医院求教,老中医说,那是水不养木,阴虚阳亢。黄家婆听后煞是心痛,千方百计,延医觅药,可是,夜深人静,听听儿子的梦话,倒也有趣。俗话说,日所思,夜所梦。小毛的梦话有阶段性。前些年闹红卫兵,一到夜里,小小的年纪就会躲在被窝里喊口号:"打倒××,火烧××,踏上一只脚。"有时还冷不防从被窝里伸出拳头,把床边柜上的景德镇瓷杯砸落于地。这深夜的碎杯声,惊心动魄啊,人们以为窜进了阶级敌人,弄得提心吊胆,人心惶惶。近几年,小毛的梦话有喜滋滋的山歌了,什么"美酒加咖啡""路边的野花不能采""啊哟妈妈",听得做母亲的心里有说不出的甜。儿子学乖,不出去闯祸了。不过,这几年,母亲听不见"啊哟妈妈"了,听到的却是什么"老 K、皮蛋,谈不谈?"或是"要有空房,爷娘死光"。为娘的一听明白:小毛想女人了。梦话,可句句是心里话啊。她年纪轻轻守寡,好容易把儿子拉扯大,岂能断了香火?现在姑娘们的要求实在高,什么鸡(机),什么鸭,娘儿俩什么都没有,只有这间连地板都不服帖,踩上去就会嗞嗞叫的破房子。有时,黄家婆扪心想:是啊,人往高处走,水往低凹流,老母鸡孵小鸡都想找个安乐窝,能怨人家姑娘吗?因此,她常常巴望凭空里来次飓风或者地震,要不,让半空中降下天火,把这断命的房子吹倒、震坍、烧光。有人说,她家房子虽破旧,到底有十多平方,给小毛做新房,照目前的水准,也不错了。小毛婚姻受挫,怎能怪房子?不怪房子怪什么?小毛的择偶标准!什么相貌功架、籍贯性格、工种经济。小毛有小毛的标准,人家有人家的尺度:气派风度、海外关系、花园洋房。这样,标准对尺度,永远也对不上号了。黄家婆明白,小毛谈对象少算也有一打多,却屡谈屡吹,屡吹屡谈,都是克星高照。这当然有诸种原因,其中住房问题是关键。不是吗,徐家祠堂生产组,有位三十岁出头的姑娘。楼下的彩花阿姨想把她和小毛撮合。黄家婆偷偷赶去相了面。彩花问她感觉怎么样。"好,好,好,只是头颈短了点,脸盘大了些。"见彩花面露难色,黄家婆赶忙申明:"没有关系,没有关系的,只要能……都三十多岁的人了,热融融团到一块算了!"让小毛去相,小毛看了皱眉头,嫌人家相貌不够意思。人家姑娘事后知道,当然也有话:"他有什么出色,不说啥,就说他家的房子,冷天冻死,热天热死,不冷不热要闷死!"姑娘的话传到黄家婆耳里,她长长叹了口气:"唉,房子,断命的房子,作孽的房子,没有房子怎么能抱孙子!"当即就把去年由于中暑而中断的上访继续了下去……

　　黄家婆确实应该叹息。但是,这里还有更值得叹息的。那是谁？黄家隔壁的当家人,书记嫂,李桂娟。为什么叫书记嫂？桂娟的丈夫生前是小饭店的支部书记,由丈夫的职务因袭了这个很不一般的称呼。书记嫂在点心店工作,生有一女一男,住十多平方的矮阁楼。说起住房,她就叹气。据说,她丈夫就吃了房子的亏。在这里,各家的分隔障置是薄板,甲家的床头话可传到乙家去；乙家的隐私会被甲家当作话柄。秘密属于全体公民所有。某年,有人说,夫妻俩一下班就躲进阁楼数铜钿,什么"大的五拾、小的一百"。那时候运动不断,正在搞"一打三反"。不知哪位好事者悄悄向有关部门作了反映。当时,阶级斗争之弦绷得越紧越好,有关部门接到案情,首先考虑的是经济问题。造反起家的调查组长本来对小书记就心怀鬼胎,一声令下,捕风捉影,对小书记进行逼供,他依然昏头昏脑,答非所问。后来,被问急了,才幡然醒悟：那五拾一百,莫非是妻子开玩笑时的戏语？小书记童年出天花,落下一脸白麻子,新婚燕尔,以此逗乐……幸亏他声明澄清,才没有送命,但还是被斗瘫痪了。这种传说,究竟有多少根据,谁也说不准。不过,书记嫂常常叹息,谁都看在眼里。她的工作需要早起,总想"夜饭吃饱,早点睡觉",可是,每天晚上,电视机、录音机、拍手声、叫好声,闹得她根本无法入睡。为了工作,她只能靠安眠药催眠,经年累月,人瘦得只剩了一把骨头。她现年四十多岁,苏州人按理最怕发胖,瘦就瘦点吧,别人会说是苗条。但女儿总不能靠"利眠宁"温课升大学呀！女儿在读高中,文静、聪明、要求上进,用坚强的意志在跟电波和嗓音进行顽强的斗争。书记嫂担心,总有一天,女儿的脑神经会被电波击穿……为此,她不免常常叹息。

　　这是书记嫂的叹息。有时候,这里还会听见叫爹喊娘的哭声呢。夜阑人静,猛然一听,无不使人毛骨悚然、鸡皮四起。谁在哭？黄家楼下的道士。六十多岁的老人还喊爹喊妈的,怎不使人闻之动容。不要乱想,道士这是在困哭,醒后连眼泪都没一滴。道士姓李名日海。年轻时拉过黄包车,贩过咸黄鱼,做过测字先生。后来,为了养家还给伪警长当过跑腿。落魄后,又染上贪吃懒做的毛病。一天,他穷极无聊,蹲在家门口用柳枝条在泥地上乱涂乱划,恰被白云观的老道长看见。道长看了半天,脸露喜色地告诉他:他出手不凡,将来造化不小,并邀他去观里谈谈。他去了……就干起了这个不用力气、不用脑筋,一张嘴就胡言乱语的营生。道士天性聪慧,打醮打得好,画符也画得出色,写写算算更不在话下。解放后,三百六十行,独独不需要道士这一行。他把张天师教的画技应用于图案设计,在一家手帕厂里搞起了设计。因为是厂里的挑头设计员,退休后仍留在厂里挑大梁。新旧社会两重天,照例他应该困梦头里笑出声,只是因为唯一的儿子刑满留场已多年。他请求政府批准儿子回到身边,人民政府同意了他的要求。但为了防止那个脾气暴躁的后生再惹是生非,需要调查研究。外调人员不知听了谁的话,说那后生过去犯罪是因为住房小,环境恶劣,才出去轧的坏道……这是谁说的鬼话,道士心里明白。只是他生性懦弱,进进出出,脸上依然挂着谦和的笑容,但到了夜半,常会禁不住念诅咒。翻来覆去睡不着,心里总要愤愤地想:哼,我亏待你们了?有一年,酒公公的外孙出世三月,日夜颠倒,哭得精瘦蜡黄。彩花偷偷摸摸上门,恳求给自己画几道驱邪符。想到无产阶级专政的威力,他哪里敢依。可是看他们愁眉苦脸的样子,无奈邻居的情分,冒杀头之罪,写了几张"天皇皇,地皇皇"的小红条,让彩花连夜贴进男厕所。此行效果如何,不必深究,但这有情有义的侠士行为,彩花他们总不应该忘却吧!再说,楼上的小毛娘,自己算得迁就了,甚至还答应她在自己房门口割去块风水宝地,让她砌几块砖,放炉子烧饭……道士每念至此,心里总有说不出的后悔。后悔之后,又想开了。是啊,当时还幸亏人家小毛娘。那年,红卫兵来里弄揪斗道士,被身为里弄专政队队员的黄家婆挡了驾。红卫兵撤退后,趁道士晕头转向之机黄家婆连夜用几块破砖在道士门前埋下了界碑……道士正感激涕零,怎么会提出异议?就这样,小毛娘把这块两平方米的疆域划进了自己的版图,而道士糊里糊涂失去了寸金地……要不然,现在只要把板壁向外扩一扩,就可以凭空生出几平方,儿子回家也不用别人说三道四了。道士每念至此,就怨恨万分,以至于困梦头里哭出声来……

身居这种环境,沉香阁的居民当然烦恼。要不是特别事件勾起愁绪,他们是能够安居乐业的。他们认为:这里的环境虽欠缺,但这里的人心是顶美好的。薄薄的板壁,一家挨一家,一声轻微的呻吟,就会引起整幢房子的高度警觉。为此,大威盛赞它:"在这里,别的我不敢担保,唯一可以担保的是,这里的居民,无论白天还是黑夜,无论老人还是小孩,无论悲痛还是欢乐,决不会发生心肌梗塞……"大威还引用《参考消息》的材料——某国一老人死后半年才被发现——来论证资本主义世界的人情淡薄,从而反证了沉香阁融洽的邻里关系。彩花年轻时参加过文艺小分队,扮演过《红灯记》中的李奶奶。她接过大威的话茬,模拟李奶奶的身段,念了句京白:"不拆墙,咱们是两家,拆了墙,咱们就是一家!"逗得大家哈哈笑。

彩花的话,一点不错。某年暑天的深夜,酒公公由于多喝了两盅,睡到半夜,喉咙干得冒烟。他爬起喝水,忽听隔壁传来一声闷响。他警觉地干咳两声,隔壁不见动静,他把床架摇得吱吱作响,隔壁仍无反应。他思忖:大威夜班,田老师一人在家,不会有什么意外?他想大声呼唤,又觉得不妥:万一人家田小媛好好的,叫醒了别人,岂不招怪。没有办法,他只得猫下腰,用嘴巴对准板壁缝,轻声喊叫:"田老师!田小媛!"不料,酒公公这一喊,却喊醒了媳妇。彩花在睡梦中冷不丁听见公公在轻声轻气喊人家男人不在家的田小媛,便轻手轻脚下了床。嗬,公公的举动简直使人无法理解:深更半夜,光着上身,穿着衬裤,趴在那板缝前……彩花一怒之下,"啪"地拉亮日光灯,狠狠弹出眼珠:"你在干啥!"公公觉得冤枉,马上把那不祥的征兆告诉了媳妇。彩花的怒气霎时化为灵气,赶快朝外冲去,使劲撞开大威家的门。田老师果然昏倒在地,手上还举着学生的作业本!彩花发挥大嗓门的优势,呼天抢地地喊了起来。整幢房子震动了……小毛娘拿来了小毛的自行车钥匙,彩花和书记嫂把田老师抱上自行车,酒公公扶住车龙头,急匆匆向医院赶去。半路上,道士又捧着半只西瓜追了上来……

这是人们留恋它的原因。不过,在多数日子里,看着它七歪八斜、杂乱无章的面目,人们不禁会触景生情,对它进行严厉批评。不要误解,批判是发展的动力,不说什么,就那些阴雨霏霏的寒秋,或雷雨阵阵的盛夏,它就令人大为不快。虽然,听听滴滴答答的屋漏声是种闲情逸致,但享受闲情逸致的开销是够大的。那就是:请多备些盆盆罐罐。通常,一户五口之家,有三个脸盆可谓多矣。在沉香阁,经济宽裕的居民,尽可以多准备些——尤其是住在楼上的人家。就说住在楼上的黄家,家里的盛器,大大小小,钢精铁器的、陶土瓷器的、塑料搪瓷的,少说也有十来个。这里还不包括楼下道士募捐的一只清朝乾隆年间官窑出产的青花瓷双耳瓮。道士为什么要募捐?按小毛娘的说法就是:楼下的人家理应分担楼上人家的屋漏之苦。小毛娘的理由充足且明朗——有钱出钱,有人出人,正如抗日战争的政策是家喻户晓的。道士嘴上不说,心里却很不情愿……

那年,雨水特别多,噼噼啪啪的雨弹,击破了油毛毡,蚯蚓似的水流挂满了小毛精心粉饰的墙面。一天,小毛娘动用了所有的盛器(包括一只新买的最时新的高压锅),还有两处地方在漏水。樟木箱从东边移向西边,又从西边搬到东边,还是躲不开那祸水。眼看新棉花胎要被雨水浸湿,小毛回家了。小毛娘让儿子抱住棉花胎,自己匆匆下楼去向道士借盛器。道士为人谦和,对铜钿银子却十分看重。什么,借东西?何况是割去自己疆域的小毛娘,哪里肯!小毛娘只能骂骂咧咧回楼上……听完母亲的诉说,小毛眉头一皱,计上心来。他在小学里读过历史故事:李冰父子、都江堰,便从窗外拿进一根晾衣竹竿,寻出一把切菜刀。乒乒乓乓一阵响,立即速成了一条造价低廉的引灌渠。他把引灌渠的一头接住屋漏,另一头往地板上的那个手表大小的节疤洞里一插……楼下顿时水浸了金山。不过,水漫的不是十恶不赦的法海和尚,却是惊惶失措的日海道士。道士仓皇出逃,逃到黄家的楼梯口苦苦哀求,并乖乖献上了古董青花瓷瓮——因为小毛娘说过,用这个宝贝腌咸菜,六月天都不会馊……

这一切,沉香阁的居民谁人不知?妙就妙在大家全当不晓。可是,血气方刚的炼钢工人就看不过去。一天,机会来了。书记嫂的儿子兵兵来向田老师请教记叙文。田老师没下班,大威接待了他。大威中学时代的作文上过墙报,工作后写过小说,尽管一个字都没有变过铅字。兵兵素来敬重丁叔叔,叔叔让他坐,他就规规矩矩坐下。"记叙文三要素,时间、地点、人物。"大威眯起眼睛略加思索,"就以沉香阁为例:时间,一年一度的春节来临了。然后,地点,沉香阁沉浸在浓郁的节日气氛中,弥漫的水蒸气,叮叮当当的碗筷声,煞是闹猛。不,不能用'闹猛',那是上海土话,不规范语言,你们学生要切记!"兵兵严肃地点点头。"人物呢?"大威皱皱眉头,"就写你家楼下的酒公公吧。哦,你们家和他家……兵兵,小学生要学会独立思考,其实,酒公公的优点多着呢。写他,可以先进行描写:酒公公六十多岁了,矮矮胖胖的身材,光秃秃的大脑袋上,长着一颗尖尖红红的、匹诺曹似的鼻子……哦,不能写他的鼻子,那是丑化,他会不高兴的。我们重新选择对象,黄家婆怎么样?"兵兵点头同意。丁叔叔却迟迟没有开口,很久才动情地对兵兵说,"写李日海!写道士!"大威的眼睛亮了,"兵兵,我想写一篇《新白蛇传》,法海和尚犯过错误,被关押在雷峰塔下,由于认罪态度较好,被玉皇大帝提前释放。法海用汗水洗尽了自己的罪孽,白娘娘却紧追不放。一天,白娘娘来向法海索还小青青。法海告诉她,小青青回峨眉山了。白娘娘指着双耳瓮说:这不是小青青变的!大伏天腌咸菜都不会变质!"说到这里,兵兵听懂了缘由,扑哧笑出了声。大威却严肃得可以,径直往下说:"……后来,白娘娘用当年法海对付自己的水攻法来对付法海,可怜巴巴的法海只能把双耳瓮奉还白娘娘。白娘娘收到双耳瓮,并没有把它变回小青青,而是把它用来腌了咸菜——这是什么逻辑!"

兵兵直愣愣盯着满脸通红的丁叔叔,傻了。他生过脑膜炎,脑筋到底呆板了些……

三

黄昏,沉香阁的居民都回了家,沉香阁在滋溜溜的油锅里爆着,在香喷喷的饭蒸气里蒸着。

大家都知道,黄家婆是个厉害的角色。尽管这样,沉香阁的居民还是少不了她。因为她的热心是大家公认的,譬如,传个话,递个信什么的。那天,她又向大家汇报了一件新鲜事。黄家婆的报告是从小毛的牛仔裤开始的。那条牛仔裤,她已经宣讲过十多遍了,而且都在全体居民最集中的时候。关于这条普普通通的裤子,人们简直可以记忆成诵,什么簇簇新的裤子,非得在美加净肥皂粉里浸上三天三夜,等靛蓝的颜色返了白,小毛才穿上;什么好端端的屁股袋上,非要贴上块奶油饼干大的黄铜牌,裤子才算吃价,否则,只能算冒牌货——关于这块铜牌,小毛娘说得最多。

有一天,她为小毛洗裤子,铜牌从裤子上掉落。她早嫌铜牌损布料,现在它自然脱落,再好不过了。她掂掂分量,倒有二三两重,就特意从水龙头上兜到酒公公的门口嘀咕:"咦,稀奇,从前外国银行里,黄头毛佩在胸前的牌牌,圆圆的,像只樱桃,模样也没有这么大,现在,真真弄不懂,要佩在屁股上……"感慨完毕,她把牛仔裤上的铜牌和报废的牛头牌"司壁灵"锁放在一起,打算等收废品的来里弄时,一起卖掉……万万没有想到,小毛娘闯祸了。当晚,小毛要去会女朋友,直到穿裤子,才发现铜牌失踪。没有铜牌,还算什么正宗牛仔裤!难怪小毛要发火:三十多元的价钱,全在这牌牌上。等到黄家婆抖抖索索拿出铜牌,小毛的约会时间已到。重新钉上铜牌,时间已来不及了。怨恨之下,小毛决心失约。黄家婆急得向儿子苦苦哀求,眼圈都红了。好话说了一卡车,小毛才肯穿上这条铜牌缺席的正宗牛仔裤。那次,小毛没有按惯例,把衬衫的下摆塞进裤腰,露出圆鼓鼓的臀部和黄澄澄的铜牌,而是让白衬衫的下摆,犹如帆船上的篷布晃悠在臀部……

"外国人,外国货,花样百出。唉,我们老啰,反正一生一世弄不懂……"小毛娘感叹,把话题正式切入。她说,午后,她正在楼上打瞌睡,恍惚中,听见楼下有窸窸窣窣的脚步声。那脚步声陌生,是谁呢?仔细听,还有叽叽咕咕的说话声。多年来养成的阶级斗争的脾气,使她一骨碌爬起,跋上鞋,向楼梯下冲去。咦,奇怪,两个蓝眸子、黄头发、一男一女的外国老人,举着一只黑森森、乌光亮的长家伙,正对准沉香阁瞄准,咔嚓一声,一片白光;一声咔嚓,白光一片……这是怎么回事?!他们莫非想放火……黄家婆心里想,嘴里也跟着喊:"喂,你们,你们在作啥!"没有料到,她的喊声非但没有把大门口的高鼻子吓退,反而使他们冲进沉香阁,把长家伙对准了自己。咔嚓咔嚓,白光闪闪,黄家婆只觉得头里嗡嗡响,胸口麻酥酥的,倒不觉得十分痛。心里一紧张,她扑通一声顺势倒在了楼板下。亏得她见识过电影里的枪杀镜头,从上到下迅速把自己打量一遍,咦,怎么不见一滴血呢?哦,她突然发现,自己并没有"牺牲"!

……

黄家婆的话到底有多少参考价值,别人无法估计。尽管如此,沉香阁的居民还难免为此争议。"火箭筒!长长圆圆的,不是火箭筒是什么!"外国人侵略沉香阁的时候,酒公公恰巧在茶馆,没有调查就没有发言权,这是至理名言,酒公公怕被人夺去发言权,忙抢着说。黄家婆莫测深奥地瞥了他一眼,要是过去,她准会说:"酒糟,又吃饱老酒啦!"可是这回,她默认。她巴不得那家伙是火箭筒——尽管她至今还不知道火箭筒是什么玩意儿。理由呢,火箭火箭,不是有火?假如"火箭"咔嚓真的放出火来,她和小毛岂不可以获得解放!"你不会搞错?长家伙为什么只有光,没有火……"愣了半天,她对酒公公说。她希望长家伙真的是火箭筒,所以才故意对它提出质疑。如果对方加以反驳,那么,她的希望才会变为现实……

两位老人,一来一往,彩花在旁边听着暗暗好笑。什么"火箭筒",就是远程导弹又怎么样呢?但她提醒自己,不能多说,说错了,小毛娘会跟自己绕口令。现在她血压正高,为那个子虚乌有的东西中风,太不值得了!后来,她听到小毛娘和公公越说越不像话,就忍不住放下锅铲:"是啊,火箭筒,最好火箭筒立时爆炸,烧光沉香阁,炸死一大批……亏你想得出!实话告诉你,那东西不是火箭筒,是照相机,一亮一亮的,是闪光灯!"

小毛娘万万没有想到,彩花会随随便便把那个发光的东西说成是普普通通的屡见不鲜的照相机:"哼,照相机!"她不高兴了,"彩花,你不会把我当成阿木铃吧,你以为我没有见识过照相机?实话告诉你,小毛搞什么东西都是三脚猫,拍照,印女人头像,不知玩过多少……大的小的长的方的照相机,我不知见过多少,为什么独独没有看见这种放白光的照相机……"

小毛娘话音刚落,酒公公哈哈笑了。其实,他不是笑黄家婆的论证方法,而是闻到了媳妇烧的葱油螺蛳的香味。今天又可以吮吮螺蛳,老酒抿抿了。要命的是,彩花严格控制他的酒量。他寻思,能否找个补救的机会。机会有了!于是,他不屑地对黄家婆说:"小毛的照相机是什么货色,人家又是什么东西?"说罢,他朝彩花觑了一眼,媳妇为自己有力的反诘露出了不易察觉的微笑,于是,他一口断定小毛只不过有一个破照相机,因为他从未看见小毛有什么长长方方大大小小的照相机,而且还进一步肯定,小毛的那只照相机还不是从旧货店里淘来的?!酒公公不容分辩的结论,吓得黄家婆差点喊冤枉。黄家婆在吃外国人"咔嚓"一记"生活"的时候,倒没有生气,这次,她真的生气了。她冷言冷语"浪"开了,说:是啊,小毛命苦,投股投到了穷人家;自己的命薄啊,年纪轻轻死了男人,靠生产组的三十几只"老洋"过日子;还说,小毛别说买,就是见也没有见过那种"246"照相机……

这次,要怪酒公公多嘴了。他听了小毛娘口口声声说什么"246"照相机,忍不住要加以拨乱反正:"小毛娘,你不会弄错吧,当今世上,我只听过'135'照相机,可从没有听见过有什么'246'照相机!"

确实是小毛娘弄错的。她把小毛的"135"型相机,说成"246"型了——能怨她吗,家庭妇女——不知是小毛娘明知故犯,还是拒不认错,反而以为酒公公在硬装斧头柄,"是啊,'135','246',我怕你快变成768594了!"她恼羞成怒,结尾带了声"老酒鬼!"别以为,这是黄家婆气昏了头所致的胡言乱语。其实,她是在用密码骂人。你想想,七加六,八加五,九加四,不是都等于十三?"十三"这个数字,在上海俚俗中,可是句顶厉害的骂人话。酒公公尴尬,看看满脸愠怒的黄家婆,又瞥了瞥虎着脸的媳妇,知道自己失算了。他本想帮助媳妇击败这个从不服输的碎嘴婆,就可以提前去打酒……"咣啷",彩花把锅铲往铁锅里重重一扔:"猫尿灌饱了,有饭吃啦!"骂罢,端起油润红亮的螺蛳,骂骂咧咧朝屋里走去:"人家血压高得头都胀破了,他还有兴致发神经!"

空铁锅搁在火炉上发出刺耳的尖叫。这顿老酒当不成透支户了,酒公公感到后悔,刚才应该适可而止,到"旧货店"就刹车,话题也不至于扯到什么"135""246"。那火候,彩花正满意,还在偷偷微笑呢。酒公公快快地把铁锅端开,看看案板上一尾尾浸过酱油的小杂鱼,心情顿时惆怅起来。

酒公公正在为难,大威给他解围来了。是那声脆生生的"咣啷"使大威爬起的。其实,他早醒了——夜落班,懒洋洋地躺在床上静听酒公公和小毛娘讨论。听着听着,他暗暗好笑,笑后,又觉得心里酸得发胀。中国人够烦了,还要为外国人这些莫名其妙的照相机费口舌,动神思。什么导弹、火箭,是小毛娘他们讨论的吗?他们的颅腔已被房子篮子塞得密不透风,连喘气都感到吃力,还要装那些笨重的洋玩意儿!说真的,他感到他们吃力,从心眼里同情黄家婆,老太太的态度虽然欠文明高雅,使用的手段也有点穷凶极恶,倒表达了她的真情实感。他想,即使有人火烧沉香阁,那也是逼不得已啊。算了,劝劝他们吧,这些盼了一辈子的老人!

大威订有大大小小六七份报,从飞碟到试管婴儿;从汤加总理的肥胖病到美国总统的直肠癌,什么国际关系、经济信息、裁军动态、鸡毛蒜皮,无所不知。于是,他对每期不拉的《市政建设报》上刊登的海内外建筑业的发展趋势,进行了半年述评:"……其实,只要开始运迁,造房子的速度还不像宝宝搭积木,一天一层楼,三十天造座国际饭店——廿四层楼。"他见酒公公不信任地瞅着自己,忙加以补充:"当然,应该除去礼拜天,建筑工人的休息日!现在,技术发达,哪像过去,清水墙,一刀一刀切萝卜片。什么框架结构、块模结构、滑模工艺、制件工场,光名词就吓得死人!不管造高楼大厦厂房,还是车站办公大楼,房梁门窗浴缸马桶,统统预先做好,到时候,叫子嚯嚯一吹,锒头乓乓一敲,不就立起来了……一天造一层楼算什么,一天造一幢楼又算什么,一天造一条街才马马虎虎够标准!"大威嘴里塞着牙刷,嘴角涂满泡沫,眉飞色舞,含混不清,说得兴起。

酒公公刚刚还在为吃不到小杂鱼犯恼,现在吃了大威的开胸顺气丸,心情顿时开朗。正当大威神吹在南斯拉夫什么地方一夜之间出现一座新型的城市,如何使两名东方旅行家迷失方向之际,酒公公连连拍起了自己的脑袋。嗨,糊涂,糊涂,越老越糊涂!怎么把这个重要消息忘却了?!对了,告诉他们,让大家都高兴高兴。"大——威!"酒公公直起喉咙,劈面斩断大威的滔滔水流,然后戛然刹车,笔直盯住大威,见大威从忘我的巅峰堕落到疑惑的谷底,才放低音量问:"大威,你听说了?""听说什么?""消息,造房子的消息,我们的房子,咳,咳,咳——"酒公公连连咳嗽。这一招是他的陈年老伤,话到关节处,他总要旧病复发,别人越有兴趣,他越要吊胃口,只有吊足胃口,才能吃出鲜味。大威摸透他的脾气,装着对话题不感兴趣,欲返身进屋。这时,酒公公才像掼重磅炸弹似的掼出一句:"我们的房子,要拆迁了!"大威"哦"了声,被孙行者的定身法点定了。"真的要拆,这一带,从××路到××路,通通拆……"酒公公的口吻不容置疑,好像城建局局长向他作过汇报。

这有根有据的消息,立时把人们吸引住了。黄家婆正端着畚箕下楼,听酒公公这么说,把楼梯扭得吱哑吱哑痛苦不堪。彩花在屋里听了多时,也忍不住走出了家门。酒公公见儿媳妇消了气,自然高兴,他仿佛受到鼓励,把茶馆里听到的种种美谈,添油加醋,糅合在一起。他绘声绘色地讲述日本人如何帮助中国人造何等规模的房子,又如何用推土机推除老城区的旧住宅,"到时候,统统铲光,一间不留……日本人的精明能干,全世界闻名,让他们来造房子,顶呱呱的,还有什么话说……看着吧,抽水马桶、煤气浴缸是最起码的,说不定,还有电梯乘……"酒公公说着惬意地眯起双眼,微晃着身子,似乎乘在冉冉上升的电梯上。

"乘电梯,要头昏,血压高的人,会翘辫子!"小毛娘忧心忡忡地插嘴。她被酒公公的彩笔勾住了神思,像揣着宝贝似的忘了放下手上的垃圾。

"翘辫子!"彩花横了小毛娘一眼,"你是死人还是活人,不会选择二三层!"彩花正处于高血压的发作期,她想小毛娘会不会因为照相机的口角在咒自己。

"倒也是的,"小毛娘讨好地表示赞同,"人呢,万万不能悬空吊着,脚底心不吸地气,会送命!对面九十六弄的徐家伯伯,脸庞红堂堂的,多么神气,搬到浦东,住在六楼,结果呢,哦,一个星期!"小毛娘推出谁也不认识的徐家伯伯,其实是个幌子,使她不放心的,还是日本人的"三光码子"政策,"用推土机铲光,家具还要不要!"

"破破烂烂的,还要什么! 到时候,冷热有空调设备,家具由国家统包,家务劳动让机器人来操办,你只要吃饱饭,睡足觉,往花园里走走,甩甩手,练练功——反正屋顶楼下都是花园……"大威笑盈盈地说着,转身进门。

小毛娘撅起嘴唇,不高兴了。这个大威,看他长长大大的像个男人,不是在调侃我老太婆?于是,她没好气地对准大威的背影抛出一句:"你慢慢受用吧!"说完撒开腿就走。但彩花的发言又使她站停了。彩花说:"这算啥呢,人家日本人,早就实行家务劳动电器化了……"哼,日本人,又是日本人!小毛娘愤愤地想,日本人,日本人,你们就不会说说我们中国人,听听彩花的口气,好像她也是日本人! 要不是看在日本人帮我们造房子的分上,她真想问问彩花:你为什么不找个日本老公,嫁到日本去!

最终,黄家婆还是动怒了,甚至还动了手。

书记嫂的儿子兵兵是从《地道战》、《地雷战》里认识日本人的。那天,他放学回家,听大人们在议论日本人,心想,日本人,还不是那些斜挂指挥刀,头戴太阳帽,冲锋时大喊"笛笛鞭"的武士道?出于童稚的心理,他崇拜所有的军人——反派角色也不例外。当听到酒公公说日本人要用推土机来帮助中国人造房子时,他更加对日本人肃然起敬了。后来,听到彩花阿姨大谈日本人如何如何时,他的崇敬达到了登峰造极的地步,便情不自禁拍起手来,还高呼起:"日本人伟大,日本人结棍(厉害),日本人比美国人都结棍!"他正在忘乎所以,头顶心上落下了两颗坐脆的毛栗子。头脑微微眩晕,他赶忙回头看,是显得深恶痛绝的黄家婆:"哼,小赤佬,大叫大喊的,无法无天啦,东洋赤佬真的来了,有你好处!"兵兵无缘无故吃了两颗毛栗子,感到莫名其妙,但看看凶神恶煞般的老太太,只能不清不爽,嘀嘀咕咕,乖乖上了楼。

　　看着孱弱的孤儿受人欺凌,彩花心里不好受。她很想数落小毛娘几句,但转而想,也怨不得人家小毛娘。小毛娘所以对日本人有成见,自有她的道理。想当年,她就吃足了日本人的苦头。那些经历,她还在向阳院里说过。那年月,她和小毛的阿爸第一次来上海跑单帮,偏偏遇到驻沪日军搜捕。小毛阿爸稍有怠慢,便遭到日本人的毒打,她上去营救,又受到东洋赤佬的侮辱……有过这些经历,即使你处于小毛娘的地位,又会怎么想呢?难怪她会抱怨我们中国人不争气,要这些欺侮过我们的东洋赤佬帮忙造房子。日本人伟大,日本人结棍,为什么偏偏日本人会伟大结棍,而我们中国人为什么不能伟大些结棍些呢……彩花第一次感到设身处地为别人着想时给自己带来的愉悦……

四

　　酒公公掼了颗空气炸弹,轰的一声,惊心动魄,硝烟散尽后,一切如常。自他从茶馆带回的消息引起了一场小小的口角——书记嫂为兵兵头上的疙瘩和黄家婆拌了几句——他这个新闻发布官无形之中在人们的冷漠反应下被撤了职。沉香阁的居民再也无人重视他的消息了,尽管,他说的全是真的。这光景落寞啊。除了茶馆,他无法排遣这缠绵的落寞。好在他还能喝两盅。那天,他把小方桌端到夹弄里喝闷酒。一口酒咽下肚,肚脐周围热烘烘的,像邮政宣传画上的电报光波,一圈一圈向外发射;两口酒流下肚,舌根底下的筋脉一跳一跳的,像只活络阀门,禁不住要朝外喷。他想找个人聊聊,又苦于没有合适的人选。这闷酒喝得乏味啊!正在苦恼,黄家婆上访回家了。她刚踏进门,酒公公就喊住了她:

"……又去房管所了?小毛有三十四岁了吧,是的,属龙的。唉,年纪也不小了。"要是往常,小毛娘会撇下酒公公一走了之,只因为今天的上访一无所获,两腿又酸又重,听听酒公公的问长问短,也是一种安慰。小毛娘顺势在酒公公指定的小凳上坐下。"小毛有对象了吧,"他满意地呷了一口酒,"昨夜来的那位跳舞裙是吗?我一轧就轧出了苗头,要不然,小毛会打着电筒送她下楼,还会站在大门口笃笃笃地谈半个时辰。现在的小青年啊,就是闲话多,你看电视里,不是追啊奔啊的,就是像老和尚敲木鱼。从前,怎能这样,没工夫呢!夫妻都做了年把,闲话不超过三句……还不是照样快生快养!谈恋爱,谈恋爱,谈有什么用,要紧的是做……小毛娘,你也是的,他们谈得热络,你在旁边碍手碍脚的干什么?下次跳舞裙来,你就去外面荡荡,这样一来两往,包你明年春天发红蛋……"

酒公公只顾自己信口开河,丝毫没有觉察到小毛娘的神情有多尴尬。天晓得,还盼人家春天生孩子呢,捉只老母鸡也不容易。和人家结夫妻,小毛哪有这种福气?也不看看人家是什么人?小毛厂里的领导、车间主任。要不是小毛工作时间想心事,出了废品,人家怎么会屈尊钻进这邋里邋遢的小阁楼。跟人家笃笃笃的,那是小毛在向人家作检讨……亏他想得出。不过,这些念头只在小毛娘的意识深处潜来游去,没好意思说出口,说出口的却是:"你不看看,人家是金枝玉叶,小毛是癞头蛤蟆,人家住'万体'二十层楼,我们住的是直不起腰的破阁楼……空思梦想!"黄家婆说着,长吁短叹。

酒公公一面有滋有味地呷酒,一面煞有介事地点头,好像对小毛的不幸深表同情。但他感到,话不能光让一个人说尽,否则,怎么对得起这杯酒?于是趁黄家婆叹气的片刻,他果断地接过话题:"是啊,传宗接代,房子顶要紧。不过,没有房子也干得成,那就是去宁波乡下走一趟。去时,不要买三等舱,而要买五等统铺,这统铺一统,被头一蒙,出了吴淞口,让浪头轰隆轰隆滚它两个来回,嗝,不就成了!要不成,去公园也行。哦,对了,前天,××公园,十点敲过,公园关门,巡逻队放狼狗寻人,狼狗寻到假山洞口汪汪叫了起来。巡逻队喊声'一、二、三',手电筒齐刷刷朝山洞射去,哗啦,山洞里立时跳起两个白生生的人影,还是一男一女呢,嘻嘻,你猜人家在做什么,在做夫妻!巡逻队要他们交出工作证——在公园里干这种事还了得!他们怎么说:工作证没带,结婚证倒有!……小毛娘,你看看,现在的小青年。"

"啧啧。"小毛娘皱起眉心,好像尝了颗怪味豆。是啊,同情归同情,这种事万万做不得,传出去坍台啊。此刻,小毛娘的心情,好似被巡逻队手电筒射中的正是小毛以及他那个从未公开或许确确实实存在的女朋友,既羞又怕,不知所措。

酒逢知己千杯少。酒公公不知不觉把媳妇限定的酒量超支了。那透明的液体,浸透了他的全身,变为血色从他的皮肤里渗出,使他的鼻尖、面庞、眼白都泛红了。他驾起微晃的小舟,在酒河里颠簸。难得啊,尽兴喝酒,还有一架算得过去的对讲机。他双眼惬意地眯成一条缝,久久打量着局促不安的小毛娘,见这个平时蛮厉害的碎嘴婆被自己镇住了,无比地兴奋。于是,他从公园引申到社会,把茶馆里日积月累的点点滴滴揉成粗粗的一条,一段一段切下来分派给黄家婆消受:什么某某两兄弟,三十出头,为争夺一间斗室做新房,结果阿弟动了杀戒,杀了阿哥,惨啦!某某人,二十多岁,要父母让出前楼结婚,父母迟疑半天,结果他在双亲饭碗里投放了老鼠药;某人,由于没有房,谈不成朋友,熬不住了,就夜夜去盯女人,结果女人没被盯上,自己反被公安局盯住……

酒公公的某人某人,像一颗颗蒺藜,刺得小毛娘心里又痛又痒。她愣愣地看着红光满面、兴致勃勃的酒公公,终于品出了话中的滋味。嗬,这老头在幸灾乐祸!终于,她忍不住发泄了:"鼻头红通通,吹牛老祖宗!宝宝阿爷,你不会吃饱了老酒!"

酒公公正在兴头上,听人家说他喝醉了酒,当然不高兴:"我吃饱老酒?哼,讲点给你听听,是向你敲敲警钟!"

"去,去,去——"黄家婆呼地从小凳上窜起,指着酒公公酱猪肝似的鼻子,噼里啪啦,一阵冰雹。小毛娘真的生气了。生气还有什么好听的!酒公公被她骂得奄头奄脑的,支支吾吾,说不成话——他舌头胖了,确实有点微醺——这下可好了,小毛娘把半天以及多年来所受的怨气:有关部门的,房管部门的,小毛的以及自己的,统统加在一起,一并朝酒公公泼去。泼完,她耸了耸肩胛,觉得心里舒坦了不少,然后轻松地返身上楼。

那时,彩花正在屋里做针线,黄家婆的一句句,像手上的一根根针,刺得她耳膜淌血。她几次忍不住想开口,又觉得这酒鬼活该挨骂。她气咻咻地走出门,顿时明白:怪不得老头子会胡言乱语,酒瓶子都朝天了!这些酒,本来规定他要喝到下个月的五日的啊……彩花怒从心头起,窜上一步,骤然夺过了酒瓶……

酒公公早被黄家婆冰雹似的恶骂吓醒了酒,他正感到淡淡的悔意,见媳妇气汹汹夺走酒瓶,就恼羞成怒,气冲冲地上前抢。彩花吃了一惊,一不留神,酒瓶从虎口滑脱……看着地上那滩杂着玻璃屑的透明的水迹,酒公公火了。酒公公此次发脾气,是彩花执政以来罕见的,看着他那全身喷火的样子,要把沉香阁烧穿似的。彩花平时对公公奉行的是针锋相对的政策,现在,更是当仁不让了……做了一整天小学生思想工作的田老师,一回家,没歇上一口气,又做起了这对"大"学生的思想工作来……一怒之下,彩花领着宝宝奔了娘家。彩花含怒出走,酒公公深感后悔,但他非但没有汲取教训,反而找出一只打酱油的空瓶,又沽回了满满一瓶大曲。他一口一口往肚里灌,不知不觉舌头发了硬……

这是个多雨的秋天。吃了晚饭,大威没地方散步,他倚在大门口,颇觉无聊。一阵湿润的晚风吹过,他闻到了一股浓浓的酒香。大威想起妻子说起的邻家公媳反目,吸着鼻子,慢慢向酒公公家踱去。酒公公在喝闷酒,一口一口爽快地往喉咙里倒。大威思量,这种喝法,即使鲁智深也会喝醉啊。酒公公喝得兴起,见有人搭讪,就唱起了不成调的宁波滩簧,还左右开弓打起了自己的嘴巴……大威见问题严重,用力夺下酒公公的酒杯。酒公公见失去了杯中物,便连哭带跳地躺倒了。大威看着脚边那张猪肺似的胖脸,立即想到了酒精中毒!于是,他拉开嗓子叫来了妻子,夫妻俩又拉又推,把酒公公弄进了医院。当然,肥皂水往嘴里一灌,酒公公什么事都没有。

可是,在医院陪夜,听着敲窗的冷雨,默视着灌肠后正在酣然入梦的酒公公的苍白脸,大威却心绪翻滚。这些可怜、可恼、又可爱的老人,这些想了一辈子、盼了一辈子的老人,纵然有缺点、少涵养甚至语言不美,行为不当,能怨他们吗?是啊,他们曾经抱有多大的希望,他们曾经为点滴征兆弄得夜不成寐。然而,一次次的希望,一次次的失望,他们的神经被折腾得脆弱,他们的肝火却被煽得炽旺……

不说别人,就说眼前这位曾经在城隍庙菩萨洞里打盹过的老人吧。

五六年国民经济好转,于人民有利的设施纷纷兴建,石子路翻沥青路,棚户区砌新工房,连公共厕所都盖成钢筋水泥的。他日夜盼望建设大军能开进位于老城区中心的沉香阁。可能,它的位置太心脏了,对心脏动手术太危险,不好办!后来,人们炼起了钢铁,一切的一切理所当然被撂在了一边。好容易熬过了三年苦日子,希望又在饥饿中萌动,不料,新的动乱又开始了。他祈望狂风把沉香阁连根拔去……转机终于光临了。

那时,三代雇农两代工人出身的酒公公还在水泥厂当运输工。可能他炮仗筒子似的身坯,酒精中毒似的紫红脸,在人们眼里有股十足的工人阶级的味道,造反队很快相中了他。他们要派他去占领什么"上层建筑"。他不愿意去。造反队以为他一天享受两顿老酒,怕占领了以后不能过瘾,就特许他在红包包里藏只小酒瓶。他心有怨气,就是不愿从命。这下头头们奇怪了,就把"占领不占领"提高到"忠不忠"的高度来认识。没有办法,他只能向头头说明原因,自己都住又狭又小的破房子,还给人家去造什么"高层建筑":"要造,就造到我们沉香阁去!"当然,酒公公理解错了,他以为占领上层建筑,就是带队去造什么高楼大厦。闹了场误会,幸好不是什么原则问题。

那天回家,他边喝酒边把这个政治笑话放大了十倍向沉香阁全体居民宣讲。没想到,人们丝毫不觉得好笑,反而严肃得可以。冷场片刻,才做新娘的彩花发了言:"阿爹,不要错过机会,让他们配一套新工房,否则,拉倒!"一套新工房?狮子大开口。弄两间石库门房子住住已经很不错了。酒公公不屑地用筷子指点媳妇,要她莫多嘴,那时,他在家里还有威信。黄家婆表态了。身为专政队员的黄家婆到底有觉悟,完全有责任对酒公公加以开导。她要酒公公住在沉香阁,放眼全世界,时时刻刻想到沉香阁的四分之三。小毛娘的用意也明白:要搬,大家一起搬,否则,宁可不搬。而在酒公公看来,黄家婆的演说含有"解放全人类"的意味,听来十分有理。因此,第二天酒公公一到厂里就把黄家婆的语录再版了一次,让厂里派人来翻造沉香阁。对这个要求,头头觉得为难,水泥厂,水泥倒有,不过,造房子光有水泥行吗?这不是分明在伸手向革命要这要那……头头们经过商量,决定不派他去占领了。为此,酒公公受到了造反派的歧视,什么革委会都不参加,只参加自己的"酒革会",要不然,若干年后,他能这样逍遥自在?

转机就这样在人们的眼皮底下消失了。从此,人们开始耐心等待新的转机,九大、十大、粉碎"四人帮"……每次潮汐都使人们神经过敏,每一浪花都会激起血液骚动,而每次,他们都是在心灰意冷、唉声叹气、互相埋怨中平复、冷静以致冻结。就说说那次机遇吧——事隔数十年,有人还对它念念不忘,还要埋怨这个老悖晦的李道士。

那是九大闭幕的一天,马路上锣鼓喧天,鞭炮齐鸣。九大未开幕,人们盼开幕,九大开了幕,人们盼闭幕,好像九大一闭幕,大至军政要事,小到生儿育女,都好像会柳暗花明似的。要不然,人们为何把秧歌扭得这么"欢"?那天,沉香阁的居民除了大威——他在南京路上擂十人大鼓,全体都在。不知是中国人的传统文化心理,喜欢对重大的历史变故务虚,还是那时正恰是烧饭的时候。游行回来的人们,不知不觉在夹弄里聚起来。按照往常的惯例,人们难免会七嘴八舌争论一番,而且还常常视弄假成真、大动干戈的历史教训于不顾。因为是喜庆日子,酒公公早已灌下三两"七宝大曲",醉醺醺地参加讨论。彩花特别激动,浮想联翩,表情生动,用丰富的想象描绘着沉香阁的远景:阳台、花窗帘、红地毯、插瓶鲜花……然而,黄家婆认为,彩花的"远景",离封资修的那套破烂货不是很远,而是很近,出于对一个同志暨邻居的爱护和挽救,她及时对彩花进行了善意的"批评"。彩花那时已参加厂里的文艺小分队,好坏也是组织里的人,哪里肯虚心接受?于是小分队员搬出马列主义关于论共产主义的条条,来对付专政队员的无产阶级专政下继续革命论的框框……因此,阶级敌人还没有杀进沉香阁,革命阵营内部的两名队员却自相残杀了起来……

一阵呛人的油烟,一片血红的火光,犹如一声凄厉的警报,哦,不好!彩花光注意全力反攻黄家婆,竟然忘却搁在火炉上的油锅。呼呼地吹堂风,把火炉煽旺了。滚烫的油锅转眼要灼了。火光就是命令!酒公公喝醉了酒,还是被火光吓糊涂了,匆忙中居然拎起满满一吊子水朝油锅浇去,嗞的一声,火势更烈了……彩花吓得手脚麻木,而黄家婆干脆喊起了救命。这时,一扇油漆斑驳的破门开了,门里霎时闪出一个浑身全黑的男人,尽管他垂着头颅,手脚却一点不迟钝。只见他一声不吭,利索地拿起一只锅盖,轻轻地往火焰凶猛的油锅上一扣,噗的一声微响,油锅迸出浓浓的黑烟,火灭了……好啊,一场虚惊,冷汗一身,人们不禁异口同声对眼前这位舍身救火的黑义士大加赞美,甚至连那位一向肃穆的专政队员也忘情地和自己的"对象"握起了手……

事后,道士李日海满以为自己的壮举为自己赢得了声誉,平时便把那低贱的头颅稍稍抬高了那么两寸。他偏偏没有想到,有人不仅不赞赏他的英雄举止,反而嫌他多管闲事。那话怎么说?"……早知道这样,还不如让它烧,烧个精光,我们也可以借光……"烧、烧、烧,什么话!九大闭幕,你们放火烧房子,不吃官司,还想吃面包土司!道士觉得牙根发痒,咬咬牙,他还是忍了。其实,这是彩花说的赌气话,只因为道士屡遭磨难,幽默神经被磨钝了,哪里还听得懂笑话还是真话?

五

只要尽兴,酒公公每酒辄醉,每醉辄闹,每闹必去医院。出了医院,他又畅怀。他把那酒叫做"还魂酒",仿佛那酒不喝,他的灵魂会在普天之下优哉游哉，进不了躯壳似的。出入医院的次数多了，彩花也只能对公公的"还魂"持默许态度了。

大威不同意彩花的消极斗争。他始终认为酒能乱性，乃天下动荡不安的不安定因素。沉香阁的每次事端，只要与酒公公沾边，都是那个万乱之渊引起的。因为每次喝酒，酒公公总是把别人喝剩的茶叶从茶馆带回当咖啡推销。听听，他又在胡说八道了……

不料，这次大威可是冤枉了人。酒公公这次带回的东西可是货真价实的：徐家祠堂里的生产组要搬迁，那株妖形怪状的古杏也已列为市重点文物要加以保护……

得到信息，小毛娘立即着手调查——反正那位差点做自己媳妇的大姑娘就在生产组。一天，小毛娘买小菜与她邂逅。那姑娘还记得小毛娘，只是早把小毛抛到了九霄云外……调查结果，情况属实。生产组动迁浦东，腾出房屋，另辟他用，为此，家住附近的小姐妹意见纷纭。说着，姑娘戚然，这一迁，说不定对她的婚姻又增添了一个不利因素。小毛娘听着却喜滋滋的，幸亏大姑娘当不成自己的媳妇，否则，每天过江接送孙子，她这把老骨头怎么吃得消？再说徐家祠堂要修复了，那么，离祠堂只有三条马路之隔的沉香阁不是指日可待了……

沉香阁的居民又一次激动了。

天黑了，饭香了，但这里的人们不吃不喝。奇怪，是他们得了饱食症，还是得了噎嗝病？不是，他们什么毛病都没有。正像彩花认为的：吃饭有什么稀奇，天天可以吃，顿顿可以吃，而这种事情却百年难遇啊！

那天的话题当然也是由酒公公引起的。虽然他滴酒未沾，说起话来却睡眼惺忪，翥着浓浓的醉意："……那时候，我还小，比兵兵大不了几岁，这块门扇，却记得清清楚楚，黄阳木的，雕着密密细的老爷头，对了，是《封神榜》，托搭李天王，一座宝塔两尺高，还有他的儿子哪吒，脚踩风火轮，肚脐眼里翻出朵白莲花……墨腾彻黑的张翼德,手执丈八蛇矛,威风凛凛……"有点历史常识的人都知道,老头在胡说,他把"三国"的张飞,也封了神。不过人们饿得慌,喉咙粗,鱼龙泥沙,照样囫囵吞枣。常听酒公公故事的人有经验,他的这些闲谈只是曲子的小过门,要听正曲,需耐心才成。果然,酒公公把话锋一转,往主题直奔:"哦,对了,黄家,你嫁来那时,看见过一块木板?别弄错了,这不是平平常常的楼阁板!那东西有点来历,是匾,懂不懂,匾额!……"

听那口气,小毛娘有些不服气。说实话,那块板现在正钉在自己家的楼搁栅上。她天天见识那东西,并不见得有怎么伟大。为防不测,今天她不愿意提起它。倒是老头子提起自己初嫁时的口吻,使她暗暗生气。哼,还论资排辈呢,你从宁波乡下逃荒到上海的时候,我早在黄家当了童养媳。"什么匾?我怎么不知道,"小毛娘嘴一瘪,态度蛮横,"以前倒有一只铁炉,好像听老人说起是当年长毛用来做枪打刀的,后来,长毛破了,不知哪位祖宗还用来烧过饭……"小毛娘口齿伶俐,显得棋高一着。

"大铁炉?听说过,喂,黄家,后来炉子呢?……"酒公公来劲了。是啊,说不定,那炉子还真能烧出点眉目来!"你问我,我倒要问你呢!"小毛娘板起了面孔。酒公公眨巴着眼睛,糊涂了。"五八年,是谁拉来的黄鱼车?"小毛娘语气怨愤。还装什么胡腔,那年,不献上这只大铁炉,你能评上大跃进积极分子,能进水泥厂当临时工并转为长工?

酒公公在小毛娘的咄咄逼视下,依稀想起了什么,那炉子确实是他费了很大的劲请出去的,要是留到今天,真可以让它为沉香阁作证,到时候,这七歪八斜的沉香阁说不定还真能成为上海的"天一阁"……

彩花毕竟年轻,思想觉悟也高。她感到两位老人大可不必为区区小事相互抬杠。为了缓和气氛,把讨论引向深入,她提议可以向有关部门反映这些情况,说不定,它真能引起人民政府的高度重视。没想到,彩花这个建议，犹如一把剪子，咔嚓一声，把人们的心灯霎时剪出熊熊火焰来。人们热血沸腾了，拯救沉香阁的方案即刻被提了出来。为了保证方案能得到顺利实施，很有必要动员一切可以动员的力量，群策群力，预先对沉香阁进行"考证"，哪怕一枚竹钉、一块木片、一方土砖……

工作是艰巨的。好在这艰苦的环境赐予人们可贵的韧性。当天，人们就着手工作了：

"哟，李家伯伯，"夹弄里立时飘起一片喜洋洋、甜滋滋、令人心驰神迷的声响，"你……回家了！"

道士刚踏进门槛，听到彩花这么一喊，不由得心头一惊，立地僵住了。很久没有人这么呼唤他了，"唔，唔，唔。"他木木地看着神采飞扬、两颧染上淡淡红晕的彩花，心想今天怎么啦？

"道士，你过来！"可能道士那声不冷不热、闷声闷气的"唔"，使小毛娘觉得很不可靠，便大声喝住了他。尽管小毛娘专政队员的头衔已经被政治潮汐抛去了多时，但她那特有的声调已在道士身上产生了条件反射："怎、怎、怎么啦？"道士脑际嗡嗡响，腿肚子酸汪汪，像误入陷阱的困兽，连连眨巴发青的眼白，呆呆地盯住对方。但奇怪的是，今天他看到的不是一张瘦瘦扁扁的恶脸，而是一张略带几分谄媚的笑脸。

"我问你，你娘是五八年死的？"

"嗯。"声音暧昧得像隔着层泡沫塑料。

"你娘临死前，政府是不是派来一个小青年？！"

"小青年？我，我记不得，记不得了，嘿嘿。"经过多次运动培训，道士学会了一句"急急如律令"，那就是"记不得了"，凡是遇到将信将疑、事隔多年或者或能得罪人的事，他一概答以"记不得了"。这法术灵验，使他避免了许多是非曲折和天灾人祸，"五八年的事，嗬，谁的记性这么好，记，记不得嗬！"

"你记不得,我可记得一清二楚!"黄家婆斩钉截铁。她曾经"专"过道士的"政",对道士的常规战术了如指掌,她想,现在都什么时候了,还用"记不得"来搪塞。今天,我非要让你记得清清楚楚、滴水不漏!决心一定,喉咙跟着响起:"……他是个小青年,四方脸,短身材,黑黑的脸孔,戴副眼镜,手里提只背包,背包里放只皮包,皮包嘶地一拉,露出一只盒子,盒子啪地打开,拿出一张介绍信……"小毛娘像在背绕口令,一句比一句紧迫、一句比一句松脆、一句比一句响亮,那神情仿佛在说:哈,滑头,你往哪里逃,这下我可抓住你啦!

道士李日海完全被小毛娘的气势吓昏了。他瘟头瘟脑寻思:今天又撞上什么啦?这么一想,心里一沉,手脚跟着冰冷:"是啊,是的,"他絮絮解释,"他说什么?我娘没跟他说什么,他走后不久,一口痰涌上,就,就殁了……"

"真的没说什么?"

"有没有提到长毛?"

"还有刀,小刀……"

人们七嘴八舌地问。什么刀?!只听见"扑通"一声,道士的提包从手上滑脱,重重砸在地上。什么意思,整幢房子的男女老少为什么像审问撬窃犯似的逼供自己?难道又要搞什么运动了……这么一想,道士如筛糠似的抖了起来。多亏彩花及时进行解释,否则脆弱的道士准会吓得发羊痫风。"嗨,嘘……"他长长吁了口气,拎了拎裤腰。胳肢窝的冷汗已把棉毛衣浸湿了一大片。

彩花真诚的态度打动了道士。看着一双双期待的眼睛,道士不忍心使大家扫兴,慢条斯理地把那时的情景重温了一遍:五八年的春天,确实有位小青年来这里串过门(他实在不忍心使用"考证"两字),是他母亲接待的,当时他老母八十有三,耳聋眼花,费了很多口舌才明白青年人的来意,可惜,老人没说什么,就匆匆走了……道士说着,声色俱悲,怀着淡淡的哀思。

人们听着,神态平常。这类故事淡而寡味,不够刺激,道士太不懂事了,人家并不少这些东西,而需要的是能够证明沉香阁真实身份的确实材料。可能,小毛娘怕道士太进入角色,悲伤过度,引出些水淋淋的东西,于是冷静地提醒道士,要他好好"回忆回忆",他母亲到底说了些什么,尤其重要的是:是否说了什么稀奇古怪的故事……

小毛娘含有警告意味的提醒,立即使道士摆脱了角色。他用眼睛扫了扫小毛娘,二话不说,提起包,转身就进了家门。其实,这要怪小毛娘不好了,她病急乱投医,对道士期望过高了些。因为她的那些"好好回忆",在道士听来有些"勒令"的味道,难怪道士感到不自在……

这时刻,大威懒懒的,正倚在床上休息。他很想静心阅读那六七种书报杂志,无奈嘈杂的声浪使他即使挟紧脑筋也无济于事……听着邻居们的高论,他不免嘀咕:真是异想天开,简直在做白日梦!他很想冲出门,对准这群应该进幼儿园重新培训的老天真兜头浇盆冷水:如果沉香阁真的可以当作古迹,那么这老城区所有的破房子也都可以变为古董,而你们这批家伙也个个可以成为出土文物了!不过,他的这些话只是在左右心室里窜来窜去,没有喷出口,何必呢,街坊邻舍的!

从那天起,道士就隐隐约约觉得,邻居们在他身上寄托着什么。他打定主意,不给这些占去他风水宝地、"借"去他祖宗宝贝的邻居点滴消息。他决定按既定方针办事:早早出门,深夜才归,收起笑容,一脸庄重,进进出出,不管谁招呼,一概漠然相视,决不理睬……不幸的是,这"工作"不好做,做起来颇费劲,时间一久面部的肌肉就会哆嗦。最最不幸的是,他完全没有料到:你有你的避邪法,人家有人家的捉妖术!看看,没等自己进门,彩花就笑容可掬地招呼了:"哟,李家伯伯,你回家了!"

不知怎么,道士的两粒淡黄的眸子只稍在那张活泼得可以的粉红色的脸上一转,嘴里就会不知不觉应出声:"嗯,回来了。"道士答毕,就慌慌张张朝家门口冲去。彩花很会拣字,她那个"家"字用得恰到好处,热融融的,使人勾起无限的联想和温情。他不赶紧走,怕嘴里还会滑出富有人情味的什么来!

彩花是位知识妇女,丈夫又长年在外,做什么事都掌握着分寸。小毛娘就欠缺多了,她不仅做得不自然,而且还显山露水。譬如,她遇见道士,总要问长问短问饥问饱问冷问热。她知道道士去单位上班要换乘三辆车,就特意隔夜收听气象预报,如果天气转阴,就叮嘱道士带好雨伞套鞋;如逢冷空气南下就连夜关照道士添衣加被。幸亏道士跟张天师修炼过,区区蛊惑,怎会动心……不过,面对这种诱惑,天长日久,也实在不易。不信,你处在道士的位置上试试。譬如,此刻,你刚跨进门槛,小毛娘就招呼了:"哟,李家伯伯,晚饭吃了?"要不是,"哟,李家伯伯,晚饭吃什么,身体要紧,不要太节约了!"这热汤热水的问候,不泼得你开口说话才怪。道士是诚实人,见人家那么诚心,当然不好意思撒谎。于是,当小毛娘问"吃过了吗"时,就老老实实回答,"吃是吃过了些……"这样回答,完全是实事求是的,不掺点滴虚情假意,但此话在旁人耳里却有点潜台词的色彩,那就是:"吃是吃过了些,只是勿曾吃饱。"或者"吃是吃过了些,现在已饿了。"可不是,聪明的小毛娘到底听出了话中音。因此,每当道士说"吃是吃过了些"时,小毛娘转身就端碗鸡蛋挂面,或者荠菜馄饨来。

说实话,道士厂里四点半开饭,五点钟下班,挤一个半小时公共汽车,当跨进沉香阁的时候,胃里的东西早已消耗得只剩胃壁了。所以,面对小毛娘手上的甜的咸的香的鲜的,尽管心里疑惑,但舌板下的唾沫却一点不疑惑……他心里明白,这叫先喂你一点点,然而让你吐出一大堆。有时候馋唾泡得舌头酸胀,他就想,吃它一碗又怎么样呢?不说什么,光那只青花瓷双耳瓮,就抵得上吃它几十年小绍兴三黄鸡……这么一想,道士的心胸倏然开朗,也老实不客气了。不过,在真真享用的时候,他的神态还是讪讪的,咀嚼声更是轻轻的。

两个星期吃过,黑铁墨脱的铁拐李变成了红光满脸的弥勒菩萨。道士李日海的气色好多了,邻里的关系也融洽得多了,连酒公公邀他喝酒都敢欣然应允了。

那些天,洋面上刮台风,酒公公一个在捕鱼船上当二副的侄子送来一篮海鲜。彩花洗洗剪剪,煎的煎,熏的熏,忙了一下午。不到黄昏已摆出一桌丰盛的家宴。那天,道士正恰厂休在家,没等他开炉烧饭,酒公公就来请他入席。道士虽然吃了人家两星期,但心里始终不踏实。他见招待的规格一天天上升,开始感到紧张。迄今为止,他还不知道,这些可爱的邻居究竟要跟他合伙搞什么买卖。见酒公公再三邀请,他心想,伸头一刀,缩头一刀,今天干脆给他们竹筒里倒骰子,说个明白!主意打定,他抖抖衣领,摆出李玉和赴鸠山宴的姿态,前去参加酒公公的鸿门宴。

人们觥筹交错,吆五喝六,道士却喝得谨慎。两杯酒下肚,他开始感到惭愧:人家并非对自己图谋不轨。酒公公请他喝酒,只是想让老邻居尝尝鲜,助助兴,拉拉家常而已。

拉家常,属于务虚范畴。不过一务虚,难免会旁开去。喝喝老酒,尝尝海鲜,七说八说,七兜八转,不知怎样,圈子又兜回了原地:彩花抱怨起断命的房子;小毛娘说起了不幸的儿子;酒公公谈古说今,讲起了那位传说中赫赫有名的将领——"小镜子"……

这当儿,道士却眼观鼻,鼻观心,对周围的一切都置若罔闻,那架势仿佛在吐纳导引。其实,他在思念千里之外的儿子。想到儿子,他心中悲切,不禁连连举杯浇愁。三四杯酒灌下,他感到舌根跳得厉害。说不说呢？他问自己。说，何不借此机会说个痛快。他砰地放下酒杯，红着脸说了："老酒头，我看，酒也喝得差不多了，有话，还不如趁早说个畅快……"他用挑衅的目光扫了个圈圈，不错，酒能壮胆，哪怕接下去开批斗会，有人相信，道士以下那几句话还是要说的："……要是你诚心请我喝酒，那么，丑话说在前头，以后，我可请不起你，要是你另有打算，那么，这点酒，嘀嘀，恐怕还不够我一人喝！"

"酒，够你喝的，呶，还有……"酒公公已喝了五六成，抖抖索索从桌底下拎起两瓶通化葡萄酒——那是准备作为礼物回赠给二副的。

"好！"道士猛喝一声，把积蓄了十多年的激愤怒恨通通端出："好，你们说，说个痛快，到底要我什么东西？古董地皮，还是看中我这条老命……"说着，他呼地挺起身，眼珠血红，逼视大家。看那神色，用不了多久，他准会掀翻桌面，挥起宝剑，来一套青城看家剑！

"李日海！李家伯伯，玲珑的阿爸！"小毛娘吃了一惊，急中生智，竟然喊出了多年不用的"玲珑的阿爸"。玲珑是道士的儿子。这一喊，道士的神色果然缓和了不少。小毛娘抢上前，一面火候适度地搓揉起道士瘦骨嶙峋的琵琶骨，一面细声慢气劝说道士："你呀，好端端的，又疑神疑鬼了。看看，现在是什么年头了，还……哦，对了，你的那只破瓮，我想起来了，小毛！小毛！"她拉开喉咙喊小毛——她明明知道小毛早已外出约会了，"赤佬！把他借给谁了？对了，是给了他那个鼻涕虫师兄养金鱼去了，连同两条水泡眼……"

黄家婆居然认错，这可是不常有的事。听着小毛娘暗含"自我批评"的检讨，道士顿时觉得自己有些过分。

见道士似乎息怒，人们就和颜悦色对道士开始轮番进攻。道士胸怀戒心，久久不愿开口，倒是宝宝小儿稚黄，一丸童心，打动了一颗冥顽不化的心："道士爷爷，讲故事，讲一个故事！""故事？要听故事？！嘀嘀……"

中篇小说·沉香阁　275

道士俯身搂住宝宝的脖颈。老人喜欢儿童,宝宝虽然淘气,夏日里常捅开他的房门看他洗澡,要不就是在逢年过节冷不丁从窗缝塞进一只"落地红"电光炮,吓得他魂飞魄散,但他还是喜欢他。本来嘛,道士也该抱孙子了,"听什么故事?"

"小刀……会!"

"小刀会?好的,好的,小时候,我经常听我娘说起……"道士醉眼乜斜,把头搁在宝宝的溜肩说了起来……

不料道士这一说,抖出了一个惊天动地、搅得沉香阁晕头转向的故事来。把那故事删去枝蔓,剔去糟粕,剩下的脉络即是:小刀会的将领、金陵人"小镜子"确实住过沉香阁,那位鼎鼎大名的刘丽川也确确实实来过沉香阁……

这个情况重要啊,酒公公立时吓醒了酒,他嘴巴洞开,那猪肝似的鼻子悬在苍白的嘴唇上,直盯着道士看。小毛娘激动得连连向道士劝酒,"喝,喝,喝完这杯再说!"道士接过酒杯,一气灌下,然后骤然放下,猛挥手臂,瞪着眼喊,"……你们不相信?好,跟我来,我弄点颜色给你们看看——"说着,他摇摇晃晃站起身,转身就往外走。道士这一着,把人们吓慌了,"李家伯伯,你,你,你坐下。""坐下,喝酒喝酒嘛!"道士展臂推开众人,凶相毕露,卷着舌头,边呼喊边向外跌跌撞撞走去:"刀?刀!刀……"霎时间,像日本兵冲进难民营,大哭小喊,一片混乱。小毛娘立即感到后悔不迭——是啊,不应该为小毛的婚姻抬举出这个呼鬼唤怪的老妖道,万一这老头真的借着酒醉进行阶级报复,这可是人命关天啊!这当儿,还是彩花冷静,她赶紧冲上前搀住道士,左一声"李家伯伯",右一声"玲珑的阿爸"。在此千钧一发之际,这声亲亲昵昵的"玲珑的阿爸"真起了降温灭火的神效。听到彩花这么劝慰,道士顿时杀气全消:"彩花,你不要搀,我,我自己走,刀,小刀,你们不是要看……"

哗啦,板凳撞倒竹椅翻了。历史文物,谁不想先睹为快!

当然,道士从箱底翻出的是一柄锈迹斑驳的小刀。说它像柴刀,它又不像柴刀;说它是匕首,又不像匕首。经以为发生了什么凶杀案而匆匆赶来的大威验证,这只不过是一把削甘蔗的破刀。见大威脸露不屑,道士急了,他硬拉住光着上身,只穿一条短裤的大威,要他仔细辨认刀背上一块模糊的锈蚀。大威看了半天,不敢断定那是什么字迹,同时也不能完全排斥当年道士落魄时曾经用它卖过甘蔗……

大威撇下还在黯淡的灯光下,举着斑驳的小刀满脑子纷呈美丽联想的邻居,唐颓地回家钻进了被窝。"怎么啦?"正在心急火燎穿衣的妻子,见丈夫缩头缩脑回家,惊恐异常。"发神经!"大威从牙缝里迸出,"睡,睡觉!"联系道士的一贯举止,大威怀疑道士在装疯卖傻,胡乱出气。大威的猜测果然不错,当天深夜,通夜不眠的大威突然听到道士在梦呓中发出一连串咯咯咯的笑声,那笑声如银铃,比那些傻姑娘发出的还逗人……

这个具有历史意义的夜晚,给沉香阁带来了欢乐和希望——不远的将来,沉香阁将会在历史的尘埃中获得新生。然而,大威却因此苦恼透顶。为什么?就在那天晚上,他丧失了那种能力。当时,他正在专心致志做丈夫,忽闻"刀、刀"的呼叫,不由得浑身惊悸……这一惊,非同小可啊!可恼的是,这种现代城市病不知去哪里寻医觅药!为此,大威整天无精打采的,满肚皮的懊丧无处发泄。

由道士起草的信件寄出去已有两星期了,仍不见丝毫回音。道士奇了,酒公公急了,彩花有点泄气了。"谁寄的信?"大威问,态度生硬,像要跟人吵架。经过痛定思痛,他想通了,巴不得这座让人断子绝孙的破房子,是扎扎实实的出土文物,是货真价实的名胜古迹。只有这样,他才能重筑一个安乐窝!

谁寄的信？那还用问。道士写的信，彩花买的信套，酒公公封的信口，寄信的任务理所当然落在小毛娘的头上。大威想，小毛娘寄的信，只怕她没有贴足邮票，当勒令书寄了。幸亏大威没说出口，否则准会惹得老太双脚跳。查明原因，责任在道士身上。那天，瞌睡蒙眬，道士把信套写成了"市政府有关部门，有关负责同志亲启"了。在中国，"有关"可是个不明不白的糊涂词。哪个与此事有关，哪个与此事无关，谁搞得清楚？有时候，要搞清楚"有关"与"无关"，非得一年半载，其中还不包括"有关"与"有关"之间的转弯抹角，曲径通幽……

这几天，大威小腹部胀鼓鼓的，像兜着股什么。是的，他想发泄，找人骂半天，吼几句。当他意识到落实"有关"与"无关"的工作是一个宣泄情感的缺口时，就兴冲冲跨上了"老坦克"。临出门，小毛娘少不了要叮嘱几句："大威，不要忘记那块匾！""大威，有话慢慢说，要先说小刀，再说……""大威，你还记得豆腐店伯伯……"其实，不用小毛娘关照，大威早打定了主意：用三寸不烂不锈钢弹簧之舌，晓之以理，动之以情，情理交融，痛心疾首，如丧姱妣……总之，尽情发挥，用最最充分的理由，来论证沉香阁是不折不扣的沉香阁……

就这样，大威从博物馆游说到文管会，从文管会活动到历史学会。听听，他在历史学会是怎么说的？他说："……太平天国的遗迹，在我们这幢古楼里到处可见，光小刀会将士使用过的武器，就发现了好几件——其中一把是将领小镜子佩戴过的青龙短刀，就被一个叫宝宝的小把戏拿去换了梨膏糖……还有那块'冲天大将军府'的匾额，却被小毛娘，一个顶顶凶的尖嘴婆做了楼隔板……同志们啊，再不组织力量进行抢救，这批珍贵的历史文物就会遭到灭顶之灾！到时候，我们何以见列祖列宗，何以面对子孙后代，何以肩负历史的重责！在这里，我再次重申：不管官僚主义横行，不管民族虚无主义猖獗，不管遇到什么艰难险阻，我都将竭尽全力，向全世界、全中国、全社会大声疾呼：救救历史，救救沉香阁，救救我们的良心……"

一位满脸皱褶、文绉绉、抖抖索索的老先生果然被大威的一腔热血打动了，他留下了大威的地址。三天后，沉香阁来了两个人。一位穿对襟短袄，一位挂竹节拐杖。听说，这两人在这一带找了三个多小时。当他们走进沉香阁，已累得双腿直打飘。这情景对沉香阁的出土是个不利因素。然而，最最糟糕的是，那天负责接待的偏偏是小毛娘。小毛娘见来了两个不起眼的老头，以为是房管所派来收地税的退休工人，便对人家唠叨起沉香阁的种种不是来……等人家问起一块匾额什么的，她才感到自己似乎说得太多了。但是，她觉悟还是太晚了。当她指给两个人看那块被烟熏火燎烤得黑油油的楼隔板时，她分明听见人家在嘀咕："唔，这一横，恐怕是'庄'，那一竖，像个'中'，还有那字，是个'肉'吧！""唔，是的，顺着读，'庄肉天中'，倒着读'中天肉庄'……"什么，什么，不是大将军府的匾额，而是一块普普通通的肉店招牌！不管小毛娘如何缺少修养，人家面面相觑，颔首微笑中所包含的深意，她还是看得出来的。恍惚中，她听到两人发出一连串长长的、犹如木珠滚动的笑声。沉香阁在笑声中微颤。见人家还要看什么小刀，小毛娘心想补救的机会来了。她慌里慌张找了半天，什么东西都没找到，只找到一把破肉斧，她郑重其事把它奉向两老头。两人都对视一笑，这一笑简直笑得小毛娘自卑透顶。是啊，一块肉店招牌，一柄残破的肉斧，这不是挂羊头卖狗肉？小毛娘不愧经过大世面，还会来些"急中生智"什么的，"哦，对了，刻字的小刀，在道士的箱子里，他还没有下班，你们坐、坐，请坐，吃了晚饭走，等他回家，你们一定识货……"小毛娘急得额头淌汗。这时，她才想起，光顾说话，还没有给人家沏茶呢！但是，不用沏了，这光景，即使给人家煮咖啡，也无法挽回狂澜！倒是这两位宽厚长者，看沉香阁这副尊容产生了恻隐之心。他们既没有坐，又不喝,怀着怜悯检查起危房,还口口声声表示,一定向有关部门反映,要有关部门赶在梅雨前派人来维修……临走前,他们对小毛娘说:至于小伙子说的那把刻字的小刀,请他有空便送来看看,看后一定送还……

大威下班后,听到小毛娘如此这般诉说,当即哈哈大笑,甚至还笑弯了腰,笑出了眼泪。这叫做"乐极生悲",人操练到这种地步,不出眼泪,几时出?不过,感情经这么一折腾,大威突然觉得血脉顺通,心绪盎然。果然,就在当天晚上,他又做了丈夫。一番亲热之后,他搂住娇小的妻子偷偷笑了:哈哈,还给人家送小刀去呢。当时,多亏自己不在场,否则的话,人家会给自己报销车钱和索要半天的误工费也说不定……

六

外国有什么传播学,还招研究生呢。其实,中国也有,你看小毛娘又在传播消息了:房屋测量员在苏州人的小阁楼里逗留了三小时,还喝了两杯麦乳精。

"她有什么话说,男人死了多年……"彩花当即用最富有人情味的口气说。彩花是相信小毛娘的。小毛娘的北窗,正跟书记嫂的"猫耳洞"遥遥相对。光天化日,谁好意思拉窗帘?因此说,小毛娘对书记嫂的研究堪称权威。在沉香阁,不,在整条香火街彩花所以能家长里短评上几句,还多亏了小毛娘。是啊,给人家男人喝麦乳精,谁知道里面掺着什么蒙汗药。彩花希望小毛娘说些更刺激的,小毛娘却说:"要拆房子了!"

"你是想疯了。"

"正南风,我听得清清楚楚!"

彩花立时心里说不上酸,还是甜。四十多岁的女人,还那么纤瘦苗条,说起话来还是么嗲声嗲气的,哪像自己,一身嘟嘟肉,尽朝横里长。

怪不得社会上的小道消息会被这种娇女人垄断……

小毛娘见彩花没了声响,不禁恐慌起来。她有些怕彩花,虽然她俩没有正式交锋过,但她从彩花骂公公的声势中,领教了彩花的厉害。于是,她讨好地劝道:"还是早早打听,早作准备,现在的事,像六月里的天,说变就变……"

"叫我往哪里打听!"彩花没好气地抢白道,"总不见得,也把人家拖进房间,关上房门谈上板板六十四……"

"彩花姐,"小毛娘诡谲地笑了笑,"只要你不计较,让老头子……嘿嘿。"

"我计较什么?老头子一天两顿老酒,只要她愿意……啊啊。"彩花感到了报复的快意,忍不住笑了起来。

彩花说得不错。在沉香阁,要说书记嫂和邻里的关系,她只和丁家、酒公公合得来,其余的人,她一律不屑一顾。但同样对待大威、田小媛和酒公公她并非天平上称金子。对大威夫妻,她奉行的是君子之交。她敬重大威的急公好义、洒脱豁达,佩服田老师的知书达理、文雅娴静。但对待那个整天喝得醉醺醺的酒坛子,她却没有丝毫崇敬之意,而只是把他当作通讯员、摆渡船。譬如,亲朋好友登门未遇,请他传个话;每月的水电费让他摆摆渡什么的。不过,话还得说回来,对于酒公公的胸襟,书记嫂是素怀好感的。有时,自己刚和彩花斗得硝烟弥漫,战场还来不及打扫,他就偷偷摸摸向自己挤眉弄眼了,有时还会趁彩花不留神,在自己耳边鬼鬼祟祟喷着酒气说几句:"别理她,这种人的嘴,只配用塞头!"或者,"骂,给他狠狠地骂!"有时候,他那吃里扒外的勾当也会被媳妇察觉,于是,彩花就会拉开喉咙,把公公支配得旋陀螺似的满屋子溜转:"饭吃饱啦,冲水去!"要不喝令"倒痰盂去!"老头子到底做了亏心事,又怕被媳妇骂得狗血喷头,听到媳妇喉咙一粗,他就满心喜欢,满脸笑容,爽爽快快地去听候媳妇的调遣……如果没有一点胸襟,他能显得这样轻松?

当下说定了。酒公公喝完酒,揣本小本本,装着抄电表的样子,踏上了那条陡直的梯子。公公在楼上海阔天空,媳妇却在楼下忧心忡忡,老头子酒足饭饱,人家子女都不在,万一酒后醺闪,话还说得清楚?再说,女人总有女人的避讳,老头子醉醺醺地冲上楼,万一人家来不及回避呢……这一些,她彩花最有体会了。唉,她后悔,后悔经不住小毛娘的怂恿,派出这个不称职的"坐探"……

酒公公在楼上耽搁了一个小时才笑盈盈地下楼。看着老头子一脸威严,彩花隐约觉得情况非同一般。怎么样?她用眼神问公公。这楼上楼下只隔一层薄薄的企口板。酒公公几乎没有领会媳妇的询问,斜斜靠上被褥,打起了瞌睡。彩花最了解公公的脾胃,看他这副死样怪气的样子,知道他一定得了什么令箭。要是往常,她会喊他起来,问个明白,但此刻情况特殊,让他静养片刻也好,否则,一开口就80分贝……

楼上终于响起了笃笃笃的脚步声。这是书记嫂的画外音,它告诉人们,主人公换上了高跟木跟船鞋,打扮停当,要离家外出了。顷刻,木扶梯哼哼哈哈一阵呻吟过后,夹弄里飘过来一缕幽香,旋即,一条倩影无声无息地闪出了沉香阁。这次例外,彩花没有向倩影行注目礼,送她消失在街尽头,而是赶忙摇醒鼻鼾连连的公公。酒公公正在太虚幻境里踱方步,猛然被媳妇拖回凡界尘世,便对媳妇的大惊小怪大为不满,报以重重的牛声"哞"——"不识抬举,'妖'去了!"彩花指指楼顶,对公公的奇货可居感到十分可恶,"女人说什么啦!""拆,拆,拆,这一带,统统拆,造国际饭店模样的高楼!"

"啊"彩花眼前一黑,像一架被击落的战斗机摇摇晃晃跌坐床沿边。这消息太突然,太喜人,太可爱了。她为了等候这一天,弄得浑身是病。现在,马上要住高楼,乘电梯,享受冷暖空调了,这怎不令人怆然泪下。彩花双手掩面,涕泗滂沱……

彩花的感情也丰富了些。这眼泪在公公看来落得毫无名堂。不过,酒公公认为,彩花在掉泪的时候,平时的凶态荡然殆尽,委实怜怜动人。要不是小毛娘不失时宜地光临,彩花真会哭得昏天黑地。"要拆,统统拆!"小毛娘压低嗓门,喜形于色。原来,刚才酒公公和书记嫂全在她的监视下。"这次政府已下定决心,不怕困难,拆除破房……"小毛娘在兴奋之余,不禁篡改起那条曾经著名的语录。

"新上任的市长是造房子出身,造房子的人不造房子,说得过去?"

"是嘛,拳不离手,曲不离口!"

……人们附和。

哈,沉香阁又热闹了,一连几天,人们的话题,像群星围绕太阳,都离不开房子。在轰轰烈烈的研讨中,大威始终保持冷静。上次的玩笑使他害臊了多天,至今想起都有些心跳气促。这次,他怕自己重犯错误,也不希望别人重蹈覆辙。别人在热烈讨论,他就在旁边微笑。这笑容有些冷,作用有点像芦根,目的是清热解毒,不使人们热昏头脑再闹出笑话。

那天,大威夜班,吃过晚饭,正上床休息,但人们的争论把他的睡意赶得片甲不留。于是,他马马虎虎披上外套,双手拢胸,来到夹弄,挨个送上清凉剂。人们对他示威性的冷笑反应冷淡。他感到了黔驴技穷的悲哀,就鼓着勇气对人们说:"大家静一静,我来讲个故事!"讲故事?新鲜事!见大家目瞪口呆盯着自己,大威无精打采地说了起来。那故事极为乏味,现在且简述如下:

某个冬天的晚上,两个相依为命的乞丐到一座破庙宿夜。他们席地而坐,背靠背取暖。瞌睡蒙眬中,大乞丐身子一歪,用手撑着,摸到了一枚铜板,小乞丐双手支地,也拾到了一枚冰冷的铜板。长夜难熬,闲聊以度。大乞丐问小乞丐,如果有了钱怎么打算?小乞丐回答:买鸡。大乞丐说:

买鸡不合算,如果我有钱就买蛋,蛋孵鸡,鸡生蛋,以致无穷。小乞丐不同意,说没有鸡,怎能孵小鸡……两个乞丐从意见迥异到彼此斗殴,直至差役把他俩押往衙门。衙门老爷问明缘由,一拍惊堂木,喝问:你们哪来的铜板。两乞丐齐答:拾的。老爷说:拿来看!两乞丐掏出铜板。妈啊,什么铜板,这不是两块切得极薄极薄的胡萝卜片……

大威的故事枯燥,人们也根本听不懂其中蕴涵着什么深刻的含义,而以为大威只是欠觉睡,无端编个故事哄大家静一静。既然如此,人们也知趣,心怀怜悯,各自怏怏回家。

大威的胡萝卜片仿佛可以镇酒似的,今天酒公公一反常态,呆呆盯着晶莹剔透的酒杯,不断嚅动嘴唇,滴酒未沾。是那胡萝卜片冻得发硬,嚼不动?不是的。酒公公根本没有听懂那故事,也不会为这个子虚乌有的故事费神思。此刻,他在思念远在"千里"外的女儿。当年,女儿豆蔻年华,追求者蜂拥。经过筛选,女儿把彩球抛向一个娃娃脸的后生。未来的女婿千般好,可惜住的是蜗牛居。老丈人对此很有意见,百般阻挠,女儿赌气发誓要嫁个白玉堂。女儿果然找了个有房的,只是那房远在市郊青浦朱家角。临到上"轿"看到女儿眼里晶亮的一泓水,酒公公心如刀剜。直到现在,每当他看见透明发亮的液体,就会想起女儿的泪眼……他总感到欠了女儿什么,现在,是时候了。

"彩花,"酒公公亲昵地说,"我明天想走一趟。"

彩花正埋头吃饭,听公公的口气有些异样,略略吃惊。她见一杯酒才喝了五分之一,心想老头子还不至于说昏话。"去哪里?"

"乡下。"

"宁波,卖祖产?"两条眉毛抖抖地要飞起来。

"想到哪里去了!去青浦,朱家角!"

"为什么?"彩花越发诧异,莫非公公想去告状。小姑子的炮仗脾气,她领教过,并且还吃过大亏。酒公公干咳数声,对媳妇的紧张嗤之以鼻。他垂头俯在媳妇耳边低语数句。一根肚肠直到底的彩花立时转不过弯:这老头想起黑心,要搞什么狸猫换太子,让外孙来当法定接班人!彩花重重放下碗筷,想以"绝食"来抗议……一经公公解释,才疑团顿释。原来公公去青浦搬户口,也是为自己和宝宝着想……

酒公公迅速结束战斗,早早上床睡觉,连一场盼望已久的足球实况赛转播都舍弃了。他蒙上被子,暗暗得意:神不知,鬼不觉,悄无声息,速战速决……可是,他估计错了。有人比他还雷厉风行呢。听听,隔壁楼上叮叮当当响开了。

是谁发出的声音?小毛。昨天晚上,小毛就打定主意要对那三根横梁动偷梁换柱之术。那三根梁,根根有蓝边海碗那么粗,是呱呱叫的水曲柳,凭户口簿配给的木材,哪有这么扎足?用这些木材做个衣橱看来是不成问题的,说不定,还可以挤出一只床头柜……

小毛的豪爽可谓远近闻名,除了谈情说爱有些优柔寡断,其余的事,他历来说干就干。"卸下房梁,房子要塌!"小毛娘担心。"房子反正早晚要塌,现在我多流些汗,出些力,正可以为国家节省几个劳动力!"小毛笑呵呵地回答。

这几天,真苦了大威夫妻俩。沉香阁的居民仿佛中了什么邪,忘了吃,忘了喝,整天聚在一起为那胡萝卜片动肝火。这些不安定因素,使得大威吃不香,睡不实,终日瘟头瘟脑的。为此,一向心情开朗的田小媛也拧紧了愁眉。她担心大威休息不好,会出工伤事故。那天晚上,小毛叮叮当当做了半宿伐木工人,害得大威眼皮瞌眬、脚高脚低去钢厂上班。凭一身强健的筋骨,才把那痛苦的八小时坚持下来。一下班,大威不吃不喝,倒头就睡。这一觉睡得像休克,把第二天休息日搭进去都不够,吓得田小媛差点打电话喊救护车……别人猜不透这种夜以继日的睡法,是大威故作惊人之笔,还是他元气亏损的表现。大威却认为,不管人们怎么想,这么一来,人们总可以肃静几天,让自己睡个安稳觉了。没想到,他的如意算盘又打错了。一天深夜,他突然被一声凄惨的"救命"声骇醒。猛然睁开眼,他见妻子正欲披衣起床。这当儿,即使上刀山下火海,哪有妻子的份?他腾地一个鲤鱼打挺,窜上前用魁梧的身躯化为一堵铜墙铁壁,挡住了娇小的妻子。

轻轻拉开房门,屋外月光惨淡,夹弄一片漆黑。隐约中,他看见一条长凳横在夹弄中央,把长长的夹弄拦腰切成了两段,道士骑马坐在那长凳上。

他在干什么?惊心动魄的呼喊声是他发出的?……这些念头噼噼啪啪从心底冒出,这可是旷古未遇的怪事!"李老伯,你,你在干,干什么?"大威问,嗓音寒凛凛、颤抖抖的。

幽暗的光影中,移来两点淡淡的白光,道士那黑黑长长的身影兀地挺起。他昂着头,格外清亮地说:"你看看,这不是乘人之危,这不是欺人太甚,这不是得寸进尺……"

"老实点,不准你乱说乱动!"没等道士喊完,黑黢黢的地上霎时爆出一声更为凌厉的喝声。这声响着实使略微近视的大威大大吃了一惊。大威壮着胆子定睛看:地上蹲着一团黑影。随着喝声音量不断扩散,黑影慢慢上升,终于变成一条瘦瘦长长的身躯。大威这才看清:那是手提一柄锄头的小毛娘。"你,你,这是在干,干什么……"大威莫名其妙,身上立时鼓起了鸡皮疙瘩。

"大威,你还没睡啊。"小毛娘反而笑嘻嘻地招呼。

大威愈加莫名其妙了:"早睡了。前几天晚上,被你们家的啄木鸟啄了大半夜,几乎没阖眼。刚才我正在乱梦颠倒,梦见自己今夜总算可以睡个安稳觉了。没想到,又被你们……唉!"大威苦着脸,深深叹气:"你,你们,这,这是怎么回事噢!"

"发神经!"小毛娘倏然变得怒气冲冲,"老头子好好睡着,突然像触电似的端条板凳冲出来直喊救命,你想想阿是发神经!……"

"你手里拿的是什么东西?!"道士声色俱厉地喝问。那声喝问,咬字清晰,在寂冷的寒夜里,显得格外清越、冷厉、滑溜,"说,是什么东西?锅铲柄,毛竹筷,还是绣花针?风高月黑,你手里拿锄头想干什么?想谋财害命,还是想杀人越货……"

"血口喷人!"卟笃,什么东西掉在地上了。说实话小毛娘心里慌乱,深更半夜拿把锄头,偷偷摸摸的,不被人家当作梁上君子?……想到这,小毛娘觉得委屈。她,堂堂正正的小毛娘,在香火街住了五六十年名声向来清清白白的小毛娘,怎么会搞这种偷鸡摸狗的勾当?她很想对正在用审讯贼骨头那种目光直视自己的大威解释清楚:自己一丁点坏念头都没有,只是想在"烧饭间"边上扩出一点点地盘而已……这,都是为了小毛。唉,小毛命苦。想到小毛,她理直气壮了:"李家伯伯,你六七十岁的人,连这点最起码的同情心都没有,你还讲不讲人道主义……"

俗话说,好人发梗性,大约说的就是道士。李日海确确实实称得上大好人一个。他天生慈悲心肠,再加长期受某种宗教学说的熏陶,处处显得心慈面软。可是,这次不知怎样的,他非但没有对小毛娘产生点滴怜悯,反而怒气冲天。"你休想,老皇历不管用了,我李日海过去当过道士,做过对不起人民的事,而现在我却是年年评先进!你睁开眼睛仔细看看,当今的李日海是什么人,什么人!……"

"什么人?先进分子,劳动模范,三八红旗手,踏着尾巴会翘头的英雄好汉。"小毛娘不紧不慢,冷冷地说:"告诉你,你做过的好事,人民永远不会忘记,人民的眼睛永远雪亮……"

道士喉咙像哽了条蛔虫,想急急地一吐为快,"你说,你说明白,我做过什么事……"

……

一个是远近闻名的尖嘴婆,一个是犟头倔脑的老鳏夫。一场拉锯战开始了。这是一场血腥的鏖战,陈芝麻烂谷子都当子弹用上了。这下可苦了大威。他们一拳来,一脚去,有完没完?大威劝着,嗓子眼热辣辣的,终于,一股火兜心冒出:"好了,老李伯,小毛娘,你们谁也别说了,留点精神,听我说几句——你,"他指指道士,"一大把年纪,平时又没有人参滋补,天亮还得挤公共汽车——你,"他点点小毛娘,"为小毛操了一辈子的心,够得上样板妈妈,大清早还得去排队买小菜。所以,你们两位都是值得我同情的。我呢,这辈子也不打算生儿育女了,住房也只会越来越宽敞……"面对两个目瞪口呆的老人,大威索性慢条斯理起来,"前几天,我已经跟老婆商量好了,把我们的住房一分为二,一半让给你——"他用眼波瞟了小毛娘一眼,"你呢,也不用打李家伯伯的主意了,省点精神,留给小毛大喜日子用……"

哼,你怕我榆木脑袋,辨不出好歹。小毛娘心想,"你这是什么意思!"

"不,不,不,"大威断然道,"你一定请方便,千万不要客气,否则,李家伯伯的半夜鸡叫,我实在吃不消,不瞒你们说,"他回头怯怯地瞥一眼自家紧闭的房门,"前天上班,我瞌睡蒙眬的,差点一头撞在小火车上……唉,睡不好,吃不消,要出人命的啊!"

小毛娘不敢断定,这是不是大威即兴炮制出来的惊险故事。她还想强辩,但见大威愁眉苦脸的,到底不好意思再说什么。道士却丝毫没有理会大威。或许,他的怨气积压得太久,要不,他感到大威在袒护自己,反而更加声势浩大气势汹汹了:"……老实告诉你,现在是什么年头,你还想四面出击,抢城夺地……"道士口若悬河,显出少有的反抗精神。这行为恐怕在道士的生命史上是破天荒的。小毛娘正想反击,却被大威不帮尼姑、不帮道士的精嗓门挡了回去,"好了,好了,你们谁也不要说了。我真正不懂,天天吃开水泡饭的人,哪来这么大的火气……"大威深深打了个呵欠,"睡觉,睡觉,明天还要上早班!"

道士是乖巧人,他领会了大威的好意,见好就收,更何况,他敬重大威的为人。小毛娘被大威不明不白损了几句,心里恨恨的,但考虑到大威在沉香阁的威信,又不便发作,这样一只滚烫的油锅被大威从火炉上轻而易举地端了下来。

这一夜真是个多事之秋。大威的头颅刚搁上枕头,好容易迷迷糊糊睡去,又被一阵突发的窸窣声惊醒。谁啊,夜深人静的。高度的警惕,使他立即想到了小毛的四喇叭双声道多功能立体声收音机……他赶忙趿上鞋子,悄悄走向门口,又从门后摸出一把特大吃扳头——摆好饿虎扑食的姿势,他轻轻移开门栓。门启开了一条缝,一束强光迫不及待从缝隙杀进,刺得他双眼发麻。怎么回事?对面的彩花家门户洞开,灯火通明。揉揉眼睑,定定神,他终于看清了:酒公公在弯腰从彩花手上接过一块块旧砖,垒在自家板壁外的夹弄里。那砖墙垒得高高的,犹如地上冒出的"金字塔"……

大威愣了许久,才大彻大悟:彩花他们原来也想趁机扩张,造成既成事实——大威当然不了解内幕:酒公公朱家角之行落了空,女儿怕儿子在属老虎的舅母那里受委屈,不让独生儿子离身……

大威掩上门,摸黑上了床。唉,怎么说呢。是啊,不能说,人家在自家门口辛苦,碍你什么啦……大威心想,总有一天,他要把这段历史公之于众……想着,他渐渐飘忽了起来,没想到,又一声撕心裂肺的"哎哟"声,惊得他差点从床上弹起。他侧耳听,有人在痛苦地呻吟。谁在呻吟?软绵绵的苏州口音,是书记嫂?她肚子痛,还是……大威瞅瞅腕上的夜光表,似乎明白,急匆匆赶去上早班的书记嫂,一不小心撞在那堵奇迹般出现的"金字塔"上了……接下来大威果然听到吱呀的开门声,是彩花的声音,"哦,对不起,对不起,撞在哪儿了?"那语气温柔,充满着歉意。"耐迭个墙,像半路里杀出的程咬金,咬得我我……还好,还好。"书记嫂还算礼貌地应答道。这是两人冷战多年来的第一次对话。意识到这点,大威顿时感动得鼻腔发酸。

　　沉香阁又归于沉寂。大威却睡意全消。他感到肝火炽旺,直想骂人,是啊,你们还算人吗,还让不让人做人。但当他看着躺在身旁熟睡的爱妻,只能忍气吞声,大口喘气了。

　　不过,大威还是忍无可忍了。当天黄昏,他拖着疲沓的身子回到沉香阁,面庞绷得紧紧的,谁也没有招呼——要是往常,他总是嘻嘻哈哈的,逢人就招呼,连宝宝拉住他的自行车喊"兜一圈"都没有搭理。对于这些令人哭笑不得的街坊邻舍,还能说什么呢?

　　他把自行车推进夹弄,一时迷失了方向。狭狭的夹弄,你剪去一段,他占去一块,连安置自行车的地方都没有。一般滚烫的岩浆在他心里涌动……

　　大威的迟疑被人误解了。人们以为大威在后悔自己的姗姗来迟。那些捷足先登者便不好意思起来。由彩花倡议,小毛娘附和,人们一致强烈要求大威在她们所占领的领土上,划去一块势力范围……如果人们沉默,大威心里还觉得好受些——人们的廉耻心毕竟还没有全军覆没,可叹的是,人们非但没有感到羞愧,反而以唆人作恶的口吻来关心自己。于是,岩浆终于找到了突破口:

　　"谢谢,谢谢你们大家!"大威重重地拉上车锁,"这一点点地盘,不够我意思,我要么不占,要占就占它一条夹弄,占它一条马路,占它整整一个大上海……然后把那些不够格的人,小家巴气的人,一天到晚把算盘拨得人家睡不成觉的人,统统赶出去!"说罢,他抛下这些面面相觑的邻居,头也不回,径直朝家门走去……

七

希望是流星,眨眼就消失了。本来就七零八落的夹弄,像动过多次手术的回肠,被割得惨不忍睹。难怪大威在反反复复推销胡萝卜片,看样子,他要把那两片薄薄的胡萝卜片做一桌什锦菜了……

这时候,对面的九十六弄开始大规模拆迁了。

面对九十六弄声势浩大的动迁,沉香阁的居民保持着可怕的沉默。这时候,哪位要是不看形势,随便乱说,弄不好就会被窝着一肚皮气的人触尽霉头。然而,那轰隆轰隆的打桩声,毕竟有股惊心动魄的震慑力。在震颤中,乘过飞机的人都有体会,那就是最好张开嘴巴:"轰隆轰隆,最好统统震塌!""震塌有什么意思,唐山大地震,轰隆一声,全部活埋!""活埋怕什么,总比不死不活强!""不要悲观失望嘛,星星之火可以燎原……"

"现在的事,说得准吗?"小毛娘说说就来气,淘箩在手里端了半天,却忘了淘米,米倒入饭锅,搁在炉子上就煮,好在没有淘过米的饭照样喷香,据说维生素特别丰富,吃了不生脚气病,"看看这个破相,想想总应该……哦,偏偏对面先拆!是什么人戳瞎了眼睛……"

"对面?对面还有什么话说,"酒公公气度不凡,"我们这里住的是什么人,人家那里住的是什么人?!"说到这里,他收住话头,见人们对这个"什么人"发生了兴趣,才抛出一个实质性的结论,"知道吗?本区的父母官!那个天天在九十六弄口甩手做气功、太阳穴上贴头痛膏的温州老太婆,她的儿子就是!"

"什么温州老太婆！在香火街上摆水果摊的癫痫，他的老子是房管所的，"小毛娘不甘寂寞，匆匆寻找材料，"癫痫跟小毛同过学，后来他去苏北自找插队，病退回来后摆水果摊……小毛的同学，我还不知道？"

"就算是癫痫的老子。"酒公公对小毛娘在枝节问题上纠缠不清的拖泥带水的作风，感到不满，"总而言之，简而言之，统而言之，人家有路道，有法道，有门道！我们有什么呢？只有死蟹一只……"说罢，他学外国人的派头，耸耸肩胛，摇了摇头。

那天，大威夜落班，足足睡了一觉，精神格外饱满。他反剪双手在房里踱方步，人们的发言不时从板壁外渗进。听了多时，他觉得喉咙口像有蚂蚁爬，几次想走出门发一通牢骚，想到近来自己和邻里的紧张关系，就提醒自己免开尊口。但酒公公的那几句概括性很强的"言之"终于诱使他不紧不慢地跨出了门槛。"酒公公，依我说，"他尽量要求自己和颜悦色，"这不是人家有路道门道法道，而是人家有觉悟，识大体，顾大局，懂得摆正个人、集体和国家的关系……"

大威这句四平八稳的话，顿时使人们扫了兴头。有人或许会不服气：你大威算老几，说什么法兰西话。但扪心细想，也不无道理呀，看看，这好端端的夹弄，被搞成这种模样，让人家停放自行车的地方都没有……

酒公公被大威不硬不软地"教训"了几句，心里很不痛快。这天，他喝酒的速度快得惊人，只听见咕嘟咕嘟的声响。看那架势，哪里是在喝酒，简直像在跟酒赌气。他三口两口喝完酒，再出色的电视节目都不想看，蒙头就睡。小毛娘才不至于像酒公公那么抑郁呢。大威那番话，在她听来稀松平常，一点也不见得深刻。她见小毛打扮停当出门去了，便怀着复杂的心情走向对面九十六弄工地……

这几天，沉香阁的居民不知是如何打发日子的，工地上的哨子声，搅拌机的轰鸣声，搅得人们厌烦透顶，很不好受。不过，那是没有办法的，如需要"解脱",只有自找门路了,譬如,小毛娘就采取以毒攻毒的办法:去工地"站桩"。短短半个月,她至少去了十多次。每次,她总是把头颅搁在稀稀拉拉的竹篱笆上,一站就是三刻钟。有时站桩站出了心得,还会中了邪似的念念有词。只要身边有人——不管相识的还是陌生的,就会像祥林嫂那样唠叨:诉说小毛的不幸;披露九十六弄先于沉香阁拆迁的内部秘闻;批判不正之风带给社会的严重后果……可能由于站桩太久、血脉不和的缘故,每次回家,她的鞋底总像粘着棕箬壳似的,嘶啦嘶啦地提不起劲……

这种拖鞋声音异常刺耳,拖得人心里毛拉拉的。彩花就听不惯这种声响,忍不住对小毛娘开导:"你兴致好,看,看,有什么看头,管它造几层,要是我,哼,看都不要看!"

彩花的态度果然比小毛娘积极得多。每天用过晚饭,她就抵御住外面的诱惑,外出看戏听书。不管越剧沪剧绍兴戏,只要能解闷消愁,她都看。只是每次出门,她都要绕道而行,兜过工地,离工地远远的,而且越远越好。按她的说法就是:"稀奇什么,我看都不要看,看看就触气……"

酒公公才不会像小毛娘那样发痴,更不会像媳妇那样发傻——为那断命的声音去朝黄浦江里扔钞票(自从有了电视机,他一概把外出听戏看电影称为"朝黄浦江里扔钞票"),为了抵消那噪音,他就扭大电视机的音量。不幸的是,两天下来,电视机倒了嗓。电视屏幕上人影憧憧,实在无趣。后来,彩花也不常出门了:一部《五女拜寿》看了六遍,厌了。再说,为这区区小事赌气破财,犯得着吗?实在无法打发郁闷的情绪,酒公公就和媳妇唱双簧。每晚入寝之前操练操练,既能消气又能解闷,不说演员觉得有劲,听众也觉得有趣,是很经济的。听着,他们又开始了:

"轰隆轰隆,一天响到夜,吵得人六神无主!"

"啰嗦啰嗦,人家明天要上早班!"

"你不生耳朵,吵得睡得着?除非住隔音房!"

"你有这种福气,呸,死不完的开后门老祖宗才有福气!"

"什么福气,老子就是不愿意钻狗洞罢了,要是愿意,什么前门、后门、太平门,统统给我打开!"

"你敢,你敢开后门,小心敲断脚骨!"

"就你清高,火葬场都在开……"

"看着吧,是我说的,下次运动,光搞开后门的!"

"是啊,这还了得,什么国家机密、经济情报、动迁规划,统统从后门捅出去……"

就这样,气不过,憋得慌,彩花和公公隔着板壁,愤怒声讨,彼此解脱。这时候,也不知道楼上的书记嫂睡着了没有,要是这出戏从地板缝间钻上去,准会惹得她按捺不住往下跳……当然,这些话书记嫂是听见的。她愤慨:哼,要发动运动开我斗争会,还要打断脚骨……好在她还没来得及细想,安眠药就发生了作用,在声讨会中昏昏沉沉睡了过去……

在沉香阁,值得留下一笔的,要算这几天。所有的电视机、收录机都似乎短路了。夜幕刚垂,这里就静得沉重。大威沉湎在这少有的沉静中,悄悄地尽心享受。然而,他似乎觉得这种沉静灰蒙蒙的;沉得有些冷,静得有些闷。于是,他开始反省,自己对邻居的态度是否失之尖刻了……

傍晚,大威正在闭门思过,听有人在轻轻叩门。打开门,大威奇怪,鲜亮的书记嫂,散发着淡淡的紫罗兰香,笑盈盈地站在门前。这可是不常有的事,而且在这个非常时期。大威告诉她,田老师在学校开家长会。书记嫂说:没有关系。大威局促,只能请人家进屋。听着那软软长长犹如蚕丝的苏白,大威才明白:兵兵今年小学毕业,打算报考重点中学,麻烦田老师给予必要的指导。说着,书记嫂拿出兵兵的作文簿,让田老师抽空批改,作为酬谢,书记嫂似乎有意无意漏出个重要消息:规划已定,必拆无疑,就在近期；消息可靠，早作准备，切勿外传……

　　书记嫂的最后叮嘱，似乎有画蛇添足之嫌。"切勿外传"，大威和田老师会到处乱说？还是"早作准备"有参考价值。想到早作准备，大威心绪豁然开朗：是啊，他盼望的就是这一天……就在当天晚上，大威携着喜悦和憧憬，怀着击破各种流言飞语的决心和信心，播下了生命的种子……人啊，谁不挟着点私心！

　　听说小毛要去读书了。小毛的美好时光被耽误了，趁现在尚无对象，还有余力，读点书也是件好事。但知子莫如母，在小毛娘看来，小毛的读书含有看破红尘遁入空门的意味。眼看拆房没有希望，造房更是渺茫，没有新房，哪来新娘，只好出家当和尚。看那马路上，路灯下，都是成双成对的，他一米七八的个头，三十大几的年龄，形单影只，到处晃悠，怎不凄凉悲怆？

　　那天，为娘的听说儿子要去读书，心痛了好一阵子。小毛没读过几年书，又丢了这么些年，再说脑子又不好，连夜梦话，要是他真的一门心思跟自己过不去，憋出病来可不是玩儿的。这又成了小毛娘"站桩"时的话题。不过，在阐述这个问题的时候，她略带着几分夸耀——她当然不知道儿子是在读本应该在中小学里学完的长江黄河、陈胜吴广……在中国，读书毕竟是件了不起的事啊。

　　小毛娘总以为，小毛的读书含有自我处罚、免动邪念的动机。其实，小毛自己并非这样认为。一连登了三次征婚启事，不消说把其貌不扬说成"貌端"、"貌俊"、"貌秀"有多少提心吊胆，就说每次去工会为那证明盖章，也难为情得可以。去多了，人家随便了，也喜欢开开玩笑，"哟，小毛，还在沙里淘金？阿弟，听我一句，不要拔高杠杆了，找个低的翻过去算了。"要么，"唏，证明？上次不是开给你了。没用上，别不好意思了，我在

《人民日报》海外版上都看见了……"算了,鬼孙子才登什么征婚启事。那么,去婚姻介绍所吧。婚姻介绍所虽不要什么证明,但一经登上就通知你去跳什么交谊舞。大男大女手拉手,学着幼儿园小把戏的动作,即使有"减去十岁"的自在,但毕竟有种"大做小,盐水包"的感觉。再说,跟人家交谊,总得有几份天赋。小毛什么特长都没有,只有在梦话里尚存几丝幽默。一天,人家大大方方邀他跳舞,他忸忸怩怩起了步,不知怎的,那位舞伴不是皱眉头就是咧嘴角。怎么啦,对方肚皮痛,还是……问明了,谁想到他把人家的烂冻疮踩了又踩。他连连向人家致歉,人家虽说没有关系,但接下去的话就不够意思了:"有你这种跳法吗?简直像跳澳大利亚土风舞!"一回家,他赶忙对准衣橱镜子比试,妈啊,那动作还真有点武术"十大行"的神韵……有了这一发现,介绍所即使派小轿车接送他也不愿去了。不愿去,就不去吧,换个方向试试。于是他选中了业余夜校。据说,在众多的各类成人学校中,有为数不少的学生是抱着光临婚姻介绍所的动机去试试运气的,而且,大抵都能如愿。有人甚至还给它起了名字叫什么"同窗恋"。

  小毛终于找到了对象。那也是位被住房耽搁的大龄姑娘。那天上什么"人口密度"的课,小毛听到后排传来一声重重的叹息。他扭转头,看见后排坐着一位单身姑娘。姑娘的叹息,是个重要信息,小毛当即心领神会。第二天,他特意早早来到学校,在那空位上胸有成竹地坐下。于是乎,由于人口密度增大引起的住房困难,这个世界性的命题,把两人扭到了一块。

  小毛有了对象,小毛娘当然高兴。照理,她应该笑几声才是。可是,近几日,她的脸上却阴云密布,不见一丝笑容。为什么?那位未曾过门的媳妇转来一份见面礼——要前来分享乔迁之喜。什么乔迁,往哪里乔迁,头绪都没有点滴,何喜之有?问题棘手啊。其实,这是小毛的不是。他对人家过分渲染了九十六弄与沉香阁的因果关系:看,九十六弄都在大规模拆迁了,沉香阁的动迁不就在眼前?"大约需要多少时间?"姑娘问。"快了,快者两星期,迟者三星期,最最迟最最迟,一个月!"说得多有把握。现在,两个"最最迟"都过去了,动迁不就在眼前了?!这不能怨人家姑娘,她的合理推断颇有些道理。不过,当时她也太敏感了些,在小毛唾沫横飞的时候,只要仔细朝他的"心灵的窗口"瞧瞧,就不至于产生这种误会了。但是,这误会完全和小毛的道德品质无关。小毛所以这样说,也是不是办法的办法,他不这样暗示,你会向他飞媚眼?

情况有些紧急,小毛娘开始睡不安稳了。横竖睡不着,她索性跋上鞋,踢里跋拉下楼,在月明星稀下,愣愣地坐在大门口,呆视对面灯光辉煌的工地……这么一坐,心情果然舒畅了不少。有一夜,酒公公外出解手,七跌八冲地差点撞在门神似的小毛娘身上,大吃了一惊,一泡尿几乎撒在裤裆里。"你,你在做啥?……"

"……"小毛娘眼窝凹陷,熠熠的眸子像两颗夜明珠,直勾勾地逼视着对面工地。

"小毛娘,你……我还以为……"

小毛娘表情呆板。

"……你白天没看够,晚上还要欣赏?"

"我倒要看看,这里到底有什么花头!"小毛娘终于开口,恶声恶气的。

"花头?你不是说过了,房管所的头头,一只有名的房老虎……"

"房老虎,房……看我,我……"小毛娘气促,"拔光它的胡髭!"余下只听见咯咯咯的咬牙声。

谁知道,酒公公这一提醒,可提出毛病来了。两天以后,外滩房管局的大门口,总能看见一位瘦骨伶仃、很会说话的老太太。她缠住门卫同志,要求房管局党委书记亲自接见。门卫问:有什么事?老太太说要揭发一个头顶心上有块铜钱大的疤痕的人,那人专门走歪门邪道,搞不正之风。门卫问:那人在哪里工作?老太太答:房管所工作。问:他的姓名、年龄、在哪部门。答:不知道。

　　光从一个头上有疤痕的人,来索引出其父的姓名、职务,这恐怕不太好办吧。再说,我们的档案够完善的了,但还不至于健全到把每个人的胎记、疤啊疮啊什么的都归档的程度。门卫同志请她问明情况后再来。老太不愿意,反扣人家官僚主义帽子。人家连十品编外芝麻官都不是,怎么够得上一个"僚"字?况且,"主义"是个神圣的字眼,金贵得很,能随随便便送人的吗?人家既然当了"官僚"还能为你服务?见那人的态度越是这样,老太就越觉得有官官相护的嫌疑,于是,她越是赖着不肯走。人家见她不走,心里也想,既然劝你不走,就干脆一边呆着、天天呆着去吧。八十年代讲究文明礼貌,有道德的同志不少。有人见老太呆在一边活受罪,就耐心劝她回家。经多次劝说仍然无效,人家就起了疑心,老太不会犯老年痴呆症什么的吧?……幸亏小毛娘连续静坐三天依然无望,便适可而止,否则,人家正打算让民警同志配合送医疗单位呢……

　　外滩之行,非但没有使小毛娘消气,反而使她添了气。气闷得很,睡不着,她就夜夜坐在大门口叹气。那情景有点像老和尚打禅,时间一久,火候一到,必有心得。那天,小毛娘正坐着消气,忽见一辆解放牌卡车,睁着大眼睛,从漆黑的街头驰来。它揿了揿喇叭,掉转车头,把一车木板稀里哗啦卸在人迹寥寥的工地上。车走后,小毛娘看见有几块板材在竹篱笆边探头探脑的,煞是有趣。不知是因为消气、解恨,还是贪图小便宜,小毛娘竟然对它发生了兴趣——其实,小毛娘当时什么明确的动机都没有,只是一心想趁着夜色,悄悄向前,咬紧牙,使劲地拖……这一拖,可拖上了瘾。一连三天,小毛娘均有收获。光这些木板,打口碗橱看来是不成问题的。可是第四天,正当她咬牙切齿,边拖边嘀咕着什么"我让你造,我让你开后门"时,一双满是老茧的大手,啪地落在她枯瘦的手臂上。"哈哈,我总算抓住你了!"这声得意洋洋的"哈哈",让小毛娘顿时毛骨悚然,如梦初醒——从两星期来的浑浑噩噩的噩梦中苏醒。我在干什么啦?好啊,你竟敢干起这种勾当。我,一个堂堂正正的里弄干部,过去曾经赫赫有名的专政队员,竟然盗窃国家财产!想到这层意思,小毛娘哇地哭了:"天啊,我,我不想偷、偷啊——""不想偷,为什么要往家里拿!""你们吵得我睡不成觉啊。""睡不着觉,就可以盗窃国家财产啦?""我,我恨、恨……""恨我国的四化建设?""我,我什么都不是啊……"听听,帽子的尺寸一个比一个大。这时候,话还说得清楚!?平时伶牙俐齿的小毛娘,哭哭啼啼,浑身哆嗦,变得语无伦次。说实话,小毛娘是冤枉的,想想:她,堂堂正正清清白白的小毛娘,怎么会在深更半夜偷人家的东西。但是,她手里的,以及在她家楼梯下拿出的七八块木板,总不见得是人家送她的吧!这锅粥看来要烧煳了。

　　还是大威及时赶来解的围,要不人家会把她扭送到联防队派出所。这一天,大威中班下班,远远看见家门口有两个人拉拉扯扯揉成一团。他使劲蹬了几下车,看清好像是抖抖索索的小毛娘在向一个穿棉大衣的男人求饶。夜阑人静,这幅图像有点残酷啊!这男人是干什么的,莫非想对老太太非礼?想到这,大威全顾不上啦。没等车子停稳,他就飞速上前,一把抓住男人的胸襟。这种抓势,有股冲击力,男人不禁哼哈起来。不对,这哼哈声中还夹着一缕缕痰喘。凭借着工地的折光,大威看仔细了,这是一个老头。大威想,千万莽撞不得!

　　小毛娘看见大威,像盼到了救星,又喜,又羞,又怕,一把眼泪,一把鼻涕,喊起了冤枉。纠察老头揉揉胸骨,呻吟着向大威诉说了案情。没等老头说完,大威明白了大半,不禁为小毛娘感到惋惜。这种事可以胡来的吗?……大威是个正派人,尽管近来与小毛娘的关系不太融洽,但在关键时刻,他对小毛娘的处境还是深表同情。他知道,小毛娘决不是那种贪小的人。但要为小毛娘开脱,必须了解她的"作案"动机。那么,小毛娘"作案"的动机是什么呢?糊涂。大威忽然想起一份小报似乎含含糊糊介绍过,这属于一种什么心理现象!于是,大威大胆掏出工作证,非常诚恳地邀请纠察同志进屋去坐一会,随便谈谈。那老头看看大威又高又壮的身坯,揉着前胸,一个劲地往后退,就是不敢进屋去"座谈"。大威见人家心有余悸,就以诚恳的语调,讲述起眼前这位泪人的发病症状:头晕、眼花、成天不睡、整夜游荡,并说明,夜游症病人在发病期内的任何行为都是不负法律责任的——那时候病人的意识完全处于蒙混不清的状态中,任何粗暴的提醒和暗示,不仅不利于病愈,还会加重病情,因此,请老同志多多关照,务必配合家属和邻居,给予人道的帮助……"不信?你可以问这位老同志!"

酒公公只穿一条裤衩,旁听已有多时了。他是被大威的大嗓门吵醒的。见大威这么说他也不得不开口说两句。他说的更逗人了:"……你们闹哄哄的嗓音,贼贼亮的灯光,害得人家日日夜夜睡不成觉!这位老太的夜游症还算轻的,就是我,还差点得精神分裂症呢……"听那口气,还想让人家赔偿医药费呢。

有两个邻人拍胸脯,纠察同志同意当场释放。再说,他看这位老太抖得像发疟疾,也不像一个惯窃犯,更何况,真正的盗窃犯总不至于在自家门口犯案,偷的又是几块只能做做鸡栅栏的破板……

小毛娘被大威"保外就医"后,当即就病了。这一病,还足足病了两星期。但究竟是真病还是假病,她整天呆在自家阁楼里,别人不得而知。那天,彩花上楼去探望小毛娘,见她额角上贴着伤湿膏,本来还有些肉的腮帮子,现在干得紧绷绷的,像丝瓜络;说起话来也一改那种尖声厉嗓,而变得细微微软绵绵的了。彩花虽觉得小毛娘有点无病呻吟,但平心想想,这老太也应该生病。你看看,整天整夜不睡觉,还四出活动,上访检举,送什么揭发材料,小伙子都要累得吐血呢!因此说,她偶犯"夜游症"还算侥幸的,不犯精神病,才是亏她的……

然而,小毛娘在床上躺了两个星期,又骨碌爬起来了。为什么?形势发生了变化。

信息来自道士李日海。据说,白云观要重新修复,对外开放了。修缮道观容易,收罗道士困难。统战部门按图索骥找到李日海,来为他落实宗教政策。那天,道士正恰在家大扫除,请领导同志坐的地方都没有。"谈判"是在夹弄里站着进行的。领导同志问:有什么困难、要求。他毕恭毕敬地回答:困难没有,要求倒有一个——希望有关部门在对自己落实宗教政策的同时,顺便考虑一下他的儿子。领导同志答应马上着手办理。第三天就有了反馈:"此地段户口已冻结。"

听到消息,道士心头一片荒凉……然而这消息对其他人,不啻是一声梵音,顿时荡得人心弛神摇,如痴如醉,手忙脚乱……

八

沉香阁终于开始动迁了。

这里的居民除了道士似乎和政策沾着点边外,其余的,无须特殊照顾。动员会开过多次,政策交底也已家喻户晓:居民们能自行解决过渡房的,待新房落成后,同意搬回原处居住;无法解决的,一律分配到黄浦江的新工房……

照理,沉香阁的居民应该称心满意了。如能自行过渡的,赶快卷起铺盖，找个地方筑窝；如果无法解决过渡的，就乖乖搬往黄浦江边的新居，从此站定脚跟重新做人。可是，事情往往没有说的那么容易，因为中国人历来重视乡土观念。搬家可是件动根基的大事啊。像所有的大事变一样，事态的发展，总会超出预计的规模，难免会生出些七七八八的故事来。

就说彩花吧，刚和人家敲定，又突然推翻协议，提出要两个分门独用的单间。从表面上看，她并非在无理取闹，而是情有可原的——媳妇和公公怎能相居一室！动迁组的同志坚持原则，没有轻易松口。经过十多轮的唇枪舌剑，仍难分难解……每次协商，彩花总要暗示：公公的体魄健壮如牛，很有可能重新结婚讨老婆。人家听得不耐烦了，干脆挑明：现在既然提倡男女平等，为什么非要男娶女嫁，而不能入赘当人家女婿？……这回答多绝！想到公公去人家当倒插门女婿，彩花在感情上就受不了了。这一哭，人家四十多岁的男同志还能说什么呢，于是说一声："陈彩花同志的问题，慢慢再商量吧。"就搁在一边束之高阁了。

小毛娘没有彩花那么脆弱。通过历次上访，她获得了一个真知，那就是：哭哭啼啼是最无用的橡皮手枪，只能吓退纸老虎。自她从床上一骨碌爬起，头痛膏都没有揭去，就积极工作了。她找出历次上访的原始材料，和小毛一起研究。研究的结果使她深信，她家的问题也属于一个经年已久的历史悬案。这个发现，着实使她兴奋异常，她家的悬案，也将得到彻彻底底、不折不扣、有过之而无不及的纠正。这就是现在正在大力提倡的矫枉必须过正……这么一想，她立即找到了人家工房筹建组。

那时，人家还没有正式办公。有的办事员还刚从机器旁、老虎钳边、报表账册里脱身出来，还不能适应小毛娘的散发性思维。"老妈妈，你这样说话，不累吗，我们听听都累死了。慢慢说吧！"也许是先入为主吧，这下人家可记住了她。一天，那位工程师模样的负责同志来里弄宣讲，好端端坐着，远远看见她进门，仿佛见了什么不祥物，突然来个一百八十度的大转弯,用后脑勺对准了她。这一反常举动,小毛娘不仅没生气反而认为是个好兆头。经验证明,人家越是讨厌,成功的希望就越大。事态的发展也确如她所料。人家向她摊了几次方案,她就是一口咬定:要底层、朝南、大套间、分门。人家对她毫无办法。可惜,小毛娘并非圣人,也会犯智者千虑必有一失的错误。她认为底层是最佳层次,这里不仅有徐家伯伯脚心不吸地气的教训,而且还有民俗的渊源——新工房长长的走廊或阔阔的空地,正可以搭建鸡窝鸭棚什么的。当然,这是中国人的民俗心理,小农经济的传统意识占很大成分。小毛就对这种鬼鬼祟祟的经营表示反对。以母子为代表的新旧意识就纷争不下了。没办法,小毛只能讨援兵。援兵是从民政局的结婚登记处出发的。那位援兵很会说话,也说了许多,阐述了三四层楼所以成为全中国第一流层次的原因,甚至还搬出那位领导当今世界女性新潮流的英国首相"杀气儿"来……但是,那位"杀气儿"非但没有使小毛娘消气,反而使得她肚皮发胀。援兵见说服不了老太太,只得出示红牌警告了。她扬扬红色的结婚证书,说:"妈妈,如果你非要底层,那么人家只好向上高攀了……"这句"向上高攀"说得有些分量,而那个"人家"听口气也好像并没有把小毛包括在内。这分明在暗示,要挟!想到小毛找个女人不容易,为娘的只能答应去更正。不料,三四楼层早已人满为患了……

小毛娘被悬空吊了起来。

那么,其余三家呢。书记嫂始终显得胸有成竹,莫测高深。道士和大威则愁眉不展,闷闷不乐。虽说道士的儿子正在落实政策,但户口至今还没有办妥;而大威的母亲数个月前已在乡下溘然谢世,按章程他们都只能分个单间。

大威是个开通人,这种事是容易想得开的。这三家搞"联建"的单位,都是从未造过房屋的小厂,尽是些住房困难户。不说建造这些房屋需要动用多少资金,就说盖图章就得盖四五十个。现在,人家历经艰险,一路闯来,却一头栽在你们手里,想想都为他们感到伤心。你们漫天要价,不是在拦路抢劫?

沉香阁搁浅了。

沉香阁周围参差不齐的房屋,犹如麦田里的稗草,在被一棵一棵拔去。这是动迁组制定的方针,叫做"成熟一个,发展一个"。成熟了不发展,就会变成不生不熟的僵疙瘩。

沉香阁的居民明显感到自己被人晾在了一边。但他们想,别人晾自己,自己不能晾自己,因此有人提醒,在这关键时刻很有必要拧成一股绳,抱成一个团……要不然,很容易被人分化瓦解,各个击破。

这当儿,大威觉得道士有些反常。一向对沉香阁公益诸事消极怠工,甚至竭力反对的李日海,这次也跟在人们后面积极响应……看着东倒西歪、破破烂烂的沉香阁,像一块丑陋无比的癞疤,裸露在空旷、朴素的大地上,大威心里不舒坦。他终日捧着硕大无朋的脑袋,把一根根的头发往下拔……面对这一残局,他真想一走了之,不幸的是,他不愿意被人在背后指指戳戳。还在童年玩"好人坏人"那阵,他就讳忌"投降""临阵脱逃"之类的词汇。是受了道士的影响,还是太顾全名节,他的性格决定他只能和大家风雨同舟……

一转眼,到了雨季。连绵的秋雨淅淅沥沥下个不停。沉香阁成了汪洋中飘忽的孤岛。在水淋淋、空洞洞的灰条子背景映衬下,它显得格外空虚、孤单。每当夜幕降临,这一带几乎成了十足的乡村——萧瑟的气氛为它平添了几丝乡村的野趣。可是,此刻,谁也没有情趣,也无处去觅诗意。叮叮当当的雨声,丝毫没有给人带来美妙的舒适感,反使人感到灾祸四伏的恐惧……

灾祸终于露出了端倪。

广播电台报道：今年第九号台风正在距离中国大陆几万公里的洋面上形成，预计三天以后影响本市。广播结束时还拖了句尾巴："希望有关部门作好防风抗台工作。"这句最后的嘱咐，仿佛是冲着沉香阁来的。于是有人想起：小毛曾经给那三根房梁动过偷梁换柱之术。"防风抗台"，少不了它们，而它们已成了小毛那套白木家具中的栋梁之材。

一经提醒，人们真有些慌乱了。你想想，在风雨交加伸手不见五指的晚上，人们正在鼾声大作，头顶心上咔嚓来了那么一下子，这景象不是有点残酷？想到挨在自己头上的是这么一个悲惨的结局，不说别人，就说一向镇定自如的大威也沉不住气了。他几次想把这个严峻的问题提出来，以引起人们的重视，但又苦于找不到适当的辞令。那天黄昏，他在唉声叹气，感受到世界末日光临时的绝望，忽然灵感迸发。他想起一首不知从哪里看来的诗，其中有一句似乎特意为自己准备的："呼啦啦一声大厦倾，落得白茫茫一片真干净。"大威在感叹诗的艺术魅力之余，情不自禁吟诵了起来。这吟诵竟然诵出了味道。他越吟越嘹亮，越吟越动情，悲愤之情，溢于言表。

终于，有人听出了话中音。人们感到不快：这个大威如此忘情，不会是在幸灾乐祸？！"呼啦啦一声大厦倾"，沉香阁真的被台风刮倒，有你大威好处！要是往常，小毛娘或彩花会针锋相对来两句消消灾，然而这次她们不好意思说什么。说实话，房屋真倒塌，大家都被活埋，他大威才是一个真正的殉葬品！

大威的朗诵虽有点刺耳，不十分中听，但不乏是警报声。人们开始行动了。小毛娘首先破除陋习，没等女方拉来嫁妆，就匆匆忙忙把小毛的"嫁妆"连同自己的那份慌慌张张送到了女家……讲怪话、发牢骚，只是大威身上的小缺点。邻居们真的需要他帮忙，他是从来不会缩手缩脚的。

人们在大威的大力帮助下,做好了必要的准备。但那台风好像吃错了药,只在台湾海峡来了个擦边球,就浩浩荡荡直奔富裕的日本列岛去了。"嘘"一场虚惊,沉香阁优雅地抹去了额上的冷汗……

台湾警报解除了,另一个警报又拉响了:书记嫂在悄悄行动了!那天上午,一辆四吨大卡车在沉香阁大门上停下,车斗里跳下几个阔背细腰、手脚灵活的小伙子。他们在书记嫂的指挥下,利索地上楼,轻松地下楼,不消半个小时,就把一房间东西装上半卡车……

书记嫂乔迁,大威应该上前祝贺才是。要是往常,他早就跟着其乐陶陶了。然而,这几天他感到身子懒懒的,喉咙燥燥的,心火旺旺的,什么事都提不起来劲。

"再见!"书记嫂热情招呼。

"再见!"大威有气无力应答。

书记嫂看着他失神的脸,忐忑不安地登上驾驶室。

看着汽车鸣着喇叭,在坑坑洼洼上跳跃着驶去,大威顿时感到了误上贼船的悔意。

今年的冬天似乎来得特别早,沉香阁也显得格外冷。古话说:"三九四九,乱穿衣。"不到二九,沉香阁的居民就忙着加衣御寒了。为什么?四周的房屋统统被拆除,沉香阁光零零的,失去了屏障的缘故。

人们渴望上天能降下一团火。但哪里去引火种呢?酒公公早早地披上了老棉袄,腰头还扎了根布绳,这模样不伦不类,既像叫花子又像圣诞老人。闲极无聊,他不时散布些悲观失望的论调,见自己的高论反响冷淡,便变本加厉贪起了杯中物。一日三餐,顿顿老酒,并且把那本来很简单的过程弄得异常复杂、无限制地延长。彩花烦躁得可以,自顾不暇,只能听凭公公在酒精制造的幻境里放任自流了……小毛娘耐不得寂寞,开始有事无事去动迁组闹摩擦,她侥幸,还真能钻木取火,磨出点点火星,燃起熊熊大火来……

眼看冷战将无限期延续,沉香阁来了批衣着鲜亮、神采飞扬的稀客。那天,大威大休,正坐在家里生闷气,见这伙人大大咧咧、如入无人之境闯进沉香阁,很想上去开销几句。但看为首那位穿中山装的老同志很有风度,就不敢造次了。老同志似乎非常熟悉沉香阁,他一面指着房梁楼板,一面对那些打扮得不男不女的港派模样的青年叽叽咕咕地说着些什么。

他们来参观访问?还是来考古挖掘的?这,恐怕找错地方了吧!大威正想调侃他们几句,只见带人的那位,冲着埋头回家的道士嘿嘿笑了起来,这一笑把大威笑呆了,也把道士笑震了。

"嘿,你——"带队人露出夸张的笑容,犹如邂逅百年未遇的故友,紧紧抓住道士的手:"还记得吗?"

道士止步。是啊,这人哪里见过?他竭力回忆。

"敝姓韦,你不记得了?你一点未变!到底是功夫人出身,我浑身是病,还有颈椎肥大……"那人把头颈摇得咯咯响,根本不顾道士那对淡灰的眼珠在眨个不停。

道士觉得掌心在升温……荒唐,你不认识人家,却把双手送给人家亲热。想到这,道士惶惑,警觉地抽回手,打了声哈哈,匆匆朝屋里退去。

"慢,等一等!"带队人突然高喝,从中山装上袋掏出一张名片,潇洒地向道士递去。道士迟疑了一下,接过名片,立即如释重负:"啊,你,是你——"

名片洁白如玉,发着淡淡的清香,镂着漂亮的烫金宋体:上海古迹旅游开发公司:总经理,韦三士。

开发古迹?难道他们是来考察的?可惜,来的不是时候,眼看这幢古楼将变成瓦砾,才来发掘,这不是有点恶作剧……

其实，人们的不平毫无道理。此人确系当年来沉香阁采风的韦创作员。不过此次，他既不是来采风，也不是来考古的，他早已改了行了。

随着人世的变迁，韦创作员在内地兜了个圈子。晚年告老归乡，见到处都在搞活，当然不甘落后。他搜索枯肠，唯有年轻时的探宝经历还完好无损地保存在记忆中。在重新评价了自己的天时地利人和之后，他找到了自己的主攻方向：重操旧业。于是"上海古迹旅游开发公司"就应运而生了。但是，搞任何事业，都不会一帆风顺的。公司在草创时期，他的信念就发生过动摇。有位经常出入新华书店的老朋友，明确地告诉他：最新出版的《中国历史文化名城词典》里连"上海"的条目都没有收进。上海既然不屑"历史名城"，那么何古迹之有？既然没有古迹，又何以开发……听完那人的发言，他给他一个燕雀安知鸿鹄之志的微笑，埋头干了起来。他自信，他是了解上海的，而且很知道一些上海最早不叫"上海"而叫"下海"之类的掌故。一本词典只不过一家之说……奋斗了两年，成绩蔚然可观。首先，他发现了中山先生第一次来上海的落脚地；其次，发掘上海工人第三次武装起义的预备指挥部；再次，还考证出北洋军阀李鸿章的小老婆在上海的别室……两年开发下来，他果然开了些，也发了些，譬如编编小册子、为报纸写写豆腐干文章、陪同一切有猎奇癖的中外人士参观访问……反正和"古迹"沾边，而且能"开"能"发"的工作，他都乐此不疲，跃跃欲试，奋不顾身。

这一切，沉香阁的居民全然不知。他们眼睁睁地看着这群不速之客：总经理对道士寒暄几句，就附在那位胖胖脸庞、留着长长头发、戴墨镜的港客耳边，絮絮说了起来。长头发边听边点头，表示满意。总经理又陪同长头发在夹弄里来回踱了两圈，长头发取下墨镜，目光不住地在墙旮旯、屋角落里扫荡，甚至还要求道士打开房门看看……那神情仿佛在估价一件失传已久、异常珍贵的国宝……看到这里，人们心头禁不住狂跳：莫非这短命的房子,真是古董!一些莫名其妙的念头窜来窜去。然而,人们不可理解的是,这伙人结束了内部考察,又涌到屋外,审度新女婿似的围绕沉香阁打量了起来。打量完毕,又在那等待清理的空地上跑马似的兜起了圈子……

看到这光景,人们偷偷思索:他们不会把沉香阁拆散、装箱,运往他地吧?这方面的例子不是没有。有部外国电影《鬼魂西行》就是把古堡拆除连同鬼魂一起运往他国的。难道这些香港人要买沉香阁?要不然,他们的神色为何如此庄重,一丝不苟。然而,仔细看,又似乎不像。长头发港商操着疙里疙瘩的普通话,挥臂比划了起来,而权威总经理反被撇在一边,犹如门外汉似的傻瞪眼……

他们到底要干什么?要么,他们想在这里拍电影?可能。因为长头发很不标准的普通话里偶尔露出一两句"布景"什么的。是啊,别以为这伙穿戴得花里胡哨的男男女女,是坐腻咖啡馆、蹲厌跳舞厅,想来过过"考古"瘾的附庸风雅者。不,他们可是正统的艺术家。尤其请别小看这位把头发烫成冲浪式、粗粗看去很像一位正在发福的少妇的胖男人,人家可是香港正在走红的影视导演……

"真是的,人家烦都烦死了,还来寻开心!"

"拍电影到花园洋房去!"

"花样百出,轧什么闹猛……"

了解了这伙人的意图,人们不免啰唆。人们的牢骚,虽饱蘸着内心的苦楚,但也不无偏颇之意。想一想,人家和你们无冤无仇,怎么会特意赶来开玩笑?他们所以选择这里拍电影,是经过郑重考虑的。这空旷的场地,正可以搭建布景,尤其这幢歪歪斜斜的房子,也仿佛是为剧情安排的……在熙熙攘攘布满欢乐生灵的大上海,哪里去找如此理想的场所!不信,请往南京路外滩拍个镜头试试,那需要出动多少民警同志来维护秩序,动不动还会造成严重的交通堵塞……

卡车拖来了方木、夹板;空地里响起了欢快的叮当声。布景在三天内竖了起来——无非摆出个街道的模样,电线杆上贴些"零趸批发"的大字,挂些"美丽牌香皂"、"老刀牌香烟"、"银楼"、"典当"之类的招牌。这一布置,三十年代旧上海的气息扑鼻可闻。好在这里成了无人区,否则围观的市民准会把布景连同沉香阁一起挤坍、轰倒……

这时候,要数孩子们最起劲了。他们的童心希望生活里天天在拍电影,处处在拍电影。读一年级的宝宝每天想赖学,害得酒公公天天对他进行哄、骗、吓。"去吧,讨债鬼,这电影三天两头拍不完,有你们看的了!"宝宝哪里知道,他爷爷在胡说。人家不会在这里长驻久留,补拍完镜头,他们就要迅速回香港的……

事到如此,沉香阁的居民哭笑不得,只能听之任之了。不过,拍电影是件不常见的稀罕事。人们只有在四四方方的框子里欣赏电影,而从不知电影是怎样被装进框子里的……这些事,想想都觉得新鲜,尽管它来的不是时候。

那场景、人物都是假的,故事却是货真价实的——一个在旧上海屡见不鲜的故事:大房东要拆除旧房造新式里弄;二房东想榨取更多的房租;房客们各有打算,三方力量旗鼓相当,演出了一幕幕人生的悲喜剧……

随着电影的开拍,麻烦跟着接踵而至。导演发现少带了一位角色——那位出场不多,但必不可少的"二房东",至于那些次等角色,导演原先打算就地取材——反正内地想当演员的角色层出不穷,而以培养"演员"为己任的"艺校"更是举不胜举……

长头发就地物色了三名群众演员:彩花、小毛娘、道士。没料到三人不约而同地提出异议,不愿意合作。就说道士,根据剧情需要他扮演一个云游和尚。道释两家历来形同冰炭。青城山上的道观凿有和尚们的百丑图,佛光寺的石刻,则把众道士描绘得阴险奸刁、淫秽龌龊……这么一想,怎么愿意?再说,白云观正在重整山门,他不能因此失足。彩花和小毛娘不愿配合,就没有深奥的历史问题了,只是因了女人家怕羞心理在作祟而已。总经理找出症结,配合导演对她们耐心开导:香港导演不会要她们义务劳动的,香港的资本家也奉行按劳取酬的社会主义原则。出于对孔方先生的敬慕,她们勉强答应,好在让她们出镜头的机会不多,譬如:提只铜吊冲冲水,喊声"洪先生,客到!"要不,掀起门帘对镜头扮个媚笑什么的。倒是大威的戏有点吃重——代替了那位被遗忘在香港的"二房东",来一段悲愤交加、涕泗横流、声嘶力竭的独白。这段戏难度颇大,既要求演员能够畅达地背诵三百来个字,又要求演员能够完全进入角色,该流泪的时候流泪,该悲号的时候悲号。长头发不愧为香港的名导演,他选材的目光不仅严而且准。大威的相貌、嗓音虽不怎么出色,但他强壮的体魄完全经得起感情的折腾——要是换个徒有其表的奶油小生,准会累得疝气发作!

　　大威不是那种忸忸怩怩,小家巴气的假男人。他见导演如此看重自己,就想:还不是逢场作戏!试着玩玩吧。倒是他的妻子田小媛显得认真。她深深地了解自己的丈夫,丈夫长得五大三粗,一点也不美,但情感气质是第一流的,他要不是生长在这个缺乏文化养料的沉香阁,那么中国一定会出现一个阿兰·德龙式的人物,至少也是个杨在葆第二!

　　摄影机、镁光灯、反克板、琴瑟鼓钹,水陆道场,一切安排就绪。"Camara!"那位在市民眼里有些流气的长头发,威风凛凛,吆喝一声。所有的灯光全打在大威身上。试镜头正式开始了。……大威却大失其态。他老把台词念错,经场记多次提醒,仍然无效。向来自信、乐观的大威不由得自卑起来。他想,看来自己不是演戏的料。还是他的妻子细心,在旁边冷静分析了丈夫失败的缘由。原来,丈夫太急于进入角色了,进入角色后,一下子又陷得太深。这样一头扎进去,还由得了自己?——这也难怪大威。剧情和他的处境太相似了:一个饱经忧患的小老板,苦心经营几十年,一心想筑个安乐窝,可每次阵风骤起,便面临巢倾蛋打的危机……

眼看戏要演砸了,长头发灵感突发。他发现,在大威身上潜伏着一股可贵的创作激情。于是,他下达了"放松"的命令,只要大威真真进入角色,不要离剧情太远,可以加以自由发挥。

大威连连点头,对导演的信任深表感激。

"Camara!"镁光灯重新对准"舞台"。头戴铜盆帽,一身短打打扮的大威从容不迫地走进了光圈。拍摄开始了:"二房东"在外奔波了一天,异常疲倦,他刚想好好休息,住户们纷纷前来要求修窗、捉漏、减房租……开始"二房东"还叹叹苦经、耐心解释,后来,他终于按捺不住了。这时,大威完全进入了角色:"……岂有此理!哇啦哇啦,吵吵闹闹,你们有完没完……你们是不是人,配不配做人,是人,为什么整天叽叽咕咕,喊喊喳喳?是人,为什么事事偷偷摸摸、心怀鬼胎……做人总有人味,你们有什么味?见利就上,没利就撒,小利小干,大利大干,男斗女哄,耍手腕,磨嘴皮……你们的祖先是这样的吗?他们传下的可是个礼呵。你们全把它糟蹋了,诅咒、漫骂、阴损,巴不得发生地震、海啸、天火烧……你们咒人、骂我断子绝孙,是的,我断子绝孙,到时候连灵前哭孝的人都没有……我没有儿子,不,我不应该没有儿子,可是,他在哪里呢,在哪里,我的儿子……"那一句声色俱悲的"在哪里"终于引出了一个男子汉的号啕之泪……

哈,大威动真格的了!他把自己的处境给联系上了。原来,田老师已身怀六甲了!难怪大威会烦躁,如在平时,他把苦恼往哪里说,向谁去说呢……

"关机,停!"长头发似虎啸如狼嗥,没等机器停下,呼地冲上前,紧紧握住大威厚如熊掌的大手,激动得久久说不出话来。导演所以激动,是事出有因的:他是一位非常注重在即兴表演中流露真情实感的新派导演。事后,这位导演向人说起,大威是他从影生涯中值得纪念的一位出色的业余演员。凭大威的气质,稍加点拨,必能培养成为一名天才演员。此话传到大威耳里,大威却说:"什么天才、地才,就是马桶材,处于我这种处境,也会发发脾气,讲几句心里话的。这些话,快把我憋死了,不把它倒出来,就会把肚皮憋炸……"这话虽有些过分,但对大威来说,毕竟出自肺腑。

那么,这次补拍可以大功告成了?可以这么说。大威的表演,为片子增色了不少,那点稍微的"跑题"只要在配音时略加处理即可。但从总的拍片过程来看,还是出了些纰漏,制片单位还蒙受了些损失。

大威的戏结束后,根据剧情发展,需要拍一个"火烧"的小品。这是一次小小的、无关紧要的、能及时扑灭的火灼。为防不测,戏被安排在"布景"中进行——一间三合板搭成的闺房。对剧组实行三包的"古迹旅游开发公司"为此又增添了一"保":火警保险。为了确保安全,那位总经理同志隔天和气象部门、消防部门取得了联系。气象部门的预报是:"……东南风,三到四级,阵风五级……"

黄沙、太平桶、灭火机一字排开。刷的一声,划亮了火柴,点燃了刨花。在万无一失的情况下,导演喝令:开机。但不知怎么搞的,"烧"了几次都不理想——不是火势太旺,演员近不了身,就是火势太弱,显示不出气氛。几次试拍都这样,导演发脾气了:"……多加油回丝,打开电风扇,曼丽小姐,准备!好!开机!恐惧惊骇地喊:着火啦,一、二、三……"曼丽小姐培养了一下感情,蓦地冲进火圈,"着火啦——"那一声"啦"的确拉出了一点气氛,细细长长的,还犹如绞麻花似的绞了那么几转……好,成功了。导演潇洒地走上前拉住曼丽的手,以示庆贺。霎时,导演皱紧了眉心:搞什么鬼,没有卸妆就入戏了——嵌宝戒,丹蔻指,一副翡翠耳环还在肩上优哉游哉的,哪像剧中小皮匠的女儿!

没办法,只能推倒重来!清扫场地,卸妆化妆,酝酿感情,点燃引火……只差喊"一、二、三"了,这时导演发现,火堆竟然离床单这么近!意识仅仅在导演的神经末梢擦过,还未形成兴奋灶,曼丽小姐仪态万方地走进了摄影师的镜头。不知是屡次失败促成的急功近利,还是习惯使然,导演脱口喊了声"Camara!"咔嚓嚓,摄影机欢畅地摇了起来。导演兴奋地喊"Good"!成功了。不好!床单着火了!轰的,一团火光,訇然窜腾,犹如烟火,噼噼啪啪闪爆开来,刹那间,娇贵的先生、太太、小姐,愣了半秒钟,突然尖叫着朝外冲去……

可怜那位长头发,拍电影可谓机灵,见了火光却成了"木瓜",他瞠目结舌站在那里,久久没有动弹,还是大威听到喊声,冲进去把他推推搡搡拉出了火屋……拖拉出长头发,大威又抢出摄影机,等他再次想返身冲进大火时,"闺房"已被火口吞没了。是啊,那"闺房"是三合板、木条、元钉敷衍而成的,那"墙壁"尽是粗粗的裂缝,粗豁的裂缝在强劲的西北风下,胜似十几只鼓风机!……顷刻之间,瘫软的闺房,耷拉着脑袋,哼了一声向沉香阁扑去……

这个变化太突然了。所有的人,包括大威、酒公公一下子都反应不过来。但本能驱使他们冲进家门,抢出多多少少自以为有价值的东西……片刻之间,古楼沉香阁,这幢本可以辟为纪念馆的建筑,携着人们的希望、痛苦和欢乐,升向茫茫的苍穹……

九

这堆黑乎乎的灰烬,成了供人凭吊的古战场。人们围着它驻足默哀,进行沉重的反思。经过反思,人们推出了导致这场灾祸的元凶——"上海古迹旅游开发公司"。

有人说,这个噱头噱脑的总经理,根本没有和气象部门、消防部门联系过,要不然,起火以后,为什么不见消防队前来?有人不同意,说亲眼看见消防车呼啸而来,一位戴钢盔佩袖章的消防员还从奔驰的消防车上飞下来,向一位呆若木鸡的老人询问屋内是否还有贵重物品,等证实贵重物品已在台风光临那阵搬走了,又飞身上了车,这一上一下,不超过半分钟,动作可谓神速……有人不同意"飞车"的说法,有人反证"飞车"的可能性……

有位老人始终没有参加讨论。他捧着花白的头颅,蹲在烟云冉冉的焦炭前,无声地抽泣。他是谁?沉香阁最老的居民李日海。道士为啥哭?他的儿子的户口不是在进行了吗?他不在乎什么户口,这个不孝之子早使他失望了。自从玲珑的户口被公安局注销的那刻起,道士就寄希望于另一个儿子。那儿子是五岁那年在门口玩耍时走"失"的,虽说道士的母亲亲眼看见他是被一个中年妇女抱走的,但年轻的父亲直至暮年还深信不疑,儿子是自己走失的,并盼望这个几乎和自己一个模子里铸出来的儿子,会在一个暮春的清晨或中秋的黄昏,推开自家吱吱作响的门,亲亲热热甜甜蜜蜜地喊他一声"阿爸,我回来了"。现在,这个理应成为儿子渺茫记忆中坐标的建筑,在地平线上消失了,永远消失了,这就意味着想必已经成年的品貌双全的儿子永远"走失"了,这怎不勾起为父的滔滔泪水……

人们叹息不已,陪着一掬同情之泪。大威终于明白了老人甘当彩花他们马前卒的隐秘,感慨良久,然而,他不能说什么,腆着大肚子的妻子正需要他充当"保胎"的守护神……

这时候,总有人扮演事后诸葛亮的角色。酒公公在"事变"之际,一直在"通电全国"——全身颤得像没有经过调试的电视屏幕。而此刻,电源稳定,图像清晰,他就开讲起了《三国》里"借东风"的故事:孔明料事如神,深知隆冬季节有股东风,才没有把脑袋输给周郎;昨天,他听得清清楚楚"东南风三到四级",今天老天怎么中途转变立场,给点西北风尝尝呢?这岂不是楚霸王的"天亡我也!"……酒公公的猜度带有浓厚的宿命色彩。这不怨他,他没有学过辩证法,当然不知道偶然性和必然性的关系。

沉香阁的居民尽管遭受了不幸,但头脑还是十分清醒,在天灾人祸面前,黄家婆当即提出要注意反迷信。她严肃批判了唯心论,认为这场火灾实是一次阴谋:"哼,什么古迹旅游开发公司,什么香港导演拍电影,还不是动迁组设下的圈套?"

嘀,锋芒所指,切中要害,人们像服了剂醒脑汁,顿时头清目灵,化悲痛为力量。是啊,这个不男不女的长头发,简直是才出管教所的流氓阿飞;对啊,这个"大兴"公司总经理,一看就知道是个跑江湖的掮客;好啊,还让我们粉墨登场哩。呸,他们才是白鼻头……

"啊哟,不好!"彩花尖叫一声,蓦地转色,"那人,那个'导演'我好像在哪里见过!"

"哪里见过,他是谁,说!"小毛娘老脾气重犯,用命令式的口吻说。

彩花犹如五雷轰顶,捧着脑袋,原地乱转,好久她才像做了场噩梦似的醒来,"对了,是他,房管所的小木匠!怪不得……眼熟!"

"不会错?"

"以前,我总见他肩上扛把锯,东家门口蹲蹲,西家屋后孵孵。"

"我早就怀疑,那只咔嚓咔嚓响的摄影机,"小毛娘用内行的口吻说,"里面,根本不会有胶卷……"小毛娘说的不无根据,自己的儿子,当年就曾用一只没装胶卷的相机,陪着他那个不喜欢的女朋友兜了一整天西郊公园,只是这些材料不必在这里披露罢了。

游戏,圈套,人们连呼上当!

……多天以后,沉香阁的居民按原定方案迁进了黄浦江边的那排新工房。当人们在那宽畅、明亮、舒适的新居里安顿下来后,都不得不承认这场大火烧得好,烧得及时。

大威就认为,这次"火疗"治愈了人们杂七杂八的思想毛病。那天,他去派出所为新生的女儿报户口,恰巧遇见彩花和小毛娘也在那里。听着户籍民警和小毛娘的一番对话,大威心绪翻滚。

"黄张氏,这下你可不用东跑西颠了。"

"是啊,这次彻彻底底,彻里彻外,翻身解放了!"

"房子朝南,还有阳台……满意吧。"

"满意,还有什么话说,只是……不过……算了,比比过去,要凭良心啊!"

这位一向和"人性论"过不去的老太太,今天居然说了句凭良心的话,大威霎时激动得热血沸腾。他情不自禁地冲出一句:"是啊,要凭良心,否则的话,不住进新房,倒要蹲班房呢!"话音未落,大威顿时后悔莫及,原先他那句话的本意不是这么说的,不料冲出口,竟含有暗示的意味。事后他承认,这句话很不得体,一点也不"五讲四美",当着穿制服、肃穆得可以的公安民警,对一个上了年纪的老太太,能这样说话吗!……他觉得彩花在狠踩自己的脚,便赶紧补上一句:"就是嘛,动迁法已颁布了,对那些赖着不搬的钉子户,不拔才怪呢!"

大威说得诚恳。

小毛娘相信,大威的话丝毫没有影射的意思。因为她始终认为,自己毕竟和大威做了几十年的邻居,虽然关系不是那么融洽,但还不至于你死我活……